时光告诉我，爱还在这里等你

SHIGUANG GAOSU WO
AI HAI ZAI ZHELI DENGNI

羽贝子 著

远方出版社

图书在版编目（CIP）数据

时光告诉我，爱还在这里等你/羽贝子著. —呼和浩特：远方出版社，2020.2
（紫水晶情感小说系列）
ISBN 978-7-5555-1257-8

Ⅰ.①时… Ⅱ.①羽… Ⅲ.①长篇小说—中国—当代 Ⅳ.① I247.5

中国版本图书馆 CIP 数据核字（2019）第 205355 号

时光告诉我，爱还在这里等你
SHIGUANG GAOSU WO, AI HAI ZAI ZHELI DENGNI

著　者	羽贝子
责任编辑	蔺　洁
责任校对	蔺　洁
封面设计	鸿儒文轩
出版发行	远方出版社
社　址	呼和浩特市乌兰察布东路 666 号　邮编 010010
电　话	（0471）2236473 总编室　2236460 发行部
经　销	新华书店
印　刷	三河市华东印刷有限公司
开　本	170mm×240mm　1/16
字　数	294 千
印　张	20.25
版　次	2020 年 2 月第 1 版
印　次	2020 年 2 月第 1 次印刷
标准书号	ISBN 978-7-5555-1257-8
定　价	56.00 元

如发现印装质量问题，请与出版社联系调换

"小姐，您点的咖啡。"

服务生轻柔的嗓音在耳畔响起，穆天晴扶了扶额头，睡眼惺忪，面色绯红。

最近不知道怎么了，总会梦到自己和一个陌生男人滚床单。除了爱做春梦外，她还嗜睡。这不，在咖啡厅坐下没两分钟，她又睡着了。

"谢谢！"

穆天晴接过咖啡，喝了一口，又是一阵反胃。将干呕的感觉强自压下去，她不由得愣了愣，眼底闪过一丝疑惑。

这些年她感情稳定，和男友蒋逸风家世相当，青梅竹马，是C市上流人士公认的金童玉女。只是，蒋逸风一直很有分寸，发乎情止乎礼，两个人间的亲密只限于纯洁的手拉手，始终没越雷池半步。

可……她是学医的，最明白不过了……

看看自己这些天的反应，嗜睡，精神不济，胃口不佳，真的很像怀孕了……

皱了皱眉头，穆天晴将随身携带的笔记本电脑打开。马上要期末考试了，她最近学业重，经常熬夜备考。可是郭导那边又急着催她改剧本，这不她上午刚刚考完试，下午就来这家她经常光顾的咖啡厅码字了。

很快进入了剧情，穆天晴纤细的手指在键盘上飞快地敲打。写得正高兴时，急促的手机铃声响起，她扫了一眼手机屏幕，忙接了电话。

"天晴，我查到陈敏发的行程安排了。"话筒里传来穆枫和煦的声音，"他今晚会去名流酒店参加霍家的晚宴。"

"好的，我知道了。"

"天晴，你真的打算这么做？其实……你不必亲自出马。"

"哥，这件事咱们筹划多年，事到如今，我是不可能放手的。你就让我去吧。"

挂断电话，穆天晴双手紧握，精神一下子紧绷起来。

母亲的死，终究是她此生都逃脱不了的痛。她必须查清真相，还母亲清白！

良久，调整好情绪，穆天晴关掉笔记本电脑，收拾妥当后拎起一旁的包，快步走出了咖啡厅。

当晚，夜色迷离，一轮残月斜斜地挂在天际。

七月末的晚风夹带着些许凉薄从两指宽的车窗缝隙飘进来，拂乱了穆天晴一头乌黑的披肩长发。

火红色的性能极佳的跑车驶离喧嚣的市区，宽敞的道路两旁，明亮的路灯一闪而过。

眼角瞥到窗外朦胧月色下一闪而过的景色，身旁不时有豪车疾驰而去，穆天晴肩膀缩了缩，抿紧了唇，一张素净的脸略显苍白。

今晚，抓住那人，总会有个了断了吧。

穆天晴抬手扶了扶被凉风吹乱了的刘海，将车窗缓缓合上。

车子上了山，缓缓地沿着平坦的公路驶入私家领地。远远的，那庞大的欧式建筑矗立在半山腰处，灯火通明，气派非凡。

名流酒店是霍家的产业，一般不对外开放。这次听闻霍家的小儿子霍熙欢从国外留学归来，霍家特地为他举办了一场接风晚宴。

一刻钟后，车子停在名流酒店门口处，这里里三层外三层地停着价值不菲的豪车。此刻霍家正在举办一场声势浩大的宴会，C市的名流皆在邀请的范围之内。

拿着穆枫给的邀请函，身穿月白色旗袍的穆天晴顺利地进入了酒店。她快步走入一楼的女卫生间，五分钟后再出来时，换了一条红色及膝深"V"领吊带短裙的她，显得格外性感妩媚，脸上亦多了一张银色的蝴蝶面具。

顺利地乘坐电梯抵达顶层，在化装舞会上，穆天晴很快就找到了今天的目标——陈敏发。

那是一个矮胖的男人，穆天晴发出邀请，他自然求之不得，立即色眯眯地搂着她纤细的腰身在舞池中曼舞。舞毕，穆天晴从侍者手中的托盘上取下两杯红酒。递给他一杯后，她用自己的酒杯轻轻碰了碰他的酒杯。陈敏发依旧色眯眯地笑着，将酒杯送到嘴边，轻抿了一口。

见状，她粉嫩的嘴唇微微向上弯起，勾出一抹甜美的笑容，双眸微眯，泄出一丝冷光。

上个月，她研发了一种特效药，融入酒中，只需那么一小口，两小时后就会令人产生幻觉，意志薄弱。届时，你问他任何问题，他只会知无不言，言无不尽。

喝尽了杯中酒，穆天晴径直乘电梯去了一楼。在洗手间内，她迅速地换回了来时穿的那套月白色旗袍，将脸上的面具摘下塞进手包，随即快步走出，直奔一楼的旋转玻璃大门。

此时，迎面走来一个高大冷峻的男子，浑身散发着冰冷孤傲的气息，仿若天生的王者。两个人擦肩而过时，穆天晴抬手拢了拢耳边的碎发，随即步入旋转玻璃门。

男子鼻端萦绕着一股若有若无的香气，不似艳俗刺鼻的香水，是淡淡药香中透着一丝熟悉的幽幽冷香。

霍熙琛脑海中灵光一闪，猛地止步，迅速转身，但见刚刚一袭月白色旗袍的女子已经走出了大门，徒留一抹窈窕身影。

"老板。"秘书傅成文气喘吁吁地从一楼服务台跑过来。霍熙琛没有应声，他下意识地顺着他目光看了过去。

霍熙琛眉心几不可察地蹙起，冷冷道："查，月白色旗袍。"

傅成文愣了愣，随即明白过来，默默地小跑着离开。

霍熙琛顶着一张冰山脸，双手滑入裤兜，乘电梯去了酒店顶层。

"霍少！总算把你这个正主盼来了！"霍熙琛刚出电梯，闻涛远远看到他，一边走过来一边打招呼，"快点，咱们一众发小可都等着你呢！"

"霍熙欢才是今天的正主。"霍熙琛抬眼，冰冷的目光扫射过去，面色不善。

闻涛闻言脊背发凉，半响，脸上才勉强挤出一个笑容。

这人，还真是记仇！就因为一个月前，他们几个发小聚会，他们把他灌醉了，还顺便帮他揽了一朵桃花，破了他多年的处男身。此后，他就再也没给过闻涛好脸色看。

圈子里的人都知道霍熙琛二十岁独自闯荡美国，在美国创建了霍氏集团，三年前又将集团总部迁回了C市。现在的霍氏集团生意涉及方方面面,成了C市一家独大的商业王国,从超市、商场到房地产、娱乐公司,都有涉及。这次霍熙欢归国,听闻霍熙琛打算让他接手霍氏集团旗下的天汇娱乐。

显然,霍熙琛这个霍家的当家人,是个跺跺脚C市都要抖三抖的大人物。可就是这样一个出色的人物,却是个禁欲系男神。

据说,霍熙琛从不谈恋爱,不招惹女人,就连身边的秘书和生活助理都是男的。天汇娱乐旗下那么多貌美如花的女艺人也没和他擦出一点儿火花,就连一条花边新闻都没有!

"啧啧!真是可惜了!"想到这里,闻涛一脸的惋惜。

说得好听是霍熙琛洁身自好,可有些乱嚼舌根的人私下里一直在传霍熙琛其实不喜欢女人。

"收起你那些龌龊的念头!"只需一眼就知道他这个发小在想什么,霍熙琛微怒,快步走入了顶层大厅。

大厅里衣香鬓影,俊男美女觥筹交错,见霍熙琛步入大厅,不少女人顿时蠢蠢欲动。霍熙琛冷眼一扫,身上散发出生人勿近的气息,行走间仿若一座移动的冰山,一张万年寒冰的脸更是吓退了不少跃跃欲试、春心萌动的女人。

随意地从侍者的托盘上取了一杯红酒,霍熙琛的目光下意识地落在左手的小指上。他的小指上有一圈白皙的痕迹,显然那里曾长年佩戴过一枚尾戒。

此刻的霍熙琛脑海里不由得浮现出一个月前的那晚意乱情迷的旖旎画面。

那晚,他喝多了,黑暗的总统套房里,弹性极佳的水床上,他第一次和女人发生了亲密关系。他向来自持冷静,却深陷于那个女人布下的情网。她仿若常青藤般,妖娆的身子缠住他不放,娇媚得仿佛成了精!一双小手拂过他的胸膛,四处点火,一点点挑起他的欲念,最终将他的所有理智燃烧殆尽!

犹记得事后,那女子蜷缩成一团,窝在他胸前睡得极沉,海藻般的长发铺散在他的胸膛。而他,竟将佩戴多年的尾戒戴在了她纤细的无名指上,随即便陷入了昏睡。

一夜荒唐,本想第二天再问问那女子的身份,好歹她跟了他,他总要负责任。谁料,第二天醒来,只有霍熙琛独自面对空荡荡的房间和凌乱的床单,那女子竟不见了踪影。

这一个月,他动用了C市所有的关系网,甚至暗暗动用了他的地下势力,都没能找到那名女子。她仿佛从来都没有出现在他的生命里一般,就这么从人间蒸发了!

而刚才,和他擦肩而过的女人抬手拢发,他竟然在她左手食指上看到了那枚他亲手打造的熟悉得不能再熟悉的尾戒!

若是玩欲擒故纵的把戏,那女人已经成功了,因为他确实对她产生了浓厚的兴趣。

"哥,你还是来了!"一道白色的身影闪过,霍熙琛被一个男人来了个标准的熊抱。

那男人一身白色西服,却闷骚地穿了粉红色的衬衫和酒红色的皮鞋,面容俊朗,长相和霍熙琛有五分相似,只是神色多了几分风流倜傥。

"为你接风,我当然要来。"本可以躲过,霍熙琛却还是任由霍熙欢抱了去,随即手肘稍稍用力,轻轻撞了下他的肋下。

霍熙欢吃痛,松开了胳膊,眼底有着怨念,面上却满是讨好,"哥,爸在那边。算是给我个面子,过去打个招呼?"

顺着霍熙欢的目光,远远地,霍熙琛看向站在明亮璀璨的巨型吊灯下,那手挽手的一对中年男女。

男的是他的父亲霍仕哲,虽年过五十却身材挺拔,双目有神,满面春风。女的他并不认识,一身暗红色绣牡丹的礼服,显得雍容华贵,眉眼间却是掩饰不了的轻浮。

一个月不见,他这个花心老爸似乎又换了女伴。

霍熙琛眸光暗了暗,面露不屑。

"不了,公司那边还有点儿事,我先走了。"霍熙琛眸光暗了暗,将杯中红酒一饮而尽,在霍熙欢肩上拍了拍,丢下一句"明天来公司找我",转身离开了金碧辉煌的大厅。

刚出了酒店，坐进车子，霍熙琛的手机响起，他看了眼手机屏幕，薄唇紧抿。

电话接通，一个男人疲惫不堪的声音传来，"阿琛，来我家一趟。"

霍熙琛挑眉，淡淡道："陈敏发？"

"对，我这边有新线索了。"

"好，我二十分钟后到。"

离开名流酒店，穆天晴开车回了穆家老宅。

自从五年前爷爷穆庆国从部队上退下来后，每年夏天他都会从帝都飞到C市避暑，在穆家老宅住上两个月。这期间，她只要一有时间就会回去陪爷爷。

当然，只要爷爷一回帝都，她就不会再回来这里住。她懒得应付继母孟亦凡虚伪的嘴脸，更不愿看到她老爸和继母一大把年纪还辣眼睛地秀恩爱。她宁愿一个人住锦园那边，图个清静。

一进门，穆天晴一眼便看到玄关处放了一个橘红色的行李箱。

穆天晴脚步顿了顿，抿紧了唇，下意识地挺直了脊梁。

"是天晴回来了吧！"穆庆国听到玄关处有响动，半晌不见有人进来，出声唤道。

闻言，穆天晴稳了稳心神，脸上扬起笑容，换下脚上的高跟鞋，走进客厅，甜甜道："爷爷，我回来了。"

穆老爷子端坐在沙发上，年近七十，一头白发，着一身浅褐色唐装，精神矍铄。

看到穆天晴，他面色一暖，拍了拍身旁的位置，"丫头，昨天说好了今天中午夏妈做你喜欢吃的佛跳墙，怎么没回来？"

"期末了，上午有两场考试，下午又急着赶剧本，中午就没回来。"穆天晴顺从地坐在穆庆国身边，对着坐在对面妆容精致的孟亦凡点了点头，"孟姨。"又转向孟亦凡身旁的穆轻烟，面色不变地唤了声，"妹妹。"

"哟！天晴回来了！"当着穆庆国的面，孟亦凡即便再讨厌穆天晴，也得装出一副热情关切的模样，"今天外面热得很，厨房炖了清热解暑的桂花莲子汤,我这就给你端一碗来。"

"谢谢孟姨。"

孟亦凡去了厨房,很快端了三碗解暑汤回来,亲自递给穆天晴一碗。

穆天晴道谢接过,喝了几口放在一边,看向穆轻烟,"妹妹什么时候回来的?"

今天一早她离开穆宅时,穆轻烟还没到家。这些年,穆轻烟每次回家都刻意挑她不在的时候。

"刚刚到家。"穆轻烟拉起穆天晴的手,仔细端详了一番,露出天真无邪的笑,"大半年不见,姐姐又变漂亮了呢!"

穆天晴身上还穿着那套月白色旗袍,腰间绣着几片嫩绿色的叶片,衬得腰身极细。因为参加晚宴,她脸上画了淡妆,手上拎着的定制手包亦是低调的奢华,整个人气质不俗。

"听阿枫说,你今晚替他去参加了霍家的晚宴?"自家孙女儿越看越觉得温婉可人,穆庆国笑眯眯地问道。

"嗯。哥哥最近忙着下个月的夏季拍卖会,实在是分身乏术。"

穆天晴的这身行头和打扮,本就看得穆轻烟红了眼,一听她今晚去参加了霍家举办的晚宴,顿时心里醋意翻滚。

虽然这些年她身在国外,但C市的名流权贵她都有心留意。霍家现在势头很猛,听闻当家人霍熙琛俊美多金,是C市炙手可热的黄金级钻石王老五。

该死的!参加霍家晚宴的荣耀,穆家大小姐的名头和光环,都应该是她的!

穆轻烟恨得指甲都掐进了掌心,面上却维持着卑微委屈的表情,幽怨地看了穆庆国一眼,期期艾艾道:"真是羡慕姐姐,留在父亲和哥哥身边,能替他们分忧。只可惜我一个人在外漂泊,鞭长莫及。"

闻言,穆天晴眸光微闪。她太了解穆轻烟了,又怎会不知道她的小心思,忙笑着顺势道:"妹妹有这份心意就很难得了。"

穆轻烟红了眼眶,哽咽道:"姐姐,我在国外总是孤零零的一个人。这次毕业归来,若是爷爷允许,我就不打算再走了。"

果然，穆轻烟不出意外地说出了这番话。

穆天晴心里冷笑，轻描淡写道："妹妹还真是可怜。当初你才十二岁就一个人出国念书，若是那会儿孟姨能放下这边的事，出国陪读就好了。"

当年穆轻烟出国时，孟亦凡好不容易嫁入了穆家，而她老爸穆威又是个到处拈花惹草的"风流"人物。孟亦凡巴不得天天拴在她爹的裤腰带上。为了坐稳穆夫人的位置，孟亦凡怎么可能会去国外陪读？

听了穆天晴的话，孟亦凡又气又恼，眼底闪过一抹恶毒的光芒。穆轻烟亦是被噎了一下，看向母亲的眼神不由得多了几分怨念。而穆庆国看着这对母女，不由得心生厌恶。

见状，穆天晴唇角弯起，笑意暗含讽刺。

当年穆轻烟推她落水的事，她从来都没有对父亲和爷爷说过。毕竟穆轻烟被送往国外，一走就是十年，她们每年相见的时间不过几天而已，能忍她便忍了。她只希望穆轻烟在国外历练了这么多年，是真的长大了、成熟了，看在父亲和爷爷的面子上，懂得家和万事兴的道理，不要再兴风作浪了。

如今，穆轻烟想回国，跟爷爷直说便是，何必兜圈子、绕弯子？她陪着她们演戏都觉得累！

"爷爷，妈妈她留在国内是想多照顾爸爸和您。"察觉到穆庆国的面色愈发冷峻，穆轻烟回过神来，忙装出一副顾全大局的模样。

险些中了穆天晴挑拨离间之计！

穆轻烟暗暗瞪了穆天晴一眼，拿出一个精致的檀香木盒，"妈妈从小就教育我要做个孝顺的孩子，这次回国给您带的礼物也是妈妈帮我精心挑选的。"

说着，穆轻烟打开木盒，妩媚的脸上挂着柔顺的笑，白皙的手小心翼翼地取出了一串佛头手串。

"爸，这可是轻烟特地从五台山上给您求回来的，是开过光的呢！"一旁，孟亦凡讨好地说道，看向穆轻烟的目光充满了骄傲。

她这个女儿不仅懂事孝顺，而且出落得亭亭玉立，哪个男人看了不心动？若不是穆天晴这个贱人容不下她的女儿，害女儿远走国外，现在C市谁不知道她女儿也是穆家的大小姐，哪轮得到穆天晴风风光光地代表穆家出席霍家的晚宴，哪轮得到她顶着穆家千金的头衔稳坐蒋家的准儿媳？

穆庆国接过手串，拿在手里把玩了一番，眼角扫过穆轻烟和孟亦凡，面上的神色依旧是冷冷的。

"爷爷是……不喜欢吗？"穆轻烟咬唇，眉头轻蹙，眸光盈盈。

"品相不错。"穆庆国将手串放回木盒，盖上盖子，轻轻放到了一边。

场面一下子冷清了下来。

穆轻烟眼底飞快地闪过一丝阴霾，面上勉强维持着得体的笑容。

孟亦凡见状对穆天晴道："天晴，你妹妹念的是国外的戏剧学院，现在大学毕业了，肯定是要进军影视圈的。天晴啊，轻烟可是你亲妹妹，你是编剧，认识的导演多，一定要帮忙提携你妹妹，别让她跑龙套什么的，那样起点太低。你帮忙让她少吃些苦，多走走捷径嘛！"

说着，孟亦凡将穆轻烟揽入怀中，亲热地拍了拍她的后背。

穆轻烟窝在孟亦凡怀里撒娇地蹭了蹭，抬眼，楚楚可怜地看向穆天晴，"姐，你帮帮我嘛！若是有一天我红了，我是不会忘记你的大恩大德的！"

看着这对母女母慈子孝的和谐画面，穆天晴的心仿佛被针扎了一下，淡淡道："娱乐圈不是你想的那样简单。"

"姐，这些年我在国外接过一些小角色。论资历，我不比国内三线的小明星差。你知道的，我在国外没有人脉，很难有发展，所以才想要回来。再说，爷爷、爸妈和你都在国内，我舍不得你们嘛！姐，我知道你忙，平时连给我打电话的时间都没有。可有件事，你务必要帮帮我。"

穆天晴闻言挑眉，就听穆轻烟继续道："我听说你现在在给郭永和导演的新电影写剧本，你帮我引荐一下，让我出演个小角色呗！"

呦！这是变相地说她不关心自己的妹妹，平日里连个电话都不打，还要她识大体帮妹妹牵线介绍大导演的意思喽。

穆轻烟在国外接的那些龙套角色她不是没关注过，大都是群演，唯一镜头超过五秒钟的是扮演一个半裸的失足女，根本就拿不上台面。

当然，顾及穆家的颜面，这些她是不会主动和爷爷说的。

见穆轻烟振振有词，穆庆国的脸色缓和了些，"轻烟，你真的想要演戏？"

"爷爷，我知道女孩子是不应该抛头露面的。"穆轻烟低垂着头，声音柔顺却很坚定，"爷爷，当初您让我念的是金融专业，是我瞒着家里私下里偷偷改了专业，可……可我真的很喜欢演戏。"

"既然喜欢，那就去做吧！"

穆庆国原本也不指望两个孙女接管穆家的生意，毕竟都是女孩子，生意场如战场，他不希望她们太过操劳。这些年，穆威一直在培养养子穆枫，去年又让他接管了拍卖行，想来也是这个意思。

穆轻烟被送往法国也有十年的时间了，希望经过这些年的磨炼，她能有所改变。

唉！毕竟是穆家的骨血，即便他再生气，再看不上孟亦凡这个儿媳妇儿，还是要荫庇她的孩子的。

娱乐圈虽然是个大染缸，但有穆家罩着，必要时出钱投资赞助，再加上穆天晴的照拂，想必穆轻烟即便不能闯出个名堂，也不会吃亏。

"天晴，若是方便的话，帮你妹妹选个靠谱的经纪公司吧。"穆庆国交代了一句，将那串手串从木盒中取出戴在手腕上，起身去庭院里打太极拳去了。

穆庆国的话算是一锤定音，给孟亦凡母女俩吃了颗定心丸。

穆天晴叹了口气。看来，这次穆轻烟归国，是真的不会再离开了。

穆庆国一走，穆轻烟从行李箱里取出打了包装的小盒子，踩着高跟鞋"噔噔噔"走向穆天晴，仗着十厘米高跟鞋的优势，俯瞰着将礼盒递给她，仿佛施舍般道："喏，给你的礼物！"

穆轻烟的变脸在意料之中，穆天晴不禁怒极反笑。

这些年，穆轻烟和孟亦凡明面一套背面一套的把戏，切换自如，玩儿得很顺。

顺着蓝色的礼物盒往上看，穆天晴对上穆轻烟那张描画精致的脸。穆轻烟今天一身红色长裙，勾勒出凹凸有致、足以令任何男人痴迷的身材。波浪长发染成了明媚的红棕色，像黑夜中的一团火，小小一簇却随时都能让人注意到它的存在。

美人确实是美人，只是那副高高在上的表情令穆天晴很不爽。爷爷不在，她也懒得和她废话，捏着礼物盒便上楼去了。

上一次穆轻烟从国外回来，给她的礼物是一条活生生的蛇。本以为她会吓得哇哇大哭，却不料穆天晴捏着那蛇的七寸，送去了厨房。

当晚，餐桌上多了一道蛇羹。夏妈的手艺向来不错，那蛇羹美味得很。穆轻烟见了蛇羹吓得差点儿晕过去，穆天晴却一连喝了两碗。

这一次，不知道穆轻烟又会搞什么名堂。

进了书房，穆天晴直接将盒子丢进垃圾桶，打开笔记本电脑继续改剧本。

谁料，过了不到五分钟，换了一套真丝吊带睡裙的穆轻烟门也不敲，甩了甩波浪卷发，腰肢轻摆，婷婷袅袅地走了进来。

穆轻烟捡起垃圾桶里的蓝色小盒子，捏在手里，眼眸眯起，娇笑道："穆天晴，你不看看我送你的是什么礼物吗？"

爷爷不在的时候，她向来不会叫一声"姐姐"，都是直呼其名。

"没兴趣。"穆天晴盯着电脑屏幕，看也不看穆轻烟一眼。

穆轻烟自顾自地撕开了盒子的包装，露出里面红色的小盒子，往穆天晴脸上一丢。穆天晴偏头躲过。

红色的小盒子掉落在地上，上面"杜蕾斯"三个字刺入眼帘。

见状，穆轻烟笑得前仰后合，花枝乱颤。

穆天晴懒得和她计较，剧本还有最后一集就改完了，她现在满脑子都是剧情，没工夫和她磨洋工。

冷着张脸，将那盒避孕套捡起来，再次丢进了垃圾箱，穆天晴继续在书桌前坐了下来，"你没其他事就出去吧，爷爷不在，我懒得和你废话。"

"可我有话想和你说啊！穆天晴，你不会和蒋哥哥还没那个吧！"穆轻烟涂着鲜红色指甲的手指戳了戳穆天晴的额头，一脸轻佻。她眉眼间的骄傲和得意令穆天晴觉得必有古怪。

穆轻烟这副胜利者的姿态不知缘何而来。穆天晴拨开她的手，冷眼扫了过去，"是不是觉得爷爷答应让你回国你就有恃无恐了？若是我和爷爷说，我一见到你就心烦，你说，他老人家会不会出尔反尔？再或者，我把你在国外半裸女的龙套照片拿给爷爷看，你说他会不会生气，动用家法？"

穆轻烟脸色一变，扬起下巴，声音尖利道："穆天晴，除了拿爷爷压我把我撵走，你还有什么能耐？别怪我没提醒你。蒋哥哥那么强势，不是你这种清粥小菜就能喂饱的。男人啊，不在床上下功夫，只是偶尔给他做做饭、洗洗衣服，是拴不住的！"

语落，和来时一样，穆轻烟扭着腰肢，"咯咯"笑着走了出去。

耳边终于清静了，穆天晴继续忙于创作。

她当时并不明白，也没太在意穆轻烟为何能对自己这般耀武扬威。等她明白过来这其中渊源的时候，才明白是自己太愚蠢、太大意了。

原来，这么多年，在蒋逸风和穆轻烟之间，她才是多余的那一个！

穆轻烟刚出去，穆枫一阵风似的走进了她的书房。

这是一个儒雅俊秀的男子，俊朗的面孔上，一双眸子冷静内敛，嘴角总是噙着一丝温润的笑意，那温润的神情倒是和穆天晴有几分相似。

看着坐在书桌前认真写剧本的穆天晴，穆枫停下脚步，声音极低，"天晴，很抱歉……有人接应，陈敏发……逃了！"

穆天晴闻言猛地抬头，盯着穆枫看了好久，低垂下眼眸，咬唇。她的面孔格外白皙，拿起水杯的手有些抖。

"天晴！"温暖的大手覆在穆天晴冰冷的手背上。

穆天晴身子微微颤抖，心中五味杂陈，眼泪"刷"的一下落了下来。

母亲的死，是她这辈子最大的伤痛。

八年前，是陈敏发向警局报案，声称她的母亲梁宛如贩毒吸毒，是C市最深藏不露的毒枭。警方赶到穆家，发现梁宛如已经死了。最终，尸检报告显示，她死于过量注射毒品。而后，警察又从穆家搜出了大量毒品，算是有了物证。

一时间，穆天晴的天，塌了！她无论如何都不能相信，温婉优雅的母亲会吸毒贩毒。

看着穆天晴瘦弱的肩头颤抖不已，穆枫叹息一声，从桌上的纸抽盒中抽出一张面巾纸递给她，"对不起，是我太大意了！不过，有你的特效药在，陈敏发倒是吐了不少东西出来。他说的话我们都做了录音，可以通过其他渠道递交给警方，足以证明妈妈她是清白的！只是，要想水落石出，还得费一番功夫……"

想起母亲死得不明不白，穆天晴低着头默默流泪，良久，她擦了擦眼睛，哽咽道："陈敏发背后肯定还有人指使，总有一天我会把他送入监狱，再找到那个幕后黑手为我妈平反！"

"放心，我们一定会把那个幕后黑手揪出来，替妈妈讨回公道！"

"嗯！"平复了情绪，穆天晴扬起下巴，被泪水冲涤过的眸子愈发乌黑明亮。她的脸上浮现出一抹坚毅。

看到穆天晴这样的神情，穆枫不由得暗暗松了口气。

如今的穆天晴不再是当年那个躲在妈妈身后怯弱的小女孩儿了，她有自己的学业和喜欢的事业。他看着她一步步成长，心里不是不欢喜的。

穆枫又安慰了她一番才离开。穆天晴一个人坐在书桌前，书房里一下子静了下来，她眼眶一酸，忙用手抚上眼睛。

近一年，为了研发特效药，她在实验室熬过了无数个不眠之夜。本以为今晚就能定陈敏发的罪，将他送进监狱，谁料却出了这样的差错。

最近她似乎很不顺，蒋逸风对她不理不睬，穆轻烟突然回国，就连仇人也逃跑掉了……

身体的血液越来越冷，心跳却越来越快，脑海中被刻意压制的负面情绪一点点翻涌上来，穆天晴周身仿若包裹在黑暗的气息里，毫无生机！

勉强撑着改好了剧本的最后一个场景，穆天晴登录邮箱，将修改后的剧本发给了郭永和。

而后，揉了揉胀痛的太阳穴，穆天晴起身，从抽屉里拿起一把车钥匙，走了出去。

从车库里提了自己的车，半小时后，一辆低调的甲壳虫停靠在了MIX酒吧门口。

车里，穆天晴换了套装扮，下车快速闪入了酒吧。

很少有人知道这家酒吧是她名下的产业，她压力大时会化身酒吧歌手辛时暖来这里唱歌喝酒，排遣负面情绪。

这家酒吧并不喧闹，环境很好，很注重隐私，算是静吧，很受职场白领的欢迎。

"啊啊啊！！！是辛哥！！"服务生小柳看到门口来人，顿时失声尖叫了起来。

"真的是辛哥啊！"一个经常来这儿泡吧，打扮清凉的辣妹欢喜道。

"辛哥好久没来唱歌了，我想死你了！"另一个骨灰级粉丝的尖叫声响起。

此刻的穆天晴一头利落的短发，脸上画了浓重炫酷的金属妆，脚上蹬了一双铆钉短靴，一身紧身皮衣皮裤，右耳一颗黑钻耳钉璀璨夺目，和平日里清婉优雅的穆家大小姐判若两个人。

对着冲她飞奔而来的众人，穆天晴唇角微勾，手心覆在唇上给了大家一个飞吻，眼波流转间颇有几分雅痞的味道，顿时又惹得众人亢奋地失声尖叫。

"大家让让，我去后台准备一下。"穆天晴笑着和大家打过招呼，而后在酒吧王经理的陪伴下去了后台。

点了几首歌，穆天晴拿起一把古典吉他，跳上舞台。

登上舞台的一刹那，四周安静了下来，一束光打在穆天晴身上。她纤细的手指在弦上拨弄，音响里传出的音符将她包围，伴随着吉他声声，送来了中性的清凉的声音。

"今天我寒夜里看雪飘过

怀着冷却了的心窝飘远方

风雨里追赶

雾里分不清影踪

天空海阔你与我

可会变

多少次迎着冷眼与嘲笑

从没有放弃过心中的理想

一刹那恍惚

若有所失的感觉

不知不觉已变淡

心里爱

原谅我这一生不羁放纵爱自由

也会怕有一天会跌倒

背弃了理想谁人都可以

哪会怕有一天只你共我

……"

众人听得入迷,不由得走出各自的座位,将舞台围得水泄不通,随着音乐的节拍晃动手中的荧光棒。

穆天晴静静地坐在那里,一把吉他和一支麦克风,就是她的整个世界。

距离舞台最近的一个"U"形沙发上坐着两个男人。其中一个男子修长的双腿随意交叠,深邃俊美的脸庞隐在阴影处,暗黑的眸子与黑暗融为一体,目光落在舞台上女孩儿白皙食指上的那枚镶嵌着七颗细小彩钻的戒指上,唇角一点点弯起。

"听说这个歌手很有名气,果然名不虚传。"享受着穆天晴的好嗓子,雷明喝下一杯啤酒,又为身边的霍熙琛倒了一杯,"听说这个辛时暖不是驻唱歌手,来酒吧唱歌纯粹看心情。看来,今天我们运气不错。"

"是啊,运气还真是不错。"原本找了一个月都不见踪影,今天一天之内却让他遇到她两次。

霍熙琛神色莫测地轻笑一声,一口气喝了一杯冰啤后,拿起手机,对着不远处的穆天晴拍了张照片。

照片里的女孩儿,面容朦胧,气质清冷,他的心不由得微微一动,冷清的眸子蓦地变得炙热。

"阿琛,你不会这么重口味吧!"看到霍熙琛的举动,雷明惊讶万分。他这个好友向来不近女色,没想到竟然喜欢的是这种类型的女孩儿。霍熙琛调出手机里的一张照片,将手机丢给雷明,随即身子后仰,手臂搭在沙发上,简单随意的动作却透着高贵与慵懒。

雷明接住手机,看了眼照片里一袭月白色旗袍的清雅女孩儿,挑眉看向身旁的好友。

"同一个人。"霍熙琛目光紧锁舞台上那抹娇小的身影。

雷明盯着照片看了又看,半晌才找回自己的声音,"阿琛,这是什么情况?"

"不知道。"

"这是百变女郎的节奏啊!"雷明摸了摸下巴,目光黏在了舞台上的女孩儿身上。

看着雷明流露出那样热切的眼神,霍熙琛眸光冷了冷,端着酒杯,轻抿一口,变相地下了逐客令,"陈敏发的事,你盯紧点儿。"

"好嘞!"知道霍熙琛嫌他碍事,雷明很有自知之明地麻溜儿地付完账滚了。

此时,穆天晴唱完了一首《海阔天空》,起身,鞠躬致谢。

"啊啊啊!辛哥,好帅好帅!"

"啊啊啊啊啊!辛哥辛哥我爱你!"

"辛哥来了,千载难逢,赶紧打电话让虎子他们都过来!"

舞台下,众多迷妹眨着星星眼,将手机举过头顶拍照录视频,兴奋得仿佛见到了天王巨星。很多闻讯而来的客人一拥而进,小小的酒吧很快就水泄不通了。

穆天晴一甩短发,露出略显忧郁的笑容。她将吉他放下,上前几步走到舞台前端支着的话筒前,随着悠扬的音乐,眼眸微眯,又唱了一首《梦一场》。

"……

早知道是这样　像梦一场

我才不会把爱都放在同一个地方

我能原谅　你的荒唐

荒唐的是我没有办法遗忘

早知道是这样　如梦一场

我又何必把泪都锁在自己的眼眶

让你去疯　让你去狂

让你在没有我的地方坚强

……"

这首歌是穆天晴的妈妈梁宛如生前经常唱的一首歌。她此时唱着唱着，脑海中浮现出深夜时院落秋千上母亲寂寞的身影和眉宇间笼罩的阴郁，心中微微一疼，眼眸不由得蒙上了一层水雾。

霍熙琛原本拿着手机，看傅成文发给他的关于穆天晴的资料，听到那句"早知道是这样，像梦一场，我才不会把爱都放在同一个地方"，不由得眉心蹙起，抬眼看了过去。

透过浓重的妆容和厚厚的伪装，从她的歌声里，他听出了一丝心酸。

胸口滚烫，一颗心猛地跳动，陌生的心悸的感觉令霍熙琛难以自持，清冷的眼眸不由得倾泻出一抹疼惜。

穆天晴一连唱了十几首歌，最后唱得嗓子都有些哑了，在王经理的一再催促下，她才离开了舞台。

坐在吧台前，打发走了一波又一波歌迷，穆天晴打了个哈欠，支起下巴，点了杯鸡尾酒。

"辛哥，好久没来，不用这么拼吧！"调酒师张檬笑道。

"最近生意怎么样？"这里的员工都知道她才是幕后老板，不过大家嘴都很严，所以就算是常来的客人也并不知道她的真实身份。

"还不错，就是很多辣妹帅哥每天都跟在我屁股后面追着问，辛哥什么时候能来唱歌。你看，你今天晚上一来，很多老客人知道消息都赶过来捧场了。"

"抱歉，最近太忙了，顾不上过来撑场子。"穆天晴喝了两杯鸡尾酒，总觉得背后有一道目光盯着她看。她转过头看了过去，那道目光却骤然消失不见。

穆天晴心里画了个问号,只当是自己喝了酒的错觉。她仰脖一口饮尽杯中酒,又点了瓶啤酒继续自酌自饮。

张檬继续闲聊道:"今晚距离舞台最近的1号桌的客人看起来很眼生,好像是第一次来。"

"是吗。"穆天晴趴在吧台上,有了一丝倦意。

"辛哥,你食指上的戒指看起来好特别啊。"

"是不是很好看?"穆天晴扬起手,开心道:"我哥送我的。"

穆天晴快速喝完了一瓶啤酒,此时已是深夜三点,酒吧里的客人越来越少,只剩下零零星星几桌。

"小姐一个人在这边喝酒?"一个男人喝得有几分醉意,凑到穆天晴身前搭讪。

穆天晴扫了眼来人,西装革履,打扮得像个高级白领,估计是刚来酒吧玩儿的新客,不认识她。

张檬刚要说话,穆天晴给他使了个眼色,对西装男淡淡一笑,点了点头,"是啊,一个人。"

"小姐看起来很有个性,和我认识的那些妖艳贱货不一样。"男人打了个酒嗝,醉醺醺的眼睛露骨地将穆天晴上下打量了一番。

"哦?是吗?"穆天晴的目光落在西装男无名指那一圈戒指印上,笑容透着清冷。

"一个人喝酒,心情不好?"

"是啊。"

"这样啊,那……要不要出去一起喝一杯?"西装男被穆天晴清冷炫酷的气质吸引,迫不及待地问。

"好啊!"

西装男闻言眼睛一亮。

起身,穆天晴拎着王经理给她的两瓶上好红酒,晕晕乎乎地往外走。身后的西装男看着她妙曼玲珑的身材,一脸急色,忙不迭地紧跟其后。

一出酒吧,男人就迫不及待地揽过穆天晴的肩,"小美人儿,我们去哪儿?附近有家五星级酒店环境不错。"

"还去什么酒店呀！"穆天晴反手握住男人的手腕，拖着他往不远处的小巷走去。

小巷深处，穆天晴一把将男人摁在墙上，俯身过去，眼神睥睨如同女王。

"对对对！还是这里刺激！"男人兴奋得涨红了脸。

下一秒，一声杀猪般的嚎叫声回荡在巷子深处。

穆天晴先是一脚猛踹在西装男的裆部，又是几个漂亮的勾拳打在他的脸上，最后一个利落的过肩摔。西装男捂着命根子，顶着一张猪头脸，疼得满地打滚。

穆天晴甩了甩手腕，从西装男兜里摸出手机。

"女侠，饶命！"以为穆天晴是图财，西装男忙把贴身口袋里的钱包也递了过去，跪地讨饶道："给你，钱，手机，统统都给你！"

穆天晴一脚将钱包踢开，让西装男解锁了他的手机，举着手机对着他"咔咔"拍了几张照片，随即点开微信，调出联系人"老婆"，将照片通过微信发了过去。很快，西装男的手机响起，穆天晴将手机丢还给他，丢下一句"下次再让我遇到你和妖艳贱货勾搭，见你一次打你一次"，潇洒地离开。

出了巷子，穆天晴手里拎着两瓶酒，哼着小曲儿走向自己的车，心情瞬间大好，满血复活。

看来，吊打渣男才是正确的解压方式。

总觉得今晚身后有道目光黏在她身上，穆天晴蹙眉，猛地转身，却发现街道空荡荡的，不见人影儿。

将红酒放到后座上，倚着车子，深夜的凉风拂过脸颊，穆天晴一边醒酒一边看向不远处广场中央立着的大型电子屏幕。

屏幕里，播放着一线男星纪冉希到访孤儿院，安抚自闭症儿童，做慈善的一期访谈节目。

看到纪冉希抱起一个自闭症小男孩，笑容灿烂阳光，穆天晴不禁唇角弯起，拿出手机，对准电子屏拍了一张照片，然后给纪冉希发了条微信。

美国时间现在应该是下午三点，纪冉希那边还是白天。

很快，纪冉希通过微信发来了视频聊天的请求。

穆天晴接通，手机屏幕上立刻出现了一张令无数少女尖叫的俊脸。看背景，纪冉希应该是在他的保姆车上。

视频一接通，纪冉希就话痨似的向她吐槽，"小晴晴，我好可怜。飞美国今天深夜三点落地，睡了不到两个小时，五点化妆，七点参加了一个访谈节目，九点又被安排去拍广告。现在我刚刚拍完广告，中午饭都没吃，饿着肚子被拉去参加《贺门忠烈》在美国的首映礼……"

穆天晴有点儿犯困，纪冉希唠叨了半天没听到回应，仔细一看她的装扮，拔高了声量嚷嚷道："你大半夜的不睡觉，又跑去哪儿鬼混了？"

"心情不好，出来喝点儿小酒。"穆天晴笑得张扬洒脱，露出两颗可爱的小虎牙。

"MIX酒吧？"见穆天晴微醺，纪冉希面露关切，"原地等着，我让你哥去接你。"

说完，挂断通话，屏幕暗了下去。

穆天晴笑了笑，心里暖暖的。她这状态确实不适合开车，便乖乖坐进车里的副驾驶座，等穆枫来接自己。

马路对面，一辆低调的黑色车里，傅成文坐在驾驶座上。副驾驶座上，霍熙琛点燃一支烟，遥遥看着不远处的那辆甲壳虫，缓缓吐出白色的烟圈。待他吸完了一支烟，穆枫赶来接人了。霍熙琛抚了抚胀痛的额角，道："成文，回家。"

"是。"傅成文应下，缓缓启动车子。

穆枫开车，穆天晴坐在车里昏昏欲睡，远处传来"嘭"的一声巨响，震耳欲聋。

穆天晴吓了一跳，忙看过去，只见远处一辆大货车和一辆私家车迎面撞上，私家车被撞得侧翻，车头严重变形，冒起青烟。

本不该多管闲事，可穆天晴见大货车上跳下来一个光着膀子、身材壮硕的蒙面文身男。昏暗的路灯下，她眼睛被晃了一下，发现那文身男的手里竟然拿着一把小巧的匕首。

事有蹊跷，穆天晴一个激灵，酒醒了大半，"哥，停车！"

车子还未停稳，穆天晴忙拉开车门跑了过去。

文身男似有察觉，竟掏出枪对着穆天晴的方向开了两枪。她忙卧倒，不敢再轻举妄动。那把枪显然经过了消音处理，只能听到两声闷响。文身男冲她开枪时两个人打了个照面，对方有着一双凶狠的蔚蓝色的眼睛，穆天晴心中不禁暗自惊讶——竟然是国外的杀手。

"哥，你别过来，对方手里有枪！"

"天晴小心！"听到枪声，穆枫心中一紧，跳下车来，伸手去摸随身携带的手枪。

文身男并不恋战，快速跑去拉开变形的车门，从后座上捞出一个孩子，将匕首抵在了孩子的心窝处。

穆天晴的大脑还未做出决定，身子已然跃了出去，指尖一根银针飞出。

文身男手臂一阵刺痛，紧接着眼前一黑，彻底昏迷了过去。

穆天晴对自己研发的麻药很有信心，顾不上去查看文身男，忙蹲下来去看那孩子的伤势。

这是一个四五岁大的小男孩儿，柔软漆黑的短发熨帖在头顶，眼睛紧闭，额角汩汩地冒着鲜血，稚嫩的小脸白得像纸一样，呼吸十分微弱。

穆枫此刻也跑了过来，一把掀开文身男的面罩，不由得一惊。

"哥，这里交给你处理，救人要紧。"说着穆天晴将孩子抱了起来，一边掏出手机打120急救，一边飞快地跑向了自己的车子。

上了车，穆天晴简单地为孩子做了包扎，一手抱着孩子，一手掌控方向盘，车子如离弦之箭般疾驶而去。

小天额头疼得厉害，血流进了眼睛，视线一片模糊，意识蒙眬时，鼻端萦绕着好闻的味道，仿佛雪山上幽幽绽放的雪莲花。小天只觉得被一只纤细的手紧紧抱住，自己落入了一个温暖踏实的怀抱。

穆天晴一路飙车抵达医院，下了车，托起小天的身子，小心翼翼地抱他下车。此时，小天用尽力气睁开眼，直直撞入一双清亮关切的眸，盈盈仿佛倒映着星辰的一汪湖水。

"宝宝乖，我们到医院了，很快你就会好起来的。"

轻柔的声音响在耳边，那股好闻的味道一直伴随左右，小天心底的那根弦陡然一松，彻底地陷入了昏迷。

一个小时后，病房门打开，看到冲进来的霍熙琛，穆天晴不由得讶然。

三年前母亲忌日那晚，她化了浓妆去酒店买醉，险被流氓欺负，是霍熙琛救了她。当时她醉得不轻，只依稀记得他的模样。后来，霍熙琛高调回国，报纸上、电视上铺天盖地的都是关于他的报道，她这才认出了那晚救她的人是他。

没想到三年后，她和他还会见面。此刻的霍熙琛，身上多了上位者的威严，神态却没有太多变化。那张俊脸上似乎总是浮着一层寒冰，冷酷而肃穆。

霍熙琛几步跨到小天的病床前，看到穆天晴满身满脸的血，亘古不变的冰山脸难得有了一丝紧张的神色，"你受伤了？"

穆天晴忙摆摆手，"我没事，受伤的是这个孩子。医生刚刚已经做过检查了，孩子有轻微的脑震荡，需要住院观察几天。"

一听小天没有生命危险，霍熙琛顿时松了口气。

穆天晴见状，脱口问道："霍先生，你是这孩子的……"

话说到一半，穆天晴看了看昏睡中的小包子，又看了看霍熙琛，只觉得小包子和霍熙琛长得仿佛是一个模子里刻出来的，心中八卦之火瞬间熊熊燃烧。穆天晴用了极大的意志力才让自己闭紧了嘴巴。

霍家在C市可是一顶一的豪门世家，听闻霍熙琛今年三十二岁，一直单身，不好女色，还有人说他性取向有问题，喜欢的是男人。

咳咳！这可是豪门绝密，她不该多嘴，很容易被灭口的！

霍熙琛道："我是小天的监护人，是你救了他？"

穆天晴点了点头。

原来小包子的名字叫小天。好像，纪冉希一直资助的那个孤儿，也叫小天。

穆天晴心中疑惑，盯着小天那张稚嫩的脸，越看越觉得像今晚在大屏幕上被纪冉希抱起的那个自闭症小男孩儿。

穆天晴忙掏出手机，翻到今晚拍的那张照片，放大，仔细一看，照片里的长得很萌却眼神空洞的小男孩儿正是此刻躺在病床上病快快的小包子。

既然小包子是霍熙琛的儿子，那他就是霍氏集团金光闪闪的小太子，身份可谓十分尊贵，又怎么会出现在孤儿院呢？

穆天晴一肚子的疑问，又不好开口询问，低垂下眼眸，看了眼至今昏迷着的小包子。她伸手拂去额前的几缕乱发，抬眼，看向霍熙琛道："我和我哥开车路过，看到出了车祸，大货车司机又……意欲行凶，就救了孩子送到了医院。哦，我离开的时候，我哥留下善后。我打了120，司机他……没事吧……"

霍熙琛盯着她，似乎要从她脸上看出些什么，半响才沉沉道："司机已经死了。"

穆天晴立刻倒吸一口凉气。

穆天晴刻意将她救人的经过轻描淡写地略过，知道霍家这样的豪门世家，继承人被谋害定然会调查附近的监控摄像，所以她斟酌了一番，如实说道："行凶者是外国人，身上有手枪，这场车祸怕是没那么简单。"

"这确实不是简单的车祸。"霍熙琛的目光落在小天即便陷入昏迷却死死抓住穆天晴衣角不放的那只小手上，眉宇间的阴霾淡去，面色柔和了几分。

没想到他刚刚把小天从孤儿院接回来，就遇到这种事。那人居然不惜对小天下手，看来是真的想要鱼死网破。

这时，有人急匆匆地冲了进来，伸过来一张俊脸，"嗨，美女，我是小天的小叔，霍熙欢。"

霍熙欢，那就是今晚名流酒店聚会的正主、霍家的小儿子喽！

"你好，我叫辛时暖。"穆天晴此刻还是炫酷歌手的打扮，为了救人她并未隐藏一身的功夫，所以为了避免麻烦，她不打算透露自己的真实姓名。

"美女，你这身打扮太炫酷了！脸上的妆也化得不错。你底子不错，要不要来我们天汇娱乐发展？"说着，霍熙欢手欠地伸出一根手指想要摸穆天晴的脸。

霍熙琛一巴掌拍掉霍熙欢的爪子。

霍熙欢吃痛,龇牙咧嘴道:"善后的事我来处理。另外,车祸的事我们霍家已经报案了,后续的事情不会麻烦到你和你哥。辛小姐,谢谢你救了小天,有什么地方需要我们霍家帮忙的尽管提。"

"不客气,举手之劳而已。"

三年前霍熙琛救过她,这次她救了他的儿子,也算是报答他当年的救助之恩了。

"条件。"相对于霍熙欢的话唠,霍熙琛倒是惜字如金。

"我哥是想报答你救了小天,辛小姐有什么条件,尽管提。"霍熙欢解释道。

"不必了。"穆天晴笑着摇摇头,想要抽出衣角离开。怎奈小天抓得太紧,她伸手去掰他的手指,他脸上立刻浮现出惶恐不安的神色,小嘴一扁,眼角落下泪来。

穆天晴心中一疼,忙俯下身子又拍又哄了好一阵子,才安抚好小天的情绪。

"穆小姐,小天他很依赖你。"霍熙琛离得很近,呼吸喷薄在她敏感的耳朵上。

穆天晴忙偏头躲开,看到床上的小包子眉心蹙得极紧,顿时心软了,"我会留下来照顾小天,直到他醒过来。"

随即穆天晴反应过来霍熙琛唤她"穆小姐",她蹙眉看向他,眸光透出一丝犀利。不过穆天晴立刻明白过来,从车祸发生到现在的一个小时内,事关霍家小太子的安危,霍熙琛完全有能力且有理由将她的身份调查清楚。

况且,和她一起出现救人的还有穆枫,通过这条线索,霍家权势滔天,他想查清楚她的身份并不难。

给穆枫打电话,得知他已经到家了,穆天晴简单说明了这边的情况后,挂断电话坐在病床前,细心温柔地帮小天盖好被子。

此刻,天边泛起鱼肚白,折腾了一夜,眼看着天就要亮了。

"阿欢,去帮穆小姐准备换洗衣服和洗漱用品。"

"好!我这就去!"

霍熙欢离开后,霍熙琛搬了把椅子,挨着穆天晴坐下,目光温和地看向她,"真的没有条件?"

穆天晴闻言不由得失笑,霍熙琛这个豪主在报答她救了小太子的问题上还真是执着。

"救人是出于本能,而且,我不是很缺钱。"穆天晴言外之意是不要用钱来砸我。

"可以以身相许。"

啥?

穆天晴正端着水杯喝水,听了霍熙琛的话,险些一口水喷到他脸上。

"你救了小天,我以身相许。"霍熙琛盯着穆天晴的眼睛,一字一句地说道,神色极为认真。

完全跟不上霍熙琛的脑回路,穆天晴张大了嘴巴,整个人如同石像般僵硬。

她刚刚听到了什么?

霍熙琛他……他竟然要对她……以身相许?!

霍熙琛又道:"或者,你嫁给我。"

"咳!"这一次穆天晴被自己的口水呛到,差点跳起来。

天啊!肯定是自己折腾一晚没睡,产生幻觉了!

这话若是出自其他人之口,穆天晴或许会认为他是个登徒子,可偏偏是霍熙琛……

她都化妆成这个鬼样子了,他……他还能对她说出这番话,还真是……品味独特,眼光独到。

看着眼前男人俊美的面孔,深情的眼眸,穆天晴的脸渐渐变得滚烫,心里的小鹿怦怦乱撞。

深吸了口气,勉强稳定了情绪,穆天晴笑了笑,"霍先生还真是会开玩笑。你的好意我心领了,我已经有男朋友了。"

听到"男朋友"这三个字,霍熙琛不由得联想到傅成文发来的资料里，关于穆天晴和蒋逸风之间的描述，顿时脸色阴沉了下来。

前一秒还温润儒雅的男人，这一刻如同来自地狱，身上散发出的冰冷气压令整间病房的温度骤降。

离他最近的穆天晴不由得缩了缩肩膀。

"小天不是我的儿子。这事是秘密，你要替我守口如瓶。"霍熙琛冷冷地开口，又补充道："不过为了他的安全，我会接他回霍家。"

穆天晴意外地眨了眨眼，不理解霍熙琛为何会对她说这些。

小天的身世是个秘密，现在还不是告诉穆天晴真相的时候。他本来担心穆天晴会介意小天的存在，影响到他们两个人感情的进一步发展。只可惜，他脑子一热，忘了她还有个不靠谱的男友，总得等她和渣男分了手，他才能正大光明地接近她、守护她。

"困了就睡一会儿。"霍熙琛伸手摘下穆天晴头上套的假发套，顺势理了理她凌乱的长发，看向她的目光仿佛是被他圈入了领地的所有物。

穆天晴本就困得眼睛打架，打了个哈欠，趴在小天的床前，很快就睡了过去。

看着她睡得香甜，霍熙琛脱下西服外套，小心翼翼地罩在她身上。

"哥，我……回……来了。"霍熙欢刚进病房，就看到自家亲哥动作轻柔地为穆天晴披衣服，目光温柔得仿佛整个世界只剩下他和她一般，顿时吃了一惊。

霍熙琛示意霍熙欢噤声，让他将买来的东西放在一边，和他一起走了出去。

"派人好好保护她和小天。"

"哦……"霍熙欢心中八卦的小宇宙已经沸腾了，忙不迭地问："哥，你是不是看上辛时暖了？"

这个辛时暖，不过是一个小小的酒吧歌手，还一副非主流金属妆的装扮，他哥的口味什么时候变得如此新奇了？

若是别的女孩儿还好，只要家世清白，只要他哥看得上，娶过门供起来就是了。要知道，他哥都三十二了还没个女朋友，他那不靠谱的老爹都急得白了头发。

可偏偏是这个辛时暖……

懒得理会自家最爱八卦的亲弟,霍熙琛理了理衣领,快步朝电梯走去。

"切!你不告诉我我去问傅成文,就不信搞不到最新消息!"霍熙欢愤愤道,屁颠儿屁颠儿地跟了上去。

直到第二天中午,小天才清醒过来,白白嫩嫩的小脸不见一丝血色,整个人都显得蔫蔫的。

院方第一时间打电话告诉了霍熙琛。穆天晴下午还有两场考试,眼看着时间快到了,她拿出便笺纸,写下了自己的电话号码递给小天,"宝宝乖,天晴阿姨下午要去参加考试,等考完试我给你打电话好不好?"

小天一张小脸顿时皱了起来,黏在穆天晴怀里不肯出来,一脸的不情愿,良久才懂事地点了点头。

霍熙琛在公司开会来不了,接替穆天晴照顾小天的是一个长相斯文,戴着一副黑框眼镜的男人,叫傅成文。据说他是霍熙琛的贴身秘书,和霍熙琛形影不离。

穆天晴怕吓到小天,一早就卸了脸上的浓妆,露出白皙素雅的面孔。傅成文冲她笑了笑,道:"霍先生知道穆小姐急着赶去考试,派了车过来送你去学校。车就在医院门口往南大概十米的位置,是一辆黑色奥迪。"

"真是太感谢了!"没想到霍熙琛如此细心周到,穆天晴礼貌地冲傅成文点了点头,拿起自己的包,飞快地跑了出去,"傅秘书我先走了,小天这边就交给你了。"

出了医院,上了车,穆天晴看了眼时间,不由得松了口气。

当天下午的考试,穆天晴答得很顺利,考完试后便打车回了锦园。

快速地洗了个澡后,穆天晴将自己丢进柔软的大床,脑袋沾到枕头的瞬间,一阵疲惫感席卷而来,很快就呼呼大睡了起来。

等她一觉睡醒已经是晚上八点。穆天晴出了卧室,一眼就看到穆枫坐在沙发上,捧着笔记本电脑正在工作,身旁还放了一叠厚厚的文件。

锦园这边的钥匙,她放在穆枫那里一把。他可以随意进出她的住处。

"哥,你什么时候过来的?"

"起来了？"穆枫瞪了穆天晴一眼，下巴朝厨房的方向努了努，"给你煲了粥，喝点儿，养胃。"

"谢谢哥！就知道你对我最好啦！"穆天晴没吃晚饭正饿得慌，忙蹦蹦跳跳地跑去厨房，盛了两碗粥端上餐桌，喊穆枫一起吃饭。

兄妹俩一边吃饭一边聊天，穆天晴简单将昨晚后续的事对穆枫说了一遍。

"从来没听说霍熙琛还有个儿子……"穆枫一脸的疑惑，"不过，我和纪冉希一起资助过小天，说实话，他长得确实很像霍熙琛。"

"这个我就不清楚了。"想到答应过霍熙琛，替他保守小天的身世，穆天晴忙闭紧了嘴巴。

"霍家的水太深，你还是少招惹比较好。"穆枫提醒道。

"好的，我知道了。"

"你这边没事我就放心了，吃完饭我还得回公司一趟。"

"这么晚了，还要去公司加班？"

"嗯。拍卖行下个月的策划案还在修改，公司的人都在加班，我过去送消夜慰问一下。对了，期末考试快结束了吧，暑假你有什么打算？"

"是啊，还有最后几科就考完了，今年准备不是很充分，不知道能不能拿到奖学金。暑假会很忙，我有个新剧马上开机，曲博士那边新药的研发项目我也要跟进。"

"嗯。知道你是大忙人，我妹妹最能干！陈敏发那边我会跟进。放心，一有消息我立刻告诉你。"

"好。"

穆天晴刚喝完一碗粥，放在桌子上的手机就响了起来，屏幕上跳跃的"亲亲逸风"令她眼眸一亮。

纤细的指尖滑过屏幕，穆天晴拿起手机放在耳边，声音中透着欢喜，"逸风！"

穆天晴的声音甜甜糯糯的，十分好听。穆枫唇角的笑意僵住，看着她甜蜜的模样，面色不由得一沉。

"嗯！"话筒那端传来的声音透着几分不耐烦，"天晴，我明天下午的飞机，你不用来接我。后天我们约个时间见面，我有事和你说。"

说完，不待穆天晴说话，电话就被挂断了。

看着手机屏幕暗了下去，穆天晴几不可闻地叹了口气，眉心升起了落寞。

"蒋逸风要从法国回来了？"穆枫问。

"是啊。"穆天晴撇了撇嘴。

"天晴……"穆枫欲言又止。

"哥，有事？"穆天晴咬着筷子，看向他。

"你知道吗？穆轻烟也从法国回来了。"

"哦。我知道，昨晚我们已经见过了。"

"天晴，你和逸风相处得还好吧？"穆枫试探着问。

"他一直很忙，上个月刚飞美国，后来又去了法国。算起来，我们已经很久没在一起吃饭了。"穆天晴耸了耸肩膀，无奈道。

上个月蒋逸风从美国回来，正赶上《贺门忠烈》剧组开庆功会，他约穆天晴后被爽约。当晚，穆天晴抽空离席给他打电话，估计那时候他在飞机上，手机已经关机了。

再后来，她给蒋逸风发微信、打电话，他都没有回复。想来，他是生她的气了。

"天晴，打算和逸风什么时候结婚？"穆枫定定地看着穆天晴，心中思绪翻滚，最终还是将到了嘴边的话咽了回去。

不止一个人在国外看到蒋逸风和穆轻烟在一起，两个人手拉着手，神态亲昵如同情侣。去年元旦，他去加拿大出差，目睹了蒋逸风和穆轻烟在街头拥吻……

算起来，穆天晴和蒋逸风在一起快八年了。她向来是个重情的人，亦是个长情的人，若是被她知道了男友早就背叛了她，真不知道会发生什么。

"或许等我研究生毕业的时候吧！"穆天晴羞涩地笑了笑。

"也好。"穆枫没有再说什么，吃完饭就拎着公文包离开了。

穆天晴收拾了碗筷，去厨房洗碗，刚刚洗完就听到手机响了起来。

拿起手机，是一个陌生的号码，穆天晴犹豫着接了。

"穆小姐，不好意思打扰了。"话筒里传来男人清冷的声音，有着几分熟悉。

"我是霍熙琛。小天他……一直在等你的电话。"霍熙琛看了眼蜷缩在病床上，背对着他的小天，无奈道。

穆天晴听到"霍熙琛"三个字，先是一惊，听了他后面的话，一拍脑门，"抱歉，我考完试回到家里就休息了，忘记给小天打电话了。霍先生，麻烦你把手机给小天。"

"天晴阿姨……"孩子奶声奶气的声音通过话筒传来。

穆天晴眼前浮现出小包子怯生生的小脸，不由得放柔了声音，"小天，抱歉，阿姨太累了，回家就睡着了，忘记给你打电话了。小天有没有很乖，有没有听护士阿姨的话，吃饭了吗，吃药了吗？"

"没有……"

"那可不行。宝贝啊，你生病了，要乖乖吃饭吃药的。"

"不，我要天晴阿姨。"

穆天晴看了眼墙上的挂钟，已经晚上九点了。

"我要天晴阿姨……"这一次，小天的声音带了几分哭腔。

穆天晴心一软，顿时把穆枫的警告丢到一边，耐心地哄道："小天，这样，你立刻吃饭吃药，乖乖地早点儿睡觉。明天一早，阿姨带早餐去医院看你，好不好？"

小天兴奋地应了一声"好"，原本空洞的眼眸变得雪亮。

哄好了小孩子，穆天晴松了口气，让小天把手机给霍熙琛。"霍先生，我答应小天明天一早去看他。"

"我接你。"

穆天晴刚要说不必麻烦，她哥今晚来锦园已经把她的车子捎带着送了过来，对方却干净利落地挂了电话。

第二天一早，穆天晴刚刚煮了牛肉粥打包好，霍熙琛就打来了电话。

下了楼，一辆黑色迈巴赫停靠在单元门外。

"霍先生早。"穆天晴拎着保温锅上车，和霍熙琛一起坐在后面的位置。

傅成文开车，霍熙欢在副驾驶座上把脑袋伸过来，盯着她的脸猛看，"你是辛时暖？"

"嗯。"穆天晴点点头。

"也是穆天晴？"霍熙欢又问。

"是啊！"穆天晴笑眯眯道。

眼前的女孩儿长发披肩，一袭明黄色长裙，皮肤白皙，唇红齿白，笑起来明媚娇艳，脸颊上两个甜甜的梨涡若隐若现，尤其是那一双灵气的眼睛，令人过目不忘。

"我的天！"霍熙欢看向自家亲哥，由衷地钦佩——还是他亲哥眼光毒辣，能够透过现象看本质！

"好香啊！"车厢里飘着浓浓的香味，霍熙欢不禁咽了口口水，"穆小姐，你煲了什么粥，闻起来很香！"

"牛肉粥。"穆天晴道："我猜大家都是起早去医院，可能没时间吃饭，就多带了一些。"

"我哥吃了我没吃，我要我要！"霍熙欢就差就地打滚儿撒欢儿了。

"我也没吃。"一直沉默不语的霍熙琛淡淡开口。

他哥明明吃了早餐，他亲眼看到的。吃过了还要和他抢吃的，真是太过分了！

霍熙欢一脸怨念，开车的傅成文面上浮上了一丝浅笑。

"我做了五人份，够吃够吃！"穆天晴忙安抚吃货霍熙欢。

因为出发得比较早，路上不堵车，车子很快就开到了医院。

刚推开病房的门，穆天晴一眼就看到小天背对着众人，蹲在窗台上，小小的背影显得格外孤寂。

"小天。"穆天晴心里一酸，出声唤道。

小天愣了一下，立即转身，看到穆天晴后，面无表情的脸上扬起了一个大大的笑容，从窗台上一下子跳下来，飞奔而来，乳燕投林般扑到了穆天晴的怀中。

"小天，早啊！"穆天晴抱着软软的小包子，闻着他身上淡淡的奶香气，看到他头发微乱，还竖着一撮呆毛，整个人都被萌化了。

"天晴阿姨……"小天抱住穆天晴的脖子不放，亲昵地在她脖颈间蹭了蹭。

见状，霍熙琛的眼底闪过一丝不悦，伸手将他拎起来，抱着放到了床上。

整个过程，小天皱着眉头，小脸气得鼓鼓的，愤愤不平地瞪着霍熙琛。

"天晴阿姨一早起来给你煲粥，很累。"霍熙琛冷冷道。

另一边，穆天晴忙将带来的牛肉粥盛了出来，又将她自己拌的海带丝和腌制的几道小咸菜一一摆好。

霍熙欢喝了一口粥，顿时咋咋呼呼道："我的天，真的是太好喝了！"说着，他夹了一筷子海带丝，吃了之后又大呼好吃。

穆天晴端了碗粥喂小天吃饭，待小天吃完一碗粥时，保温锅里的牛肉粥已经见了底儿。

"给你留了一碗。"霍熙琛递给穆天晴一碗粥。

"谢谢。"简单吃了一口，穆天晴收拾好碗筷，打算告辞。

"天晴阿姨……"小天抱住穆天晴的右腿，扬起小脸，黑漆漆的眸子一眨不眨地看向她。

"宝贝乖乖养病，明天就可以出院了。"穆天晴揉了揉小包子的头，柔声安慰。

"不要走。"小天眼底浮现出一抹泪光。

"穆小姐，我有个不情之请。"霍熙琛缓缓开口，"自从车祸后，小天很没有安全感。今天我们三个人有个重要的会要开，明天小天就能出院了，所以……能不能拜托你今天帮忙照顾一下小天。"

穆天晴虽有不忍，却还是委婉地回绝道："抱歉，我是很愿意帮忙照顾小天的，可是……我今天还有其他安排。"

"小天的伤势不是很严重,如果方便的话,你可以带小天一起。"

"可是……"

就算小天不是霍熙琛的儿子,可他们两个长得如此相像,外人肯定会误会他的霍熙琛的私生子。霍熙琛现在并未结婚生子,小天必然是霍家三代里的一根独苗。霍氏的小太子,她怎么敢随随便便地就带在身边?万一出了差池,她可负不起这个责任。

"小天他很久没有出去玩了,之前心理医师就说他有轻微的自闭症。如果穆小姐方便带他出去走走,肯定对他的病情有好处。"

穆天晴正在犹豫,感觉到"腿部挂件"小天抱着她的手紧了紧,一张稚嫩的脸上充满了期待。

穆天晴伸手在小包子的脸上捏了捏,"小天,想和天晴阿姨一起出去玩吗?"

小天点头如小鸡啄米。

穆天晴只好妥协道:"好吧,我今天要去趟古玩街,那边人不多,我一个人带着小天应该没问题。不过……"

"有什么需要我帮忙的,尽管提。"霍熙琛大方地承诺。

穆天晴说:"我要先回家换套衣服。"

"什么衣服,我后备厢里应有尽有!"霍熙欢从霍熙琛身后探出一颗脑袋,应承道。

今天傅成文开的车子是他的,前几天天汇娱乐要添置些新戏服,他正好顺路就拉了一后备厢,还没来得及卸货。

穆天晴挑眉,"女生的高中校服你也有?"

"有啊!"霍熙欢跑出病房,五分钟后回来时,手里拿了一套白色衬衫蓝色短裙的女生校服。

穆天晴面上闪过一丝惊讶,小脑袋里不由得浮想联翩。

啧啧!没想到啊,这个霍家二少还有这癖好,喜欢玩制服诱惑!

穆天晴接过衣服去卫生间换上,待她走出来时,梳着利落的马尾辫,一身减龄的高中生校服,整个人看起来就像个稚嫩少女。

见穆天晴这副打扮,霍熙琛眸光一亮,喉咙一紧。

傅成文正在喝水，差点儿呛到，向来稳重的他，咳得涨红了脸。

霍熙欢则瞪圆了眼睛，昨晚的夜店小公主到今早的优雅女神，再到现在的未成年少女。这个穆家大小姐也太百变了吧！

"哈哈！是不是觉得我在扮嫩？"穆天晴笑着转了几圈，小天则拉了拉她的裙角，张开肉乎乎的小手臂求抱抱。

"我经常去古玩街捡漏儿，为了让那些摊主放下戒心，经常这么装扮。"穆天晴一手抱着肉乎乎的小天，一手拎起自己的包，蹦蹦跳跳地往外走，"我们这就出发了，争取吃过午饭就把小天送回来。"

"等一下，这个给你。"霍熙琛掏出钱包，从里面抽出一张黑色的卡，递过去，"如果碰到小天喜欢的东西，麻烦你帮忙买下来。"

穆天晴认得这张卡，据说是全球无限透支的信用卡，卡费贵得惊人，全C市估计都找不到第二张。

"不用了，如果遇到小天喜欢的，我就买下来送给他当礼物好了。"穆天晴摆了摆手，抱着小天，飞快地跑着离开。

看着穆天晴的背影，霍熙琛的眼底涌起一抹暖色。

"我会派人暗中保护穆小姐和小少爷。"傅成文低声道。

霍熙欢挠了挠头，嘟囔道："哥，你确定穆天晴是编剧而不是演员？说实话，我真的好想把她给签了。用心捧一捧她，肯定能捧出个一线巨星来。"

"放弃这个念头。"霍熙琛丢下六个字，转身离开，给了亲弟一个冷漠的背影。

他的女人，若是想进军娱乐圈他自然不会阻拦。只是，以她的才华加入娱乐圈实在是有些暴殄天物。她的能力不仅限于这个圈子。

终有一天，他的女人会一鸣惊人。

而他，拭目以待！

穆天晴出了医院，打了辆出租车，带着小天直接去了城北的古玩街。

其实市中心就有一家古玩城，整整八层楼，装潢得富丽堂皇，宽敞明亮，楼内店铺里摆放的大都是经过名家鉴定的真品。

这些年，古玩市场越来越火爆，人们生活富足的同时，对古玩收藏愈发热忱。古玩城买来的宝贝固然保真，也有增值空间，但穆天晴还是喜欢去城北的古玩街转。

古玩街上有很多摊主练摊儿，摆的物件儿种类繁多，字画、古董，各种各样的小物件儿，林林总总，质量参差不齐，大都是仿造的冒牌货。若是能从中买上一件遗落民间的真品，行家俗称捡漏儿，就能狠狠赚上一笔。

早些年，穆天晴的母亲梁宛如在世时，她和母亲学了不少古玩鉴定方面的知识。梁宛如出身江南大户人家，祖上世代收藏倒卖古玩，对这一行十分了解。耳濡目染，再加上穆天晴对这方面很感兴趣，日积月累下，她还真摸到了很多门道。

穆天晴拉着小天的手，沿着街道右侧缓缓而行。因为今天是周一，古玩街比较冷清，客人不多，他们两个走走逛逛，不时在感兴趣的摊位上停留片刻。

看到小天盯着一个鼻烟壶看，穆天晴蹲了下来，指着鼻烟壶介绍道："小天，这个叫作鼻烟壶，明末清初自欧洲传入中国，里面可以装鼻烟，哦，就是一种粉末状的药材，吸闻之后具有明目避疫的功效。"

穆天晴简单介绍了一下，见小天听得津津有味，原本呆板的小脸多了丝生气，一双大眼睛神采奕奕，格外惹人怜爱。

"小朋友喜欢，就拿着看看嘛！"摊主是个年轻的小伙子，今天客人少，虽然小天是个小孩子，穆天晴也是一副学生打扮，但他还是热情地招呼着。

小天将那个小小的鼻烟壶拿在手上，一脸的好奇，翻来覆去地看得仔细。

"小天喜欢吗？"

这个鼻烟壶并非古物，材质也一般，就是普通的玉石，但上面雕刻的花鸟鱼虫小巧精致，栩栩如生，倒也可以买来把玩。

小天将鼻烟壶放回摊位，摇了摇头，乖巧懂事地不想让穆天晴破费。

"老板，我们议价吧。"穆天晴下了决心想买下这个鼻烟壶，便伸出手去，打算和摊主拉手议价。

摊主一见穆天晴这架势，就知道她是个懂行的。

古玩这一行的规矩，买家看上了物件儿后，与卖家借着袖子的遮挡或直接取来一块盖布挡住双方的手，通过触碰对方的手指和手势议价，最终的成交价格也只有买卖双方知晓。每根手指代表的价格不同，拇指代表百万，食指代表十万，中指代表万，无名指代表千，小指代表百。

"妹子，我这物件一看就是个高仿的，哪里还用劳烦你拉手议价。这样，你给两百块，这鼻烟壶就是你的了！"摊主爽快地开了价。

见状，穆天晴也不扭捏，砍价道："一百八，这鼻烟壶我要了。"

"行！我看妹子是个懂行的，我今天还没开张，这鼻烟壶我就以本钱匀给你了！"摊主立刻将鼻烟壶捡起，放入一个红色的小木盒里，递给了穆天晴。

穆天晴掏钱付账，然后将木盒塞给小天，笑眯眯道："这是天晴阿姨送给小天的礼物，你开不开心？"

小天紧抿着嘴，笑了，一双胖乎乎的小手死死地捏着盒子，"噔噔"上前两步，在穆天晴的脸颊上"吧嗒"亲了一口。

穆天晴忍不住"咯咯"娇笑，拉起小包子肉乎乎的小手，"宝贝，我们继续逛好不好？"

小天用力地点了点头。

走了大概小十分钟，小天又在一个摊位停了下来。

空气中飘浮着一股异香，穆天晴定睛一看，那摊位上竟然摆了一块孩童拳头大小的浅褐色的沉香。

见小天盯着那块沉香，穆天晴蹲下来，介绍道："这个呢，是沉香，不仅是一味名贵的药材，也可以用来作熏香的材料。"

小天似懂非懂地眨了眨大眼睛，"香，像天晴阿姨身上的味道。"

穆天晴闻言唇角弯起，"宝贝儿，你鼻子可真灵。我沐浴用的自制香皂里确实放了这个。"

一大一小沿着古玩街闲逛了一上午，穆天晴给小天讲了不少古玩知识，顺便买了几件小玩意儿，其中的羊脂玉花瓶是正品，算是捡了个大漏儿。

到了午饭时间，穆天晴带着小天回到锦园。

"宝贝，你可真是我的小福星，招财猫！"今天逛古玩街大有所获，穆天晴心情很好，"天晴阿姨中午亲自下厨给你做饭好不好？"

小天猛地点了点头，高兴地抓紧了穆天晴的手。

穆天晴一颗心软得一塌糊涂，领着小天去小区门口的超市，大肆采购了一番。

出了超市，穆天晴将包跨在肩上，里面鼓鼓囊囊的，装满了今天买来的古玩。她左手牵着小天，右手拎着两个装满了蔬菜水果的塑料袋，和小天一起走进了小区。

锦园是C市市中心一处高档小区，小区分为南北两区，南区是洋房，北区是别墅。穆天晴三年前用赚来的稿费在这边买了一套两室一厅的房子，面积不大，却被她布置得很温馨。平时她大多时间都会住在这边。

一大一小手牵手刚进了小区，后面传来汽车喇叭的声音。

穆天晴回头看了一眼，是辆拉风的劳斯莱斯，忙牵着小天往路边靠了靠。

没想到，那辆车子擦着两个人的身子停下，车窗滑下，露出一张俊朗的面孔。

"上车。"霍熙琛淡淡道。

她家再走上两步就到了，穆天晴本想回绝，结果驾驶位上的傅成文下了车，接过她手里的两个塑料袋，放到了后备厢，又绅士地为她拉开了车门。

如此，穆天晴只好抱着小天，坐进了豪车。

霍熙琛貌似很累的样子，靠在位置上闭目养神，一言不发。

"霍先生在北区这边刚刚买了套别墅。"傅成文一边开车一边解释为何会出现在这里，"最近一直都住在这边，"

"哦，我住前面那栋楼。"穆天晴指路，示意傅成文靠边停下，"我本来打算给小天做午饭，吃完饭后再送他回医院。现在正好是饭点，你们要不要上来一起吃？"

若是没有小天和傅成文，只是偶遇霍熙琛的话，穆天晴是绝对不会出言邀请的。当然，现在她说这话也只是客气一番。

"这怎么好意思。"傅成文从后视镜看了眼一直沉默不语的霍熙琛，笑道。

穆天晴看了眼霍熙琛，"若是不方便，就算了。"

小天闻言，忙点了点头。他要和天晴阿姨一起吃饭，才不要其他人搅和进来，打扰他们的二人世界。

"方便。"霍熙琛扭头，睁开眼，看向穆天晴，幽深的眸子闪过一丝笑意。

穆天晴愣了愣。小天一脸怨念，一双小手揪住她的衣角不放。

"那就麻烦穆小姐了。"傅成文顺势说道。

将车子停在地下停车场，穆天晴抱着小天，霍熙琛手上拎着她的背包，傅成文拎着两个塑料袋，一行四人上了电梯。

电梯停在十二楼，出了电梯，穆天晴掏出钥匙开了门。

门一开粉红色的房间映入眼帘，带着淡淡的冷香。

霍熙琛的唇角微微弯了弯，这味道……他再熟悉不过了。

穆天晴拿来拖鞋，招呼霍熙琛在沙发上坐下。傅成文这时接了个电话，说是公司那边有事急需处理，鞋子没换就直接走了。

一时间，客厅里只剩下穆天晴、霍熙琛和小天三个人。

看着端坐在沙发上的如同一个模子刻出来的一大一小，穆天晴忙问道："霍先生想喝点儿什么，乌龙茶可以吗？"

"随意。"霍熙琛修长的双腿随意交叠着，一张脸依旧冷冰冰的。

穆天晴进厨房烧了水，切了个果盘，很快沏好茶叶端了上来，顺便从冰箱里取出了她自己酿的酵素饮料，给小天倒了一杯。

"你们先看会儿电视，我这就去做饭。"穆天晴打开电视，将遥控器交给小天，随即快步进了厨房。

本来想中午只有她和小天吃饭，做两道家常菜就好了。没想到霍熙琛也会来，他可是霍氏的当家人，什么山珍海味没吃过。一想到这里，唯恐招待不周，穆天晴竟然有了一丝紧张。

"你自己看动画片。"霍熙琛对小天道。

小天不理他，一脸嫌弃，小脸上写满了"你打扰到我和天晴阿姨"。

霍熙琛四处打量了一番，这套房子大概有九十平方米，两室一厅。墙壁刷成了少女系的粉红色，客厅东面摆了一个大大的书架，上面摆满了书籍。客厅的西南角别出心裁地做了一个小小的榻榻米，四周低垂着粉红色的水晶珠帘，形成了一个相对独立的空间，榻榻米上面铺了柔软的靠垫，随意摆放了女孩子喜欢的小布偶，一张小书桌上放了一台笔记本电脑。显然，这是穆天晴平时码字的小天地。

脱下西服外套，霍熙琛走进厨房。

此时，穆天晴正在洗菜，一扭头就看到霍熙琛伸手解开衬衫上面的三颗扣子，露出一片蜜色的健康肌肤。

手上的动作顿了顿，穆天晴盯着霍熙琛，目光难以移开。

霍熙琛动作优雅地挽起袖口，走到流理台前，从刀架上取出一把菜刀，捡起穆天晴洗好的西红柿切起来。

穆天晴微愣的瞬间，霍熙琛已经麻利地切好了两颗西红柿，动作如行云流水，再配上这张盛世美颜，实在是赏心悦目。

"女孩子不要总下厨，油烟对皮肤不好。"霍熙琛抬眼，眸光里含着清浅的笑意，"去休息一下，给我二十分钟。"

"啊？"霍熙琛这是撵她走？他这是要亲自下厨的意思？

他和小天是客人，怎么好让客人下厨做饭，她去偷懒躲清闲。

穆天晴刚要开口拒绝，腿上一沉，一低头，"腿部挂件"小天扬起一张小脸，手里拿着遥控器，"天晴阿姨，我想看动画片。"

"哦，小天想看什么动画片？"穆天晴只好陪小天去了客厅，找了他喜欢看的《齐天大圣》，又被他缠着喂水果吃。

这期间，厨房里不时传来规律悦耳的切菜声，霍熙琛将电磁炉拿到餐桌上，插好电源后，很快又端了她平时吃火锅用的小锅出来。

小锅子热气腾腾，顿时香味四溢，飘满了整间屋子。

"担心你们饿，看你买了条鱼，就做了鱼火锅。"霍熙琛解释了一句，折回厨房，取了他秘制的蘸酱料和洗好的青菜。

"看起来不错呢！"穆天晴吸了吸鼻子，肚子不由得咕咕叫了几声。

"小天,我们吃饭前是要洗手的哦。来,天晴阿姨带你去洗手。"

清冷的眸子看着穆天晴和小天一大一小手牵手地去了洗漱间,霍熙琛的面上浮现出一丝暖意。

洗好手,穆天晴和小天并排坐好,对面的霍熙琛将片好的鱼肉下锅,又为他们俩盛了些蘸料。

没想到有一天,她会和霍熙琛这样的大人物面对面的吃饭,这个世界还真是奇幻。

这顿午餐,穆天晴吃得很熨帖。自始至终都是霍熙琛在下肉下菜,又将煮得刚刚好的美味盛出来,放到她和小天的碗里,她只要像只小猪,埋头吃就好了。

吃完饭,穆天晴提出要送小天回医院。

"不用再去医院了,我看了小天今早的体检报告,没什么大碍。"霍熙琛抬腕看了眼手表,"本来是打算接小天回我那边的,我等下还要去上班,时间有些来不及了。可不可以麻烦你帮我照顾他一下午,下班后我再来接他。"

嗯!还赶着饭点来,这样又可以顺理成章地和她一起吃晚餐了。

"抱歉,我男朋友今天下午的飞机,我等会儿要去机场接他。"穆天晴充满歉意地笑了笑。虽然蒋逸风说过不用她接机,可她还是想去。

听到"男朋友"三个字,霍熙琛勉强维持住平静的面色,眼底的锋芒一闪而逝,"几点的飞机?"

"应该是下午三点,我这边到机场有点儿远,担心路上堵车,两点就得出发。"穆天晴看了眼挂钟,现在已经是下午一点了。

相对于霍熙琛的"平静",小天已经明显的一脸不情愿。他从座位上挣脱下来,一把抱住穆天晴的大腿,泪眼汪汪地看着她。

他不要离开他的天晴阿姨!不要!

见状,穆天晴扶额,一脸无奈。

没想到小天会这么依赖她,可她总不能和男朋友约会也带着这个小包子吧!

况且,她和蒋逸风的关系现在有点儿僵,她还有些话想与他单独说，小天在场真的很不方便。

"小天，回家。"霍熙琛起身，走向小天。

小天别扭地躲过他的碰触，跑进客房里，"嘭"的一声关上了房门。

"出来！"霍熙琛冷着脸，敲门，怒道："给你一分钟时间，把门打开，和我回家。"

穆天晴在一旁一脸尴尬，很快一分钟过去了，房间里面静悄悄的。

眼瞅着霍熙琛打算踹门而入，生怕小天受到惊吓，穆天晴忙拦住他，柔声道："还是我来吧。"

她轻轻敲了敲房门，耐心道："小天，天晴阿姨答应了要去机场接人，爽约的话真的不太好。这样吧，我们住得很近，以后只要天晴阿姨在家，你就可以过来玩儿，好不好？"

等了一会儿，隐约听到房间里有了轻微的脚步声，穆天晴忙继续哄着说道："小天，你有天晴阿姨的手机号，可以随时给阿姨打电话的啊。"

"吧嗒"一声，房门打开，小天扑到穆天晴怀里，双手抱着她的脖子，一副生离死别的表情。

穆天晴被逗笑了，伸手去捏小天粉嫩嫩的小脸蛋儿。

一旁的霍熙琛看着相拥的两个人，不由得十分惊讶。

自从小天三岁那年遭受打击，便患上了轻微的自闭症，平日里很少说话，不愿意与人交流，整日把自己锁在房里。病情严重时，他甚至会绝食，不允许任何人靠近，仿佛一只防备心极强的受伤小兽。没想到他竟然会与穆天晴如此亲近。

霍熙琛抱着小天离开，小天手里拿着一个小小的鼻烟壶，穆天晴一路将两个人送到电梯，眼见着电梯门合上，小天眼睛一眨，落下泪来。

电梯一路下行，穆天晴鼻子酸酸的回到了屋里，将包里今天淘来的物件一一取出，拿起那个羊脂玉花瓶去了客房。

客房里并没有床，只有三排博古架，上面摆满了她捡漏儿淘来的古董。

将羊脂玉花瓶小心翼翼地放到架子上，穆天晴心满意足地看着这一屋子价值不菲的古董，想着只等寻一处旺铺，她就可以开一家属于自己的古董店了。

出了门，穆天晴开着自己那辆甲壳虫，一颗心早就飞到了蒋逸风身上。

上次是她爽约，害蒋逸风到现在还对她不理不睬。这次，她一定要好好表现，犒劳下蒋逸风的胃。

看时间还来得及，穆天晴没有径直去机场接人，而是开车去了蒋逸风私人公寓附近的大型超市。在超市里逛了一圈，买了些水果和蔬菜，还特地选了一条蒋逸风喜欢吃的江团鱼。

眼看着时间不早了，她火急火燎地到了蒋逸风家里。天气太热了，她打算将东西先放到冰箱里，再出机场。

穆天晴掏出钥匙开了门，目光落在玄关处那双黑色皮鞋上，不由得愣了愣。

蒋逸风已经回来了？

穆天晴忙掏出手机，给蒋逸风的秘书胡珂打了个电话。

"哦，蒋总临时改签了机票，我刚刚送他回家。"电话里，胡珂如实解释道。

"好的，我知道了。"挂断电话，穆天晴撇了撇嘴，换了拖鞋，拎着两个大大的塑料袋，进了厨房。

差不多两个月没见了，在国外待了整整两个月，蒋逸风向来口味刁钻，胃又不好，也不知道他有没有犯胃病。

卧室传来"哗啦啦"的流水声，想是蒋逸风在洗澡。穆天晴从塑料袋里取出苹果、橙子和火龙果，清洗后开始做起了水果拼盘。

这时，卧室的门"嘭"的一声打开了，穆天晴转身，但见蒋逸风赤裸着上半身，腰间仅系着一条白色浴巾，出现在她面前。

两个月不见，他还是熟悉的面孔。逆着光，那棱角分明的一张脸带着几分疲惫，狭长的眸子微微眯起，目光疏离而冷淡。

两个人认识差不多十年，成为男女朋友也有八年了，穆天晴还是第一次看到蒋逸风近乎半裸的模样，顿时红了脸。

"你怎么在这儿？"蒋逸风黑着一张脸，面色不悦，语气冰冷。

穆天晴心头一凉，只当他还在生她的气，转过身子继续切火龙果，柔声道："逸风，水果拼盘马上就做好了。坐了十几个小时的飞机，我知道你累了，好歹吃点儿水果再休息。等下我再给你煲个排骨汤，等你睡醒了，饿了，可以自己盛出来吃。"

半晌，蒋逸风闷闷地"嗯"了一声，随即回到卧室，"嘭"的一声，大力关上了门。

穆天晴叹了口气，将切好的水果装盘。在厨房忙碌了一会儿，期间，她喊蒋逸风出来吃水果，见他久久不应，以为他睡了去，便煲好汤后在炉上温着，将果盘端了放在客厅的茶几上，随即去收拾蒋逸风的行李箱。

蒋逸风的行李箱放在卧室里，穆天晴轻轻转动把手，放轻了脚步进了卧室。

窗帘放下，整个卧室光线昏暗。蒋逸风的行李箱大开着放在地上，里面一团凌乱。

昏黄的壁灯下，偌大的床上，颀长的身子卧在黑暗里，男人呼吸平稳，黑密的短发十分熨帖，狭长的眸紧闭着。

穆天晴将行李箱合上，关了壁灯，蹑手蹑脚地拖着行李箱去了客厅。

客厅里，她将行李箱放倒再次打开，放在最上面的礼物盒分外显眼。

那是一个长方形的礼盒，一贯的粉红色的包装纸，上面还打了个十分漂亮的蝴蝶结。

穆天晴将礼盒拿在手上掂了掂，不由得莞尔。

每次出差回来，蒋逸风都会给她带一条他精心挑选的手链回来。算起来，这是他送她的第十二条手链了呢。

将盒子放在沙发上，穆天晴蹲着开始收拾衣物，将需要送洗的西服挑拣出来，又将其他干净的衣服叠整齐放在一旁。忙碌了一会儿，穆天晴拎起行李箱里最后一件衬衫。这时，里面卷着的一个小盒子掉落出来。

那是一个红色的小盒子，巴掌大小，上面"杜蕾斯"三个红色的大字分外刺眼。

穆天晴脊背一凉，身子猛地震了一下，她闭上眼再次睁开，捏着那个盒子凑到眼前——"杜蕾斯"三个字再次招摇地刺入眼眸。

盒子外面的一层塑料薄膜已经被撕掉，显然里面的东西已经被用过了。

她颤抖着手打开盒子，将里面的东西倒了出来。于是，她白皙的掌心里，多了两个小小的红色塑料袋。

呵呵！只剩下两个了啊！

浑身的力气被抽离，穆天晴跌坐在地上，一瞬间，脑子一片空白。

不知道在地上坐了多久，穆天晴强撑着站了起来。她坐到沙发上，蜷缩起双腿，低垂着头，眼眶酸涩，却流不出一滴泪来，冰冷的感觉蔓延全身，浑身的血液都似乎凝固住了，愤怒、恐惧和无助席卷而来。她和蒋逸风在一起的一幕幕，仿佛幻灯片般，在脑海中回放。

穆轻烟十三岁生日那天晚上，她将不会游泳的穆天晴推进了泳池。紧接着，穆轻烟也跟着落水。只不过，她不是为了救穆天晴，而是用力地摁着穆天晴的肩膀，将穆天晴死命地往水里压。

冰冷的池水将穆天晴包围，冷冽的水灌进鼻子和嘴，身体的温度一点点散去。穆天晴惊恐万分，窒息的感觉令她眼前黑影重重。失去意识前，一双有力的大手托起她的腰身，将她救了下来。

在穆天晴生死一线时救下她的，正是蒋逸风。

随后，穆天晴住院疗养，蒋逸风日日前来看望。那时的他，有着一张干净的脸，笑容真诚阳光，身上的温暖气息令她忍不住想要靠近。

八年前，生母背负冤情，骤然离世，年幼的穆天晴陷入人生低谷，甚至患上了心理隐疾，不得不休学一年。那一年，在她最艰难黑暗的时光里，是蒋逸风陪着她看心理医生，陪着她去旅游。他用爱情温暖了她空洞冰冷的心，将她一点点从黑暗阴冷的泥潭中拉了出来。

于是，他们在一起了，水到渠成。

她爱他吗？

爱！当然爱！

可向来矜持的她，从来没亲口告诉过蒋逸风"我爱你"这三个字。

那，他爱她吗？

或许，曾经爱过吧！

这些年的陪伴，若对她无爱，他演戏演了八年，不累吗？

攥紧了手心里的那两个东西，穆天晴只觉得一颗心仿佛被一把钝刀来回割扯，疼痛的感觉令她窒息，就连呼吸都变得困难。

不论爱与不爱，事到如今，因着他的背叛，他和她终究还是走到了尽头……

锦园八号，霍家别墅里，小天吃完晚饭后就蹲在门口，手里捧着霍熙琛的手机，眼睛盯着屏幕一眨不眨。

天色一点点暗了下去，小天眼里的光亮也渐渐黯淡，隐隐蒙上了一层泪光。

霍熙琛坐在沙发上，手里拿着一份报纸，一晚上也没翻过一页，目光时不时地向门口已经变成"望夫石"的小天看上两眼，心里万分煎熬。

今天下午，穆天晴去见了蒋逸风。傅成文给他的资料显示，她和蒋逸风是相处了八年的男女朋友，听闻两个人即将订婚。而且，算起来，他们两个人已经快两个月没有见面了……

男女朋友，两个月未见，独处一室，干柴烈火……

霍熙琛一颗心猛地一沉，面色陡然一片冰冷。

"如果担心打电话会打扰到天晴阿姨，你可以给她发个短信。"霍熙琛低沉的声音从背后传来。小天忙掏出手机，手指飞快地发了条短信。小天年纪虽小，但智商很高，编辑短信难不倒他。

见状，霍熙琛起身，站在小天身后，仿佛在等一个十几亿的大单子的回复，心里纠结又紧张。

晚九点，穆天晴蜷缩在沙发上，整个人仿佛一块僵硬的石头，一动不动。

她的手机突然震动了一下，屏幕亮起，是一条手机短信。

半响，穆天晴捡起手机，指纹开锁，点开了那条短信——"天晴阿姨，小天好想你！"

冰冷的身子似乎有了一丝暖气，穆天晴斟酌了一番，手指飞快地在手机屏幕上敲打,很快回复道:"小天乖,天晴阿姨今晚有要紧的事要处理。你要乖乖吃药和睡觉哦,等阿姨有空了,给你打电话。爱你呦!比心!么么哒……"

看到"么么哒"三个字,小天捧着手机,抿唇羞涩地笑了。

等了不过两分钟,霍熙琛却仿佛过了一个世纪那么长,心里的某根弦绷得死紧。他扫了一眼手机屏幕,看到"要紧的事要处理",不由得剑眉微挑,一颗心又高悬了起来。

收到穆天晴的短消息回复,小天将手机塞给霍熙琛,迈着小短腿儿,"噔噔噔"地跑上楼,听话地洗漱睡觉去了。

霍熙琛忍了又忍,最终拎起西服外套,出了门。

深夜,蒋逸风醒来。

空气中飘散着诱人的香气,想起穆天晴说过给他煲了排骨汤,不由得肚子咕咕作响,蒋逸风终是睁开蒙眬的睡眼,胡乱套上睡衣,起床拉开卧室的门。

客厅里伸手不见五指,蒋逸风打开客厅的灯,明亮的光线下他不适应地眯起眼。

蒋逸风走向厨房,眼角扫到沙发上那抹娇小的身影,脸上闪过一丝惊讶。

穆天晴偷偷溜进卧室时,他是知道的。他以为她和往常一样,做了饭收拾完行李就会离去。没想到,她今天竟然留了下来。

听到声响,穆天晴缓缓抬起头,苍白的脸上没有一丝血色,原本黑白分明的眼眸微微泛红。

"天晴……"察觉到穆天晴的异常,蒋逸风愣了愣。

穆天晴从沙发上站起,沉默不语。她径直去了厨房,盛了一碗米饭和排骨汤拿出来后又折回厨房,从冰箱里取了些她腌制好的小菜,端到了餐桌上。

蒋逸风喉头滚了滚,最终坐在餐桌前,默默地吃起了夜宵。

待他吃完一碗饭,穆天晴问了句,"还要吗?"

蒋逸风摇摇头。

穆天晴将碗筷收拾好，去流理台清洗干净。

蒋逸风站在厨房门口，倚着门框，看着那抹熟悉的身影，一时间心中五味杂陈。

将洗干净的碗筷放进沥水架，穆天晴擦干净手，转身撞见脸色微白的蒋逸风，朝客厅努努嘴，道："逸风，我们谈谈。"

她用的是肯定句，并非商量的语气。

蒋逸风有种不好的预感，盯着穆天晴看了足足一分钟，终是叹了口气，点了点头。

该来的总会来。

他今天之所以没有下飞机后直接去找她，就是想要好好捋顺一下思路。

他们在一起整整八年了，可他早就发现他喜欢的另有他人。但，穆天晴对他一直温柔体贴，是个称职的女友，挑不出任何错处，两个人家世相当，他母亲又对她这个准儿媳十分喜欢，他实在是找不到理由和她说分手。于是，犹犹豫豫间，就拖到了今日。

两个人落座，面对面坐好。

穆天晴摊开掌心，将那两个避孕套放在桌子上，冷冷地开口："逸风，我希望你给我一个解释。"

蒋逸风的脸色有些难看，没想到穆天晴会翻出这个。他记得很清楚，那盒用过的避孕套离开时他放在酒店里了。

"逢场作戏？"穆天晴为他找了个借口。

蒋逸风抬眼看向对面的穆天晴，见她眼中泪花翻滚，心中虽然不忍，但觉得长痛不如短痛，刚要开口说话，就听穆天晴冷冽的声音响在耳侧——

"蒋逸风，我们分手吧！"

蒋逸风脊背一僵，愣愣地看向穆天晴，以为自己听错了。

他本来就想明天找她和她说分手的事。原以为，她会又哭又闹，纠缠他好一阵子。毕竟，他喜欢谁不好，偏偏喜欢的是她的……

可是，蒋逸风没想到穆天晴会今晚来找他，也没想到她会发现他劈腿的证据，更没想到的是，面对他的出轨，穆天晴竟然一点儿挽留的意思都没有，干净利落地判了他死刑，对他说分手。

"无论什么解释，都是苍白无力的。我不接受任何身体和精神上的背叛。"穆天晴口齿清晰地说完了这番话，低下头的瞬间，已泪流满面。

当初父亲出轨，母亲一度伤心欲绝，后又心软念着旧情，舍不得与父亲离婚。于是，她目睹自己的丈夫在外面拈花惹草，甚至将私生女领回家门，整日抑郁不欢，以泪洗面，生活在猜忌和痛苦里，直到生命的尽头。

男人一旦背叛就不值得原谅，提出分手她的心很痛，却不得不如此，她不想重走母亲的老路。

不想被蒋逸风看到自己流泪的狼狈模样，穆天晴起身，背对着蒋逸风，胡乱摆了摆手，冲到沙发边拿起自己的包，头也不回地快步走向玄关。

"天晴！"蒋逸风讶然，他想过他和她肯定会有分手的那一天，却不料她会表现得如此决绝。

刚刚那个干净利落地和自己说分手的女孩儿，真的是他熟悉的对他一贯顺从体贴的穆天晴吗？

穆天晴踉跄地出了门，跑去摁了电梯。电梯打开的瞬间，她泪眼模糊地冲了进去。

鼻子撞上了一堵肉墙，穆天晴忙扶住男人的胸膛勉强站稳，声音嘶哑，"对不起……"

霍熙琛不语，清冷的眸紧盯着穆天晴。

对上那双被泪水洗涤过的眼眸，霍熙琛的身子不禁震了一下。

今晚的她不施脂粉，显得格外素净。身材高挑，肤若凝脂，一袭白色长裙下露出两条纤细修长的美腿，漆黑如瀑的长发随意披散在肩头，衬得那一小截脖子分外白皙。那巴掌大小的一张瓜子脸清纯而娇艳，青烟色的眉下，长又翘的睫毛微微地颤抖着，遮掩住流泪的眸，白玉般的鼻子小巧可爱，粉嫩的唇娇艳欲滴，微微张着，露出两排整齐的贝齿。

"抱歉！"穆天晴眼神空洞，并未发现电梯里遇到的是熟人。她低着头，转身站好。

她背后的男人，一身深黑色手工剪裁的西服包裹住他宽厚的胸膛，气质冷冽矜傲，深邃的眸覆着一层寒冰，眼底深处却跳跃着一簇火苗，冰火交加下，那双眸子亮得惊人。

鼻端那幽幽冷香令霍熙琛有一刹那熟悉的心悸，心跳再次加速，直到快得几乎要蹦出胸膛。

深吸了几口气，待霍熙琛平复了情绪，电梯已经抵达负一层。

穆天晴快步走出电梯，钻进自己的车子里，重重地关上了车门。

她双手握住方向盘，再也忍不住，任由泪水在惨白的脸上肆意横流。良久，她转动钥匙发动引擎时，一道黑影出现在车前。

"天晴，你现在情绪不好。下车，我送你回家。"蒋逸风身上穿着睡衣，脚上踩着拖鞋。他快走几步，伸手去拉驾驶座的车门。

"不必了。"穆天晴扯过一张面巾纸，胡乱擦了擦脸，声音嘶哑，眼神却无比坚定，"分手的事我会尽快告诉我爸爸。蒋妈妈那边，就拜托你解释了。"

"天晴！"蒋逸风看着穆天晴冷绷的侧颜，胸口闷闷的，一口气上不来也下不去。

他知道，他和她终究会走到这一步。可当她对他提出分手时，他并不开心。

扒着车门，就连蒋逸风也不明白，他为什么不肯放手。潜意识告诉他，一旦松手，他会失去她，永远地失去这个在他生命里出现了整整十年的女孩儿！

穆天晴却是看也不看他一眼，狠狠踩了一脚油门，打了一把方向盘，"刷"的一下，车子擦着蒋逸风的身子飞驰了出去。

车子带动起一阵劲风，蒋逸风险些被掀翻在地，他不由得心惊肉跳，回过神来时，面色由惨白转为铁青。

出了地下车库，穆天晴很快驾车驶出了小区。

深夜两点的马路上，急促刺耳的引擎声划破寂静的夜空，一道火红的影子如同一只离弦之箭，游走在暗夜中。

一连擦着车身赶超了几辆私家车，身后不断传来咒骂声，穆天晴置若罔闻，一双眸子冰冷如寒冰，左脚用力地踩着油门。改装过的车子性能极佳，车速瞬间飚至二百千米每小时。

对面迎来一辆大货车，穆天晴速度不减，眼看着两车距离不过五米，即将相撞，她猛地向右一打方向盘，避了过去。

而后，车子一路畅通无阻，驶向郊外。

人烟稀少，树影斑驳，这里的星星似乎格外明亮。皎洁的月色下，穆天晴的车风驰电掣地上了盘山路，车速依旧节节攀高。

这里的盘山路被称为"十八弯"，转弯处弯度大且道路狭窄，是事故高发区。即便是在阳光明媚的大白天，以这样的车速行驶在这条路上，也无异于自杀！

远远跟着红色甲壳虫的一辆黑色私家车加快速度追了上去，无奈车子没有改装过，终究被穆天晴落下了一大截！

该死！

霍熙琛狠狠地砸了下方向盘，他掏出手机看也不看地拨了个号，半响电话里传来男人似醒非醒的声音——"哥……这都几点了？！"

"直升机！"霍熙琛一边狠踩油门一边冲电话大吼，"我需要一架直升机，等一下我微信发你定位！"

语落，霍熙琛将手机挂断，用微信发完定位后，立刻丢到一边。双眸盯着远处的"小红点"，面色紧绷，目光如潜伏于黑夜里的狼，嗜血而愤怒！

穆天晴的车一直沿着悬崖边行驶，每一个转弯都令霍熙琛眼皮直跳，却又不得不由衷的称赞她高超的驾驶技术。看样子，这个看似小白兔般柔弱的女孩儿，是个飙车高手。

崖边碎石簌簌落地的声音传来，在寂静的夜中格外清晰。穆天晴又一个漂亮的漂移，转弯处突然加速，车身陡然一转，轮胎紧擦着陡峭的悬崖边掠过。

似乎再次回到了黑暗中，她此刻的心情和刚刚目睹母亲死亡现场时无异。黑暗如同一双无形的手，将她兜头罩住，狠狠攥紧，令她的一颗心憋闷异常，在横冲直撞中，难寻出口！她的内心深处仿佛被撕裂了一般，冷飕飕的风猛地灌进伤口，随即鲜血汩汩，疼痛非常。

脑海中，母亲死亡时惨白的脸，父亲厌恶嫌弃的神色，蒋逸风扭曲的面孔，妹妹阴险的眼神，哥哥温暖的笑容，交杂在一起，令她分不清是现实还是梦境。

穆天晴深吸了口气，额角的汗顺着白皙的脸颊滴落。她很清楚，她的心理隐疾再次犯了。

创伤后应激障碍是指由于某种突发的威胁性或灾难性心理创伤，而导致延迟出现和长期持续的精神障碍。其主要症状包括做噩梦、性格大变、情感解离、情感上的禁欲或疏离感、失眠、逃避会引发创伤回忆的事物、易怒、过度警觉、失忆和易受惊吓。

她被穆轻烟推下泳池几乎丧命，那时心理医生就说她患上了轻微的抑郁症，再加上目睹母亲脸色发青地躺在冰冷的地板上，那幅画面令她终生难忘。忍受丧母之痛的穆天晴，一连一个月都不肯说话，最终被爷爷送去就医，被业内权威的心理医生季盟诊断为典型的创伤后应激障碍。

直到去年，穆天晴还定期去季盟那里做心理辅导。原本她已经渐渐脱离了困境，不料今日发现蒋逸风出轨，令她再次受到刺激。

眼看着车子就要没油了，再次转弯时，穆天晴咬紧了牙，握住方向盘的双手用尽了全身的气力，朦胧月色下，手背上的青色隐约可见。她眼前一黑，恨不得就这样随风而去，却在命悬一线时猛地向左打了方向盘。

车子右侧的轮胎大半悬于崖外，下一秒钟，车子"嗖"的一声，驶向了内道。

猛踩刹车，车子骤然停了下来，穆天晴的身子撞在方向盘上，闭着眼，大口大口地喘气。

天知道，刚刚若是她再晚上零点零一秒，车子就飞出去了。她的小命就真的交代在这里了！

良久，轰鸣声从天空中传来。听起来，似乎是直升机的声音。同时，穆天晴的车门被人砸了几下，"砰砰"作响。

穆天晴抬起满是汗水的脸，只见一张俊美的同样满是汗水的脸出现在车窗外。

"下来！"霍熙琛右手握拳，再次砸向车门，一双眸子仿佛两簇明亮的火焰，一副怒发冲冠要杀人的模样。

穆天晴的大脑一片空白，愣愣地看向来人。刚刚从鬼门关游荡归来，她此刻只想一个人静静。

"下车！"霍熙琛见穆天晴眸光黯淡，眼神空洞，心中顿时慌乱，伸手去拉车门，意外地发现，穆天晴并没有锁车。

弯腰探进车子，霍熙琛将穆天晴一把揪了出来，气得额头上青筋暴起，"不系安全带，飙车，你可真行！"

穆天晴不语，她此刻身子发软，毫无力气。见来人是霍熙琛，虽觉得有些奇怪，但还是任由他将她拉着走到路边。

霍熙琛一只手紧紧地拉住穆天晴，另一只手掏出手机打了个电话，"可以撤了！"

电话里传来咒骂声，紧接着，穆天晴抬头，发现一直盘旋在头顶的那架直升机突然离开。

"车子没油了。"穆天晴揉了揉太阳穴，一脸疲惫。她看向不远处霍熙琛的车子，道："你车里有备用的汽油吗？先借我点儿！"

"借你汽油，然后让你继续飙车？"霍熙琛大吼，双手握住穆天晴的肩头，狠狠地晃了晃，"你真的不要命了？！"

"不飙车了，我该回家了。"穆天晴轻轻地摇了摇头，脸色平静，毫无波澜。

飙车过后，心中的疼痛和憋闷减轻了不少，这时的穆天晴已经彻底冷静下来了。

算起来，她已经好久没有用这种方式解压了。

霍熙琛胸口剧烈起伏，气得不轻，"我送你回去。"说着，他拉起穆天晴的手，向他的车子走去。

"不用！"穆天晴停下脚步，拒绝。

"你的车明天我让人加满油,给你送回去。"霍熙琛盯着穆天晴,一字一句道。

穆天晴抿紧了粉唇,静默地继续抗议。

"听话。"霍熙琛伸手去揉她的长发,放软了语气。

"要不要一起去喝酒?"穆天晴弯起唇角,细长的眉挑了一下,笑得像只小狐狸,却依旧遮掩不了眼底的落寞。

"不行!"霍熙琛眉头蹙了蹙,目光落在穆天晴平坦的小腹上。经过这几次接触,这丫头显然忘记了那晚的事,事后肯定没有做应急措施,而他那晚喝醉了酒,也没有用避孕套。

万一……万一她肚子里已经怀了他的孩子,现在去泡吧喝酒,岂不是胡闹!

他得对她,还有肚子里可能已经存在的小家伙负责任。

闻言,穆天晴脸上的笑容收得干干净净,暗暗磨了磨牙。刚要出言顶撞,穆天晴的肚子却在这时"咕咕"叫了起来,寂静的夜里,分外清晰。

"我顺路送你回家,等到家,订好的外卖应该也送过来了。"霍熙琛眉眼中染了笑意,再次牵起穆天晴的手。

想到霍熙琛也住在锦园,送她回家算是顺路。这一次,穆天晴顺从了。

坐在副驾驶座上,任由霍熙琛帮她系上安全带,穆天晴靠着门,斜斜地看向身旁的男子。

鼻端萦绕着淡淡的酒香,穆天晴见霍熙琛穿了一身黑色的正装西服,打了一条暗红色花纹的领带,不由得咧嘴一笑,"刚应酬回来?你喝酒了,不怕被查酒驾?"

"我没喝酒。"眼角瞥到穆天晴纯媚的笑,霍熙琛心中猛地一紧,眸光幽深。

这几天,他将查到的关于穆天晴的资料一一看过,觉得这个女孩儿似乎没有表面上那般单纯。

除了她穆家大小姐的身份,她还是个业余编剧。她读的是医学专业,却似乎在制药方面更有天赋。她名下有一家酒吧,会偶尔去酒吧当歌手。除此之外,她还是个坐拥十几套豪宅的小富婆,有去古玩街捡漏儿的爱好。

她救下小天的视频他仔细看过，不得不承认她身手不凡，是个深藏不露的高手。通过今晚的接触，他无意间发现她会飙车，对她算是又多了一点儿了解。

显然，这完全颠覆了穆天晴在世人眼中的豪门千金和乖乖女的形象。

霍熙琛给秘书傅成文打电话让他订餐，随即发动了车子。

"好吧，其实我欠你一声'谢谢'！"见霍熙琛只是专心开车并不理她，穆天晴撇了撇嘴，道："那天晚上真的要谢谢你，不然，我喝多了，肯定会被人欺负的。"

穆天晴说的是实话，三年前，她和师父只学了些皮毛功夫，在醉酒的情况下可以说毫无防范能力。若是没有霍熙琛搭救，那晚她很可能被那个"黄毛"小流氓给侮辱了。

"呲——"车子猛地停下，霍熙琛转过头，目光如同两把刀子，射向穆天晴。

"好吧，是我不对，我不应该去酒吧那种地方。"没想到霍熙琛反应如此强烈，穆天晴缩了缩脖子，眼前这个男人的气场太过强大，让她有种想逃的冲动。

这个女人，终于想起那晚的事了。

"那晚，我也喝多了。不过，你是被人陷害了。"霍熙琛眸光深深，想起他查到的那些资料，一时间不知道该不该告诉穆天晴事情的真相。

"算是吧，那时候我酒量很不好。"穆天晴回忆起三年前酒吧那晚，她确实是被人故意灌醉了的，"你说得对，我不应该再喝酒的。"

叹了口气，穆天晴再次对霍熙琛说了声"谢谢"。

即便是失恋了，她也不应该去酗酒。她已经不是小孩子了，作为一个成年人，应该学会调节心情，控制情绪。

见穆天晴一副云淡风轻的模样，提起那晚也没有丝毫扭捏，霍熙琛心中很不是滋味儿。

没错，他们都是成年人了，即便是在那样的情况下，她被人陷害后和他发生了关系，只要她不介意，他确实没必要对她负责任。只是，看着她那张素净清雅的脸，霍熙琛很清楚，他很难对这个神秘而美丽的女孩儿放手。

资料显示，穆天晴并非单身，她有个青梅竹马、相处八年的男朋友。做第三者插足他人感情这种事，他老爸霍仕哲没少做，他霍熙琛自然不屑去做。只等蒋逸风和穆天晴提分手后，他才会对她采取攻势。

想必，这一天应该不会太远……

两个人不再言语，很快，霍熙琛将穆天晴送到了锦园，他原本住在郊区的帝豪天下别墅区，锦园这边的别墅是他三天前买的。

锦园小区的绿化很好，南区盖的都是洋房而非高层，在寸土寸金的市中心分外难得，房价一路飙到均价六万，在C市算得上是高档楼盘了。所以能买得起或者租得起这里房子的人，大都是C市的有钱人。

霍熙琛将车子直接开到穆天晴家楼下。

两个人下车时，傅成文送来了外卖。

将外卖递给霍熙琛，傅成文只是冲穆天晴点了点头就默默离开了。

霍熙琛将外卖递到穆天晴手上，"回去吃点儿东西，早点儿睡。你住十二楼，等你上去了，开灯了，我再离开。"

霍熙琛的一番话体贴又绅士，穆天晴心中不由得一暖，"谢谢！"

目送穆天晴进了单元楼，霍熙琛的眼底闪过几分疑惑。

他派去的人告诉他，穆天晴下午进了蒋逸风家就再也没出来。放心不下，他亲自跟了过来。不过，到底今天晚上发生了什么，令穆天晴在电梯里失控流泪，还跑到盘山路那边不要命地飙车？除非她喜欢这种刺激的行为，经常这么做，否则就是发生了什么令她深受刺激的事。

回想起穆天晴今晚那面如死灰的模样，霍熙琛更倾向于后者。

穆天晴拎着外卖进了单元楼，眼前出现了一个高大的身影。

穆天晴微微蹙眉，无视之。低头，她继续往前走，面前又出现了一堵肉墙，逼得她不得不停住脚步。

"你去哪儿了？"蒋逸风的脸隐在黑暗中，语气恶劣。

"这个就不劳你关心了。"穆天晴淡淡地看了蒋逸风一眼，用尽了全身的气力，才侧过身子，从他身边走过去摁电梯。

"天晴,其实我很早之前就想和你分手了。"蒋逸风转身,看着那抹纤细的身影,急吼吼道:"难道你不想知道,和我在一起的人是谁?"

"你不用告诉我这些。"一想到蒋逸风在和她交往的同时和其他女人发生亲密关系,穆天晴心里就一阵绞痛,同时一股怒火也涌了上来。

蒋逸风,你到底把我当成什么了?被你欺骗感情,骗得团团转的傻子吗?!

你明明知道经历了父母婚姻的失败,我最介意的就是被人欺骗感情,为何你要这么做,要如此伤害我?!

穆天晴想要和蒋逸风大吵一架,此时电梯门打开,想起霍熙琛还等在外面,她快步走了进去。眼泪再次落下,她强忍着想要揍人的冲动,尽量语调平静道:"蒋逸风,我想静一静,最近还是不要见面了吧。"

穆天晴始终背对着蒋逸风,电梯门合上的瞬间,她脚下一软,拎着外卖盒子靠在光滑的电梯内壁上,身子缓缓滑落,心中有说不出来的酸楚。

眼见着穆天晴乘坐电梯离开,蒋逸风握紧双拳。

他看得清楚,刚刚送她回来的那个男人是霍熙琛。顿时,蒋逸风心中涌起复杂的思绪,竟有一丝说不出的酸酸的感觉。

穆天晴,她是什么时候和霍熙琛牵扯上的?

难道,她这么干净利落地和他分手,是因为她的心思早就不在他身上了?

第二天,穆天晴是被一阵急促的敲门声吵醒的。

昨天晚上,她简单吃了点儿东西就已经接近深夜四点了。折腾了一晚上,真是心力交瘁,爬上床,穆天晴连衣服都没换,就这么睡了过去。

头痛欲裂的穆天晴从床上爬了起来,在心里将扰人清梦者骂了一百遍,终究还是顶着乱糟糟的头发,跑去开门。

"昨晚去哪儿了?给你打电话关机!"门一开,穆枫迈着长腿一步跨了进来。

"手机没电了。"穆天晴关上门,打了个哈欠,从包里翻出手机拿去充电。

"你脸色怎么这么不好?"穆枫将手里拎着的外卖放在餐桌上,"起早去城南宋记家,排队半个小时帮你买回来的。喏,你最喜欢吃的海鲜粥。"

将长发扎起成马尾,穆天晴去洗漱间刷了牙,将毛巾用凉水弄湿,拧干后,擦了把脸,快步走了出来,"哥,你大清早地跑来找我,不会只为了给我送粥喝吧!"

"你要的古玉,有眉目了。"穆枫将一张宣传海报丢给穆天晴。

穆天晴扫了眼海报,一眼就看到在海报右下角不起眼的地方陈列了一块小巧的月牙形玉佩。

"什么时候开拍?"穆天晴取出海鲜粥,眯着眼喝了一口,味道一如既往的鲜香可口,顿时一脸享受。

"这话你倒是问对人了。"穆枫作为穆威的养子,去年开始接管华夏拍卖行的生意。下个月中旬,穆家的拍卖行要举办一年一度的夏季大型拍卖会,这枚古玉正是帝都文莱轩古董铺送来的拍品。

"这么说,是下个月拍卖喽。"穆天晴了然地点了点头,"哥,这枚古玉我想要。爷爷快七十大寿了,这古玉我想送给他当生日礼物。"

"拍品正常都是要走拍卖程序的,我可以帮你和文莱轩那边沟通。若是那边的孙经理不同意,你就只能在拍卖会上靠自己拍了。若这样,佣金我可以事后返还给你。"

按照华夏拍卖行的规矩,古董或艺术品成交价的百分之十五为拍卖行的佣金。若是文莱轩那边不肯割爱,走拍卖程序,她还能拿个八五折。这块玉算不得上品,她看上了它也只因它是块蕴养在吉地的古玉,送给爷爷对他老人家的身体很有益处。这玉佩如果拍卖,顶多就是百十来万,怎么算,她都不亏。

"那就这么定了,文莱轩那边,哥你帮我问问。我得先忙期末考试,明天上午还有最后一科。"穆天晴交代了一番。

"没问题!"

"哦,对了,这玉佩我能先看看吗?当然,我不是信不过你的眼光,只是想确定一下这玉佩是不是一块值得购买的古玉。"

"那这样吧，你等我电话，我找个机会先带你去看看这块玉。确定是你想买的，我再想办法。"

"嗯，也好。"

喝完粥，想起昨晚和蒋逸风分手的事，穆天晴放下汤勺，深吸了几口气，待心神稳定后，勉强维持清冷的声线，道："哥，我和蒋逸风分手了。"

穆枫见穆天晴低垂眉眼，脸色冷淡，看起来不似在开玩笑。

而且，以他这个妹妹的性子，是绝对不会拿这种事开玩笑的。

思及此，穆枫脸上的笑意顿时退了去，清明的眸子染上了一层怒意。

他是穆家的养子，是穆威从孤儿院领养的孩子。算起来，穆天晴和穆轻烟都和他没有血缘关系。可从小，即便穆轻烟对他百般示好，他还是不喜欢这个心机深沉的妹妹。而穆天晴，从第一眼见到她，他就有了将她保护在羽翼下的冲动。

"呃……"察觉到穆枫升腾而起的怒火，穆天晴心中感动，忙伸手覆在他的手背上，柔声道："哥，别替我担心。你看，我这不是挺好的嘛！"

"好个屁！"穆枫一下子站起来，双手撑在桌子上，弯腰盯着穆天晴的眼睛，"他欺负你了是不是？是他主动提的分手？"

"不是，是我提的。"穆天晴叹了口气，将身子向后靠了靠，双腿蜷曲，窝在椅子里，"哥，我本来觉得蒋逸风对我是真心的，我们会结婚，会在一起一辈子。可是，哥，我现在觉得我错了。或许我和他在一起这些年，一直都是我错了。"

"你没错！错的是他！不要脸的狗男女！"穆枫咬牙切齿，恨不得现在就去找蒋逸风，狠揍他一顿。

"狗男女"？

脑中灵光一闪，穆天晴敏锐地捕捉到了什么，"哥，你早就知道他在外面有女人？"

闻言，穆枫尴尬地咳了一声，快快地坐下，"那个，你先吃，拍卖行那边还有事，我……"

"哥，原来你一直都在骗我！"穆天晴这回是真的生气了，重重地拍了下桌子，"所有人都知道蒋逸风劈腿了，对不对？只瞒着我这个正牌女友，对不对？！蒋逸风欺骗我，你们一个个的也打算把我当傻子糊弄吗？！"

"天晴，我……我也是担心你啊！"穆枫抓了抓头发，懊恼道："没错，圈子里几个朋友和我说过，看到蒋逸风和穆轻烟在一起。去年，我也见到过一次，就在……"

"穆轻烟？"听到这个名字，穆天晴只觉脑子"嗡"的一声。接下来，穆枫再说什么，她竟一个字都听不到了！

看着穆枫的嘴开开合合，见他一脸焦急的表情，穆天晴耳边嗡嗡作响，脑子乱成了一团糨糊。

穆轻烟！

蒋逸风劈腿的对象，竟然是她同父异母的妹妹，身在国外的穆轻烟！

不可能！这怎么可能？！

"天晴！天晴你没事吧，天晴！"

穆天晴脸色惨白，就连粉嫩的唇都失去了娇艳的颜色。

穆枫又气又急，气得是蒋逸风劈腿谁不好，非要劈腿穆天晴的妹妹穆轻烟。急得是穆天晴这幅失魂落魄的模样，若是她的病再犯了，可如何是好！

半晌，就在穆枫急得掏出手机打算给季盟打电话时，穆天晴回过神来，一把拉住了他的手。

"哥，我没事。"穆天晴扶着额头，一副有气无力的样子，"昨天晚上没睡好，我只是有点儿头疼。"

穆轻烟送她的礼物是杜蕾斯，和蒋逸风行李箱里的一模一样。

最近几年，蒋逸风经常飞国外，说是要拓展法国市场，一走就是一两个月。

很多蛛丝马迹串联起来，在穆天晴脑海中清晰地弥散开来。

呵呵！难怪那天在书房，穆轻烟对她一脸得意之色。

穆天晴双手攥紧，指甲刺入柔软的掌心，带来一阵刺痛。

"天晴，你真的没事？"

"嗯。"穆天晴扯动唇角，勉强露出一个笑容，"哥，我已经不是当年的穆天晴了。你忘了，我有我缓解压力的方法。"

"你又去飙车了？"

当初是他见穆天晴困于丧母之痛，终日颓废，才教她飙车的。后来，她的车技日益高超，偶尔也会背着他参加专业比赛，和赛车手飙车。

"没有，我答应过你，以后不再飙车了！"穆天晴将头埋在双膝间，闷声道："哥，你要不要陪我打游戏？"

闻言，穆枫终于松了口气，抬腕看了眼手表，道："拍卖行那边真的有事，我约了霍氏集团的总经理谈事。这样，你等着，我找个盟友来陪你！"

穆枫跑到阳台打了个电话，不到五分钟，一个头戴鸭舌帽、脸上戴着一个大大的白色口罩、鼻梁上亦架了一副墨镜的男子，出现在了穆天晴家门口。

穆枫开门，男人身手矫捷地闪身进来。

"天晴，我急着走，不过我把纪冉希给你找来了！"

穆枫语落，神秘男人摘下了鼻梁上的墨镜，露出一双狭长的眼，右眼眼角下有一颗红色的痣。紧接着，他又摘了那足以遮住大半张脸的口罩，露出一张比女人还要光洁白皙外加妖艳动人的脸。

我的天啊！

老哥太靠谱了！随便打个游戏，他竟然把"国民男神"纪冉希给她找来了！

纪冉希，新晋当红小生，小鲜肉和演技派的综合体，是无数少女的梦中情人。他明明是模特出身，却长了一张妖孽的脸。凭着这张"祸国殃民"的脸，去年他初涉影视圈，在电影《贺门忠烈》中扮演看似纨绔却深藏不露的男主角贺元稹，凭借出色的演技一举拿下国内最有分量的金鸡奖的最佳男主角奖。

自此，这"妖孽"一跃成为一线小生，影、视、歌全面发展，代言广告接到手软，更是被誉为"国民男神"，身居妹子们最想睡的男神榜第一位。

穆天晴和纪冉希结识于《贺门忠烈》这部电影，她正是这部电影的编剧。当时，纪冉希第一次拍摄电影，而穆天晴已是业内小有名气的编剧，两个人在剧组中相识，私下里成了好朋友。

现在别人眼里，穆天晴是豪门千金，是冷静的C大医学院高才生，是编剧界小有名气的才女。可在无意间发现她唱歌、喝酒、飙车、打游戏后，纪冉希意外地发现，原来这个看似单纯可爱的女生，竟有着不为人知的神秘的一面。

这样的穆天晴，仿佛是双面人，或许，她有更多不为人知的一面。她身上有种令人心安的气息，更有一种神秘诱人的魅力，令纪冉希为之着迷，想要靠近。

"小晴晴，想我了没？"纪冉希将帽子扯下来随手一丢，狭长的眸子微微眯起，笑得耀人眼眸。

"纪冉希，你不是凌晨才下的飞机吗？"

年初，《贺门忠烈》的版权卖到了美国，首映礼纪冉希去美国做宣传，昨晚深夜两点的飞机抵达C市。这些，穆天晴之前和纪冉希聊微信的时候，他告诉过她。

穆天晴冷冷地扫了穆枫一眼，"哥，你也太不厚道了！"

"反正陪练的人我给你找来了。时间来不及了，我这就得走了！"一边说话，穆枫一边换了鞋子，随即拉开门，一阵风似的走了。

"累了吧！先睡一会儿？"穆天晴昨晚睡得晚，一早又被穆枫吵醒，此刻严重睡眠不足。

纪冉希见穆天晴那两个浓重的黑眼圈，忙不迭地打了个哈欠，"好啊，我们先睡觉，再大吃一顿，然后通宵打游戏！"

说完，纪冉希把拖鞋一脱，在沙发上直挺挺地躺了下来。他双手垫在脑后，唇角弯起，掏出手机定了下午的闹钟，又给他的经纪人金兴打电话，让金兴下午两点送外卖过来。

穆天晴见纪冉希安排的如此妥当，放心地回到卧室了。

躺在床上，穆天晴翻来覆去地睡不着。一时间难以消化蒋逸风劈腿对象是穆轻烟这个事实。

穆天晴将自己蒙在被子里，抓狂得想要揍人。不久她就听到客厅传来纪冉希平稳的鼾声，顿时放弃了这个念头。

不知过了多久，疲惫至极的穆天晴睡着了。一觉醒来，已是傍晚时分。

穆天晴起床，伸了个懒腰，换了一套保守的长衣长裤的睡衣。走出客厅的时候，纪冉希依旧躺在沙发上沉睡着，想必最近他国内国外的飞，确实乏累。

穆天晴走到门口，拉开防盗门，金兴送来的外卖果然放到了门外的老地方。

金兴送来的外卖很丰盛，也很接地气。烧烤肉串，炸鸡啤酒，还有她最爱吃的小龙虾！穆天晴拎起外卖回到厨房，将凉掉的外卖一一取出，准备用微波炉热一热。

这时，门铃响起。

"冉希，帮忙开门。"穆天晴在厨房扯着脖子喊了一声。想来是金兴有事找纪冉希找到她家来了。

纪冉希迷迷糊糊地应了一声，挣扎着坐了起来，而后光着脚跑去开门。

门打开，一个高大的男人出现在门口。纪冉希抬眼望去，一张陌生的冷峻面孔闯入眼帘。

紧接着，"砰"的一声，纪冉希还没来得及看清来人的模样，也没反应过来发生了什么，他胳膊一疼，整个人已经被一股强大的力量扯得跌出了门外。

"兴哥，你送的外卖太给力了！吃了没？没吃的话，一起吃？"穆天晴端着热好的小龙虾走出厨房，一抬眼，只见霍熙琛跷着二郎腿坐在沙发上，一手拿着手机贴在耳边打电话，见她出来忙将修长的双腿伸直，挺直了脊梁。

"你自己旗下的艺人自己管好了，别让他太清闲。好了，我还有事，挂了。"

穆天晴的目光从霍熙琛俊美无比的脸上，移到他那双堪称完美的大长腿上，顿时不由得咽了咽口水。

这个男人，比模特出身的纪冉希杀伤力还大！

"你就吃这个？"看到穆天晴手中端着的那一盘油乎乎、红彤彤的小龙虾，霍熙琛浓眉蹙了蹙。

"呃……"她最爱的小龙虾被嫌弃了。

穆天晴将小龙虾放在茶几上，四处张望了一番，见纪冉希的运动鞋还在鞋架上，脱口道："纪冉希呢？"

这人刚刚开门时还在，怎么一眨眼的工夫就不见了踪影？莫非上厕所去了？

"他经纪人给他打电话，好像临时有事，走了。"

"走了？"看了眼沙发旁纪冉希穿的那双拖鞋，穆天晴又向门口那双运动鞋看了去。

连拖鞋都来不及穿，光着脚就被金兴给拎走了？

啧啧！现在的经纪人，真是越来越简单粗暴了！

霍熙琛将穆天晴从上到下又从下到上地扫射了一遍，见她穿得还算保守，面色微缓。

他从兜里掏出车钥匙，往穆天晴怀里一丢，"你的车钥匙。车已经加满油了。"

"哦，谢谢！"接过车钥匙，想起昨天晚上自己那番荒唐的行为，穆天晴的脸不由得微微发红。

"你和纪冉希很熟？"霍熙琛冷冷地发问。

"我们是好朋友。"穆天晴笑了笑，想起纪冉希明星的身份，忙补充了一句，"当然，我们只是普通朋友。"

霍熙琛挑眉。

都睡在你家里了！普通朋友？鬼才信！

"哦，我想打游戏，他是来陪练的。"穆天晴担心霍熙琛误会，又解释了一句，"他算是公众人物，又在事业上升期，所以每次打游戏都来我家。"

纪冉希的事业正如日中天，这时候和她闹出绯闻，对他的星程毫无益处。纪冉希现在是天汇娱乐的摇钱树，而霍熙琛又是天汇娱乐的大老板，身为老板关注一下手下艺人的私生活，也在情理之中。

"飙车的技术不错，之前受过专业训练？"霍熙琛目光幽深，紧紧锁住穆天晴的面孔，不肯放过她面上一丝细小的表情。

"没有。"没想到霍熙琛突然换了话题，穆天晴干咳了一声，将小龙虾放在茶几上，搬了一个矮凳坐在他对面的位置，戴上一次性塑料手套，开始剥小龙虾，"吃过晚饭没？冉希点的小龙虾很好吃，你要不要来一点儿？"

说着，穆天晴动作熟练地剥了一只小龙虾，将虾肉放到小碟子里，讨好地递给霍熙琛一双筷子。

像霍熙琛这样的大人物，即便是吃小龙虾的也不会亲自动手的吧。看在他昨天对她仗义相救的份儿上，她就当一回小丫鬟，权当报答他了！

心里想着，穆天晴手上的动作加快了几分，不到一分钟，就剥了七八只小龙虾，放到了霍熙琛的碟子里。

看着手中的一次性筷子，霍熙琛眉心蹙了蹙，"喜欢吃龙虾？"

"论美味，五星级酒店的大龙虾也不及我这盘小龙虾的十分之一！"穆天晴指了指那盘红彤彤的小龙虾，"这可是我们小区门口那家大排档的招牌菜，我和冉希都喜欢得不得了！"

嗯，确切地说，每次他们两个抢小龙虾，都使尽了洪荒之力。

霍熙琛用筷子夹了一块白嫩的虾肉，放到口中，细细咀嚼了一番，不由得点了点头，"确实很好吃！"

"霍先生，你不会是第一次吃小龙虾吧！"见霍熙琛谨慎的模样，穆天晴不由得笑道。

"呃……是很少吃这种东西。"尝过一口后，霍熙琛加快了速度，不一会儿，穆天晴剥好的虾肉就被他一扫而空。

穆天晴忙将自己碟子里的小龙虾拨给霍熙琛，起身去了厨房，很快便端了加热过的烤串、炸鸡回来，又蹦蹦跳跳地跑到冰箱前，取了几罐啤酒，摆在了茶几上。

看样子，小丫头要和他大喝一顿！

穆天晴取来两个玻璃杯，倒满啤酒，将一杯酒推到霍熙琛面前，

"霍先生，感谢你昨晚送我回来，今天又帮我把车子送回来。算起来这是你第二次帮我了，这一杯酒，我敬你！"

说完，穆天晴拿起酒杯，打算一饮而尽。

第二次？霍熙琛心中画了一个问号。

眼见着穆天晴嘴唇碰到杯子，霍熙琛伸手拦住，"冷藏的啤酒有些凉，你只喝一口就好。"

既然她想敬他酒，他不好拒绝，但万一……她肚子里有了孩子……

所以，喝一小口就好。

见霍熙琛眼神坚定而认真，穆天晴只好抿了一小口啤酒。

"乖！"霍熙琛眼眸含笑，抢过她的酒杯，将剩下的啤酒一饮而尽。

两个人接下来吃了炸鸡和肉串，穆天晴又献宝似的端出了自己做的酵素饮料。一顿饭吃下来，两个人话虽不多，但气氛倒也温馨融洽。

第一次吃了路边摊，又是和自己喜欢的姑娘共进晚餐，霍熙琛心里分外柔软，整个人也不似以往那般严肃冷峻。

放软了神情的霍熙琛，面孔没那么冷硬，身上却依旧有着成熟男人的魅力和上位者的威仪，举手投足，抬眼垂眸，皆是风情。

穆天晴看得心跳加速，只好埋头猛吃，即便如此，偶尔一瞥，她还是会被他电到。

传说中的禁欲系男神，这电力，果然名不虚传！

吃完饭，霍熙琛用湿巾擦了擦嘴，看着面色稍显憔悴但精神明显比昨晚好很多的穆天晴，淡淡道："穆小姐，这次来，我有事想和你谈。"

即便穆天晴不介意和他发生过关系，他还是想对她负责，更何况她是他喜欢的姑娘，现在又和渣男分手恢复了单身。

"哦？"手里攥着最后一串羊肉串，穆天晴抬眼看向霍熙琛。

这时，她突然胃里一阵翻涌，那熟悉的恶心感再度袭来。她忙拿起饮料喝了一口，以为能压制下去。

"呕！"几秒钟后，穆天晴起身，跑到洗手间，冲着马桶一阵干呕。

吐了半天却吐不出什么东西，穆天晴脸色惨白，心底那不好的预感再次袭来，令她微微失神。

算起来，她大姨妈已经晚了三天了。她的经期向来准得很，难道，真的是……

不可能，这怎么可能！

"没事吧！"霍熙琛倒了一杯白开水，递到穆天晴手中。

看穆天晴这反应，倒真的像是怀孕了！

"谢谢。"接过杯子簌了口，穆天晴回到客厅，一脸心事地端着盘子和碗筷往厨房走去。

见状，霍熙琛起身，跟在她身后，倚在门框上，看着她洗碗。

晕黄的灯光为那抹娇小的身影添了一圈暖暖的光晕，女孩儿头发扎起，露出一截嫩白的脖子，正动作麻利地刷着碗。

只是这样一个简单温馨的情景，就令他神往。霍熙琛心里一暖，有一种难言的情愫在胸口翻滚。

"穆天晴，做我女朋友吧！"霍熙琛走到穆天晴身后，淡淡地却坚定地说道。

昨晚在单元楼外，他听到了穆天晴和蒋逸风的谈话。得知她和蒋逸风分手消息的那一秒钟，他心里有一丝丝的喜悦。

这一丝丝的喜悦，经过一天的发酵，已令他方寸大乱、坐立不安。所以他忙不迭地跑来找她，拿着还车的借口，想要见上她一面。

察觉到身后的男人离得极近，听了他的话，穆天晴停下了手上的动作，身子蓦地一震。

低头，站在穆天晴的身后，霍熙琛的目光落在她白嫩小巧的耳朵上，冷冽的眸子变得火热。

霍熙琛的手轻轻地放到穆天晴的腰上，她猛地一惊，立刻转过身来，一双手上沾满了白色泡沫，来不及擦便抵在了他宽厚的胸膛上。

隔着白色衬衫，穆天晴的掌心传来他的体温，还有那稳健的心跳。

一张俏脸倏忽间变红，穆天晴讶然地眸大了水眸，显然受到了不小的惊吓。

她刚刚和相处了八年的男友分手，还来不及理清凌乱的情绪，更不知道以后该如何面对蒋逸风和穆轻烟,面对世人或怜悯或嘲讽的目光。

明明,她是被辜负、被背叛的那一个,可穆轻烟被送往国外时,指着她的鼻子,口口声声说是她夺走了穆轻烟穆家小姐的身份,是她夺走了本该属于穆轻烟的父爱。于是,她便成了那个理所当然被欺骗的人。

她不是不伤心,也不是不气恼的!

所以,这个时候,突然冒出一个于她而言与陌生人无异的男人对她示爱,即便那个男人是霍熙琛,她也是没有心情接受的。

男人的胸膛硬如坚铁,目光紧锁着她的面孔,不喜不怒地将她脸上变幻莫测的神色——收入眼底。

突然间,他的心有了那么一丝酸楚。

屋子里静得连根针掉在地上都能听得到,良久,穆天晴干笑两声,率先打破沉寂,"霍先生,你又和我开玩笑了。"

穆天晴话音刚落,男人的目光骤然变冷,整个人犹如风暴中心,空气中有一股风雨欲来的味道。

"呵呵……"穆天晴笑得脸都僵了,身子后倾,尽量保持距离,忙不迭地将手从霍熙琛的胸膛上撤下来,"那个,时间不早了,霍先生还是……"

霍熙琛的目光落在穆天晴平坦的小腹上,紧跟了一步,身子前倾,几乎贴在她的身上,看着她的眼睛,惜字如金,"嫁给我!"

他夺走了她的第一次,她又失恋恢复了单身。既然他喜欢的女孩儿不想谈恋爱,那就直接结婚好了。

嗯,先结婚,再谈恋爱,似乎也不错!

没想到霍熙琛又提求婚的事,穆天晴猛地眨了眨眼,男人放大的俊脸近在咫尺,她不由得后知后觉地涨红了一张脸。

霍熙琛比穆天晴高了一头,低头看着怀中女孩儿羞涩的模样,目光有一瞬的失焦,那粉嫩的唇比应季的樱桃还要娇艳,似在发出无声的邀请。

忍不住,他低下头去……

这时,放在客厅的手机响起,穆天晴一个激灵,身影一晃,从霍熙琛怀中逃窜出来。

拍着胸口，一路小跑的穆天晴，脸滚烫得很，心里又是庆幸又是失落。

他刚才……是想要吻她吗？

甩了甩头，穆天晴捡起手机看了眼屏幕，顿时面色一沉。

屏幕上，"穆轻烟"三个字跳跃着，伴随着刺耳的手机铃声，仿佛示威一般。

抿紧了唇，攥紧了掌心的手机，穆天晴的眼神冰冷而愤怒。

霍熙琛紧跟过来，扫了眼屏幕，伸手一滑，挂断了电话。随即，他从她手中夺过手机，替她关了机。

穆天晴松了口气，看到霍熙琛衬衫胸口处两个手掌形的痕迹，抬头对上他关切的眸子，一颗心再次提了起来。

"你说过的，明天还要参加期末考试，早点儿休息。"霍熙欢忍不住伸手在她的头顶揉了揉，担心她晚上一个人心情不好又出去飙车，想了想，捡起穆天晴放在茶几上的车钥匙揣进裤兜里，又道："明天我送你。考完试，等我。"

说完，霍熙琛快步离开。

下楼坐进车里，霍熙琛伸出右手，掌心朝上。那里，还残留着穆天晴发丝柔软的触感。

刚刚，离她那般近，她的手抵在他的胸口，素净的一张小脸泛着红晕，长长的睫毛如同蝶翼，遮住慌乱的眸。只消一眼，他的体温便骤然升高了。

他和她是有过肌肤之亲的，但那是他们两个都完全失控的情况下。所以，他急着离开，不想再因一时冲动而轻薄了她，吓坏了她的女孩儿。

霍熙琛透过车窗，看着十二楼窗口那抹暖黄，心里竟格外踏实安稳。良久，待身体的温度渐渐降了下去，他遥遥地道了一声"晚安"，驱车离开。

第二天，C大医学院教学楼。

穆天晴顶着两个大大的黑眼圈和好友君君一起走出考场。

今天考试，穆天晴很不在状态，只因昨晚受到了惊吓，满脑子都是霍熙琛那张求婚时的认真的脸，害的她书本上一个字都看不进去。好在，平时她也是个好学生，即便没有认真备考，那些考题也还是难不倒她。

今早，霍熙琛如约而至，带来了爱心早餐。两个人一起吃完饭，他送她来C大考试。

临别前，霍熙琛说先去公司一趟，等考完试还会来学校接她去吃饭。

天啊！一想到霍熙琛会出现在C大，穆天晴就一个头两个大！

"喂，你家那位来接你了！"君君用手肘碰了碰穆天晴。

顺着君君的目光，穆天晴望了过去。

君君一脸欣羡，随即挤眉弄眼道："蒋逸风昨天才飞回来的吧，你们昨天就见过了。今天他又急着来接你，是一日不见如隔三秋？"

蒋逸风此刻正站在台阶下，嘴角似有瘀青，一张脸透着冷硬。

"不用理他，我们走。"挽起好友的胳膊，穆天晴快步从蒋逸风的身边走过。

这是怎么个情况？小两口闹别扭了？

君君一脸不解，眼睛望向蒋逸风，又看向穆天晴。

"天晴，我们谈谈。"眼瞅着穆天晴目不斜视地从他身边走过，蒋逸风一把抓住她的胳膊。

"我说过了，暂时先不要见面。"穆天晴停下脚步，面色不善。

"我妈说让你来我家做客，想和你谈提亲订婚的事，我不知道该怎么和她解释。"蒋逸风似有为难，语气软了下来。

"如何解释那是你的事！"再好的脾气听了蒋逸风的话也得气个半死，穆天晴挑眉，一双美眸喷火，"蒋逸风，随便你怎么解释都好，只是，不要再挑战我的底线！"

若蒋逸风出轨的对象是别人，而非她同父异母的妹妹，她或许还能维持冷静，两个人毕竟相爱过，她勉强可以给他点儿面子，好聚好散就是了。而他脚踏两条船，同时和穆家的两个女儿交往，这种行为实在不耻，也令她感到分外恶心，所以再次相见，她很难再维持面上的平静。

"天晴，就算帮帮我。"蒋逸风叹了口气，哀求道："你知道的，我妈她身体不好，还有心脏病！这些年，她是把你当女儿宠的，就算不看在我的面子上，你也……"

穆天晴忍无可忍，扬起手，"啪"一声脆响。

顿时，蒋逸风的脸上多了一个掌印。

"天晴！"没想到穆天晴会出手打人，君君惊讶地张大了嘴巴。

"蒋逸风，这一巴掌，是你欠我的！"穆天晴甩了甩手，堵在心里的一口浊气终于发泄了出去，"滚！我不想再看到你！"

"穆天晴，你别得寸进尺！"挨了一巴掌，蒋逸风脸上挂不住，冷冷道："别以为你自己有多干净！"

"蒋逸风，你把话说清楚！"穆天晴气白了一张脸，原本她是打算和平分手的，他非要胡搅蛮缠，甚至越说越离谱了！

"天晴！"一个男人的声音从三个人背后传来。

蒋逸风只觉得手臂一阵剧痛，紧接着，他被人一推，整个人险些跌了出去。

踉跄几步，勉强稳住身形，看清来人，蒋逸风心中顿时一凛。

霍熙琛怀里抱着一捧娇艳欲滴的火红玫瑰，长臂一伸，搂过穆天晴的肩膀，目光冷飕飕地射向蒋逸风，"蒋先生，既然你们已经分手了，又何必再做纠缠呢。"

看到两个人亲密的模样，蒋逸风双目喷火，似有不甘，却不敢言语。

昨晚，担心穆天晴出事，他追到她的公寓，亲眼看到霍熙琛送她回来。而穆天晴什么时候搭上了霍熙琛，他们是怎么认识的，她从来都没有和他交代过！

离开单元楼时，他被霍熙琛一拳打在唇角上。而后，霍熙琛揪着他的衣领，阴沉着一张脸，警告他，"从今以后，不要再来打扰我的女孩儿！"

穆天晴搭上谁不好，偏偏是霍熙琛。霍熙琛是霍氏集团的掌舵者，在辈分上又压了他一头，他私下里见了他还需叫他一声"叔叔"。

冷冷看了眼相拥在一起的两个人，蒋逸风终是一句话都没说，黑着脸离开了。

见蒋逸风走远，穆天晴忙推了推，和霍熙琛保持距离。

而君君一直惊讶地张大了嘴巴！

霍熙琛，竟然是霍熙琛！

霍熙琛来C大了，这可是C大的大新闻！

君君一脸绯红，一双星星眼盯着霍熙琛看个不停。哎呀！霍少本人可比电视里、报纸上的帅多了！

"君君，我和霍先生有点儿事要谈。"见好友一副花痴模样，穆天晴不由得扶额。

君君纵然有一肚子疑问，却也知道审时度势，等晚些时候再审问好友就是了。所以尽管不舍，她还是点了点头，和霍熙琛打过招呼后，一步三回头地离开了。

"累了吧？去吃饭！"霍熙琛将玫瑰花往穆天晴怀里一塞。

他买的是九十九朵玫瑰，很大的一束。穆天晴接过去，整张脸都被埋了进去，衬得人比花娇。

低垂眼眸，穆天晴心里一连编了好几个理由，想着怎么说既可以拒绝霍熙琛的邀请，又能不拂了他的面子。正在这时，她的手机适时地响了起来。

暗暗松了口气，穆天晴一边抱着玫瑰花和霍熙琛向外走，一边接通了电话，"爸！"

"天晴啊，考完试了吧！"话筒里，穆威的声音传了过来。

"嗯。"

"这几天怎么没回来吃饭呢？你妹妹刚回国，昨天一家人团聚，就差你一个！"穆威叹了口气，又道："我知道你急着见逸风，但也不差一晚嘛！轻烟昨天给你打电话你不接，她还以为你是躲着她，一晚上都很不开心。"

一听穆威的话，穆天晴就是用脚趾头想都能知道，穆轻烟肯定又在当搅屎棍了！

"天晴啊，"不等穆天晴再说话，穆威继续道："今天中午回家一趟吧，大家都在，好好吃顿饭。轻烟这次回来就不走了，咱们以后总算能一家人团聚了！"

听到这里，穆天晴停下脚步，眼眶泛红。

一家人团聚？是他们一家三口团聚吧！

强忍着不让眼泪掉下来，想着身边还有霍熙琛这个外人，穆天晴深吸了口气，淡淡道："我知道了。爸，我这就回去。"

她和蒋逸风订婚在即，就算穆威没给她打这个电话，她也得回去一趟和他说她已经和蒋逸风分手的事。

"嗯！我们在家等你回来。"语落，穆威挂断了电话。

将手机收好，穆天晴低头，伸手在玫瑰花上轻轻抚弄，半响，歉意道："霍先生，今天我家里有点儿事。多谢你为我解围，改天我请你吃饭吧。"

"说好了的，考完试等我的。"见穆天晴明明不想回家却还是强颜欢笑，霍熙琛不悦又心疼。

"抱歉，我今天……真的有事。"穆天晴歉意地笑了笑，眼底隐晦不明，"你也听到了，我爸喊我回家吃饭。这样吧，明天，我明天请你吃饭。你可以把小天也带上，他性子好静，多出来走动总是好的。"

"好吧！"见穆天晴坚持如此，霍熙琛绅士地点了点头，将她的车钥匙掏出来递交到她手上。

生怕霍熙琛提出开车送她回家的提议，更害怕自己控制不住会当着他的面掉眼泪，穆天晴快速接过车钥匙，抱着那一大捧玫瑰花快步跑向了停车场。

将玫瑰花放到后座上，穆天晴发动车子，缓缓驶离校区。

一路开往C市的西郊，距离穆家的别墅越近，穆天晴心里越是难受。

说实话，刚刚得知穆轻烟抢了自己的男朋友，这个节骨眼上，穆天晴还真的不想回去见她。只是，和蒋逸风分手的事，穆天晴早晚是要告诉父亲的。蒋逸风刚刚说蒋妈妈找她谈订婚的事，或许，这也是穆威的意思。

回到穆家别墅时，穆天晴捧着硕大的一捧玫瑰花下车。在院子里遇到了正在打太极拳的爷爷穆庆国。

"天晴回来了。今天考得怎么样？"穆庆国停下动作，笑眯眯地看向她，问道。

"还可以吧。"

"嗯！爷爷知道你一直在写剧本，别为此荒废了学业。"

"爷爷您放心。我心里有数。"

"嗯！好好好！你向来是个努力的好孩子，整个穆家，爷爷最放心的是你，最不放心的，也是你！"

穆庆国一番话透着玄机。穆天晴点了点头，显然听了进去。

本来，穆庆国从军区退下来，是可以住在帝都的军区大院的。帝都是他生活工作多年的地方，战友和朋友圈大都还在帝都。若不是担心她年纪小被孟亦凡欺负了去，他是不会每年以避暑为由来C市住上两个月的。

况且，穆庆国有严重的风湿病，C市是座海滨城市，气候潮湿，根本就不利于他的病情恢复。

"爷爷，别替我担心，我已经不是小孩子了。"穆天晴仰起脸，笑了笑。

"这玫瑰花，是蒋家那小子送的？"穆庆国笑眯眯地问道。

穆天晴握住花束的手一紧，勉强维持面上的笑容，"爷爷，你又取笑我了。"

穆庆国只当是穆天晴脸皮薄不好意思，也不再多问。爷孙俩一起回到了别墅。

"呦！天晴回来啦！"孟亦凡热情地接过穆天晴手上的玫瑰花，笑眯眯地嗔怪道："昨天没回来吃饭，你妹妹可惦记着你呢！"

得！又提这茬！还有完没完了！

穆天晴不搭理孟亦凡，扶着穆庆国在沙发上坐下，亲自为他倒上一杯茶，递到手上，"爷爷，喝茶。"

而后，她又为孟亦凡倒了一杯，"孟姨，你也喝。妹妹有空也多喝茶，清心火的！"

孟亦凡面上的表情僵了僵，接过茶杯喝了一小口，随即笑道："爸，今天轻烟亲自下厨，我去厨房看看有什么需要帮忙的。"

"孟姨，妹妹这些年一个人在国外，定是修炼了一手好厨艺。难得妹妹有这个孝心，亲自下厨为爷爷做饭，你还是别去添乱了。"穆天晴自顾自地倒了杯茶，淡淡道。

孟亦凡尴尬地笑了笑，只好在一旁的沙发上坐下。

穆庆国拿出象棋，和穆天晴下了起来。

孟亦凡坐在一边看不懂，插不上话，走也不是，坐也坐不稳，好不尴尬。

祖孙俩下了两盘棋，穆庆国觉得孟亦凡杵在一边实在影响心情，便让她去给穆威打个电话，问问他什么时候能回来吃饭。

孟亦凡应了一声，忙不迭地起身，走得飞快。

穆天晴白葱似的指尖推动了棋盘上的一枚"兵"，穆庆国随即一拍大腿，忙捂住棋盘，"不行，这次不算，你让我一回！"

"悔棋非君子！"穆天晴拿起那枚被"兵"直捣黄龙的"将"，笑得像只小狐狸，"爷爷，你下棋不专心，一心多用哟！"

"唉！罢了，罢了！"穆庆国笑着摆了摆手。

穆天晴一边收拾象棋，一边斟酌着道："爷爷，期末考试结束了，虽说我不用再去学校住校，可最近有新电影要开拍，作为编剧我是要跟组的，怕是不能常回来陪您老人家了。C市最近总是阴雨天，对您的风湿病无益。爷爷若是觉得身子不舒服，可以回帝都小住。"

"你这丫头，这是要撵爷爷走？"穆庆国冷哼一声，目光慈爱地看着面前心思玲珑的女孩儿，压低了声音，道："爷爷不走。有我在，她们不敢作乱！"

"爷爷，我现在已经不是小孩子了，她们伤害不到我的。穆轻烟也是爸爸的女儿，早晚是要回穆家的，这事我不敢阻拦，也不能阻拦。只是，眼不见心不烦，这个家以后我是能不回就不回了！爷爷，您一把年纪了，该享享清福了。何必为了我留在这里，看着那对母女，徒增烦恼。您先搬回帝都，等明年这个时候我研究生毕业，也去帝都找份工作。到时候，天晴又能每天看到爷爷，陪爷爷下象棋了！"

"你这孩子，想得比我还多！"穆庆国在穆天晴肩上拍了拍，面露疼惜。

他这个孙女儿从小就懂事，惹人疼，只可惜穆威被猪油糊了眼，偏偏只为孟亦凡母女考虑，心里根本就没有大女儿的位置。若是这孩子的妈妈还在，他倒也能落个清闲。只可惜，这孩子命苦，母亲去得早，现在家里又是这样的情形，他又怎能不担心。

"天晴，昨天见到蒋家那小子了？"穆庆国拉起穆天晴的手，笑道："你这鬼丫头，还说什么毕业了要去北京工作，蒋家的根基在C市，将来你们结婚了，还是要留在C市的！"

"谁说我一定要嫁给蒋逸风？"穆天晴面色一冷，本想告诉爷爷她和蒋逸风已经分手了，可想到爷爷最近几年身体一直不好，因为蒋逸风那个混蛋气坏了身体就太不值得了，便将到了嘴边的话又咽了回去。

见穆天晴面色黯淡，神色清冷，穆庆国愣了愣，脱口问道："怎么了？"

小两口闹别扭了？怪不得蒋逸风一早过来，送了一盅排骨汤。这是想赔罪？

"没事。"穆天晴摇摇头，怕爷爷再问下去，忙打了个哈欠，起身上楼，"爷爷，我有点儿累，先去睡一会儿。等爸回来了，再让夏妈叫我下来。"

穆天晴一回到房中，立即踢掉脚上的拖鞋，将自己丢上了柔软的大床。

这间房，曾一度被穆轻烟夺了去。她记得很清楚，当时父亲穆威和她说："你妹妹身子不好，她那间卧室又小又暗，你是姐姐，把你的房间让给妹妹吧。"

穆威说得风轻云淡，看她的眼神格外的冷。他身后，穆轻烟笑得格外开心。

于是，当天，她被下人从本该属于她的房间赶了出去，住进了一楼阴暗潮湿的用人房。

想到这里，鼻子一酸，穆天晴忙用手摁了摁眼睛。

这时，她的手机响了起来。

"小晴晴，我好可怜！"电话接通，纪冉希的声音弱弱地传来。

"怎么了？被兴哥压榨了？"

闻言，纪冉希哭丧着脸，"呵呵！"

那天，他在穆天晴家跑去开门后，被一个陌生男人给撵了出去。紧接着，经纪人金兴的电话就打了进来，说《有请大咖》栏目组临时邀请，让他立刻出发，去做个访谈节目。

《有请大咖》是一档网络金牌娱乐访谈活动，主持人兼制片人是曾经的影帝牧浩源，每一期邀请的都是大牌明星。娱乐圈有个传言，凡是参加了《有请大咖》被牧浩源深度访谈过的明星，第二年都会大火特火，成为真正的娱乐大咖。

之前，金兴动用了所有的人脉，才将这期访谈节目拿下，不过因为那时纪冉希名气一般，访谈节目排到了明年。没想到，昨天晚上录制节目的嘉宾临时缺席，牧浩源亲自打电话过来问纪冉希能不能过来救场。金兴点头如捣蒜，忙不迭地应了。随即给纪冉希打了电话，开车来接他去了录制现场。

"小晴晴，有件事你必须和我坦白，"纪冉希的声音陡然拔高，磨牙霍霍，"那天晚上去找你的男人，到底是谁！"

那个男人，他只瞥了一眼，即便如此，他也知道那人并不是穆天晴的男友蒋逸风。

就知道纪冉希会问这个问题，穆天晴咳了咳，忙转移话题："纪冉希，我还没说你呢！说好了陪我打游戏，你竟然放我鸽子。"

"少来！我那是有正事，临时爽约。你呢，你那是重色轻友！"

"咳咳！纪冉希，你最喜欢的球鞋落在我家了，要不要我明天给你送过去？"

"明天剧组开机，你也来？"见穆天晴不愿回答，纪冉希也聪明地不多做纠缠。反正，他看那个蒋逸风特别不顺眼，总觉得他配不上他的小晴晴，巴不得有其他男人出现让穆天晴多一个选择。

"哪个剧组？"

"《大国医》啊！对了，你是编剧，也要来的。那你记得把我的球鞋带上。"

"剧组明天开机？"穆天晴眼底闪过一丝疑惑，她怎么不记得有这回事呢！

"是啊！明天开机，你不会忘了吧！"纪冉希冷哼一声，哼哼唧唧道："小晴晴，我这几天忙死了，累死了。等明天忙完，我再陪你玩儿游戏。"

"算你有良心！"

两个人又在电话里有的没的闲聊了一会儿，穆天晴将她救下小天的事简单地和纪冉希说了一遍。

"不会吧！我资助的自闭症儿童，竟然是霍氏集团的小太子？这事儿也太玄乎了吧！"纪冉希咋咋呼呼道。

"这事我也觉得蹊跷。"

"这事不仅是蹊跷好嘛，是不合常理！"纪冉希早就听闻霍熙琛是个深不可测的人物，背景也很深厚，斟酌一番，道："小晴晴，霍家水很深，你还是注意点儿好。"

这时，金兴喊纪冉希出工，夏妈告诉穆天晴穆威回来了，两个人这才收了线。

穆天晴下楼，见餐桌上摆满了精致的菜肴，一个中年男子笑眯眯地坐在桌旁，神色温和地拉着孟亦凡的手，目光慈爱地看向穆轻烟，正低声和她说着什么。

那是她的父亲，穆威，年近五十却保养得当，今天穿了一身休闲西服，里面是白色的衬衫，打了一条浅蓝色的领带，衬得人格外年轻。

察觉到穆天晴的目光，穆威抬眼，向她看了过来。

同时，穆轻烟也看了过来，背对着穆威，对她勾唇一笑，满脸的得意和炫耀。

是啊，她夺走了本属于自己的父爱，又插足自己和蒋逸风，如今自己和蒋逸风分手,眼见着她这个第三者很快就会成功上位,穆轻烟又怎能不得意?

下一秒钟,穆轻烟起身向穆天晴走来,甜甜道:"姐,你起来啦!"随即殷勤地为她拉出椅子,"我做了你最喜欢吃的排骨汤,你尝尝!"

说着,穆轻烟拿起勺子,自顾自地舀了一碗汤,端在手上,递给穆天晴。

平日里穆轻烟这么做,若是碰巧她心情好,不愿和她计较,便顺势落座了。

可现在,得知她做了抢自己男朋友的事,若不是爷爷在,不想让他老人家替自己操心,穆天晴早就上去赏她一巴掌了!

穆天晴不领情地扯过另一把椅子,款款落座。

穆轻烟一脸尴尬,委委屈屈地看了穆威一眼,将那碗汤放在了穆天晴的手边,扭着腰挨着穆威坐下,嘟起嘴,甚至红了眼眶。

见状,穆威在穆轻烟的手背上拍了拍,扭头看向神色矜傲的穆天晴,眼中不复刚才的慈爱,甚至透着一丝厌恶。

他这个大女儿,像极了她那个死去的妈,一天到晚,只会给他添堵。

听孟亦凡说,这满满一桌子的饭菜都是穆轻烟一个人做的,她这个当姐姐的,马上开饭了才下来,倒会躲清闲!现在又摆了一张臭脸,给谁看?

"天晴,听轻烟说,你身体不舒服?"穆威淡淡地问,语气中有一丝难以掩盖的怒意。

"嗯,今天上午有考试,累了。"面对这样的父亲,穆天晴早就习以为常。她神色淡淡的,目光落在穆轻烟放在她面前的那碗汤上,不由得叹息了一声。

分手那晚,她给蒋逸风做的,也是排骨汤。

"姐,这排骨汤是我做的,你尝尝!"穆轻烟眼底飞快地闪过一丝锐利,故作讨好地将汤匙递给穆天晴。

穆天晴接过汤匙放进碗里,并没有去喝汤,环顾一周,道:"哥哥呢。"

"阿枫在路上，也快到了。大家先落座，一边吃一边等吧。"

穆庆国发了话，众人纷纷拿起了筷子。

孟亦凡坐在穆威身旁，拿着小碟子帮他布菜。

穆家的餐桌上，向来食不言，一时间几人各吃各的，十分安静。

穆轻烟捡了穆天晴身边的位置坐，往她身边靠了靠，趁着大家不注意，在她耳边轻语道："穆天晴，这排骨汤是姐夫一早送过来的。不过，他是送给我喝的。我好心分你一碗，你若不喝那我喝喽。"

说着，穆轻烟伸手去拿穆天晴面前的那碗排骨汤。

穆天晴面色冰冷，在穆轻烟的手碰到碗边时，她伸出了筷子。

紧接着，"啪"的一声，汤碗一倾，汤汤水水洒了一桌。

穆天晴早有防备，身子往后一撤，站了起来。穆轻烟来不及躲闪，汤水沿着桌沿滴落，她的裙子顿时湿了一大片。

这可是她刚买的香奈儿最新款！

"穆天晴，你故意的吧！"穆轻烟大怒，站起来，声音尖利。

"哦，不好意思啊，失手了。"穆天晴吩咐夏妈过来收拾，顺势坐到另一张远离穆轻烟的椅子上。

"轻烟，怎么和姐姐说话呢！"孟亦凡瞪了穆轻烟一眼，忙给她使了个眼色。

"算了，妹妹年纪小，不懂事。这种小事，我是不会和她计较的。"穆天晴唇边勾起一抹讽刺的笑意。

听穆轻烟叫蒋逸风"姐夫"，想必在蒋家和穆家即将订婚联姻之际，蒋逸风还没敢告诉蒋妈妈他们分手的事，所以也没敢将他们分手的消息告诉穆轻烟。

既然蒋逸风敢做不敢当，让穆轻烟名不正言不顺；既然穆轻烟把她当傻子，以为她还蒙在鼓里，那她不介意和她玩玩！

"不过，妹妹，这排骨汤既然是蒋逸风送来的，你还是不要喝了。他这个人粗心得很，又从来不下厨，做出来的东西根本就不能吃！最关键的是，你也说了，这是你姐夫送来的东西，既然如此，为了避嫌，你还是不喝为妙！"

说着，穆天晴起身，从桌上拿起那盅排骨汤，递给夏妈，冷冷地吩咐道："汤都倒掉吧。剩下的排骨也别浪费，丢给外面的流浪狗吃。"

"天晴，你不会真的和蒋家那小子闹别扭了吧！"以为穆天晴在和蒋逸风闹情绪，穆庆国忙冲夏妈挥了挥手，"既然大小姐看着不顺眼，就端下去吧。"

"连一道排骨汤都做不好，这个蒋逸风还真是不成气候！"一道响亮的声音从客厅传来，紧接着，穆枫快步走了进来，冲穆庆国和穆威点了点头，打过招呼后，在穆天晴的左手侧坐了下来。

"哦？怎么说？"听出穆枫话里有话，事关穆天晴的终身大事，穆庆国自然上心。

穆天晴在桌子下面掐了穆枫一把，又瞪了他一眼。

穆枫冲穆天晴挑眉，随即看向穆庆国道："蒋家不过是一个小企业，能成什么气候？咱们天晴可是穆家的大小姐，研究生在读，将来毕业了必定是国之栋梁。更难得的是，天晴她有才华，剧本写得好，年纪轻轻就受到郭永和导演的青睐。而蒋家那小子顶多就是'蒋氏集团'的总裁，得祖上荫庇，单凭这一点，他怎么配得上我们天晴！"

闻言，穆庆国忙点了点头，"说的也对。蒋家那小子看起来像个人才，不过咱们天晴太过优秀，他想娶天晴还得再努力努力！"

"嗯，我也是这么想的。"穆枫冲穆天晴眨眼，"等什么时候蒋家的生意在蒋逸风手下做大做强了，他才勉强配得上我们天晴。"

"哥，你就别捣乱了！我和蒋逸风的事，我心里有数。"穆天晴在桌子下面踩了穆枫一脚，生怕他把蒋逸风劈腿的事，就这么在饭桌上说了出来。要是爷爷被气出个好歹，那可如何是好！

"我倒觉得逸风这孩子还不错。"穆威用餐巾擦了擦嘴，道："蒋氏集团这几年发展不错，国外市场拓展有力，听说这一两年还想进军制药业。天晴，你最近多抽些时间陪陪逸风。上次和你说的那个合作案，拿过去给他再看看。"

闻言，穆天晴不悦地抿紧了唇。

穆氏和蒋氏在生意上想要合作，完全可以走正常程序。就算她和蒋逸风没有分手，作为父亲，穆威也不应该让自己的女儿跑去和未来的女婿谈生意，更何况，他们现在已经分手了。

"我明天开始要进剧组了。爸，生意上的事，你直接找他谈吧。"

"又是进剧组！"穆威将手中的筷子往桌子上一甩，声音中多了几分怒气，"早就和你说过，少和娱乐圈的人交往，少接触那个圈子。你现在是学生，好好念书将来毕业了好好嫁人，相夫教子不比你写剧本重要？"

听了父亲的话，穆天晴的心中无比冰冷，还夹带着那么一点儿刺痛。

她写剧本就是不务正业，那穆轻烟呢？她想进入娱乐圈当演员，他为何不告诉她"少和娱乐圈的人交往"？

穆威的双重标准令穆天晴压在心底的愤恨涌了出来，她盯着穆威的眼睛，咧嘴，露出一抹凄苦的笑，"我妈曾经也觉得，相夫教子很重要。"

结果呢？结果她将梁家的产业给了自己的丈夫，更错上加错地引狼入室。最终，落得个婚姻惨淡、被丈夫背叛、死得不清不白的下场！

"穆天晴！"穆威被戳中了痛处，一下子站了起来，"你是怎么和我说话的？这就是你妈教给你的礼数？"

穆天晴也缓缓起身，面色冷静，一双眸子清亮无比，却透着几分悲凉，"在我面前，你没有资格提及我妈。在责怪她没有教好我之前，你扪心自问，自己是不是个好父亲、好丈夫！"

"你！"穆威伸出一根手指，恨不得戳到穆天晴的鼻尖。

若不是看在她是蒋家准儿媳，深得蒋夫人的喜爱，而蒋家和霍家有着千丝万缕的联系，和蒋家联姻有助于穆氏的发展的分上，他真恨不得大告天下，和穆天晴断绝父女关系！

"很抱歉我帮不上你。其实，你找错人了，你应该求助你另外一个女儿才对。"丢下这句话，在穆庆国和穆枫关切的注目下，穆天晴离席，上了二楼。

上楼后，穆天晴站在二楼，穆轻烟仰头看向她，嫣红的唇弯起，细长的眉眼舒展开来，露出一抹张狂的笑。

穆天晴定定地看了她一眼，决绝地转身。

穆天晴简单收拾了衣物，拖着旅行箱，和穆庆国打过招呼后，离开了穆家。

坐在穆枫的车里，穆天晴用目光细细描绘那栋她曾经生活了二十多年的房子。

在这里，有着曾经的一家三口的温馨回忆，但更多的是无穷无尽的争吵和背叛。

或许，很长一段时间里，她都不会回来了。

也许，从穆轻烟回国的那一刻起，她就必须离开这里了。

从此，白天黑夜，这茫茫世间，只能她一个人走下去，走向不知光明还是黑暗的未来。

回到锦园，将带来的衣物一一挂起。忙碌一番后，穆天晴倒在沙发上，目光落在咖啡色茶几上的那捧火红的玫瑰花上。她的脑海中，不由得浮现出一张淡漠俊朗的面孔。

离开穆家时，她看到这捧花，便顺手拿在手上，带了回来。

她这里，还是冷清了些，有了这抹火红，倒是让她觉得没那么寂寥了。

扯动唇角，穆天晴面上浮现出一抹清浅的笑。

手机铃声响起的时候，穆天晴刚刚做了四菜一汤，打算把中午没吃饱的那顿饭补回来。

打来电话的是郭永和郭导。

"天晴，昨天给你发了微信，收到了吧！"郭永和声音有些闷闷的，像是刚刚睡醒，"明天《大国医》剧组开机，你是编剧，务必到场，撑撑场面嘛。"

穆天晴闻言忙打开微信扫了一眼，昨晚还真的收到了郭导的微信邀请，她今天一早急着去参加考试，没来得及看。

"郭导放心，我肯定按时到场。"

"嗯！那就好。"郭永和的声音不似刚刚那般低沉，透着几分兴奋，又道："这次《大国医》的剧本很精彩，我相信我们会创造另一个票房奇迹。"

"郭导谬赞了。借您吉言，希望一语成真。"

穆天晴和郭永和又互相恭维了几句，就在她要挂断电话时，郭永和又道："天晴啊，我今晚有个局儿，大概八点前能结束。明天一早，参加完开机仪式后，我还要飞日本。上次的剧本有些地方还想和你当面讨论一下，所以，若是方便的话……可不可以等我应酬完，今晚见个面？"

穆天晴一听，忙应了下来，"方便的！郭导，等一下您将地址发我微信就好。"

挂断了郭导的电话，穆天晴看着那一桌子饭菜，心中道：真是有先见之明！

酒桌上的应酬，喝酒是免不了的。一杯又一杯的酒喝下去，哪有时间吃东西？这样的酒局，即便郭导挡酒功夫了得，还是不免得喝上几杯。

幸好她做了饭菜，郭导又有口福了！

晚上，穆天晴换了一套浅粉色的旗袍，腰间绣着绿色蔓藤，极显腰型。她将一头长发高高盘起，在发髻上斜斜地插了一枚碧玉色的玉钗。

晚上五点，穆天晴准时赶到琼兰会所，郭永和前来迎接，见她素面朝天不施粉黛，却又明媚清纯的装扮，不由得眼前一亮。

穆天晴的才气毋庸置疑，姿色亦是不俗，一双明眸温润灵秀，尤其是身上那种安静悠远的书香气，更是令人着迷。私下里，郭永和曾经提及可以为她铺路，让她进入娱乐圈发展，却被她婉拒了。

唉！可惜了一颗好苗子！

郭永和将穆天晴迎到琼兰会所顶层的餐厅里，两个人寻了处靠窗的位置，面对面落座。

刚坐下，穆天晴忙将下午做好的饭菜从保温餐盒里一一取出来。

蒜蓉西兰花、麻婆豆腐、宫保鸡丁、煎黄花鱼，还有一道素烩汤，都是些家常菜。

闻着菜香，郭永和顿时咽了咽口水。

穆天晴的厨艺那可是大厨级别的，之前进驻剧组或偶尔探班，她都会特地为他带上几道拿手菜，真是体贴又细心的一个好姑娘！

"郭导先吃点儿东西。《贺门忠烈》这么火，等下怕是要被灌酒的！"穆天晴将筷子递给郭永和，又点了杯兰卡咖啡，便自顾自地打开了笔记本电脑。

郭永和也不客气，接过筷子大快朵颐，不到十分钟就将穆天晴带来的四菜一汤全部消灭。

"天晴啊，你这厨艺真是太棒了！完全可以媲美五星级酒店的大厨！"郭永和用餐巾擦了擦嘴，笑眯眯道："下期《美食佳人》听说纪冉希要去做男嘉宾，女嘉宾都挤破了头。要我说，你可以去试试！"

《美食佳人》是一档美食兼娱乐的节目，邀请的女嘉宾都是颜值颇高的圈内美女，和男嘉宾互动，两个人共同完成一道家常菜的制作。

"我看还是算了，纪冉希那么贪吃，没等我做完，他都吃光了！"穆天晴将目光从电脑上移开，耸了耸肩膀，继续道："为了纪冉希的星途，为了他在粉丝心里的形象，我还是别去了。"

"哈哈！"郭永和大笑，抬腕看了眼手表，道："你先在这边坐坐，时间差不多了，我得过去了。"

"嗯。郭导，有事您先忙，不用管我。我这边还有些细节没处理好，正好趁着这功夫，捋顺一下思路。"

穆天晴起身，将郭永和送走，随即回到原来的位置。

这时候正是饭点，来琼兰会所餐厅用餐的人还真不少。

穆天晴寻的这处地方，在餐厅的东南角，一道屏风将餐桌和外界隔离开来，倒也很安静。

六点左右，穆天晴点了一份这里很有名气的牛排，简单吃了一点儿。刚吃到一半，就听隔壁座位传来了熟悉的声音。

"蒋哥哥，我可是好不容易才打听到郭导的下落，等下你陪着我，哪怕只是和他搭上话也是好的嘛！"

"你就这么想演戏？"

"嗯！人家还不是为你和爸的生意着想。将来等我发达了，认识的人自然多一些，人脉广了，也有利于你们的生意嘛！"

"轻烟，你比你姐姐懂事多了。"要知道，穆天晴向来清高孤僻，平日里总说自己忙，从来不陪他出席各种宴会。

"蒋哥哥,别这么说!若不是爱惨了你,我怎么会和你在一起。要知道,姐姐她可是会伤心的。姐姐伤心,我心里也不好受的!"

"她会伤心?呵呵!"

"蒋哥哥,刚刚你说姐姐她已经知道了。怎么办,我现在很烦,心里也很乱。说实话,我不想伤害到姐姐。唉!要不然,我们还是不要在一起了。蒋哥哥,你还是回到姐姐身边去吧!"

"轻烟,别这么说。就算错也是我的错!我不应该和你姐姐在一起,却又爱上了你!"

"可是,蒋妈妈那么喜欢姐姐,我听爸说,蒋家提出要你和姐姐订婚……"

"轻烟,我妈那边找个恰当的机会,我会和她好好解释的。你放心,我一定会给你应有的名分!"

"可是……蒋哥哥,这么做姐姐她会很难过的。姐姐她那么爱你,我……我不能拆散你们!"

"轻烟,你就是太善良、太单纯了。放心,这些事都交给我来处理。"

"蒋哥哥,可是我真的……"

"轻烟,我爱的人是你!"

紧接着,传来男女亲密时的吸吮声和女子低低的娇喘。

这里的私密性很好,但仅隔着一道屏风,隔音效果就差了许多。

"我不应该和你姐姐在一起,又爱上了你!"

"轻烟,我爱的人是你!"

蒋逸风的话,仿佛一把匕首直直刺进穆天晴的胸口,鲜血淋漓。

紧紧握住鼠标,穆天晴低垂眼眸,一张俏脸上的血色褪了个干净。

呵呵!那就是她的好妹妹,还有她爱了八年的男人!

这两个原本她身边最亲近的人,却毫无廉耻地背叛了她,更如入无人之境,毫无预兆地上演了一场激情大戏。

一颗心仿佛浸入了冰冷的水中,胸口透心地凉,又疼到麻木。深吸了几口气,穆天晴丢下刀叉,捂住双耳,心底的那道伤口被撒了一把盐，让她一时间无助、无措又羞恼愤恨。

手机突然震动了一下，随即响了起来。

穆天晴泪眼婆娑，看到屏幕上的那三个字，忙将眼底的泪水逼退，吸了吸鼻子，这才低哑着嗓子接通了电话。

"喂。"

电话那边沉默了一会儿，霍熙琛微凉的声音传了过来，"怎么了？哭了？"

穆天晴忙清了清嗓子，挤出一个笑容，故作镇定道："没有！"

"在哪一层？"电话里传来引擎声，"我到琼兰会所了，去找你。"

穆天晴闻言面上闪过一丝狐疑，霍熙琛怎么知道她在琼兰会所？

"郭永和现在名气正旺，我们天汇娱乐这边一直都很关注他。"似乎猜到了穆天晴在想什么，霍熙琛解释了一句。

"我……我在顶楼餐厅。"穆天晴看了眼电脑屏幕右下角的时间，道："不过……是这样的。我和郭导事先约好了，八点左右谈剧本的事情。现在是七点四十……"

"没关系，你先忙，等下我送你回家。"

语落，霍熙琛挂断了电话。

拿着手机，穆天晴眉心微蹙。她本来想说，今晚自己是开车过来的，不用那么麻烦。

霍熙琛对她的心思她不是不知道，可现在这个时候，她一颗心乱成一团，哪里还有心情见他？

打电话时，穆天晴刻意压低了声音。待她打完电话，隔壁没了声音，她走过去从缝隙里看了一眼，见深棕色的饭桌上摆满了一桌子的菜肴，却不见了蒋逸风和穆轻烟的身影。

见状，穆天晴忙收拾了一下，夹着笔记本电脑走出刚刚的位置，打算换个地方落座。

步入大厅，穆天晴拿出贵宾卡，打算让服务生给她开一个包间。

这时，一捧火红莓地出现在她眼前，她微愣，抬眼顺着看了过去。

但见霍熙琛站在她面前，唇角含笑，眉目温软。

他上身穿了件白色的衬衫，上面两颗纽扣没有系，露出一片小麦色的性感肌肤。他的个子很高，遮挡住大半光线，身影将她娇小的身子笼罩其中。从她的角度看去，他幽深的眸镀上了一层晶亮深邃的颜色，仿佛上好的黑曜石，令人深陷其中。

"送你。"霍熙琛长臂一伸，将玫瑰花又送得近了些，几乎戳到了穆天晴的脸上。

穆天晴吓了一跳，面上一红，咬了下唇，手忙脚乱地接过了那束花。

顿时，周围传来一阵唏嘘声，夹杂着女人羡慕嫉妒的眼神。

"那是霍熙琛霍少吗？"

"好像是耶！"

"哇！霍少好帅啊！本尊颜值简直无敌了！"

"是啊是啊！若是霍少去混娱乐圈，还有那些小鲜肉什么事儿啊！不过，他身边的那个女的是谁啊？"

"不认识！"

"我也不认识。"

霍熙琛冷冷地扫了不远处聒噪的几个女人一眼，伸手接过穆天晴手上的笔记本电脑，另一只手顺势揽过她的肩膀，拥着她去了他专属的贵宾套房。

宽敞的套房被装饰得金碧辉煌，KTV、影院等设施配备齐全。

穆天晴将那束花放到沙发上，两个人刚坐下，立即有侍者拿着菜单走了进来。

"吃点儿什么？"霍熙琛绅士地递过菜单。

"吃过了。"穆天晴摆摆手。刚刚听到渣男贱女的那番话，她恶心得不得了，现在实在是没有胃口。

穆天晴看了眼时间，一边给郭导发了微信，告诉他改了见面的地点，一边问霍熙琛："你吃过没，要不要点份牛排？七分熟就好，这里的牛排很有名。"

"那好，点份牛排，七分熟，再来一份蔬菜沙拉，三杯柠檬汁。"霍熙琛吩咐道。

郭导很快回复说马上过来。穆天晴将手机放到一边，拿起笔记本电脑，动作利落地开机。

见状，霍熙琛看了眼手表，体贴道："等下我去里面的套间用餐，等你们谈完事情，我送你回去。"

"我开车过来的！"穆天晴停下手上忙活的工作，补充道："明天剧组开机，我一早就得过去。若把车子丢在这边，我明天来不及取。"

"开机地址发我，我明天一早把车子给你送过去，顺便送你去剧组。"

"这个……"穆天晴刚想说没必要这么麻烦，霍熙琛是日理万机的总裁，她可不敢让他做她的专属司机。况且，他们两个只有几面之缘，貌似还没熟悉到她可以对他随传随到的地步。

这时，敲门声传来。侍者端着食物进来，霍熙琛起身向里面的小间走了过去，道："郭导快来了，你们先谈。"

说话间，郭导已经寻了来。穆天晴留下两杯柠檬汁，心有余悸地拍了拍胸口。

还好，郭导晚来了一步，若是被他撞见她和霍熙琛在一起，引起什么误会就不好了。

郭永和面色微红，身上带了几分酒气，显然刚刚没少喝酒。穆天晴又替他点了一壶碧螺春，两个人对着笔记本电脑，讨论起了剧情。

"什么？还要加一个女三号？"穆天晴挑眉，眼底闪过一丝不悦，"《大国医》的男主角一身正气，非要让他纳妾，我觉得这个情节设计和人设不符。"

"这都是投资方的意思，我也没办法。"郭永和叹了口气，身子往后一仰，靠在沙发上，跷起了二郎腿，"天晴啊，这部电影最大的投资方沈氏集团正在内斗，刚刚撤资。为了能让电影顺利拍摄，我这才找了其他的投资方。临时增加角色的事是他们提出来的，就在今晚的酒桌上。我很为难，却也不得不这么做。"

穆天晴了解郭永和的忧虑，《大国医》这部电影最大的投资方沈氏集团的掌舵者沈良府刚刚去世，听闻他的大儿子和私生子正在争夺沈氏集团的继承权，争相从各大股东那里购买股份。一时间，沈氏集团内部风声鹤唳，股价暴跌。这个时候，回笼资金还来不及呢，哪有闲钱投资电影拍摄呢？

"即便如此，这么改剧本、塞演员，也不妥当。"穆天晴揉了揉胀痛的额角，一脸为难，"郭导，开机在即，现在再改动剧本，硬加个人物进来，实在是让我很为难。"

"天晴，你看这样行不。这次本来是想让你跟组的，既然你觉得改剧本太糟心，我可以让别的编剧来改。当然，最后编剧署名还是你的。"

闻言，穆天晴眉眼清冷，只觉得眼前的郭永和格外陌生。

两年前，她还只是一个名不见经传的大学生，偶尔在校报上发表几篇散文，在微博上写过几部短篇小说。后来，是郭永和通过微博联系上了她，说看中了她写的一部短篇小说，问她要不要卖影视版权。

之后，两个人见了面，郭永和主动邀请穆天晴做编剧，并将她带入了编剧圈，算是她的恩师和伯乐。

而后，他们之间有过几次合作，穆天晴对写剧本也越来越得心应手。《贺门忠烈》是他们合作的第二部作品，当初开拍前，郭永和就兴奋地告诉她，这部电影一定会大火特火。

而今，《贺门忠烈》的热度还在，郭永和竟然告诉她，《大国医》她不必再进剧组了。

她这是要被打入冷宫了吗？只因为她不肯按照投资商的意愿，为了强塞的演员改剧本？

"当然，你若是想跟组，我还是举双手欢迎的。"郭永和放缓了语气，"只是……天晴，我们终究还是胳膊拗不过大腿。你知道的，没了投资方的资金，我是寸步难行……"

闻言，穆天晴眉间的冷意微缓，思考了足足半分钟，道："沈氏集团撤资，您那边还差多少钱？"

"沈氏集团那边，这次可是把五千万都撤了。"郭永和摇摇头，一脸愁苦，"天晴啊，我现在好不容易才又拉来两千万的赞助，能按时开机，勉强撑过第一个月。差的那三千万资金，我还不知道去哪里弄呢！"

"郭导的名气在这里,自然有投资商趋之若鹜。不过,若是单单只为了拿到投资而影响到影片的质量,导致《大国医》扑街,我想,郭导以后再想筹钱拍电影,就不那么容易了。"

穆天晴的声音温软柔和,如潺潺泉水,娓娓动听。

郭永和却一个激灵,如醍醐灌顶,脸色大变。

"这部电影的编剧署名是我,又是改编自我已出版的原创同名小说。所以,这部剧我是不容许除我之外的第二个编剧插手的,我还是想亲力亲为,和郭导再创一次票房奇迹。"穆天晴语气温婉,态度却很强硬。她顿了顿,喝了杯茶,唇角扬起,绽放出一抹自信明媚的笑,"若是《大国医》电影票房卖得好,就可以和《贺门忠烈》一样,再拍摄电视剧,还有游戏版权、动漫版权、有声版权,这些都可以去运作。我听闻,现在《贺门忠烈》的周边就赚了一个亿,只要咱们的作品质量过硬,又何愁没有经济效益,更不用愁筹拍资金了!郭导,我手头的钱不多,不过我可以帮忙拉来赞助。两千万,对我而言,还可以承受。只希望郭导不要让我强塞给男主角一个莫名其妙的小妾。"

闻言,郭永和身子一震,随即想到穆天晴穆氏大小姐的身份,不由得心中欢喜。

"我明白穆小姐的意思了。这样,剧本改动的事,我再去和投资方沟通一下。"

"郭导放心,我答应你的事,会尽快去办。请给我三天时间,我一定能筹到两千万。至于剩下的三千万,咱们可以一起努力。"

起身将郭永和送出贵宾套房,穆天晴面上的笑容立刻褪了个干干净净。转身回到房间,一眼看到霍熙琛从里面的房间走出来。他看了她一眼,眸色幽深,颇有一番深意。

不知道这房间隔音效果如何,刚刚她和郭永和的谈话,又被霍熙琛听去了多少。

这次《大国医》的男一号和女一号都是霍氏集团旗下天汇娱乐的艺人,若是以此为由,向霍熙琛要几千万的投资,实属合情合理,是双赢。

穆天晴心里有数,《大国医》这部片子必然会像《贺门忠烈》一样大火特火，届时霍熙琛既赚了钱又能捧红他家的艺人。况且，退一万步考虑，就算电影扑街了，霍氏集团财大气粗，这几千万对于霍熙琛而言，不过是九牛一毛。

不过，她和霍熙琛的关系还没有熟到伸手要钱的地步。况且，他刚向她求婚，又被她拒绝了，在这个敏感阶段，实在不好和他再有经济上的纠缠。

一时间，穆天晴思绪翻滚，最终还是默默地坐上了霍熙琛的车。

将玫瑰花放到后座上，穆天晴任由霍熙琛体贴地为她系上安全带。

"在想能给那部电影筹多少资金？"霍熙琛的声音在她耳边响起。

穆天晴闻言，蓦地扭头，看向身旁的男人。

霍熙琛伸手在她额头上弹了一下，不轻不重，随即勾了勾唇，启动了车子。

"喂！"穆天晴伸手去揉脑门，穆天晴不满道："你干吗啊，动手动脚的！"

霍熙琛的侧颜俊美得令她失神，低沉而充满磁性的嗓音在车厢内响起，透着调侃的味道，"没干吗啊，就是觉得……你挺可爱的！"

穆天晴无语。自己这算是，被霍老板调戏了吗？

被霍熙琛送回到公寓，下了车，上了楼，迷迷糊糊地爬上床时，穆天晴的脸还是滚烫滚烫的。

半晌，她胡乱揉了揉脸，起床去洗了个澡，拿出手机给穆枫发了条微信。

穆枫的电话一刻钟后打了进来，穆天晴正在擦头发，便将手机放到床上，打开了外放。

"穆天晴，你又在搞事情了！"穆枫的声音慵懒地传来，仿佛陈年美酒，"说吧，让我帮你统计个人资产，是想要做什么？"

"没什么啊，就是觉得自己辛苦了几年，想知道收入有多少。"穆天晴甩了甩湿漉漉的头发，含糊道："哥，我这些年赚的钱可都放在你那儿了。你说过的，算我投资做生意，给我股份，年底是要给我分红的。"

"小财迷！还能少了你那份？你哥哥我就是把自己的分红贴补给你，也不能亏待了你啊！"

"这还差不多！"穆天晴高兴地拿起手机，心里盘算着自己大概能有多少家底，道："哥，我知道你最好了！"

"就数你嘴巴甜！"

"哥，我现在急着用钱，能不能先给我部分分红，或者……"

"天晴，直觉告诉我，你没有对我实话实说哦！"

唉！就知道逃不过穆枫的法眼，穆天晴叹息了一声，将今晚见郭永和后，两个人的谈话挑拣重要的和穆枫说了一遍。

"就算沈氏集团撤资，也不用把你的私房钱搭进去吧！"穆枫正色道："现在电影还没拍，以后会不会大卖也不知道。你老哥我从一个商人的角度奉劝你，投资需谨慎哦！"

"我这不是也没办法了嘛！你要是不肯帮我，我就只好卖套房子解决问题了。吴京拍《战狼2》还抵押房产了呢，我名下那么多房子，卖一套也无所谓。"

穆枫闻言不禁头疼，"你这丫头，那些房产都是妈妈留给你的，不到万不得已怎么能卖？这样吧，我今晚先帮你把资产统计一下，咱们明天抽个时间，当面谈。正好明天帝都文莱轩的孙经理要来C市，我已经告诉他说你对那块古玉感兴趣，让他把那块古玉给你带着。"

"嗯，好！"

穆天晴收了线，顶着潮湿的头发趴在床上，心烦无比。

她的家底她心里有数，现金零零碎碎加起来，顶多也就一千万出头。

去年，她和蒋逸风看好了城东的一套别墅，当时蒋氏集团那边正好要拓展国外市场，资金短缺，她就自己掏腰包，买了那套价值一千万的别墅。

那时的穆天晴想得很简单，反正那套别墅是她和蒋逸风婚后居住的，算是他们的婚房。虽然是她掏钱，可只写了她一个人的名字，这么算她不算亏，只是面子不太好看罢了。

该死！若是知道她和蒋逸风会有分手的那天，她才不会花一千万买豪宅呢!

第二天一大早,穆天晴被霍熙琛的电话吵醒,他已经在她家楼下了。

胡乱抹了把脸,穆天晴家的门铃急促地响起,她看了眼时间,才七点,顿时憋了一肚子起床气。

门一打开,一束红艳艳的玫瑰花伸了进来。紧接着,霍熙琛步入,身后还跟着两个人。

那两个人,女的手里拎着化妆箱,男的手里捧着三个大大的礼盒。

看这架势,穆天晴彻底清醒了,睁大了一双眸子,看向熟门熟路进了屋子,坐在她家的餐桌前,一脸平静地将买来的早点一一摆在桌子上的霍熙琛。

对上穆天晴疑惑的眸子,霍熙琛手上的动作停了停,随即云淡风轻道:"你不是要参加剧组的开机仪式吗?我特地帮你选了天汇娱乐旗下的首席化妆师和造型师。"

呃……她只是去参加剧组开机仪式,又不是去走红地毯,简单画个淡妆,穿套得体的小旗袍就好了呀!

再说了,她只是个小小的编剧,又不是女演员,用得着请化妆师和造型师吗?更何况还是天汇娱乐的首席化妆师和造型师,这也太劳师动众了吧!

"这个……还是不用了吧!"穆天晴冲那两位点点头,又扭头看向霍熙琛,笑得有些尴尬,"霍少,我自己简单化个妆就好,不用麻烦这两位了吧!"

"现在七点,剧组十点开机。"霍熙琛看了眼手表,淡淡道:"吃饭,化妆,造型加上路上万一堵车,就要迟到了。"

开机地点在城北的影视城,距离锦园足足六十千米。

穆天晴扶额,忙一路小跑着进浴室洗漱,又飞快地坐到桌前,狼吞虎咽地吃着早餐。

与霍熙琛同来的造型师Slinda带来了三套礼服,一件比一件精致华美。穆天晴最终还是选择了一套自己的月白色旗袍,配上化妆师Luna化的清淡的桃花妆，顿时整个人仿若清水芙蓉，娇艳动人又温婉明媚。

霍熙琛看着眼前的女子，笑容娇俏，一双眸子亮晶晶的，仿佛上好的水晶。她身上那套月白色旗袍，在霍家晚宴上他曾见她穿过一次，细看下将她的身段衬得极好。旗袍古典而内敛，比起他带来的那三套礼服，确实更符合她的气质。

"穆小姐的气质很适合穿旗袍，"造型师Slinda不禁由衷地赞美道，"我手下有名徒弟，他设计的几套旗袍放在我店里卖得很好。穆小姐感兴趣的话，可以抽空过来看看。"

说着，Slinda递给穆天晴一张金卡，"这是TX品牌旗舰店的金卡，可以打九折。"

穆天晴对旗袍向来情有独钟，她自己的旗袍都是找C市的老师傅量身定做的，听了Slinda的话，忙接过金卡，"好的，谢谢。"

一切准备就绪，踩着八厘米的高跟鞋，穆天晴坐进了霍熙琛的车。

今天开车的依旧是傅成文，霍熙琛的贴身秘书。

"这是什么？"看到穆天晴手里拎着一个纸盒，霍熙琛问道。

"哦，是纪冉希上次落在我家的球鞋。今天开机，作为男一号，他也会去。我顺便给他捎过去。"

纪冉希？上次睡在穆天晴家的那个男明星？

霍熙琛眉头微蹙，拿出手机，指尖轻点，发了条微信。

而后，他收起手机，没事人一样看向身旁闭目养神的穆天晴，唇角勾起一抹清雅的笑。

抵达影视城，穆天晴发现影视城大门处已有不少媒体守候。霍熙琛的车子一路畅通地驶入，径直将穆天晴送到了剧组。

目送霍熙琛的车子离开，穆天晴提着的一颗心落了回去，不由得暗暗松了口气。

幸好这次霍熙琛没整什么幺蛾子，若是他像在琼兰会所那晚，捧着玫瑰花揽着她的肩膀出现在众多媒体面前，还不知道会引起多大的骚动呢！

穆天晴在剧组里找了一圈也没看到纪冉希，只得逮住了他身边的一个小助理阿东。阿东说纪冉希刚刚还在，金兴接了个电话后，就带着他走了,还让阿东和郭导请假。

"什么事走得这么匆忙?"和纪冉希"擦肩而过",穆天晴只好把他的球鞋给了阿东。

过了一会儿,就听不远处的郭导对阿东一顿大骂,声音洪亮,顿时熙熙攘攘的剧组静了下来。

"太不负责任了!真是太过分了!"郭永和将头上的鸭舌帽摘下,狠狠地丢向阿东,"马上就要举办开机仪式和新闻发布会了,男一号却不在,你让我和到场的媒体怎么交代?"

阿东嗫嚅道:"郭导,对……对不起……"

郭永和依旧怒发冲冠,"对不起?若是影响到电影的宣传,纪冉希他能担得起这个责任吗?!"

眼瞅着阿东憋红了一张脸,穆天晴忙给纪冉希打了个电话,两个人在电话里低语了几句,而后她朝着郭永和走了过去。

"郭导,您消消气,别气坏了身子。"女一号的扮演者温华以手拍背,替郭永和顺气,"冉希他这么做肯定是有原因的,这样,我这就给他打个电话,让他解释一下,顺便给您赔不是。"

温华和纪冉希同属天汇娱乐,她比纪冉希入行早几年,只是平日里总是参加些真人秀和娱乐访谈节目,缺少一部叫座叫好的彰显演技的代表作。这次天汇娱乐让她和纪冉希搭戏,显然也有提携之意。

"郭导,冉希他临时缺席,确实是有很重要的事。"穆天晴冲温华点了点头,随即扬起手机,对郭永和柔声道:"冉希一直关注的一个孤儿病了,听说刚刚住进了重症监护室。他刚刚本来想给您打电话请假的,可您的手机一直没打通。"

"胡闹!"闻言,郭永和的脸色稍稍转好。

见状,温华松了口气,忙又安抚道:"郭导,冉希临时缺席开机仪式,确实是他的不对。不过事出突然,他又是去做慈善。咱们大可以对前来的媒体实话实说,相信这不会影响到电影的曝光度。"

"行了行了,别围着了,都去忙吧!"被温华一番话说到了心坎里,郭永和挥了挥手,不再发难。

众人散去，各忙各的，举办开机仪式和新闻发布会的台子已经搭好，穆天晴径直去了后台，等需要她上场时及时登台就是了。

"这位就是穆小姐吧？"

柔和的声音在身后响起，穆天晴转身，冲温华点了点头，"华姐好。"

温华今天穿了一套大红色的西服西裤，长发盘起，妆容浓丽，嫣红的唇衬得肤色格外白皙，相信镜头下会显得特别英姿飒爽。

这次《大国医》的女一号凌秋水是驰骋沙场的女将军，性格沉稳内敛，温华这身打扮倒无可厚非。只是以往她给观众的荧屏印象大都是大大咧咧女汉子的性格，这次挑战凌秋水这个角色，也算是她的一次突破和转型了。

"天晴，我可以这么叫你吗？"温华走到穆天晴身边，一脸压抑不住的兴奋，还透着那么点儿羞涩。

"当然可以。"穆天晴点了点头，回以微笑。

算起来，温华比她大了两岁。这是两个人第一次私下里接触。

"天晴，《贺门忠烈》这部电影我看了五遍，剧情真的很赞。"温华一双眼睛透着崇拜，拉住穆天晴的双手，由衷地称赞道："当时，我还在想，这是什么样的编剧，又有怎样的人生阅历和感悟，才能写出那么感人肺腑又荡气回肠的故事。没想到，我今天竟然见到编剧真身了，还是个这么年轻漂亮的姑娘！"

"华姐，你过奖了。"穆天晴被夸得有些不好意思，心里却很是受用。

"所以，这次我经纪人一和我说，《大国医》的编剧是你，我就一口答应了。"温华眨了眨眼，挽起穆天晴的胳膊，亲昵道："今天总算是看到我的偶像了，天晴，介意我拍张照放到微博上吗？"

对于温华的要求，穆天晴当然不介意，毕竟今天电影开机，借机宣传为电影造势，这也是她分内的工作。

穆天晴和温华拍了合影，又帮温华拍了几张在开机仪式现场的照片，经过温华经纪人梁若天审核后，将照片发到了微博上。

梁若天发完微博，忙夸赞穆天晴拍照片的角度选得好，几人说说笑笑间,开机的吉时已到,忙按照事先郭导吩咐的顺序在后台站好。

郭永和知道穆天晴向来低调,只是简单介绍了一番。最后合影时,阿东颇有创意地举了纪冉希的大头贴海报替他上场,也算是临场救了急。

至于纪冉希临场缺席,因郭导公关做得好,倒没有给他带来负面影响,倒是有不少媒体得知消息,抽调人手直接去医院围堵纪冉希。

当然,穆天晴在现场得知情况后,已经给纪冉希打了电话,让金兴和他都有了思想准备。

忙了一上午,开完了新闻发布会,郭永和直接去了机场,副导演梁田张罗着主创人员和主演去事先预定好的酒店吃开机宴。

穆天晴没开车过来,本想着蹭纪冉希的保姆车回市里,现在这情况,看来她是要蹭温华的车了。

走出后台时,穆天晴的手机响起,是一个陌生的号码。

接通电话,温雅的男声传了过来,"穆小姐,你好,我是霍总的秘书傅成文。"

"哦,傅秘书,您好。"

"穆小姐,霍总还在开会,腾不出时间来,吩咐我来接你。"紧接着,生怕穆天晴拒绝,傅成文又道:"我的车子就在你的右前方,大概二十米的位置。"

闻言,穆天晴下意识地向右前方看了去,只见一辆黑色迈巴赫停靠在路旁。

顿时,她一个头两个大!

这个霍熙琛,到底想干吗?他的贴身秘书应该也很忙吧,大老远地跑来接她一趟,是不是有点儿大材小用了!

"天晴,坐我的车吧。"温华走到穆天晴身边,招呼道。

穆天晴忙点了点头,压低了声音,对着话筒道:"抱歉,傅秘书,害你白跑一趟。我已经和华姐约好了。麻烦你替我和霍先生说声谢谢。"

语落,利落地收线,穆天晴挽着温华的手,跟她一起坐进了她的保姆车。

温华的目光在那辆迈巴赫的车牌上停留了几秒,认出那是霍氏集团老大霍熙琛的坐骑。

刚刚她隐隐听到穆天晴说了"霍先生"三个字，莫非这个小丫头和霍氏的高层关系匪浅？

不愧是天汇娱乐力捧的一线女星，温华的保姆车配备齐全，也很宽敞。

温华补了下妆，随即和穆天晴双双倒在休息的小床上，她拿起手机刷微博，而后对穆天晴笑道："天晴，很多粉丝问我你是谁，还说你长得漂亮，以为你是女二号呢！"

《大国医》女二号的扮演者是乐闻娱乐的当家花旦周媚，长相清纯，被誉为"玉女佳人"。但私下里，圈子里的人都在传周媚私生活混乱，是个为了上位不惜出卖身体的女人。

不过，周媚的长相和定位都符合《大国医》女二号岳梦琳的人设，郭永和选她倒也无可厚非。

穆天晴和温华互加了微博好友，梁若天发微博的时候还特意@了她、纪冉希和《大国医》剧组的官方微博，所以一打开微博，穆天晴的手机就顿时卡了一下，随即发现温华那条微博转发竟然已经过万。

"哇！这是纪冉希我男神我老公的新电影吗？我男神好帅！"

"华姐，我是你的脑残粉！你是女一号，这部电影我一定要去看！""华姐，你男人装太帅了，我要给你生猴子！"

"华姐，你身边的那个小姑娘是谁啊？长得好漂亮！"

……

翻了几页微博评论，穆天晴发现自己的粉丝涨了小一万，忍不住笑道："华姐，我这算不算是蹭热度，小火了一把？"

"那是你平日里太低调！明明可以靠颜值，非要拼实力。天晴妹子，原来你才是深藏不露的世外高人！"

温华点开穆天晴的微博主页，一条条看着，见她发的一般都是些风景图片、成长心得，顶多会转发些和剧组相关的宣传信息，很少见她发自拍照，就连微信头像也只是一只胖乎乎的慵懒的小猫咪。

"哪有？"穆天晴正刷着微博，纪冉希打来了电话。

"小晴晴,今天想我了没有?等下酒店见哦!"纪冉希欢快的声音从话筒里传来,"吃完饭,我可以陪你打游戏。怎么样,够意思吧!"

"医院那边忙完了?"

"嗯!小小一早不小心从楼梯上摔下来,只是受了轻伤,现在已经没事了。"小小是纪冉希资助的另一个孤儿的名字。

"那就好,酒店见。不过等下我约了我哥,下午和他有点儿事要谈。"

"你哥啊,他现在和我在一起。"说着,纪冉希的手机被穆枫抢了去,"天晴,等下你和纪冉希先去酒店吃饭,我和孙经理在顶层的餐厅等你。"

"哦,好。"

收线后,穆天晴的眼底闪过一丝疑惑。

从什么时候开始,纪冉希和她老哥穆枫走得这么近了?

"冉希等下要来酒店?"一直旁听的温华问道。

"嗯。医院那边,小小的病情稳定了。他等下会过来。"

"天晴,你和冉希,貌似很熟的哈!"

听出温华话语中的试探,穆天晴淡淡一笑,"华姐,我和他只是普通朋友。你们现在在同一个娱乐公司,以后相处见面的机会多,冉希还得你这个师姐多多提携呢!"

"他现在的咖位,哪用得着我提携呀,是我蹭他的热度才对!"

一路上,两个人闲聊了很多,大都是温华在找话题。穆天晴发现在浮躁的娱乐圈里,温华还算是比较单纯的女艺人。倒不是说她阅历浅装天真,她是那种明明很精明、很世故,却让人感觉很舒服。不可否认,温华的情商很高。或许,这才是她的优势,也是她加入天汇娱乐不到两年就大火的根本原因。

酒店门口,温华不可避免地受到了媒体的围追堵截,害得穆天晴也跟着受到牵连,被人团团围住。有家媒体记者的话筒用力地往前伸,险些戳到了温华的脸上。

温华吓了一跳,连连后退,她脚上踩了一双十二厘米的高跟鞋,没站稳,身子一歪,扭到了脚踝。

眼看着温华就要跌倒，穆天晴忙伸手去拉她的胳膊。她的手臂虽然纤细却沉稳有力，用力一收，温华直直地撞入她的怀中，穆天晴另一只手轻巧地一挡，随即扶着她的肩膀，让她借力站稳。

温华脚踝处传来一阵剧痛，疼得差点儿飙泪。

下一秒钟，原本围着她的记者们作鸟兽散，一个个使足了吃奶的力气，跑向了另一辆停靠在酒店门前的保姆车。

在金兴和保镖的守护下，一双大长腿迈出了保姆车。纪冉希一身白色的运动装，一头利落的短发显得整个人格外清爽干净。鼻梁上的墨镜遮去了大半张脸，明媚的阳光下，他右眼下的那抹红色的泪痣分外醒目，左耳戴着一枚钻石耳钉，行走间璀璨夺目。

"啊！冉希冉希，你好帅好帅好帅！"

"男神，老公，我爱你！"

"希哥，希哥，看这里，看我一眼！"

比媒体还要疯狂的，是堵在酒店门口的纪冉希的粉丝们，俗称"希粉儿"或"希饭"。

温华疼得白了一张脸，穆天晴和梁若天忙扶着她趁乱进了酒店。

到了包房，简单检查了一番，温华的脚踝只是有些红肿，换上了一双平底鞋后，只要慢慢走就没事，应该是没有伤到筋骨。

"天晴，刚刚真的要谢谢你！"坐在沙发上，温华揉着微微红肿的脚踝，感激地说道："没想到你看起来弱质芊芊的，身手却这么好。"

"哪有，不过是美女有难，拔刀相助嘛！华姐，我这里有药膏，你要不要擦一些？"穆天晴从包里找出一个圆圆的小盒子，打开，一股浓郁的药香扑面而来。

"这药膏挺好闻的。你给我涂点儿吧！"

穆天晴蹲在沙发前，取了些青色的药膏在掌心揉搓开，然后涂到了温华的脚踝处。

温华先是一阵刺痛，而后又是一阵清凉，伴随着穆天晴的揉搓，她一开始还疼得忍不住低叫了几声，过了一会儿，就觉得伤处没那么疼了。

"这药膏是我们研究室曲博士团队研制的最新药品，我觉得好用，就经常带在身上。"

涂完药膏,温华觉得脚踝处凉冰冰的,很舒服。

过了十几分钟,众人都到齐落座后,温华在穆天晴耳边道:"真是神了,这么一会儿就不疼了!"

"华姐觉得好,那就拿去用吧。"穆天晴大方地从包里翻出那盒药膏,递了出去,"《大国医》这部剧,华姐应该有很多打戏,磕磕碰碰总是难免的,有备无患嘛!"

温华本想拒绝,听穆天晴这番话后,便欣然收下了她的好意。

"天晴,你穿旗袍可真好看。等下你告诉我你的三围,我让天汇娱乐首席造型师Slinda帮你设计一套。"

听到Slinda这个名字,穆天晴不由得失笑。

温华忙解释道:"天晴,你可能不太了解,Slinda不仅仅是天汇娱乐的首席造型师,他还有自己的服装品牌。TX你听说过吧,就是他创办的。"

"华姐,我知道Slinda的名气,想来还是你有面子能请得动他这尊大佛。"

"只是觉得你的气质和TX这个品牌很相符,改天我约你逛街,咱们去鼎盛会展中心那边的TX旗舰店看看,上次我见到一款烟青色的旗袍,很适合你。"

了解温华投桃报李的心思,穆天晴不好直接拒绝,便应了下来。

这时,酒店服务员悄悄送来了一个精致的檀香木礼盒。穆天晴微愣,打开,见自己的那把车钥匙静静地躺在红色的天鹅绒上。

这个霍熙琛,竟然把她的车子送了过来,还挺细心的。

收下钥匙,穆天晴的唇角微微弯起,心里涌起一丝甜蜜。

纪冉希的到场,令整个饭局气氛活络而热烈,席间几位投资商也被他那张舌灿莲花的嘴给哄得满面红光。

席间,穆天晴离席去了趟卫生间。走出包厢,在走廊尽头,她被一个矮胖的男人猛地撞了一下。

那男人戴着一顶鸭舌帽,遮住了大半张脸,神色纠结慌张,险些撞倒穆天晴后，也不道歉，急匆匆地向电梯跑去。

穆天晴揉着被男人撞痛的胳膊，眼角余光瞥见那男人手腕处的狼头刺青，神色一凛，转身追过去时，电梯门已然合上了。

穆天晴奔到电梯口，眼看着电梯去了顶层，忙一边摁电梯按钮一边给穆枫打电话，"哥，我刚刚看到陈敏发了，他乘电梯去了顶层，你帮我拦住他！"

说话间，穆天晴乘上了另一部电梯，抵达顶层后，她接到穆枫的电话，快步跑向了楼顶。

酒店的楼顶是一处平坦的天台，穆天晴一眼就看到了被穆枫逼得跨坐在围栏上作势要跳楼的陈敏发。

陈敏发看到穆天晴，缓缓摘下头顶的鸭舌帽，竟没有一丝意外的神情。

顿时，穆天晴和穆枫心里升腾起不好的预感。

果然，冲穆天晴诡异地一笑后，陈敏发脚下一蹬围栏，整个人飞了出去。

穆天晴心中一惊，和穆枫忙跑了过去。下面传来一声巨响，竟是陈敏发好巧不巧地砸上了一台保姆车，顿时血溅当场。

剧组的温华和纪冉希进入酒店不到半小时，部分拍摄采访的记者和粉丝还未散去，猛然有人跳楼，还砸了纪冉希的保姆车，顿时乱作一团，尖叫声不断。

不少嗅到大新闻的媒体举起摄影机，对着事故现场一顿猛拍。

"你快走，这边我来处理。"穆枫面色凝重，忙拉着穆天晴冰冷的手迅速离开天台。

穆天晴回过神来，忙给温华打了个电话，说临时有事先走一步，而后小心地避开摄像头，去了地下停车场，开着自己的车，悄然离开。

穆天晴脑子一片慌乱，开着车子沿着马路一路向北开去。

大约开出了半个多小时，眼看着车子到了郊外，穆天晴深吸了口气，将车子停靠在路旁。

陈敏发为什么会突然出现？

他是故意撞她，引起她的注意？

还有，他为什么要当着她的面跳楼，这中间又有什么隐情？

混乱的讯息在脑子里横冲直撞，穆天晴头痛欲裂，一时间理不出头绪，只觉得陈敏发的死一定没有那么简单，她敏感地嗅到了一丝危险的气息。

果不其然，短短几个小时的时间，陈敏发跳楼自杀的消息便铺天盖地而来，瞬间霸占了社会版和娱乐版的头条，警方立即介入调查。

因陈敏发房地产商的身份，他的自杀登上社会版头条并不意外；而他之所以能登上娱乐版头条，还要"归功于"他砸到的是纪冉希的保姆车。

当时，现场就有不少媒体和粉丝拍了事故照片后，上传到了微信朋友圈和微博，很快就引起了大家的关注，刷爆了朋友圈，也上了微博热搜。

穆枫的善后工作向来完美，在警方到来之前，他用黑客身份潜入酒店电脑系统，将他、穆天晴和陈敏发相遇的那段视频抹掉。

可他刚刚处理完，酒店的录像竟然意外地外泄了。因陈敏发乘电梯到顶楼的相关录像被剪辑掉了，而事发楼顶是三十二层，一时间，死者是如何到达顶楼的引发了无数网友和侦探爱好者的推理，热度竟不亚于当年的"蓝可儿事件"。

雷明接到案子时正在调休，被一个电话从被窝里揪了出来，顶着乱糟糟的头发，打着哈欠，带领一众警员，封锁酒店开始现场勘查。

《大国医》剧组所在的包厢也被暂时封锁，警方过来给众人录了口供后才放他们离开。如此一折腾，剧组人员和制片方、投资人都没了聚餐的心思，副导演梁田早早地散了这场饭局。

"真是倒霉！"纪冉希的保姆车算是报废了，那可是他最近刚刚从国外买回来的，花了他整整二百万人民币。

"破财消灾，破财消灾嘛！"经纪人金兴安慰道。

"冉希，兴哥，你们坐我的车走吧。"温华邀请道。

纪冉希笑着摆了摆手，"华姐，谢谢你的好意。不过我这边还约了朋友。"

"这样啊,那我先走了。"温华和大家告别,与梁若天一起离开了包厢。

事故刚发生,纪冉希就给穆枫打了电话,不过一直没人接。

心里有些乱,纪冉希掏出手机又打了一个电话。这次,电话很快就接通了,"冉希,你那边录完口供了?"

"是啊,你还在顶楼餐厅?"

"嗯,我这边刚刚开始录口供。等我十分钟,等下我送你回家。"

"好吧。"

挂断了电话,纪冉希依旧臭着一张脸。

今天本来是剧组的开机仪式,突然有人告诉他,他资助的一个孤儿小小进了医院,他只好放了郭永和鸽子,赶了过去。

好不容易到酒店了,就想坐下来安安心心地吃顿饭,却不料又遇到了这码子事。

今天真是太不顺了!

金兴出去,一连打了几个电话,回来的时候脸色好了很多,安慰纪冉希道:"你放心,这次公司那边很给力,有专门的公关团队在处理,不会影响到你的形象。"

纪冉希面色微缓,环顾一圈,突然一拍脑袋,"小晴晴呢,兴哥,你刚刚看到小晴晴了没?"

"好像有事临时走了吧。"

"有没有搞错,走了也不和我说一声。过分!"纪冉希掏出手机给穆天晴打电话,电话一接通就"噼里啪啦"地说个不停,"小晴晴,你太过分了!我特地从医院赶回来参加剧组的聚餐,不就是为了陪你吗?说好了吃完饭一起打游戏的。你这个小坏蛋,说,为什么抛弃帅气多金、俊朗非凡的我,临阵脱逃?!"

此时穆天晴已经回到了锦园,她将手机拿得离耳朵远一些,朗声道:"突然有灵感,就回来写剧本了啊。我看到朋友圈和微博传的图片了。纪大明星,你还真是可怜。要不要来我家,我亲自下厨,慰问你受伤的小心灵？"

"天晴，我也去。"一听说有饭可以蹭，金兴忙伸过脑袋，冲话筒大喊。

"好啊，兴哥你也来，我给你做你最喜欢吃的辣子鸡丁。等下你们就坐我哥的车一起来好了，我这就去小区门口的超市买菜去。"

"算你有良心！"嘟囔了一句后，纪冉希挂断电话，一想到能吃上穆天晴做的饭菜，顿时心情大好，神清气爽。

十分钟后，纪冉希戴上帽子和墨镜，和金兴低调地去了地下一层，坐上了穆枫的车。一行三人来到锦园穆天晴家。

"叮咚"，门铃响起，厨房里的穆天晴飞奔出来，开了门后，又跑回了厨房。

餐桌上，已经摆了几道炒好的菜，香气四溢。

刚刚在酒店，听闻自己的车被砸，纪冉希没了胃口，根本就没吃什么东西。现在见了美味，顿时食指大动，跳到餐桌前，伸手去抓一块切得极薄的酱牛肉。

"纪冉希，吃饭前要先洗手，小孩子都知道的道理，你要不要这么幼稚！"穆天晴从厨房里伸出一颗小脑袋，笑骂道。

"小晴晴，你别训我。我今天可是受害者，你赶紧做饭，让美食来安慰我的胃！"纪冉希嘴巴里鼓囊囊的，正打算两只手一起上时，被看不过去的穆枫拎着衣领，揪到了洗漱间去洗手。

"天晴，需要我做什么吗？"金兴走进厨房，客气地问道。

"我这边一个人就可以搞定了，"穆天晴案板上已经切好了等下要下锅炒的菜，朝刚刚盛出来的菌汤努了努嘴，"兴哥，你帮我把汤端上桌就好了。那里有隔热手套，你戴着，小心烫。"

"好嘞！"金兴端了汤出来，正好门铃响起。

穆枫从洗漱间出来，过去开门。

门打开，门外站着一大一小两个人。大的一身黑色西装，白色衬衫上的扣子系到了最上面，手上拎着一个硕大的果篮。小的是一个看起来四五岁的孩子，手里捧着一束火红的玫瑰花，遮住了孩子大半张脸。

"霍熙琛？"没想到会在这里看到传说中的霍家掌门人，穆枫不由得愣住了。

穆家在C市虽然也算得上豪门，但和霍家比，还差了那么一大截。再加上穆家主营古董、古玩和拍卖行，原本与霍家生意上并无来往，最近因穆威想要进军制药业，想要谈合作，他这才和霍氏集团的总经理见过几次。

所以，穆枫虽然认得霍熙琛，但私下里也没有与他有过多接触。

"穆叔叔好。"看到熟人，小天伸出小脑袋，礼貌地和穆枫打起了招呼。

穆枫这才注意到，霍熙琛腿边的孩子是小天，惊讶之余，侧过身子将两个人请了进来。

"小天，你怎么来了？"纪冉希看到小天，忙蹲下来，对他露出一个温暖的笑容，"小天的玫瑰花是要送给纪叔叔的吗？"

"纪叔叔好。"小天摇了摇头，指向霍熙琛，"他说，漂亮的花儿要送给漂亮的天晴阿姨。"

纪冉希闻言顺着小天的手指看过去，当看到霍熙琛好整以暇地坐在沙发上时，瞪大了双眼。

没想到会在穆天晴家见到天汇娱乐的大老板，纪冉希一下子紧张起来。

金兴看到霍熙琛，也是一脸的惊讶。

两个人对视一眼——传……传说中的大老板？

穆天晴听到小天的声音，手里拿着铲子就从厨房走了出来。小天忙"噔噔噔"跑过去，将火红的玫瑰花高高举起，"天晴阿姨，送你的花。"

穆天晴心里一暖，忙一只手接了过来，满心欢喜道："小天来得正好，马上要开饭了，一起吃。"

小天扬起小脸，忙"嗯"了一声。

看到小天开朗的模样，穆枫笑道："小天似乎外向了许多。"

"都是穆小姐的功劳。"霍熙琛起身，动作优雅地解开领口的扣子，将袖口挽起，走向穆天晴，从她手里拿过炒菜的铲子，淡淡道："你去把花插好，我来炒菜。"

"不用了，还有最后两个菜就大功告成了。"

"油烟对女孩子的皮肤不好。"霍熙琛目光温和地看着穆天晴，神色极为认真。

对上那双幽深的眸子，穆天晴面上一烫，眼神闪躲，慌乱下捧着花转身去了卧室。

在众人惊讶又新奇的目光下，霍熙琛顶着一张盛世美颜，迈着两条大长腿走进了厨房。

穆天晴进了卧室，将那束红得刺眼的玫瑰花放在床上，双手捂住滚烫的脸颊。

好像最近每次见面，霍熙琛都会送她玫瑰花。

因为知道穆枫他们会过来吃饭，她把原本摆放在客厅里的霍熙琛之前送给她的玫瑰花都藏到了卧室里。

现在，她的卧室都变成了红色的花海。

在床上坐了一会儿，小天跑过来敲门，穆天晴忙走了出去，将他抱了起来。

一看到她，纪冉希和金兴就扑了过来，小声地却异口同声地问道——

"小晴晴，这是什么情况？"

"天晴，这是什么情况？"

"呃……"穆天晴挠了挠头，一时间不知道该从何说起。

"那天把我丢出去的，也是他对不对？"纪冉希摸了摸下巴，回忆起那天的情形，越想越觉得那人就是霍熙琛。

这么看来，霍熙琛这是不止一次上门找小晴晴了，看他驾轻就熟地去厨房炒菜……纪冉希觉得嗅到了一丝奸情的味道。

想着想着，纪冉希不由得笑得高深莫测。

反正小晴晴和蒋渣男已经分手了，换个男朋友调剂一下心情貌似也不错。

嗯，而且他家大老板颜值高，厨艺好，是个居家好男人，同时又是C市闪闪发光的黄金单身汉。

"天晴,下次霍大老板再来你家玩儿,麻烦你提前打个招呼,我都快被吓死了!"金兴摸了摸胸口,直到现在他的一颗心还在剧烈地跳呢。

"呃……我也没想到他会来我家。"穆天晴抱着小天去沙发上坐好,拿起一颗苹果,"小天要不要吃苹果?"

这时霍熙琛做好了一道菜端出来,看了一眼穆天晴,柔声道:"还有最后一道菜,很快就好。"

不知为何,穆枫总觉得霍熙琛对穆天晴说话时,表情和语调都变得轻柔了几分。

穆天晴面上又滚烫了几分,忙低头将苹果放回了果盘,"小天,快开饭了,我们先不吃水果了,好不好?"

"好——"小天奶声奶气地回答,窝在穆天晴怀里,抓住她的手指把玩。

一直一言不发冷眼旁观的穆枫看到这一幕,突然间,有了穆天晴、霍熙琛、小天是一家三口的错觉。而且,仔细辨认,小天眉眼间竟和穆天晴有几分相似。尤其是小天笑的时候,脸颊上也有浅浅的梨涡。

跟着霍熙琛进了厨房,穆枫低声道:"有需要帮忙的地方吗?"

"没有。"霍熙琛抬眼,飞快地看了穆枫一眼,而后将切好的茼蒿下锅,面色恢复了以往的冷峻,淡淡道:"上次小天出车祸,多谢穆少出手相救。听天晴说,小天在孤儿院时,你也多番照拂。这份情谊,霍家会铭记在心。"

"我们资助小天时并不知道他的身世,只是出于好心,单纯为了做公益,霍少不必客气,更不必多心。"穆枫扭头,看了眼客厅里黏在一起的一大一小,冷冷道:"霍家的水太深,天晴她刚刚分手,我不希望她受到任何伤害。"

霍熙琛闻言,脊背一僵,快速翻炒了两下,盛菜出锅,端着盘子从穆枫身边走过时,丢下一句话——"她会是霍太太。"

穆枫本想去客厅,听了霍熙琛的话,呆愣了一秒,脚步仿佛被钉在了地上。

"穆小姐,可以开饭了。"霍熙琛将蒜蓉茼蒿放在餐桌上。

"吃饭了吃饭了！"穆天晴抱着小天入座，招呼纪冉希和金兴坐好。

霍熙琛理所当然地坐在了穆天晴身边，席间一言不发，不停地给她和小天夹菜。

场面一度有些冷清，好在纪冉希和金兴善于调节气氛，很快又热络了起来。

穆天晴暗暗戳了戳霍熙琛的胳膊，低声道："你要不要别这么高冷，你看，你都把兴哥和纪冉希吓到了。"

霍熙琛闻言微愣，随即去厨房泡了一壶热茶，分别给穆枫、纪冉希和金兴倒上。

穆枫还好，面上还算冷静，纪冉希和金兴则激动得一下子站了起来。

大老板亲自奉茶，他们受到了一万点的刺激好嘛！

"我以茶代酒，谢过你们对小天的照顾。"霍熙琛客气道。

"哪有，能照顾到小太子，是我和冉希的荣幸！"金兴受宠若惊道，心中又忍不住一阵兴奋——就凭纪冉希曾经资助过霍氏集团的小太子，以后天汇娱乐一定会大力栽培他，所有的资源都会让他先挑选。不久的将来，纪冉希的演艺事业必然能更上一层楼。

接下来，气氛融洽了许多。一顿饭吃得宾主尽欢。霍熙琛吃完饭，将果篮里的水果一一取出放进冰箱里，这才带着恋恋不舍的小天离开。

临走前，霍熙琛给了纪冉希一记警告的眼神，却对穆天晴柔声道："忙了一晚上，早些休息。"

他们一大一小一走，客厅里顿时炸开了锅。

"那个小天，长得和霍大老板真的好像！"金兴身为经纪人，身上的八卦细胞一点儿都不比娱记少，"我之前怎么就没发现这个问题呢！"

"是啊是啊！天啊！"纪冉希不顾形象地胡乱抓着自己的头发，"我之前资助的孤儿竟然是霍氏集团的小太子，这不科学啊！"

倒是穆枫比较淡定，"天晴，霍熙琛经常带小天来找你？"

穆天晴笑了笑，担心将霍熙琛向她表白又被她拒绝的事说出来会吓到众人，轻描淡写道："小天有自闭症，却唯独对我很依赖。"

"仅此而已？"穆枫看着对感情的事向来少根筋的自家妹妹，一脸疑问。

"我本来想听你的劝告，离霍家人远远的。可是……小天他，实在太可怜了，而且又那么可爱。每次他一来找我，我就心软了……"

"其实，我们霍大老板条件不错。"金兴开始推荐自家大老板，"天晴，反正你现在恢复单身了，若是你能搞定小太子，嫁过去也不亏的。"

"抱歉，我对霍熙琛一点儿想法都没有，你们千万不要误会。"穆天晴有些头疼，又补充道："还有，小天前几天还出了车祸，为了他的安全考虑，你们不要将他来我家的事说出去。拜托了，保密！"

"那就好。虽然小天很可爱，可他毕竟是霍熙琛的私生子，你嫁过去就要当后妈……"穆枫开始为自家妹子的终身大事操心，皱着眉道："不行，还是太吃亏了。天晴，我们不嫁。"

"好啦！放心，哥，我不会嫁给霍熙琛的！"穆天晴无奈地耸了耸肩膀，经历了一场长达八年的马拉松式的恋爱，她是真的心如死灰，不再相信爱情了。

"冉希，要不要打游戏？"穆天晴搬出笔记本电脑，又拿出最新买的装备，打算和纪冉希大战一晚。

除了谈恋爱嫁人，她还可以写剧本、唱歌、喝酒、飙车、打枪、打游戏，没男人的日子也可以绚丽多姿，逍遥自在。

"好啊好啊，我们来大战一场，看我怎么收拾你！"纪冉希摩拳擦掌。

"冉希，明天还要进剧组，还是早点儿回去休息吧。"金兴给纪冉希使了个眼色，见他挖挖耳朵当作没听到，又压低了声音在他耳边说："你没看出来霍大老板的意思？"

纪冉希原本跃跃欲试，一想到霍熙琛临走前那个警告的眼神，不由得脊背一凉，忙摆了摆手，"算了，我明天还要赶通告，改天再战吧。"

说完，纪冉希耷拉个脑袋，跟在金兴身后，麻溜地走了。

纪冉希和金兴走后，穆天晴拿出手机，翻了翻微博，见陈敏发自杀的消息被顶上了热搜首位，不由得眉心紧紧蹙起。

"放心，监控录像我已经黑掉了，绝对查不到我们身上。"穆枫安慰道。

"可是，哥，你不觉得从名流酒店我给陈敏发下迷幻药到他逃跑，再到他刻意在咱们面前自杀，这一系列事都透着古怪吗？"

"确实……"

"我就怕……查来查去，会惹祸上身。毕竟这事闹得这么大。"

锦园八号，霍家别墅里，小天皱着一张小脸蹲在角落里，捧着霍熙琛的手机，给穆天晴发了条短信："天晴阿姨，小天到家了。"

穆天晴很快回复了一条："好哒！你要乖乖的哦，爱你。"

小天抿唇偷偷地笑。霍熙琛扫了眼手机屏幕，"幼稚！"

小天仰起头，狠狠地瞪他，"你对天晴阿姨不好，都不给她倒茶。"

"我和你天晴阿姨是一家人，她照顾你是应该的，无须言谢。"霍熙琛慢条斯理道。

况且，穆天晴现在的症状很有可能已经怀了他的孩子，孕妇是不能饮茶的。

嗯，下次试试给天晴泡水果茶喝。

小天托着下巴，一双灵动的大眼睛转了转，一想到他和天晴阿姨是"一家人"，就莫名的欢喜。

"想让天晴阿姨做你的妈妈吗？"霍熙琛蹲下来，摸了摸小天的头。

听到"妈妈"这两个字，小天小脸一白，眼睛红红的。

"是不是觉得天晴阿姨很像你妈妈？"

小天点了点头，眼泪含在眼圈里。

"作为监护人，我会好好保护你。"霍熙琛搂过小天，柔声道："你妈妈永远都是你的妈妈，即便她去了很远的地方，永远都不会回来了……但你要相信，有我和天晴阿姨在，我们会给你一个家。"

小天眼睛一热，鼻子一酸，眼泪一下就流了下来。

警局里，雷明的办公室，人来人往，热闹非凡。

雷明坐在电脑桌前，身边站了几名警员，几个人盯着监控录像，目不转睛。

"见鬼了！"看了足足一个多小时，雷明的眼睛酸得直流眼泪。

"该不会真的是灵异事件吧！"一个胆小的警员轻声说道。

"亏你还穿了这身警服，怎么在这里瞎说话！"另一个无神论警员反驳道。

"可是……酒店的视频不仅我们在看，因为视频泄露，全国成千上万的网民都在看，大家都没找到陈敏发抵达酒店顶层的录像资料……你说，会不会和蓝可儿的那个案子一样，这案子……"

"好了，别说了！把视频慢放，我们再看几遍。另外，把陈敏发最近一星期出入过的地方进行梳理，查清楚他都和谁接触过，看看能不能从中查到蛛丝马迹。"雷明捏了捏眉间，往眼睛里滴了几滴眼药水，继续察看。

"是！"

忙碌了一整夜，雷明请了电脑专家，依旧没查出个头绪。他也怀疑过酒店监控系统或许曾被入侵，视频资料被抹掉了一部分，但电脑专家也找不到黑客入侵删减视频的痕迹。

案情进入了死胡同，只能另找突破口。

雷明拿起陈敏发最近行程的相关资料，目光落在他最后出现的时间和地址——名流酒店，眼底不由得闪过一丝复杂的情绪。

名流酒店是霍家的产业，陈敏发失踪的那一晚，正是霍家举办宴会，为从国外归来的霍熙欢接风的那晚。

案件涉及霍家就变得复杂起来。好在他和霍熙琛有发小的情分在，找他要份参加宴会的宾客名单，调出当晚的监控录像还是没问题的。

雷明拿出手机，给霍熙琛打了电话，得到许可后他又给傅成文打了电话。

半小时后，傅成文亲自到了警局，将名单和录像送了过来。

因之前陈敏发自杀的酒店视频外泄，经过一晚上的发酵已然引发了全国网民的热议，傅成文一见面就直截了当地提出要求："明哥，霍先生有交代，这些录像绝对不能外流，毕竟当晚参加宴会的宾客非富即贵。"

"没问题，放心，这次的视频资料一定不会泄露。"雷明忙将U盘插入电脑，点开视频，仔细看了起来。

一个小时后，雷明发现，陈敏发进入了顶层大厅，因大厅当晚在举办舞会，他在大厅停留了差不多一个小时的时间。而后，陈敏发似乎身体不适，摇摇晃晃地走出了大厅，去了卫生间，之后就再也没有出来过。

"还真是见鬼了！"雷明胡乱抓了抓头发，一脸抓狂的表情。

傅成文一直站在一旁盯着电脑屏幕，眼底闪过一丝锋芒，淡淡道："这视频我鉴定过，没有被删减。"

雷明闻言顿时颓废地瘫在办公椅上。如果傅成文这样的黑客高手都说名流酒店的监控视频是完整的，那就说明名流酒店的视频是肯定没有被动过手脚的。

现在这案子再次陷入了死胡同，一点儿蛛丝马迹都找不到，真是令人心力交瘁！

"成文，帮个忙，帮我看看这些视频有没有被动过手脚。"说着，雷明调出陈敏发自杀那天酒店的监控视频，让出自己的位置。

傅成文也不客气，坐在刑警大队长的办公椅上，扶了扶眼镜，道："我先看看。"

十分钟后，傅成文摇了摇头。雷明眼眸里的光亮瞬间黯淡下来。

"只好一一排查当晚参加宴会的宾客了，尤其是和陈敏发有过接触的人。"雷明拿着宾客名单，看着上面一个个声名显赫的名字，不由得一个头有两个那么大。

"你们先忙，我得回公司了。"傅成文起身告辞。

霍氏集团大厦，顶层，总裁办公室。

霍熙琛静静地坐在偌大的办公桌前，面色冷淡，右手握着鼠标，目光盯着电脑屏幕。

这段监控视频是他在名流酒店一楼偶遇穆天晴，让傅成文去查"月白色旗袍"时，他拷贝下来的。

视频里，穆天晴在酒店门口下车后步入酒店，径直去了一楼卫生间，而后许久都不见她从卫生间内出来。

霍熙琛看了眼时间，大概过了半个小时，穆天晴才神色匆匆地从一楼的卫生间走出，脚步飞快地走到一楼大厅，和他擦肩而过后，离开了名流酒店。

身子向后一靠，霍熙琛摁了暂停键，画面停留在他和穆天晴擦肩而过的那一秒。从口袋里摸出烟，慢慢悠悠地点上，缓缓吸上一口，幽深的眸子微微眯起，他敏感地嗅到了一丝不同寻常的味道。

当初他让傅成文调查"月白色旗袍"，傅成文根据当晚的时间晚上七点零八分，调出了监控录像，找到了从一楼卫生间出来的穆天晴，根据她的穿着和面容，确定了她就是穆氏大小姐穆天晴的身份。

若不是傅成文当初顺手保存了所有的监控视频，他和傅成文都不会发现，穆天晴前来参加晚宴只是去了一楼的卫生间，在里面停留了半个小时出来后就匆匆离去。

这件事，怎么说都说不通，透着古怪。难道是当晚穆天晴走进酒店后发现身子不适，于是去了卫生间，在里面待了半小时，随后离开？

"不对，不是这样！"霍熙琛狠狠地吸了口烟，摇了摇头。

若是身体不适，名流酒店有专供宾客休息的房间，穆天晴完全没有必要在卫生间多做停留。

另外，当晚，他和雷明在MIX酒吧偶遇化名歌手辛时暖的穆天晴，当时她虽然心情不太好，但身体显然没有任何不适。

排除了这个可能，霍熙琛的思路朝着一个他不想触碰的方向走去——或许，应该看看陈敏发失踪前都和谁接触过。

调出顶层大厅里的视频资料，霍熙琛将目光锁定在陈敏发身上。

整个化装舞会，陈敏发一共和七个人有过接触，其中两个人是端着红酒穿梭在人群里的服务生，两个人是他生意上的伙伴，其余三个人是和他共舞的女人。

这三个人里，其中两个人是陈敏发主动邀请的，另外一个穿着红色长裙打扮妖媚的年轻女人，是主动与陈敏发共舞的。

摸了摸下巴，霍熙琛将红裙女子和陈敏发接触的那段视频慢放，仔细地看了下去。

时间一分一秒地走过，突然间霍熙琛瞳孔骤缩，面上惊讶莫名，他将画面定格，截图后进行放大处理。

画面虽然有些模糊，但那红裙女子和陈敏发共舞时，搭在他右肩上的左手食指上，有一个银白色的指环。

那指环上隐隐散发着光彩。放大后，隐约可见上面镶嵌着细碎的钻石……

那是他的尾戒，穆天晴的指环！

一颗心猛地沉了下去，霍熙琛将视频录像倒回三分钟，将红裙女子和陈敏发共舞后一同饮酒的那一段，一连看了四五遍。

最终，他确定无疑，那枚指环，确实就是他曾经不离身的尾戒！

那……这名红裙女子，难道是……穆天晴？！

太阳穴处突突跳动，霍熙琛将所有的监控录像重新梳理了一遍，而后发现，穆天晴进入一楼卫生间后不到两分钟，这名红裙女子踩着高跟鞋从卫生间走了出来，乘电梯去了顶层，与陈敏发共舞后，红裙女子乘电梯下了一楼，进入卫生间后一分钟，穆天晴穿着月白色旗袍走了出来。

除了指环这个线索，这一次霍熙琛还发现了，红裙女子和穆天晴穿的高跟鞋竟也是同一款！

拿起一旁已经凉掉的咖啡，一口饮尽，霍熙琛掏出手机，给傅成文打了电话。

"老板，我刚从警局出来。"

"那边情况如何？"

"明哥已经焦头烂额了，陈敏发的案子到现在还没有线索。"这案子关注度这么高，若是不能及时破案，舆论上的压力怕是会很大。

"回来后直接来我办公室。"

"好。"傅成文挂断了电话，心里不由得多了几分担忧。

刚刚他站在雷明的办公桌前，将他送去的视频资料从头到尾看了一遍。因雷明打电话管他要监控视频时，他正好在名流酒店，就从酒店那边直接拷贝了一份，给雷明送到了警局去。

可是……刚刚在警局播放的那份视频资料里，他根本就没有看到穆天晴晚上七点零八分从一楼卫生间走出，而后离开名流酒店的画面。

而后，他帮雷明查看陈敏发自杀酒店的监控视频是否被剪辑过，顺带着也看了眼他送去的视频。竟然被他意外地发现，两家酒店的视频都被剪辑过。也就是说，这两段视频都不是完整版！而且傅成文看得出来，动手的人手段很高明，一般的电脑专业人才根本查不出来。

傅成文给名流酒店的经理打了电话，让他把酒店陈敏发失踪当晚的视频发到他邮箱里，而后便驱车前往霍氏集团。

当傅成文抵达霍熙琛的办公室时，发现大老板的一张脸已经黑如锅底。

给傅成文打过电话后，霍熙琛又仔细看了一遍视频，发现陈敏发与穆天晴共舞后不到两分钟，就摇摇晃晃地出了大厅，去了顶层的卫生间。之后，有两个保安打扮的人也紧随其后步入卫生间。两分钟后，两名保安一左一右地架着陈敏发走出卫生间，一行三人乘电梯去了地下停车场，上了一辆没有牌照的黑色轿车，一路畅通无阻地疾驰而去。

"你看看。"霍熙琛将一个U盘丢给傅成文。傅成文是他身边的黑客高手，或许他能发现蛛丝马迹。

"老板，你登入我的邮箱，我刚刚让名流酒店那边把我交给警方的视频发过来了。"傅成文接过U盘，插入笔记本电脑，打开，目不转睛地看了起来。

十分钟后，霍熙琛和傅成文对视一眼，两个人皆是一脸惊诧。

两段视频一对比，很容易看出来，霍熙琛之前看的视频是完整版，而傅成文交给警方的是删减版。

"老板……"傅成文斟酌了一番，即便身在霍熙琛的办公室，他还是压低了声音，问道："要把完整版的交给警方吗？"

霍熙琛脸色变了变，神色凝重得仿佛他面对的是一个十几亿的大单生意。足足过了五分钟，他才摇了摇头，坚定道："不必！"

"可是……穆小姐她……"傅成文通过两段视频的对比，很容易就看出来穆天晴就是那名主动邀请陈敏发共舞的红裙女子。

"她和陈敏发的失踪毫无关系。"霍熙琛盯着傅成文的眼睛，一字一句道："陈敏发的死，更和她没有一点儿关系。"

"好……我明白了。"傅成文深感意外，却还是点了点头。

霍熙琛是个原则性极强的人，而且他和刑警大队长雷明关系匪浅。现在雷明已经为这案子急得如热锅上的蚂蚁，以傅成文对老板的了解，还以为老板会立刻将完整版的视频交付出去。

或许，老板对穆天晴的心思，比他想得还要……

"这件事先保密，我会暗中调查。"霍熙琛的话打断了傅成文的胡思乱想。傅成文点了点头，拎着笔记本电脑离开了总裁办公室。

傅成文离开后，霍熙琛登入微博，仔细看了陈敏发自杀现场的照片。

现场的媒体和网友拍的照片清晰度很高，场面血腥得不忍直视。一张张点开网上上传的照片，霍熙琛的目光落在死者陈敏发手腕上方的狼头刺青上。他眸光一闪，忙下载原图，局部放大后，仔细辨认了一番。

联想到之前调查过的陈敏发的资料，霍熙琛清楚地记得，陈敏发手腕上的刺青是三年前刺上去的。

松了口气，高悬着的心也落回了肚子里，霍熙琛拿起手机给傅成文打了个电话，吩咐道："将之前搜集到的陈敏发的所有资料都交给雷队长。"

"好，我这就去办。"

挂断电话，霍熙琛身子向后一靠，面色微缓。

以雷明的细心程度，只要拿到了陈敏发的详细资料，相信很快就能发现刺青的问题。如此一来，即便他对雷明隐瞒了穆天晴曾与陈敏发接触过的事，也不会妨碍到警方办案，更能帮助他心爱的女孩儿洗清嫌疑。

第二天，穆天晴一大早就开车去影视城，进了剧组。刚刚停好车子，就见剧组大门被围得水泄不通。

阿东远远地看到穆天晴，忙跑过来，带她从贵宾通道进入。

"纪冉希这么早就到了？"穆天晴见到金兴，问道。

金兴摇头晃脑道:"幸亏我有先见之明,不然冉希这会儿就被堵在门口,没两个小时都进不来。"

穆天晴笑了笑,走进化妆间。纪冉希瘫在椅子上,看到她就唠叨个不停,"小晴晴,我好可怜。昨天晚上不敢和你打游戏,今天一早不到四点钟又被金兴从被窝里捞出来,赶到剧组时还不到五点。我本来想补个觉再起来开工,没想到郭导毫无人性,竟然让武术指导折磨了我整整两个小时,我到现在都没吃早饭,连口水都没喝上,嘤嘤嘤!我好命苦!"

这么说,其实最拼的是郭导,昨天飞日本又立刻飞了回来,还有精力折腾纪冉希,他才是战神!

穆天晴忍俊不禁,扬了扬手里的保温盒,"我知道你可怜,所以特地帮你准备了早餐。"

纪冉希闻言立刻满血复活地跳了起来,一下子扑过来。

化妆师小米一脸为难。

"小米,你也来吃。磨刀不误砍柴工,不差这几分钟。"说着,穆天晴将化妆台上的瓶瓶罐罐归置了一番,拿出碗筷,递给纪冉希和小米。

金兴的狗鼻子闻到香味儿,立刻闪身进来,顺便将化妆间的门反锁,看着穆天晴端出煎得金黄的水煎包,摩拳擦掌,口水直流。

"我的,都是我的!"纪冉希仿佛老母鸡护着小鸡崽儿,抢过一盘子水煎包揣在怀里,捡起一个丢进嘴里,鼓囊着腮帮子,指着穆天晴端出的另一盘蒸饺,道:"这个,这个也是我的!"

穆天晴白了他一眼,递给金兴一双筷子,"兴哥,纪冉希这么吃下去,会胖成猪。晚上跑步机上他怕是要跑两个小时。"

"不用,一个小时就差不多了。"金兴一边喝粥一边吃饺子,一旁的小米也是一脸享受地吃着。

纪冉希吃了整整一盘水煎包,又抢了半盘蒸饺,还喝了两碗粥。暴饮暴食后,全身又有了力量,胃里的饱胀感让他瞬间觉得人生圆满了。

吃完饭,小米继续给纪冉希化妆,穆天晴捡起丢在一旁的剧本,随意翻看了起来。

刚翻没几页,化妆间的门被敲响了,金兴忙跑去开门,顿时一股子甜腻的香水味儿飘了进来。

"冉希，哦，天晴也在，来，我给你们介绍个新人。"郭永和笑眯眯地走进来，身子一侧，露出身后娇柔纤细的女子。

"兴哥好，纪老师好，穆编剧好。"

熟悉的女声响起，看到穆轻烟一袭粉色纱裙的古装扮相，对上她那张描画精致的脸，穆天晴不由得一愣。

"这位是穆轻烟，接替周媚，担任女二号岳梦琳的角色。"

郭永和话音刚落，在场的所有人不禁吃了一惊。

《大国医》原定的女二号是乐闻娱乐的当家花旦周媚，就连定妆照都发布了。周媚好歹是乐闻娱乐力捧的艺人，如今被换掉，角色被一个新人顶上，确实有些令人费解。

金兴蹙眉，一脸八卦地掏出手机，找熟人发微信打听小道消息。

没想到离开穆家后，会在剧组里看到穆轻烟，此时的穆天晴脸色有些难看。

《大国医》的女二号岳梦琳是个很出彩的角色，若是拿捏得当，小火一把是没问题的，若是运气好，年底金花奖拿个最佳女配角也是有可能的。

看来她老爹还真是给力，估计听了孟亦凡的枕边风，给剧组投资赞助，才给穆轻烟争取到这个角色。

此时小米已经给纪冉希化完了妆，穆轻烟忙上前一步深深鞠躬，一副新人求照顾的谦虚模样，"纪老师，还请多多关照。"

纪冉希此时一身烟青色长袍，黑发绾起，用一根碧玉簪固定，长眉入鬓。谦谦公子的装扮确实很符合《大国医》男主角傅世修的人设。

纪冉希和穆天晴、穆枫关系密切，虽没见过穆轻烟，却对这个名字熟悉得不能再熟悉了，对她自然没什么好脸色。

"穆小姐这声老师我可不敢当。"纪冉希冷冷道，看也不看穆轻烟一眼，长袍一撩，大步走了出去。

穆天晴和金兴也跟了出去。

一出化妆间，金兴就压低了声音对穆天晴说："刚刚打听来的消"

息。听说穆轻烟原本是想凭借两千万投资，让郭导加一个女三号的角色，郭导本来都同意了，后来又反悔了。再后来，周媚拒演女二号，穆轻烟这才成功上位。不过，我很奇怪，周媚若不是脑子被驴踢了就一定另有内情。《大国医》这部剧乐闻娱乐力荐她出演女二号，当初为了拉资源费了不少心思，而且这部剧一定会大火。周媚放着一夜成名的机会不要，还赔了剧组八百万违约金拒演这个角色，到底图的是什么？"

穆天晴闻言，不由得冷笑。

原来，当初拿着两千万投资想让她改剧本给男主角强塞个小妾的，竟然是穆轻烟。

以她对穆轻烟的了解，周媚拒演女二号一定另有隐情，说不好就是穆轻烟搞的鬼。

"天晴啊，来，我有事和你谈。"郭永和从身后追上金兴和穆天晴，笑着说道。

穆天晴点点头，和郭永和走到不远处的一棵柳树下。

"天晴，你看，现在正好周媚拒演，穆轻烟顶上女二号。这么一来，两千万投资我们拿到了，你也不用改剧本了，真是两全其美。"

"嗯。确实是件好事。"

"不过……"郭永和面有难色。

"郭导，我们认识也不是一天两天了，您有话不妨直说。"

"是这样，天晴，你看，沈氏撤资了五千万，蒋氏集团出资两千万，我们现在还有三千万的资金缺口。现在剧组的资金开拍是没问题的，但恐怕顶多能支撑一个半月……"

"蒋氏集团出资两千万？"穆天晴愣住了。

"是啊，蒋氏集团的总裁蒋逸风投资了两千万，蒋总他……"

穆天晴听到这里，大脑一片空白，耳边"嗡"的一声，郭永和再说什么她都听不到了。

去年，她和蒋逸风买婚房时，他说没钱，于是她自掏腰包花一千万买了别墅。

现在，穆轻烟想要进娱乐圈，蒋逸风就一掷千金，砸了两千万投资拍电影。

呵呵！

心里一阵酸楚，穆天晴的脸色惨白。

"天晴，你……没事吧！"郭永和在穆天晴肩上拍了拍，安抚道："没关系的，你们穆氏想要投资自然更好，若是不行，资金的事我来想办法。"

"呵呵！"穆天晴回过神来，目光看向不远处笑得小心翼翼、一脸清纯无辜、对剧组人员十分热情的穆轻烟，冷冷道："郭导，穆氏集团投资的事儿，你还真是找错人了。"

同样是女儿，穆威待穆轻烟如掌上宝；而她，却是低到泥土里的尘埃。

场景布置完毕，马上开拍，纪冉希晃到穆天晴面前，在她耳边低语，"我听兴哥说穆轻烟是带着两千万投资进组的，不过你放心，我可是你的死忠粉儿！"

穆天晴看向一脸关切的好友，心里一暖，淡淡道："你不必顾及我的感受，和穆轻烟也不必闹翻，好好拍戏就是了。"

这时，剧务小陈走进来，道："穆轻烟，有人找。"

语落，众人向门口处看去，只见一捧捧火红的玫瑰被送了进来。

一共十捧硕大的玫瑰花束，片场瞬间变成了火红色的海洋。

穆轻烟看着送花小妹递过来的卡片，开心地笑了笑，忙签了字。

而后，她一脸的羞涩，跑到郭导面前，不好意思道："抱歉了，郭导，给剧组添麻烦了。"

"哈哈！没事没事！窈窕淑女，君子好逑嘛！"郭永和笑眯眯地打哈哈，"不过，轻烟啊，你这玫瑰花来得太及时了。明天有一个场景正好需要布置大量的玫瑰花，你也知道剧组经费紧张……"

"郭导尽管拿去用就是了。"穆轻烟懂事地开口，柔弱可人的模样，顿时给众人留下了很好的印象。

很快，第一场开拍。

因温华档期的问题，今天有一个广告要拍，所以没安排她的戏份，她今天也并未到剧组报到。

这一场戏是纪冉希和穆轻烟的对手戏。

戏内,傅家是医药世家,岳家是官宦人家,两家是世交,来往密切。

岳家被奸臣所害,遭遇暗杀后几乎被灭了满门,只留下岳梦琳一个孤女。傅家便收养了她,认为养女。傅世修比岳梦琳大三岁,是她毫无血缘关系的哥哥。两个人虽无血缘关系,感情却很好。

第一场戏,并不复杂。傅世修在院子中整理晒干的草药,岳梦琳在一旁看医书,两兄妹不时地闲聊几句。

穆天晴和郭永和坐在显示屏前,随着一声"开始",场记打板后,开启了《大国医》第一场的拍摄。

镜头里,院落古雅有致。时值金秋,天空蔚蓝,阳光灿烂,画面唯美。

院子里,一个挺拔俊秀的青衫男子弯腰捡拾晒干的药材,这时镜头拉进,给了纪冉希一个面部特写。但见他面如冠玉,神情肃穆,一双墨黑色的眸子透着极为认真的神色。

这时,传来女子娇嗔的声音:"哥,冰镇的绿豆汤,过来喝一碗。"

镜头切换到穆轻烟身上,她一袭浅粉色纱裙,迎风而立,浅浅一笑,明媚俏丽得令人移不开眼眸。

摄影师也觉得佳人俏丽,拉近镜头多停留了两秒钟。

"不错!"郭永和点点头。面露喜色,没想到作为新人,穆轻烟的演技还是很给力的。

穆天晴不得不承认,穆轻烟对女二号岳孟琳的演绎很到位,若是她能认真演戏,少玩儿些把戏,在剧组她还是可以和她和平相处的。

纪冉希饰演的傅世修拍拍手上的灰尘,快步走向岳孟琳,接过碗一饮而尽。兄妹二人相视一笑,岳孟琳拿着手帕为傅世修擦了擦额角的汗水。

而后傅世修继续整理药材,岳孟琳则拿了本医书,坐到院子中央的藤椅上。清风拂过，掀起她的裙角，她杵着下巴认真看书，不时和傅世修闲谈几句。

整个画面轻松和谐又唯美，围观的剧组人员都被带入了剧情，仿佛身处那个宁静安详的下午。

"很好！卡！"郭永和拍了拍手。

第一场戏一条过，是个好兆头，郭永和心情大好。

穆轻烟提着裙子，向郭永和跑来，一脸的紧张谦逊，"郭导，我……我没扯纪老师的后腿吧。"

郭永和让穆轻烟看屏幕，笑眯眯道："轻烟，你的表现真是让我相当意外。好好把握岳孟琳这个角色，你肯定能一鸣惊人。"

穆轻烟忙捂着胸口，露出受宠若惊的表情，"郭导放心，岳孟琳这个角色我揣摩了三个月，我一定不辜负您的提携之恩。"

"三个月前，《大国医》的剧本还没有完成，岳孟琳这个角色定了由周媚饰演。穆小姐还真是未卜先知呢。"穆天晴盯着穆轻烟那张虚伪的面孔，冷冷道。

穆轻烟闻言脸色微变，郭永和也是一愣。

周媚拒演《大国医》且不惜赔偿了剧组八百万，听闻她这一举动还触怒了乐闻娱乐的高层，声称要封杀周媚，让她滚出娱乐圈。这事，本就透着蹊跷。

难道，穆轻烟很久之前就盯上了这个角色，而周媚拒演也和她有关？

郭永和到底是只老狐狸，一时间脑子转得飞快。

这时，剧务小陈又喊道："穆轻烟，有人找。"

紧接着，一个个手推车被推进来，上面摆放着各种精致的甜点和冰淇淋。

现在还是盛夏，拍的又是古装戏，左一层又一层的衣服再加上假发套，一天戏拍下来就能捂出一身的痱子，足以令人抓狂。

穆轻烟和郭永和打过招呼后，脸上扬起甜美的笑容，招呼剧组的工作人员，道："郭导说了，大家先休息一下。"

语落,她跑过去拿起一块黑森林蛋糕和一碗哈根达斯,殷勤地递给满头大汗的纪冉希,"纪老师,您请。"

纪冉希本来就热得恨不得去跳河,看到穆轻烟手里的哈根达斯,不由得舔了舔干涸的嘴唇,却还是摇了摇头,拿起一杯冰水猛灌。他看了眼穆天晴,见她一脸的汗水,扭头吩咐金兴去他的保姆车上拿些冷饮过来。

穆轻烟手里捧着蛋糕和哈根达斯,就这么站着,一脸的委屈,嘟着嘴,甚至红了眼眶。

穆天晴见状忙走过来,从穆轻烟手里接过哈根达斯,递给纪冉希,"看你热的,还不快吃。"

说完,穆天晴从穆轻烟手里拿过那块黑森林蛋糕,又递给纪冉希一个"不吃白不吃"的眼神。

纪冉希顺从地吃起了冰淇淋,拉着穆天晴去他休息的太阳伞下坐下。

"哇!这个是市中心那家出了名贵的蛋糕店37°C的甜点,我听说这么一小块就要两百块。"

"这个穆轻烟确实很豪,你看看这些哈根达斯,应该不下一百份了,这得多少钱啊。"

"唉,她顶替周媚演了女二号,到底什么来路啊?"

"我有小道消息,据说穆轻烟的男朋友给电影投资了两千万。"

"我的天!有钱人啊!简直毫无人性!难怪一早送了那么多玫瑰花!"

"我还听说,穆轻烟的老爸很有钱,人家可是千金大小姐呢!"

"原来是千金大小姐,难怪能找个这么有钱的男朋友,真是人生赢家!"

几个剧组的小姑娘一边吃着甜点和冰淇淋,一边八卦。这些话都一字不差地落进了纪冉希和穆天晴的耳朵里。

纪冉希看着穆天晴没心没肺地吃蛋糕,一副恨铁不成钢的模样,"切!有什么了不起的。明天我也请大家吃蛋糕和冰淇淋,还外带金逸豪庭大酒店的海鲜自助！"

"穆轻烟最擅长的就是收买人心。"穆天晴面色平静，给了纪冉希一个警惕的眼神，"你就算再讨厌她，面上也不要表现得太明显。毕竟这是在剧组，人多嘴杂的，对你的名声不利！"

纪冉希一脸不屑，"切！我才不在乎。"

穆天晴心里一暖，脱口道："可是我在乎啊！"

纪冉希说："天晴，你放心，我的咖位在这里，她不能把我怎么样。"

穆天晴说："冉希，你还是不了解穆轻烟。她手段很多，你还是小心为妙。"

纪冉希耸了耸肩膀，"好了好了，就知道你最啰唆。大不了我离她远点儿，不让她蹭我的热度就是了。"

大家吃吃喝喝，稍事休息，正要开始下一场拍摄，就听剧务小陈又喊道："穆老师，有人找。"

穆天晴愣了愣，起身。就见一个快递小哥快步走来。

"穆小姐，麻烦签收一下。"

穆天晴看了眼寄件人是"小天"，便一脸疑惑地签收了快递。

纪冉希已经小跑过来，在她身边伸长了脖子，"小太子送来的礼物？是什么是什么？赶紧拆开看看！"

穆天晴本想回去再拆，在纪冉希的撺掇下，只好立刻拆了快递。

拆开后，里面是一个包装精致的红色礼盒，打开后，一阵炫目的光彩溢了出来。

"哇！好漂亮啊！"

"这款是SD最新款的钻石项链，我在官网上见过，价值八百万！"

"我也见过，没想到实物比照片还要美！"

"天啊，早就听说穆编剧是穆家的大小姐，还有个特别帅特别有钱的男朋友。听说两个人青梅竹马，感情特别好！"

"感情当然好了，不然能送这么名贵的项链嘛！要我说，穆编剧怕是好事将近了！"

"哎呀！真是羡慕嫉妒恨！穆编剧有才华人，长得美，家世好，还有个高富帅的男朋友，这才是人生赢家好不好！"

穆天晴看到项链一脸的惊讶，捡起快递里夹的一张卡片。卡片上画了一个笑脸，稚嫩的一笔一画的字体写道："一家人，木马，比心！"

心里一暖，穆天晴合上礼盒，脑海中浮现出小天可爱的脸庞，顿时恨不得立刻飞回去陪她乖巧可爱又懂事的小包子！

被项链晃得眼花，纪冉希："天啊！小太子还真是大手笔！"

今天，尽管蒋逸风还没有同蒋夫人摊牌不便亲自来剧组探班，但穆轻烟还是想方设法地在穆天晴面前秀恩爱，顺便出尽了风头。

没想到，竟然有人给穆天晴送了这么昂贵的礼物，一下子就把她的风头全都盖过去了！

穆轻烟恨得牙痒痒，尖利的指甲掐进了掌心的肉里。

蒋逸风现在对穆天晴毫无爱意，送项链的人肯定不是他。

以她对穆天晴的了解，穆天晴向来性子死板，不会讨男人欢心，如今刚刚和蒋逸风分手，应该还处于情感空窗期，哪儿来的有钱男人送她这么贵重的礼物？！

想到这里，穆轻烟心里不由得冷哼一声——穆天晴，你还真是个天才编剧，自编自导自演地秀恩爱，想出风头想疯了吧！

"穆姐姐真是好福气，有这么体贴的男朋友。"穆轻烟走过来，故意一脸欣羡地看着穆天晴，目光中却带着几分试探，"不知道穆姐姐的男朋友是谁，今天会来探班吗。"

穆天晴正低头编辑回复小天的短信，懒得理穆轻烟，完全无视之。

穆轻烟面上略显尴尬，偷偷扫了眼她的手机屏幕，匆忙间只看到了"晚上做饭给你吃"这几个字，不由得撇了撇嘴。

穆天晴对付男人的招数向来太低端、太单一，除了做饭洗衣服做家务，她还会什么？

很快开始下一场拍摄，是纪冉希的戏份。

穆天晴的手机响起，见是温华打来的电话，忙躲到一边去接听。

"天晴，你现在在片场吗？"

"是啊，我在。"

"听说女二号换了个新人，叫穆轻烟？"

"是的。"

"天晴，你还不知道吧，周媚出事了。"

"嗯？"穆天晴蹙眉，心里有了一种不好的预感。

"我听说，周媚这次拒演是因为有人偷拍到了她陪睡的视频，要挟她退出《大国医》的拍摄。为此，乐闻娱乐那边动了怒，想要雪藏她，甚至安排她去陪了一个很变态的客人……"

娱乐圈的潜规则，穆天晴多少还是知道些的，确实存在女星陪睡的情况。尤其是那些没背景长得又美的新人，如果遇到不靠谱的经纪人和公司，很可能会被安排参加一些酒局，甚至被迫去陪睡。

陪睡已经够惨了，若是遇到那些有特殊嗜好又很变态的客人，那就更惨了！

"周媚这次是折了，听说她凌晨被送医院急诊，大出血，差点儿就没命了！"

穆天晴闻言，脊背一凉，捏住手机的手不由得紧了紧。

"周媚应该是再也起不来了，那个穆轻烟还真是幸运。听说她男朋友本来砸了两千万想要帮她加个女三号的角色，现在，她直接就变成了女二号……"

"华姐！"穆天晴总觉得周媚的事没有那么简单，她想了想，斟酌了一番，低声道："你明天进组，要小心那个新人。她……不简单！"

没想到穆天晴会说这样的话，温华愣了愣，半晌道："天晴，你和穆轻烟……很熟？"

"算是比较熟吧。"仔细算算，她和穆轻烟和孟亦凡这对母女，斗了十几年。应该算是熟人了！

"哦……"听出穆天晴话中的调侃，温华柔声道："天晴，我懂了。谢谢你的提醒。"

挂断电话后，穆天晴心里沉沉的，想了想，给穆枫发了条微信，简单说了下情况。

穆枫很快打来电话，道："周媚的事，穆轻烟肯定从中做了手脚。这事我得好好查查。"

毕竟穆天晴现在和穆轻烟在同一个剧组，穆轻烟向来喜欢玩儿阴的，他还是很担心他这个性格耿直的妹妹会吃亏。

接下来的拍摄很顺利，因为今天温华不在，大部分拍的都是纪冉希和穆轻烟两个人的对手戏。

客观地说，穆轻烟的表现确实不俗，赢得了郭永和的赞扬。再加上她嘴甜，又刻意收买人心，剧组上上下下对她的印象都很好。

最后一场戏拍完，夜幕降临，众人都是又困又累。

穆轻烟卸了妆，找到郭永和，道："郭导，您今天晚上有安排吗？我男朋友想请大家聚聚，一起吃个饭。"

站在郭导旁的副导演梁田听了，笑道："轻烟，听者有份，是不是可以捎带着我？"

"梁老师，我本来就是想请剧组所有人的。大家都刚进组，多聚聚，培养一下感情嘛！"穆轻烟笑了笑，又看向郭永和，"当然，若是郭导有时间能一起来就更完美了。我男朋友可是十分仰慕您呢！"

郭永和笑道："哈哈哈！轻烟，你这么说，我是不去都不行了。"

梁田说："老郭，你还真得去。不然，我们这些跟你蹭饭的今晚就吃不到大餐了。"

穆轻烟请动了郭永和，不由得面露得意。看到纪冉希卸了妆，和金兴、穆天晴一起从化妆间走出来，她忙跑过去，邀请道："兴哥，纪老师，穆编剧，晚上我在金逸豪庭订了包厢，大家一起聚聚，聊聊天。你们一起过来吧！"

听到金逸豪庭，穆天晴忍俊不禁，纪冉希却黑了一张脸。

穆天晴回绝道："我就不过去了，晚上我约了人。"

纪冉希也跟着拒绝道："我最近减肥，晚上不吃饭。"

穆轻烟忙看向金兴，"那兴哥呢，你今晚不会也有安排了吧？"

"这个……"金兴一脸为难。出于和穆天晴的个人交情，他是不想去参加穆轻烟组的饭局的,但为了纪冉希不落下与女二号不和的把柄,他还是应该去的。

穆天晴怎么能不了解金兴的心思,忙体贴道:"兴哥你没什么事就去吧。大家一起热闹热闹,放松一下。"

剧组一行人出了影视城后,兵分两路,大部分都和穆轻烟去聚餐,穆天晴则拉着纪冉希回锦园。

"你确定不在酒店住?"穆天晴一边开车一边问。

正常情况下,像纪冉希这样的咖位,剧组会在影视城附近的五星级酒店为他订一间房间。这样,拍戏期间就不用市内郊区地来回跑了。

"还没告诉你,我也在锦园买了套房子。六号别墅。"纪冉希笑眯眯道:"小晴晴,我们以后可就是邻居了。拍《大国医》期间你得接送我,还有做了好吃的记得喊我。"

"谁和你是邻居?"等红灯的间隙,穆天晴笑着白了纪冉希一眼,"你可是住别墅区的有钱人,我是住单元楼的穷人。"

"少来!谁不知道你名下十几套房产,你才是小富婆!"纪冉希双手环胸,斜斜地瞥了穆天晴一眼,"小晴晴,有些事你是不是没交代啊?你和我们霍大老板到底发展到哪一步了?小太子今天一出手送的就是小一千万的项链。啧啧,这才是真正的土豪!"

"我和霍先生没什么的。就是小天很依赖我,他偶尔会拜托我照顾他。"想起那条名贵的项链,穆天晴不由得叹了口气,"那项链太贵重了,今天晚上答应了给小天做饭吃,找个机会还是要还回去的。"

"还回去?你还真是大方。"纪冉希看到那个首饰盒被穆天晴放在后座上,探过身子伸手拿了过来,打开,看着里面璀璨夺目的项链,赞叹道:"确实很漂亮,难怪你们女人都喜欢金银首饰。"

"我是例外啊,我不喜欢金银首饰,我喜欢玉器。"

两个人一路闲话家常,穆天晴将车开到锦园门口,买了条鱼。

本来想让纪冉希跟着一起蹭饭,可他死活不肯,说不要当电灯泡,担心碍了大老板的眼被封杀。穆天晴就只好将他一路送到北区的六号别墅。

纪冉希下车，一脸哀怨地回了家。

穆天晴调转车头，刚开出没十米远，就看到霍熙琛拉着小天的手，慢悠悠地走在小区里。

穆天晴忙刹车，喊道："霍先生，小天！"

两个人顿住脚步，小天转身，看到穆天晴从车窗里探出一张笑脸，忙迈动小短腿儿，"噔噔噔"地跑了过来。

穆天晴忙停好车子，打开车门，下车。

小天一下子扑到她怀里，"吧嗒"一声，在她脸上亲了一口，奶声奶气道："天晴阿姨，工作一天辛苦了。"

闻着怀里小包子身上的奶香气，听着他稚嫩关切的声音，穆天晴心里憋了一整天的阴霾蓦地消散得无影无踪。

"宝贝儿，你太可爱了！你真是我的小天使！"

霍熙琛迈动一双大长腿，俊朗的面孔带着一丝柔和的神色，静静地站在一旁，等两个人黏糊够了，才道："你怎么来北区了？"

"纪冉希住这边，我刚刚开车送他回来。"穆天晴解释道。

"哦。"霍熙琛心里酸了一下，面上勉强维持平静，"我和小天也住这边，你要不要进来坐坐？"

穆天晴闻言犹豫了一下。平日里都是霍熙琛带着小天去她那里蹭饭，现在她一个人去霍大老板家，会不会不太合适。

"天晴阿姨，小天的房间有好东西哦！你要不要来看看？"小天扬起小脸，笑着邀请。

穆天晴看着小天满含期待的小脸，不忍拒绝。又想着有小天在，她和霍熙琛应该不算是孤男寡女吧……

"好啊，小天房间里到底有什么好东西呀？天晴阿姨有点儿小期待哦！"穆天晴将车子停靠到路旁的停车位里，拿上小天今天邮寄来的那个礼盒，抱着小天，跟在霍熙琛身后进了霍家的别墅。

霍家别墅一共两层，一楼是客厅、餐厅和厨房，二楼有三间卧室和一个书房。整个别墅装修的主色调是黑白色，简单大气，却也透着冷漠疏离，倒是很符合霍熙琛的气质和品位。

霍熙琛从穆天晴手上接过她刚买的鱼，道："你和小天去他房间玩儿吧，等下做好饭，我喊你们吃饭。"

又让霍大老板下厨，穆天晴有点儿不好意思。但小天一直拉着让她上楼，她只好道："需要帮助随时喊我。"

和小天上了二楼，推开他的卧室，顿时，温馨的气息扑面而来。

整个房间的墙壁都刷成了极浅的粉色，色调很暖，卧室很宽敞明亮，里面摆放了一个书架、一张书桌还有小天的小床。小天的床上，铺着浅蓝色的床单，上面画着小黄人的图案。房间角落里还有一个玩具区，摆放了各种各样的玩具。

这间卧室的格调与整栋别墅完全不同，想来，是霍熙琛特地为小天准备的。

"天晴阿姨，你来看。"小天拉着穆天晴走进卧室，指着角落里的玩具给她看。

小天坐在铺着毛毯的地上，穆天晴也跟着席地而坐，见他一一拿起玩具向她介绍，原本呆板的小脸上，满溢着笑容。

"这个小黄人，我是最喜欢的玩具。"

"这个是二叔送我的玩具枪，我也很喜欢。"

"还有这个，是他昨天买给我的拼图，奖励我昨天早餐后洗了碗。"

"没想到小天有这么多的宝贝呢。"穆天晴笑道。

看得出来，霍熙琛虽然看起来是个很冷淡的人，但他对小天的照顾是很用心的，他确实是在努力地做一个好爸爸。

穆天晴想了想，将礼盒拿出来，柔声道："小天，这条项链太贵重了，天晴阿姨不能收这么贵重的礼物。所以，天晴阿姨想要把它还给小天。你不要生气，好不好？"

小天摇摇头，一脸拒绝，"天晴阿姨，这项链没花钱的。"

是啊，你没花钱，应该是霍熙琛这个大财神爷破费的。

"天晴阿姨，你和我来。"小天起身，拉着穆天晴去了隔壁的书房。

站在书房门口，穆天晴有些犹豫，"小天，这是霍先生的书房，我进来合适吗？"

"没关系。"霍熙琛不知道何时上了二楼，他从自己的卧室里走出来，换了一套黑色的居家服，头发湿漉漉的，显然刚刚沐浴过，整个人显得既性感又慵懒。

走到穆天晴身边，霍熙琛拧动把手，打开书房的门后，侧过身子，绅士地做了个请的手势。

"你们先在书房玩儿一会儿，我去做饭。"目送穆天晴和小天进了书房，霍熙琛丢下这句话后，转身离开。

霍熙琛的书房很大，依旧是以黑白为主色调，一共有三个很大的书架，上面摆满了书籍。穆天晴扫了一眼，惊讶地发现，有一个书架上的两排位置，满满当当、整整齐齐地摆放着《人体解剖学》《微表情心理学》《犯罪心理学》《法医学》这样专业性特别强的书。

穆天晴走向书架，随意地抽出一本《犯罪心理学》，翻开。这本书的页脚微卷，每一页都有勾勾画画的痕迹，有些空白处还仔细地做了标注。显然，这本书被它的主人频繁地翻阅钻研过。

小天拉了拉穆天晴的手，她只好将书放回原处，任由小天拉着她走向书桌。

霍熙琛的书桌整理得很干净，上面有一台电脑，左侧的笔筒里放着两支钢笔，右侧整整齐齐地摞了一摞厚厚的资料。

"天晴阿姨。"小天指了指书桌旁，挨着墙的一处角落。

穆天晴顺着看了过去，小小的角落里，地上铺了柔软的卡通地毯，周围围上了低矮的咖啡色栅栏，大概有十平方米的样子，形成了一个相对独立的小小空间。

栅栏中央一个支起的画板上夹着一张素描铅笔画，那画十分熟悉，穆天晴走近一看，赫然是今天小天快递送来的那条项链。

小天打开栅栏的小门，和穆天晴一起步入了他的小小世界。

穆天晴指着那幅素描画，问道："小天，这是你画的？"

小天摇头，"是他。"

他？

谁？

该不会是……霍熙琛吧……

"他画的,我做的。"说着,小天捧起一个小盒子,打开,里面是一些制作首饰的工具,粘胶、小镊子、小锤子、放大镜,十分齐全。

小天坐在一张小桌子前,拿起桌子上的一个小布袋,从里面取出几颗闪闪发光的钻石,仔细地一颗颗地贴在了一个半成品的发卡上。

他胖乎乎的小手十分灵活,照着一张发卡的素描画做起了手工,神色是穆天晴从未见过的认真。

没想到那条美轮美奂的项链,上面的钻石竟然是小天亲手粘上去的,穆天晴心里顿时被温情塞得满满的,眼眶胀热了起来。

"小天……"穆天晴一把将小包子抱在怀里,声音中带着哽咽,"你这孩子,真是太窝心了!"

"他说,今天你第一天开工,需要礼物。"小天抱着穆天晴的脖子,嗅着她身上那股特殊的幽幽冷香,心里觉得特别地踏实。

穆天晴不由得失笑——他,自然指的还是霍熙琛。

好像小天一直管霍熙琛叫"他",而不是"爸爸"。

"小天的心意,天晴阿姨领了。可你这礼物还是太贵重了,天晴阿姨受之有愧。"

穆天晴虽然对珠宝没有太多研究,但还是能看出来,这条项链上的钻石光彩夺目,璀璨耀眼,必然价值不菲。估摸着,这些钻石都是霍熙琛买来的,他买的东西必然也不会是普通的水钻……

"妈妈的,"小天在穆天晴怀里蹭了蹭,声音小小的,"钻石是妈妈的……"

这是第一次听小天提及她的妈妈,说实话,穆天晴也很想知道小天的妈妈到底是谁。

霍熙琛说过,小天不是他的儿子,那……到底是什么样的女子,能生下和霍熙琛长得如此相像的小天呢?

听小天话中的意思,这些钻石都是他妈妈的,他拿着他妈妈的钻石做成项链送给她，这份沉甸甸的心意，令穆天晴十分感动。

"他说，妈妈去了很远很远的地方，再也不会回来了。"小天小声说着，眼泪"噼里啪啦"地落下来。

不会回来了？难道，小天的妈妈已经不在人世了？

一滴滚烫的眼泪落在穆天晴的手背上，她心里一阵酸楚，忙抱紧了怀中小小的身子。

想到自己的妈妈再也不会回来了，小天一时间伤心欲绝，哭得上气不接下气，"妈妈没了，天晴阿姨就是我的妈妈……"

听了小包子的话，穆天晴忙点头，又是心疼又是难受，"小天不要伤心，以后天晴阿姨就是你的妈妈。天晴阿姨会好好照顾小天的。以后，你可以叫我妈妈的，真的！"

霍熙琛走进书房时，一大一小正抱着哭成一团。

看着这一幕，霍熙琛面上微微动容，走过去蹲了下来，张开双臂，将两个人拢入怀中，好一阵安抚。

半小时后，坐在餐桌前，穆天晴眼皮微肿。

霍熙琛做了满满一桌子的菜，蒜蓉龙虾，粉丝扇贝，清蒸鲤鱼，蒸螃蟹，盐焗虾，大都是海鲜类的。

夹了一筷子鱼肉，穆天晴放到小天碗里。霍熙琛扒开一只螃蟹，放到了穆天晴面前的小碟子里。

静静地看着一大一小吃得欢快，霍熙琛眼神柔和，整个人不似平时的冷漠，多了些烟火气息。

"你也吃啊。"见霍熙琛只是捡着面前的一盘香菇油菜吃，穆天晴忙递了只扇贝给他。

霍熙琛淡淡一笑，接过，慢条斯理地吃了起来。

此时的霍熙琛，一身黑色居家服，黑发微乱，吃东西的动作极为优雅，仿佛中世纪古堡里走出来的贵族。

面前的男人太过赏心悦目，穆天晴不由得多看了几眼，只觉得他单单一个侧面就足以惊为天人。

饭吃到一半，门铃声响起。

霍熙琛眉心微蹙，将放在桌子上的手机拿起，点开了一个手机软件。

于是，霍熙欢那张俊脸出现在手机屏幕里，他挥舞着双手，蹦跶道："哥，你亲爱的新邻居来访，快开门呀！"

听到霍熙欢的声音，穆天晴探头过去，看了眼霍熙琛的手机，不禁感叹霍大老板家的高科技装备。

霍熙欢敲门敲了好一会儿，霍熙琛才在手机屏幕上点了一下，门"嗒"的一声打开，霍熙欢翻滚着进来。

"唉哟！"霍熙欢正敲门敲得起劲儿，没想到门突然就开了，真真儿跌了个狗吃屎。

穆天晴忙跑过去将他扶起来，顺便给他找了双拖鞋。

"嫂子……哦，不对，穆小姐，我看到你的车停在我哥家门口，猜到你们肯定在吃大餐，所以来蹭饭。"霍熙欢一脸讨好，扬了扬手里拎着的一瓶红酒，"我可没敢空手来，刚空运来的墨西哥红酒，穆小姐尝尝。"

本来超级不待见霍熙欢的突然造访，觉得一家三口的温馨美好氛围都被这个电灯泡破坏了。不过听到霍熙欢那声脱口而出的"嫂子"，霍熙琛被顺了毛，默默起身去厨房添了双碗筷。

霍熙欢开了红酒，倒了三杯。他扫了眼餐桌上的菜，脱口道："怎么都是海鲜，哥，你不是不能……"

霍熙琛丢了个螃蟹腿过去，"吃饭都堵不上你的嘴。"

"二少，你哥厨艺不错，快趁热吃。"穆天晴剥了只虾，放到霍熙欢的碗里。

霍熙琛和小天顿时一脸仇视地看向霍熙欢。

于是，穆天晴忙不迭地剥了两只虾，分别放到小天和霍熙琛的碗里。

"哥，这些菜都是你做的？"挨个菜尝了一遍，好吃到爆，霍熙欢给了自家亲哥一个怨念的小眼神——他长这么大，还没吃过他哥做的饭菜。这次能吃上，还是托了穆天晴的福。他一定不是自己的亲哥！

三个人举起高脚杯，小天举的是装果汁的玻璃杯，四个人碰了碰，霍熙欢道："今天很开心，愿岁月静好，友谊长存！"

友谊长存？

霍熙琛抿了口红酒，冷冷扫了眼自家的二货弟弟。

看着三个大人在喝红酒，小天看了眼握在手心里的果汁，不开心地扁着嘴。

这时，霍熙琛来了个电话，起身去客厅接，霍熙欢捧着手机聊起了微信。

穆天晴忙拿起小天的筷子，在高脚杯里蘸了一下，低声道："小孩子是不可以喝酒的。不过，我们只是尝尝。"

小天一双乌黑的大眼睛滴溜溜转，张开嘴舔了舔筷头，味道并没有想象中的好，他却开心地笑弯了眉眼。

这时霍熙琛打完电话坐回到自己的位置，面色如常，眼底飞快地闪过一丝暖意。

穆天晴忙低头继续剥虾，小天则一脸若无其事地喝着果汁。

吃完饭，小天缠着穆天晴给他讲故事，待将他哄睡，已经是晚上九点多了。

穆天晴的手机亮了一下，她拿起看了一眼，是纪冉希发来的微信："小晴晴，你回家没？兴哥刚刚给我打电话，让我明天六点前就得到影视城。"

穆天晴避重就轻地回复道："好的，收到。我明天早上五点去你家门口接你。"

给纪冉希回复完微信，穆天晴蹑手蹑脚地走出小天的卧室，看到书房微敞的门口，倾泻出明亮的灯光。

走到书房门口，敲了敲门，穆天晴道："霍先生，时间不早了。我该回去了。"

"等下，我送你。"霍熙琛闻言快步走出书房。

"不用了，我开车回去，很快的。"而且这是高档小区，安保完善，很安全。

"我送你上车。"在霍熙琛的坚持下，他和穆天晴一起下了楼。

客厅里，皮沙发上，霍熙欢正睡得香甜。

霍熙琛送穆天晴出了别墅，并肩向她停车的地方走去。

外面的天都黑了，小区里的路灯亮起，泛着晕黄的光。

"明天还要去剧组吗？"霍熙琛问道。

"嗯，明天六点就要到影视城。"

"这么早。"那她岂不是四点多就得起床。

"是啊，早知道明天要早起，今晚住酒店就好了。"

两个人走到穆天晴的车前，霍熙琛道："如果太折腾，你可以住酒店。小天若是想你了，我可以带他去探班。"

"好的。"穆天晴没有和霍熙琛多做解释，其实她今晚回到锦园一来是答应了和小天一起吃饭，二来她确实不想参加穆轻烟组织的饭局，更不想和她住在同一家酒店。

"回去吧，到家了给我打个电话告诉我一声。"霍熙琛目送穆天晴上了车，刚要再开口说什么，穆天晴的手机响起，她忙给了霍熙琛一个稍等的手势，接通电话，就听穆枫道："天晴，我这几天忙疯了，忘记再帮你约文莱轩的孙经理了，他今天晚上十二点的飞机。你要不要辛苦一下去送机，顺便看一眼那块古玉。"

穆天晴一想到明天要早起，今晚还得熬夜，抚了抚额头，但还是应了下来。

"你要去送机？"霍熙琛闻言拉开副驾驶，坐了进来。

穆天晴以为霍熙琛有话要说，"霍先生，有事交代？"

霍熙琛眸光柔和，一脸认真地问道："穆小姐，我以后可以叫你天晴吗？"

"当然可以。"穆天晴没想到霍熙琛会提出这个要求，点了点头。

"那你也不要客气地叫我'霍先生'了，你可以叫我阿琛。"

"哦……"穆天晴犹豫了一下，让她管霍大老板叫阿琛，会不会太没规矩了？可对上霍熙琛那张认真的脸，她最终还是点了点头。

"好了,可以开车了。"霍熙琛系上安全带,道:"我陪你去送机,太晚了,你一个女孩子不安全。"

穆天晴原本要说不用,但身边的大老板又恢复了一身的冷傲矜贵,对上他冷硬却俊美的侧脸,她不由得将到了嘴边的话又咽了回去。

到了孙经理所住的酒店,接到人之后,霍熙琛主动提出由他来开车。

穆天晴没有拒绝他的好意,和孙经理一起坐到了后面的位置。

孙经理道:"穆小姐,很抱歉,穆少已经和我说了您非常想要购买这块古玉。可我们文莱轩今年参加拍卖的只拿出来三件古玩,若是把这块古玉事先匀给您,我们就只有两件古玩参与拍卖了,这……面子上怕是不太好看。"

穆天晴明白孙经理的难处,毕竟文莱轩在帝都只是个名不见经传的小古董店,估计是拿出了压箱底的宝贝才凑够了参加拍卖会的展品。

经孙经理同意,穆天晴将那块古玉从小盒子里取出,仔细验看把玩了一番,柔声道:"孙经理,这块古玉我确实相中了。不瞒您说,我是想买下来送给老人家做寿礼的。这块玉从古玩价值而言,顶多也就值百八十万。但好在它是一块蓄养在吉地多年的吉玉,对老人家的身体极有好处。"

孙经理忙恭维道:"穆小姐这番话一出口,就知道您是位行家。难得的是,您对穆董事长还真是孝顺。"

知道孙经理误会她买这块玉是要送给她父亲穆威,穆天晴闻言无奈地笑了笑,也不多做解释,继续道:"这块玉就等着拍卖当天,我去现场拍好了。"

孙经理:"多谢穆小姐的理解。"

一个小时后,他们将孙经理送到了机场。

七月的夜微凉,穆天晴双手环胸,搓了搓凉冰冰的胳膊,目送孙经理进入机场大厅后,忙钻进了车子。

霍熙琛合上车窗,打了暖风,又拿起一条薄薄的毯子,细心地为穆天晴披上,"困了就眯一会儿,明天还要起早。"

穆天晴点了点头，她此时已经困得连眼睛都睁不开了。

霍熙琛将车子开得极稳，慢慢悠悠的过了一个半小时才将穆天晴送到锦园。

看她上楼后，霍熙琛想了想，将穆天晴的车子开回了自己家。

回到霍家别墅，大厅里灯火通明，霍熙欢看到他进来，正瞪着一双亮晶晶的眼睛，"哥，你去哪儿了？"

霍熙琛懒得理二货弟弟，掏出手机打了个电话，很快一个魁梧高大的男人出现在客厅里。

"我去！这人是从哪儿冒出来的？"霍熙欢惊讶道。

霍熙琛白了他一眼，"保镖。"

"明天早上四点半，先去六号别墅接纪冉希，再去南区接穆天晴。"将车钥匙丢给了保镖，霍熙琛吩咐了一句，转身上了二楼。

"哥，你刚刚是不是送穆小姐回家了？你们几点走的，在她那里待了多长时间？"霍熙欢不死心地跟在亲哥身后，问个不停，"关键是，你不是应该在穆小姐那里待上一整夜的吗？这么快……这不科学……"

二货弟弟嫌弃自己"快"，霍熙琛不能忍地止步，转身，纠正道："嫂子。"

"啥？"霍熙欢愣了一下，随即明白了亲哥的脑回路，"对对对，是嫂子，不是穆小姐。"

霍熙琛满意地点了点头，进了卧室，"砰"的一声，将霍熙欢拦在门外。

霍熙欢砸门，嚷嚷道："哥，今天晚上十点你不是有个视频会议要主持的吗？傅秘书打电话，说……"

霍熙琛拉开门，手里拿着手机，"改为明天早八点。"

他送穆天晴时没想到会去这么久，所以就没带手机。这会子拿到手机，发现傅成文打来了十几个未接电话。

"哥，你以前从来都不会这样。"他哥是个工作狂，去年胃病犯了住医院一边打点滴一边开会。

"记得按时参加。"霍熙琛下楼，将医药箱翻出来，找出脱敏药，服了一颗。

"哥,你吃海鲜会过敏,为什么还要做那么多海鲜?"

"她喜欢吃。"霍熙琛身上痒痒的,胳膊上起了小红点。他喝了杯水,忍住不去抓挠,快步上了二楼。

看着自家亲哥淡定的模样,又被撒了把黄金狗粮,霍熙欢此时此刻感觉受到了一万点的暴击!

第二天,穆天晴被纪冉希的电话吵醒,说他已经在她家楼下了。

穆天晴几乎是闭着眼睛起床洗漱,跑到楼下,看到自己车子的驾驶位上坐了一个陌生男人,不禁面露惊讶。

昨天晚上是霍熙琛陪她去酒店接孙经理,开车送往机场,而后送她回家。到家的时候,她睡得迷迷糊糊的,貌似她的车钥匙一直在霍熙琛那里。

所以,今天一早他派了人,特地接纪冉希和她,送往影视城?

穆天晴坐进车子,和纪冉希并排坐在后面的位置上,就听前面的司机道:"穆小姐,你好。我是霍先生的保镖,穆小姐可以叫我阿力。霍先生今天上午有个很重要的视频会议要开,所以不便亲自过来。"

"霍先生太客气了。"穆天晴受宠若惊。

阿力一路送穆天晴和纪冉希去了剧组,而后将车子留下,独自离开。

纪冉希一副睡不醒的样子,叹了口气,道:"今晚我还是住剧组安排的酒店吧,可不敢再劳驾你当我的司机了。"

天知道,他一早接到霍大老板家司机的电话有多慌乱!

穆天晴睡了一路,打了个哈欠,"算你还有良心。"

"我只是让你做了我的临时司机,大老板就派他家保镖过来帮忙。小晴晴,我敢拿我的项上人头保证,我家大老板绝对对你有意思。"

"滚滚滚!"穆天晴白了纪冉希一眼,她已经拒绝过霍熙琛两次了。以霍大老板的段位,想要什么女人,钩钩手指就搞定了,是绝对不会对她再有什么非分之想的。他现在这么对她,不过是因为小包子依赖她，对她心存感激罢了。

"你个猪头！"纪冉希白了穆天晴一眼，知道再怎么说穆天晴都不会开窍，干脆径直去了化妆间。

穆天晴则搬了把椅子，去了树下，寻了个安静的地方，拿起剧务小陈给她的剧本，翻看了起来。

"天晴，这么早就过来了。"郭永和拎着一袋面包和一杯豆浆过来，笑呵呵道："肯定没吃早饭吧，来，先吃一口垫垫肚子。"

穆天晴也不客气，接过，插管插进装豆浆的塑料杯里，一边吃喝一边继续看剧本。

昨天散场时，郭永和对她说今天要拍摄的是第十八、三十二和四十七场，大都是男主角和女主角的对手戏。

在路上，温华也给她发了微信，说是已经到了剧组，在化妆。

仔细看了一遍今天这三场戏的剧本，没什么问题。穆天晴脸色微微放松，狠狠吸了一口豆浆。一抬头，发现郭永和还站在原处。

"郭导，您找我有事？"不会是马上要拍了，临场了，还让她改剧本吧？

"天晴，是这样。昨天轻烟的表现你也看到了，确实不错，为女二号岳梦琳这个角色增色不少。我也是昨天晚上饭局后，才知道轻烟竟然是你的妹妹。你看你，太见外了，自己妹妹进剧组，也不提前告诉我一声。"

穆天晴闻言，就知道穆轻烟昨天晚上应该没少借着她编剧的身份和郭永和套近乎，恐怕还上演了一场姐妹情深的催泪大戏。

"郭导，这您就错怪我了。我这个妹妹向来是个有主见的，她想做什么从来不和我说。说实话，我也是昨天才知道穆轻烟成了《大国医》的女二号。"

郭永和在这个圈子里混了三十几年，怎么会听不出穆天晴话中的意思。再联想到当初穆轻烟砸了两千万想要加个女三号的角色，穆天晴严词拒绝。看来，她们姐妹的关系，似乎并不像穆轻烟说得那么好。

"天晴，无论如何，我还是要感谢你当初坚持不强加女三号。不过，现在峰回路转了。蒋氏集团刚刚投了两千万，穆氏集团紧随其后，投了三千万。说起来，这都是你的功劳。"

别人不知道蒋逸风是穆天晴的男朋友，郭永和却是清楚的。这次蒋氏集团投资了两千万，穆氏集团紧接着投了三千万。听闻蒋氏和穆氏正打算联姻，这当口穆家大小姐穆天晴做了《大国医》的编剧，两家一起投资，应该都是看在穆天晴的面子上。

穆天晴一听穆氏集团投了三千万，愣了一下，随即明白过来，怕是她老爸担心穆轻烟在剧组受委屈，这才砸了大把的钱，想要捧红他这个疼到了心窝里的二女儿。

呵呵！同样是女儿，她当了这么多年的编剧，即便是在这个圈子里闯出了一番事业，也只会被穆威嫌弃；而穆轻烟去做演员，他就砸了三千万。

呵呵！孰轻孰重，管中窥豹尔。

穆天晴眸光微冷，语气暗含讽刺，"郭导，你谢错人了。我哪有那么大的面子。"

"天晴你又说笑了。"郭永和看着穆天晴面色不善，心中深感疑惑，却还是笑道："如今穆董事长的两位千金都在我们剧组，再加上他的大力支持，相信《大国医》这部剧一定能再创佳绩。不过，你看，轻烟是你妹妹，我又不能不给穆董面子。她的戏份，你能不能适当地加一些。"

郭永和一大早地找她闲聊了这么半天，给穆轻烟加戏才是他的终极目的吧。

穆天晴想了想，道："我先回去梳理一下剧情，然后我们再做讨论。"

郭永和说："也好。"

两个人说话间，温华化好了妆，走了过来，"天晴，吃过早饭没？我让若天给你带了海鲜粥。"

穆天晴说："刚吃过了，郭导带的早餐。"

郭永和和温华打了个招呼，说有事要忙，快步离开了。

温华看着他那副兴致满满的模样,脸上有了一丝担忧。

她参加了昨晚的饭局,当然知晓了穆轻烟的背景。虽然穆天晴似乎和这个妹妹并不亲近,可穆轻烟在剧组里左右逢源,相比较下,毫无背景的温华就显得暗淡了许多。

今天一大早来剧组,身为女主角是有单独的化妆间的。可温华却被告知,她的化妆间昨天就被穆轻烟占用了,只能分给她另一个又小又暗的房间,位置还很偏僻,权当作是临时的化妆间。

"天晴,郭导找你是想要给穆轻烟加戏吗?"温华憋了一肚子的气,叹息一声,开门见山地问道。

穆天晴不得不佩服温华审时度势的能力,点了点头。

温华眉心紧蹙,脸色一下子变得很难看。

"华姐,早!"温柔的声音从两个人身后响起,穆轻烟穿了件鹅黄色的绢纱长裙,乌黑的长发挽了个松松的慵懒的发髻,脸上的妆容比起温华这个女主角都要精致几分。

温华因今天的戏份大都是沙场杀敌,所以只穿了一身灰色布衫,外罩银灰色铠甲,面上涂了灰尘和鲜血,发髻凌乱,站在盛装打扮、恍若谪仙的穆轻烟身旁,如同一只灰扑扑的丑小鸭。

"原来是轻烟妹妹,今天没你的戏份吧,你怎么来剧组了?"温华定定地看了穆轻烟一眼,淡淡开口,一双眸子黑亮璀璨,虽装扮上略显低沉,气势上却并不输给穆轻烟。

见状,穆天晴心里给温华默默地点了个赞,暗暗松了口气。

若是温华对穆轻烟心存顾忌,甚至畏畏缩缩,一定会影响到她的发挥,很可能把女主角这个女将军给演砸了!

到时候女主角黯淡无光,自然要轮到女二号光彩夺目了。

"郭导说今天有我的戏份啊。"穆轻烟眨了眨眼,一脸无辜的模样,盛装下的肌肤莹白如雪,整个人宛若不染俗尘的仙子。

温华刚要再说什么,穆天晴拉起她的手,给她使了个眼色。

穆天晴刚刚看过剧本,今天并没有穆轻烟的戏份。若是穆轻烟今天就要加戏,她这个编剧也不会不知道。

若是这个时候和穆轻烟吵架,撕破脸,闹大后穆轻烟只需解释弄错了行程安排就好,温华却要背上容不下新人、倚强凌弱的黑锅。搞不好,穆轻烟早就安排好了,只等着温华和她吵闹,到时候闹到网上去,对温华名誉有损不说,还免费让穆轻烟蹭了把热度,小火一把。

怎么算,现在和她闹翻,都是温华吃亏。

"华姐,你是不是还在生我的气?"穆轻烟见温华并不上当,又装出一副委屈可怜的模样,小声道:"化妆间是郭导主动给我的,真不是我主动要的。"

温华本来已经被穆天晴安抚住了,一听穆轻烟提这茬,顿时火冒三丈,"天晴,你看看,现在的新人可真了不得。一个女二号的化妆间,比女主角的化妆间还要宽敞明亮,真是太懂规矩了。"

"华姐,咱们都是演员,演好自己的角色就是了,何必分女主角还是女二号?难道你演了女主角你就比我这个女二号贵重,就可以欺负新人,压制我吗?即便你是女主角,我是女二号,你是前辈,我是新人,但没规定说化妆间我们新人就不能用吧?"穆轻烟说着说着,红了眼眶,眼睛一眨,泪水刷的一下落了下来。

"我什么时候说不让你用化妆间了?"

穆轻烟刻意混淆视听,温华气得不轻。刚要再开口,穆天晴忙拉了她一把。

给温华使了个眼色,穆天晴笑着慢悠悠道:"穆小姐,温华姐从来没有说过不让你用化妆间的话。你现在用的那间独立的化妆间,本来是剧组为华姐这个女一号准备的。昨天华姐档期排不开没有进组,你是新人不懂规矩用了她的化妆间。这一点她不和你计较就是了,你又何必为了这点儿小事哭哭啼啼的,倒显得你恶人先告状、贼喊捉贼了!"

穆天晴几句话就讲明了事情的来龙去脉,穆轻烟被打乱了计划,目光看向不远处,不由得暗暗地攥紧了拳头。

这个穆天晴,实在是碍眼碍事,只要她出现,她就没好日子过!

穆轻烟深吸了一口气,打算扭转局面,狡辩道:"我并不知道那个化妆间是华姐的……"

"既然穆小姐想要将华姐的化妆间归还，那就太好了。"穆天晴打断了穆轻烟的话，挽起温华的手臂，笑道："《大国医》这部剧造势不错，已然未播先火。接下来还有三个月的拍摄时间，大家同为姐妹，定然一同好好努力，配合郭导拍好这部电影。和气生财，华姐，既然穆小姐已经答应把你的化妆间归还了，你算是给我个面子，别生气了。"

穆轻烟忙开口，刚说了个"我……"字，后面"什么时候说要把化妆间还给温华了"还没出口，穆天晴就招呼着恰好向这边走过来的郭永和，朗声道："郭导，穆小姐误用了华姐的化妆间，说要还给她。"

"哦？"郭永和挑眉，觉得有些惊讶。

昨天温华没有进剧组，穆轻烟确实用了专门为温华准备的化妆间。但她的背景身份在那儿摆着，他也只好睁一只眼闭一只眼地默认了。

今天一早，温华进组，为了这事，她的经纪人梁若天和他吵了一架。最后还是温华懂事，说不计较这些小事。

穆天晴的声音不小，很多剧组工作人员都听到了。这个时候，穆轻烟即便再不情愿，也不得不暂时咽下了这口恶气。

郭永和很快重新安排了一番，让温华和穆轻烟互换了化妆间。自此，温华面色好看了些，倒是穆轻烟气得白了一张脸，再好的化妆术也掩盖不了她面上的狰狞神色。

"妹子，还是你有办法。"温华感激地看向穆天晴。

穆天晴刚才不过淡淡的几句话，就四两拨千斤地将穆轻烟堵得说不出话来，还帮她把化妆间夺了回来，让她重新找回了面子。

"这事可不一定就这么完了。"穆天晴朝远处努了努嘴，温华和梁若天顺着看了过去，只见一个小助理从树后钻了出来，手里似乎拿了架高倍数的录像机。

"那个，好像是穆轻烟身边的助理小李。"梁若天眼底闪过一丝锋芒。

穆天晴冷嗤一声，"华姐，我早就说过，穆轻烟不是个简单的角色。"

温华咬唇，气得险些乱了方寸，"这个穆轻烟，到底想干什么！"

"华姐放心,她有张良计,我们自然也有过桥梯!"说着,穆天晴拍了拍手,从另一棵树后,也闪出了一个人。

看清来人是谁后,温华忍不住轻笑出声,"天晴,你这个鬼精灵。"

穆天晴弯唇一笑,"人不犯我,我不犯人,不过,接下来还有句话,那就是人若犯我,我必犯人!"

接下来,忙碌了一整天,三场戏顺利拍完。

好在温华并没有受到穆轻烟的影响,发挥得很好,将一个爱憎分明、有血有肉的女将军演绎得十分到位。纪冉希也是演技大爆发,和温华对戏时十分投入,两个人现场飙戏,让众人过足了眼瘾。

穆轻烟许是受了教训,将化妆间还给了温华后,这一整天都十分安分,并没有再生事端。

拍完戏,郭永和张罗着纪冉希、温华和穆轻烟穿着古装拍一张合影,说是要发到官网和官方微博做宣传。

纪冉希和温华心里都一清二楚,郭永和这是想让两个人提携穆轻烟,顺便让她蹭蹭热度。或许,这才是穆轻烟穿了古装,化了两个小时的妆,在剧组晃了一整天的最终目的。

"天晴,过来合影。"温华拉着穆天晴,两个人肩并肩、手拉手地站到了纪冉希的右手边,穆轻烟则站在了他的左手边。

穆天晴是业内的金牌编剧,开机时和温华合影的照片上传到微博后,人气大涨。再加上她身为《大国医》的编剧,和三大主演一起合影也无可厚非。

郭永和取了一个山清水秀的背景,让专业的摄影师为四人拍了剧照,随即上传到了官方的微博。又让四人和剧组人员同步发了朋友圈。

"大家今天都辛苦了,等下去悦宏酒店聚餐,都一起来哈!"郭永和拍了拍手,张罗道。

什么情况?昨天穆轻烟请客,难不成今天晚上她还要继续请?

"冉希,天晴。你们俩昨天没来,今天晚上没其他安排吧?"郭永和特地点名,又在纪冉希耳边低语道:"今晚穆董事长可是要来的,他一下子投了三千万,算是咱们这部剧最大的投资商。你是男一号,一定要来。"

纪冉希闻言和穆天晴对视了一眼,两个人很有默契地点头答应了。

剧组大部分人都很给面子,除了副导演梁田要给妻子过生日没有去成,其他大部分人都去了。

"你听说没有?女二号的扮演者穆轻烟和穆编剧是姐妹呢!"

"我也是昨天晚上才知道的。没想到穆编剧的妹妹这么漂亮,演技也不错,而且我觉得她为人谦逊,从来不拿千金小姐的架子。"

"我也觉得她很好相处。而且昨天有人送了那么多红玫瑰过来,她应该也有一个温柔体贴的男朋友吧。"

"不过我之前只知道穆编剧是穆氏集团的千金大小姐,还没听说过穆氏有穆轻烟这么位二小姐。"

"据我所知,穆轻烟是出国留学了,所以才不经常出现。"

"这样啊。难怪之前都没听说过有这号人物。"

剧组里几个管道具服装的小姑娘压低了声音在后面闲聊。穆轻烟听在耳中,脸色微微一沉,眼底闪过一丝戾气。

穆天晴身上的大小姐光环以及穆天晴的男人还有父亲,这些原本都应该是属于她的。她自问并不比穆天晴差什么,若不是穆天晴在爷爷那儿乱嚼舌根,害她远走异国他乡,远离C市的上流圈子,大家又怎么会只知穆天晴,不闻穆轻烟呢?

一行人来到悦宏酒店,进了事先订好的包间,落座。

过了大概半小时,蒋逸风和穆威一起走了进来,坐在了穆轻烟的一左一右。

"哇!坐在穆轻烟左边的那个,就是蒋氏集团的总裁蒋逸风吧!"

"没错没错!前天我还在电视上看到他。他真的是很帅啊!"

"本人比电视上要好看一百倍!穆编剧上辈子一定是拯救了银河系,才找到这么帅气又多金的男朋友。"

"咦?蒋逸风不是穆编剧的男朋友吗,怎么坐到穆轻烟身边去了?"

"你没看到穆编剧身边没位置了嘛!蒋少这明显是爱屋及乌,给自家小姨子撑腰嘛!啧啧!真是的,大晚上的,被强塞了一嘴的狗粮!"

上辈子拯救了银河系?

呵呵!怕是她上辈子挖了蒋家祖坟,这辈子才会遇到他!

看到父亲和前男友坐在穆轻烟身边,穆天晴的心里涌起酸涩和不悦,面上却装出一副云淡风轻的模样,小声地和身旁的温华讨论剧情。

"郭导,小女回国后初涉影视圈,之前在国外勤工俭学时倒也跑过龙套,但经验尚浅,还请你多多提携才是。"穆威举起红酒,说道。

郭永和忙举起酒杯,和穆威轻碰了一下,恭维道:"轻烟虽然经验不多,但她很有灵气,在演戏这方面也很有天赋,可以说是一块璞玉。我相信,经过《大国医》的拍摄,轻烟很快就能熬出头,跻身一线明星之列也是指日可待。"

"郭导,我没想那么多。我只是很喜欢演戏,想要把这个作为自己的终生事业。"穆轻烟谦逊地说道,目光却是看向穆天晴,桌下一只脚脱了高跟鞋,伸过去轻轻摩挲身旁蒋逸风的小腿,眼底暗藏得意炫耀之色。

纪冉希的手机不小心掉到地上,弯腰低头去捡手机时,正好看到这香艳不堪的一幕,不由得觉得十分恶心。

小晴晴这么好的姑娘,竟然摊上这么个妖艳贱货的妹妹,还有一个不靠谱的老爹和前男友,这也太惨了点儿!

"喜欢演戏自然没问题,只是也要注意身体。"蒋逸风被撩拨得难以自控,夹了一筷子鱼肉,放到穆轻烟碗里,神态亲昵。

穆威此时还不知道蒋逸风和穆天晴分手的事,见蒋逸风对穆轻烟照顾有加,不由得瞪了穆天晴一眼,面色不善。

这是在外面聚餐,即便穆天晴再不待见这个妹妹,也不能坐得那么远以示疏远,倒是蒋逸风还算懂事,知道替穆天晴这个榆木脑袋挽回面子。

"谢谢。"穆轻烟唇角弯起甜美的笑容,眼眸微眯,给了蒋逸风一个暧昧挑逗的眼神。

纪冉希在一旁看得通透，差点儿吐出来，调侃道："呦！蒋公子对小姨子还真是照顾，爱屋及乌。这大晚上的，真是撒了我一脸的狗粮！"

话音刚落，穆轻烟面上一僵，不由得坐直了身子，收敛了几分。蒋逸风也轻咳了几声，表情不自然地端起面前的红酒，喝了一口。

穆威倒是没察觉出不妥来，上次他让穆天晴拿去给蒋逸风看的合作案，这几天一直是穆轻烟在帮忙走动。这么一来，她和蒋逸风熟稔也不意外。

"轻烟，我看你这两天都瘦了。今天晚上就回家住吧，让夏妈给你煲个鲫鱼汤，补补身子。"穆威一脸慈爱地说道。

"轻烟，明天正好没你的戏份，你就回家休息一天吧。"郭永和顺势给穆轻烟放了假。

穆轻烟一脸为难，嗔怪道："爸，剧组的人都是住酒店的，我回家去住多不好。"

穆威说："好了，就回家住一晚。明天开始，你再住酒店我绝不阻拦。你这都三天没回家了，我和你妈都惦记着呢！"

穆轻烟脸红了，"爸！说这些做什么，多不好意思啊。"

郭永和笑道："哈哈哈！我也有个女儿，同为父亲，穆董事长爱女之心，我再明白不过了。"

看着这一幅父慈女孝的画面，穆天晴心里憋闷，一连喝了几杯红酒，被空调一吹，顿时觉得有些头疼。

包厢里觥筹交错，热闹得很，穆天晴揉了揉额头，起身出了包厢。

走到走廊的尽头，打开窗子，穆天晴看着窗外漆黑的夜色，心里如同这黑夜一样，陷入了黑暗的泥沼。

说实话，经历了这次失恋，在得知蒋逸风出轨的对象是穆轻烟后，她对他再无眷恋。只是，再次面对他们两个，尤其是面对父亲的差别对待，即便在母亲离世后，她的心早已千疮百孔、百炼成钢，可此时此刻她还是觉得心口仿佛被插了一把刀，来回地拉扯，直至鲜血淋漓，痛不欲生，就连呼吸间都是痛楚。

背后传来熟悉的脚步声，穆天晴脊背一僵。

"天晴，今晚你也一起回家吧。"

"不了。"

"天晴，你这性子得改改。轻烟好歹是你妹妹，你又是这部电影的编剧，给她加点儿戏份帮她一把，谁也不会说什么。"

穆天晴闻言猛地转身，对上穆威怨愤的眼神，心里一凉，冷冷道："她和你说的，我不给她加戏？"

穆威一脸的不悦，"天晴，你和轻烟都是我的女儿，手心手背都是肉。轻烟她离家多年，好不容易回国发展，我当然会对她更关心些。况且，你做姐姐的……"

穆天晴抬手，打断了穆威的话，"我本来还在考虑郭导的提议，打算改剧本给她加戏。既然她和你说我不帮忙，那好，我也就没必要上赶着拿热脸贴人家的冷屁股。"

虽然穆天晴的回应在意料之中，穆轻烟事先也和他通过气，但穆威还是忍不住气得胸脯剧烈起伏。

"爸，姐姐，你们怎么在这里。"穆轻烟走出包厢，快步走过来，挽起穆威的胳膊，示威地看向穆天晴。

穆威动怒道："她不是你姐姐，也不是我女儿！我没有这么不通情达理、不念亲情、无情无义的女儿！"

"好！记住你今天说的话，穆董事长！"穆天晴鼻子一酸，心里疼到麻木，冷冷道："穆董事长，你口口声声说我冷漠无情，那你呢？当初你背叛我妈，把小三和私生女领回家的时候，可考虑过我们的感受？难道，我和妈妈就不是你的亲人吗？"

没想到穆天晴会提及她的母亲，穆威气得咬牙切齿，"好好好！你竟然这么和我说话！"

穆天晴冷嗤一声，"是你亲口说我不是你女儿，既然你不是我爸，和我没有任何关系，我又何必对你客气？"

穆轻烟装出惊讶又慌乱的表情，忙拉住穆威，急切道："爸，姐姐,你们这是怎么了?怎么闹到断绝父女关系的地步?"

穆威正在气头上,顺着穆轻烟的话,道:"轻烟,你说得没错。我就是要和她断绝父女关系!从今以后,我只有你这一个女儿。这个混账东西,我不会认她,以后也不想再见到她!"

听到穆威那句"我只有你这一个女儿",不知道是不是酒喝多了,心里一阵绞痛,穆天晴眼眶一热,险些落下泪来。

"爸,您别说气话。"穆轻烟一边用手轻抚穆威的胸口为他顺气,一边略带责备地看向穆天晴,"姐,你快给爸道个歉。都是一家人,何必闹成这样,若是被人看了去,岂不是让外人看我们穆家的笑话。"

穆天晴唇角勾出一抹讽刺的笑,"穆轻烟,何必在这里惺惺作态?!我和他脱离父女关系,不正合了你的心意?哼!这么多年,你气我恨我,怨我夺了你穆家千金的位置。"穆天晴指了指眼前她曾经奉为天地的父亲,深吸了口气,语调颤抖道:"今天,我把他,还有穆家千金,甚至蒋逸风,通通都给你。"

穆轻烟闻言心中窃喜不已,没想到几句挑拨离间的话,就让穆天晴气恼得说出了这番决绝的话。

可现在还不是高兴的时候,穆轻烟装出一副痛心疾首的模样,眼泪不要钱似的滚落下来,"姐,我从来都没想和你争什么的,真的!你别这么说,伤了我们姐妹之情不说,还会伤了爸的心。若是你容不下我,我走就是了。我可以退出剧组,可以出国不再回来,你千万别……"

"轻烟,你胡说什么!"穆威怜惜地抹去穆轻烟脸上的泪水,看向穆天晴时眼里满溢着毫不隐藏的厌恶,"我是绝对不会让轻烟再出国漂泊的。穆天晴,既然你不顾惜姐妹之情,我也不会再让你为所欲为!你若是不愿意给轻烟加戏,作为最大的投资商,我有权利让郭导把你这个编剧换掉。反正编剧多得是,这部剧也并不是非你不可!"

穆天晴放在身侧的双手攥紧,指甲掐入柔软的掌心,带来一阵刺痛。

《大国医》这部剧,改自网络上大火的同名小说,但很少有人知道这部网络小说是穆天晴用笔名"冷秋"所写。可以说,这部小说,这个剧本，凝聚了穆天晴太多的心血，里面的每一个人物，都是她坐在电脑前，熬了无数个日夜，一个字一个字地打造出来。

而今，因为穆轻烟给她扣了个莫须有的罪名，她的亲生父亲就要把她这个原著作家和编剧换掉。

呵呵！

她的努力和心血，在她父亲那里，还真是不值钱！

"随便吧！如果你真的想把我换掉，我无话可说。"此时此刻，穆天晴心如死灰。

今晚说出把一切，包括穆家千金、父亲和男朋友都让出去的话，她并非是一时冲动，而是她真的被伤得心凉了，心寒了，也彻底死心了。

和穆轻烟擦肩而过时，穆天晴看到从包厢里出来朝三人走来的蒋逸风。

对上蒋逸风探究又冰冷的眸子，穆天晴顿住脚步，淡淡一笑，"穆轻烟，我答应给你的东西就如同泼出去的水，自然不会再收回。不过，你记住了，我给你的都是入不得我眼的东西。尤其是这个男人，我弃之如履。既然你喜欢得死去活来的，我让给你就是了。"

蒋逸风听到穆天晴将他比作破鞋，面色阴沉，胸腔里升腾起一阵怒火，一张脸阴沉得很。

穆轻烟转身，看到蒋逸风在她身后，忙哭着扑到他怀里，"蒋哥哥，姐姐她还是不能原谅我们，怎么办，我心里好难过。都是我不好，我不该爱上你，是我不对，都是我的错！"

感受到怀中女孩儿眼泪湿了自己的衬衫，蒋逸风忙怜惜地拍了拍她的背，"轻烟，这不是你的错，错的是你姐姐，她根本就不在乎我。错的是我，是我爱上了你，招惹了你。"

蒋逸风蹙眉，抬头看向穆天晴时换了一副冷漠的嘴脸，"天晴，既然你把话说开了，也好。谢谢你成全了我和轻烟。即便是我们分手了，你放心，我和轻烟还是会好好照顾你的，毕竟我是一直拿你当妹妹的。"

穆天晴怒极反笑，恶心得恨不得将今天吃的东西都吐出来，"不必了,我穆天晴就算不是穆家大小姐,没有你这个男朋友,也照样会活得很精彩。另外,蒋逸风,你不必摇摆在我们姐妹之间装情圣,这样只会让我觉得你更加恶心。我早就和你分手了,我们从分手的那天起,两不相欠。以后你走你的阳关道,我过我的独木桥,老死不相往来!"

语落,穆天晴挺直脊梁,脸色矜傲地走回了包厢。

"怎么去了那么久?"穆天晴一落座,纪冉希就发了条微信过来。

"没事,灭了一群渣滓而已。"穆天晴很快回复了一句。

"你没事吧?"纪冉希看了穆天晴一眼,她的脸色有些苍白,"要不要晚上出去陪你嗨?"

"好啊。MIX酒吧,不见不散。"回复完纪冉希的微信,穆天晴和温华、郭导打了声招呼,起身离开。

打了辆车,去了MIX酒吧,穆天晴径直上了二楼。

今晚她来得早,酒吧里没什么人,穆天晴吩咐王经理今晚二楼不要再放客人上来,又让服务生小柳上了几箱啤酒。

点了几首歌,将音量放到最大,穆天晴坐在沙发上,面前的茶几上摆了几瓶啤酒。

纪冉希和金兴很快就过来了,见这架势,两个人对视了一眼,噤若寒蝉。

"小晴晴,到底发生了什么事?"纪冉希小心翼翼地开口问道。

穆天晴倒了一杯啤酒,一口饮尽,苦笑道:"从今天开始,我不再是穆家大小姐。"

"天晴,你说这话是什么意思?"金兴挠了挠头,该不会是她……

"对啊,我和穆威断绝父女关系了。"穆天晴将啤酒倒进酒杯,冷笑道:"也罢!我早就该死心的。这些年也不知道为何还会对他抱有希望。我真是傻,我妈死后我就不该再认他!他根本就不配做父亲!"

见穆天晴这幅失魂落魄的模样,纪冉希忙给穆枫发了条微信,等了半天见他没回,打了个电话过去,发现他手机关机了。

这可怎么办?

眼看着穆天晴又要喝酒，纪冉希伸手拦住，"小晴晴，我知道你心情不好，但咱们别喝酒了。我陪你打游戏好不好？"

"不好！"穆天晴心里憋屈，欲哭无泪。现在她只想借酒消愁，大哭一场发泄一下。

金兴也跟着着急。看到穆天晴的手机被丢在沙发上，他灵机一动，偷偷捡起来，走出了包厢。

果然，在穆天晴的通讯录里，他找到了联系人"小天 霍熙琛"。

深吸了口气，金兴鼓足了勇气，将电话拨了出去。

此刻，锦园，霍家别墅里，霍熙琛正在书房里看文件，小天则在角落里制作发卡。

手机铃声在寂静的书房里响起，女孩儿淡淡忧伤的歌声令霍熙琛和小天一起停下来——"早知道是这样，梦一场……"

这是他特地为穆天晴设置的手机铃声，剪辑自穆天晴在MIX酒吧中唱过的那首《梦一场》。

霍熙琛捡起手机，很快接通了电话，小天飞扑过来，蹦跶着去够手机。

霍熙琛只好点了外放，金兴战战兢兢的声音传来："小天……还是霍先生？"

不是穆天晴的声音，霍熙琛眼底闪过一丝失望，不过他记忆力很好，很快就听出了是金兴打来的电话，道："是我，小天和我在一起。"

"老板，你在就更好了。是这样的，天晴她今晚参加完饭局后，心情不太好，跑到MIX酒吧买醉。我和冉希都拦不住，穆少手机关机，我们联系不上他……"

"MIX酒吧是吧，我很快到。"霍熙琛起身，随便拎起一件外套，穿着居家服和拖鞋就往外走，"你们先帮忙照看，不能让她喝酒。"

万一穆天晴真的怀孕了，喝酒可是会伤害到腹中的孩子的。

小天一路小跑地跟在霍熙琛身后，见他拿了车钥匙拉开门往外走，忙光着脚拎着自己的小鞋子窜了出去。

仰起头，小天一脸坚定，"我也要去！"

霍熙琛蹙眉，"等会儿我可能顾不上你。"

小天瞪了他一眼，"我不用你照顾，我还得照顾妈妈呢！"

霍熙琛见小天坚持要去，只好将身上的外套脱下来，裹住小天，弯腰将他抱起，一边给阿力打电话，一边去车库取了车。

阿力开车，霍熙琛抱着小天坐在副驾驶座上，一路飞奔，赶去了酒吧。

路上，霍熙琛给霍熙欢打电话询问今晚的事，霍熙欢说给他两分钟时间。

很快，两分钟后，霍熙欢回电话，给了答复。

得知穆天晴和蒋逸风今晚见过，联想到金兴说她心情不好在酒吧买醉，霍熙琛的心一沉，脸上布满乌云。一时间车厢里气压极低，凉风习习，有种风雨欲来的诡异气氛。

金兴挂了电话就在楼下等候自家大老板，当他看到霍熙琛一身单薄的居家服，怀里还抱着小太子出现时，顿时张大了嘴，下巴差点儿直接掉下来。

"在楼上？"霍熙琛问了一句。金兴点了点头。

霍熙琛抱着小天，飞快地跑上了二楼。

金兴忙抚了抚胸脯，幸好他自作主张地让酒吧暂时歇业，没有放其他客人进来。不然，被别人看到霍大老板和小太子同时出现，那可就热闹了！这新闻若是被狗仔发出去，绝对能上娱乐版的头条！

包厢里，半小时前，纪冉希让王经理拿来了游戏装备，好说歹说地夺下了穆天晴手中的酒杯，和她盘腿坐在地毯上，对打了起来。

纪冉希说："喂，穆天晴，不带你这么玩儿的吧！你怎么连我也屠！"

穆天晴挖挖耳朵，"抱歉，手滑了。"

纪冉希气得跳脚，"你……你就是故意的！"

穆天晴说："谁让你那么弱，每次都要我帮忙才能打死大老怪。"

纪冉希不满道："好啊，那我们这次不组团儿，来对打！"

穆天晴说:"对打就对打,我怕你啊!我的武力值可不是刷出来的!"

纪冉希和穆天晴的对话传来,霍熙琛的脚步越来越慢,走到包厢前,他怀中的小天一把推开了门,霍熙琛向里面看去,很是急切的表情瞬间凝滞。

穆天晴和纪冉希滚在沙发上,女上男下的姿势,格外暧昧撩人。

金兴看到这一幕,险些吓得晕过去!他找大老板是来阻止穆天晴喝酒的,不是让他来"抓奸"的啊!

完了完了,本来他打电话给霍熙琛是一片好心,万一大老板误会了,吃醋了,只要他一句话,他家冉希就会被封杀,再无东山再起的可能!

穆天晴背对着众人,揪住纪冉希的衣领,恶狠狠道:"小希希,我今天心情不好,灭了你一个小号怎么了?"

纪冉希的角度看不到门口来人,他白了穆天晴一眼,撇撇嘴,"穆天晴,瞅瞅你这点儿出息,不就是被几个渣渣虐了嘛,犯得着这副半死不活的模样吗?小晴晴,你现在这样,可不是我认识的那个趾高气扬、才华横溢、貌美如花的穆天晴哦!"

"也就是你吧,觉得我好。"穆天晴身子一软,从纪冉希身上下来,蜷缩在沙发上,鼻子一酸,眼睛酸涩。

穆天晴一挪开,纪冉希顿时觉得有两道目光刀子般地朝他投射过来。

他抬眼,对上霍熙琛那张帅炸天却又满是怒气的脸,心跳几乎停止。

我的天!谁把大老板喊来的?怎么不提前告诉他一声!

金兴缩在霍熙琛身后,瑟瑟发抖,脸上写着"我不是故意的"几个大字。

穆天晴正伤心呢,丝毫没有注意到包厢里气氛诡异,她将手摁在眼睛上,泪水狂涌,无声啜泣。

见状,霍熙琛将手上的小天放下,一步步走向沙发。

纪冉希一个鲤鱼打挺从沙发上跳起来，老老实实地给霍大老板让了位置。

坐在穆天晴身边，霍熙琛淡淡叹息了一声，长臂一伸，搂住穆天晴的肩膀，动作轻柔地将她揽入怀中。

穆天晴揪住霍熙琛的衣服，将头脸埋在他胸前，身子微微颤抖。

霍熙琛笨拙地一下一下安抚着她的后背，一颗心仿佛被一双无形的大手狠狠攥住，丝丝缕缕的疼从心尖蔓延，只恨不得能替她难过。

小天见状，忙扑到穆天晴身旁，跳上了沙发，学着霍熙琛的动作，胖乎乎的小手一下一下地拍着穆天晴的背。

霍熙琛看向小天，眸光深邃，随即看向一旁的金兴和纪冉希，示意他们将小天抱走。

金兴得令，忙上前去抱小天。

小天左右闪躲，一脸的不情愿。

霍熙琛给了小天一个警告的眼神。小天想起在车上和他的约定，想起他说"若是想让天晴阿姨做妈妈，今天晚上要听我的安排"，这才一脸无奈地任由金兴抱着自己，和纪冉希一起离开。

穆天晴一直沉浸在自己的伤痛中，她虽表面上说不在乎父亲穆威的关爱，对他总是没好脸色，可穆天晴心里清楚，母亲离世后，她是把他当成了这世上最亲近的亲人，内心无比渴望得到他的关注和认可。所以，这些年，无论是学业上还是写剧本方面，她一直都很努力，希望能够引起父亲的注意，得到他的赞扬和认可。

今晚，和穆威断绝了父女关系，穆天晴面上装得毫不在意，其实心里却难过得不得了。

"为什么……为什么不喜欢我……为什么，无论我多么努力都无济于事……"穆天晴一边哭一边低声说道。

这话听在霍熙琛耳中，以为她还是放不下蒋逸风。

毕竟，他们两个人在一起整整八年，青梅竹马的感情自然不一样。一时间，霍熙琛心里五味杂陈，酸涩非常。

霍熙琛怜惜地看向穆天晴，见她哭的小脸通红，上气不接下气，叹息了一声，道："真的这么放不下吗？"

穆天晴闻言愣了一下，眼泪依旧不受控制地簌簌落下。隔着一层白雾，她看到霍熙琛那张关切中透着焦虑的脸，不由得脱口道："你……你怎么来了？"

不放心你，所以我来了。

话到了嘴边，霍熙琛眸光微沉，"恰巧路过。"

穆天晴没顾得上多想，酒劲儿上涌，她脑子一热，道："为什么他不喜欢我？同样是女儿，他为什么不肯多关注一下我？"

霍熙琛眸光幽深得仿佛一汪深不可测的寒潭，一颗心提到了嗓子眼儿，"你是因为穆威才伤心的？不是因为……蒋逸风？"

穆天晴摇头，抹了把脸上的泪水，气呼呼道："蒋逸风就是个屁，我早就把他放了。我只是气不过，我那么努力写的小说和剧本，他不支持我也就罢了，竟然还仗着投资三千万，想把我这个编剧换掉，凭什么？！难道，我的努力、我的心血就不值钱吗……"

穆天晴越说越伤心，捂着脸，压抑不住地哭泣，最后甚至演变成号啕大哭。

霍熙琛心疼得不得了，却不由得松了口气——原来，她伤心难过并不是因为前男友蒋逸风……

即便如此，敢伤害他的女孩儿，即便那人是她的父亲，他也不会就这么算了！

不知道哭了多久，穆天晴脑海中最后的印象是——她揪住霍熙琛的衣服，伏在他肩头一抽一抽地啜泣。

第二天，穆天晴醒来时已经接近中午。

她一睁眼，发现小天搬了张小凳子，坐在她床边，手里捧着一本书，正看得十分入迷。

察觉到穆天晴醒了，小天扬起白净粉嫩的小脸，爬上床，在穆天晴额头上亲了一口，又跳下床，迈动两条小短腿儿，跑了出去。

穆天晴摸着额头，心里涌起一股暖流。她环顾四周，发现这里并不是她家，整间卧室的墙壁被刷成了浅粉色，衣柜是白色的，她躺着的是一张欧式大床，床上的床单和被罩都是粉红色的，上面还有蓝色的叮当猫的图案，满满的少女心。

小天手里捧着一杯水，又跑了进来，踮起脚努力伸长手臂，递给穆天晴。

"谢谢！"穆天晴这时才觉得喉咙干涸，接过喝了几口，发现是掺了蜂蜜的温开水，顿时心里、胃里都十分熨帖。

"宝贝儿，你太贴心了，真是个小暖男。"穆天晴笑着将水杯放在床头柜上，问道："可以告诉天晴阿姨，这是哪里吗？"

"我家，昨天，他抱你过来的。"小天嘟着嘴道，脸上写满了"我人小力气小，不然才轮不到他抱我妈妈"。

穆天晴被小天的表情逗笑了，虽然脑子还是一锅糨糊，却对昨晚的事渐渐有了印象。

昨天，她在MIX酒吧和纪冉希他们在一起，后来她喝多了，霍熙琛不知怎么跟过来了。

再后来，发生什么，她就记不得了。

小天拉了拉穆天晴的手，"下去，吃饭。"

"好。"穆天晴忙起身，发现身上穿着的还是昨天的那套连衣裙，估计是霍熙琛不方便帮她换衣服，便只能让她和衣而眠了。

卧室里就有洗漱间，穆天晴进去，简单梳洗了一番。她走出来时，房门被敲响，小天跑过去开门，便看到了神色慵懒的霍熙琛倚门而立，"衣橱里有衣服，你自己选一件。"

语落，霍大老板转身离开，"早餐做好了，下来吃。"

穆天晴看了眼身上皱皱巴巴的裙子，走向衣橱，拉开，顿时吓了一跳。

衣橱里，花花绿绿，挂满了衣服，衬衫、T恤衫、长裤、短裤、长裙、短裙，甚至搭配的丝巾腰带和配饰，都应有尽有。

霍熙琛不是不近女色的嘛，他的别墅里，怎么会有这样一个专门为女人准备的衣橱？

难道，她不小心误入了霍家女主人的房间……

犹豫再三，正当穆天晴打算放弃时，小天选了一条淡蓝色的连衣裙，抓住不放，"妈妈，这条好看！"

"可是……这些衣服并不是妈妈的啊。"

"谁穿了好看就是谁的！"小天仰起脸，一副理直气壮的口吻。

穆天晴莞尔一笑，不再扭捏，取下那条浅蓝色的裙子，去洗手间换上。

换好衣服，穆天晴抱着小天去了一楼。

小天指了指外面，道："他说，出去吃。"

穆天晴便只好抱着小天出了客厅，径直去了别墅后面的小花园。

霍家别墅位于整个北区的中央位置，占地最大，草坪、泳池、花房，配备齐全，可以称得上是锦园的楼王。

穆天晴被小天带到了玻璃花房，里面栽满了颜色各异的花儿，清风徐过，百花摇曳争艳，花香袭人，顿时令人心情愉悦。

霍熙琛已经换下了身上的居家服，黑色西裤，白色衬衫的扣子扣到了最上面，神色矜贵优雅，仿若中世纪古堡里走出来的贵族。

穆天晴在餐桌前坐了下来，感觉整个人都被清淡的花香包围，就听霍熙琛声线清雅道："不知道你喜欢吃中餐还是西餐，我都做了些。"

穆天晴道了声谢，餐桌上摆了小米粥、小笼包、水晶饺，也有面包片、香肠、煎蛋和牛排，十分丰盛。

霍熙琛拿起刀叉，将他面前的牛排切成均匀的小块，又将餐盘推到穆天晴面前，"七分熟的，不知道合不合你的胃口。"

穆天晴叉了一小块牛排放进口中，只觉鲜美柔嫩，十分好吃。

见穆天晴眯起眼睛一脸享受的样子，霍熙琛唇角弯起，眼底浮现出一抹暖色。

拿过小天面前的餐盘，霍熙琛低头，神色认真地为他切牛排。

阳光透过透明的玻璃天窗洒落进来，照在他的身上，令他少了一份高高在上的严肃感，多了些烟火气息。

昨晚被气得几乎没吃东西，后来又空着胃喝了那么多酒，穆天晴此刻肚子正饿。她一口气吃了一整块牛排，两个煎蛋，一碗小米粥，又和小天一起吃了一屉小笼包和水晶饺。

相对于穆天晴的狼吞虎咽，霍熙琛微微挽起袖子，吃得慢条斯理，动作优雅得赏心悦目。

"昨天晚上你很伤心，喝了许多酒。"见穆天晴吃得差不多了，霍熙琛缓缓开口道。

"喝酒不好，伤身体。"小天将嘴里的粥咽下，板起了一张小脸，劝道："他说的，女孩子总喝酒对肚子里的小宝宝不好。"

穆天晴听了小天的前半句，还觉得他窝心体贴，是个小太阳。可听了他的后半句，她忍俊不禁，"小天，妈妈还没结婚，肚子里哪来的小宝宝啊？"

"现在没有，不代表以后没有啊。"小天跳下椅子，跑到穆天晴身边，伸手去摸了摸她平坦的小腹，"妈妈，以后你有了自己的小宝宝，还会当小天的妈妈吗？"小天的眼神里有探究，但更多的是小心翼翼。

穆天晴闻言愣了一下，不由得将这个敏感脆弱的小包子抱起来，揉了揉他的短发，柔声道："妈妈现在是单身，哦，就是还没有男朋友。不过，妈妈不打算结婚。"

听到穆天晴那句"妈妈不打算结婚"，霍熙琛眸光暗了暗。

"为什么啊？"小天仰起头，奶声奶气地问道。

穆天晴笑了笑，没多做解释，道："妈妈不结婚，就不会有自己的孩子。如果小天愿意的话，我可以一直都做你的妈妈啊。"

"真的？"小天一脸开心的表情，仿佛拿到了心仪已久的糖果，抱着穆天晴的脖子，和她贴着脸，"那……我以后可以一直叫你妈妈吗？"

"宝贝，当然可以。"穆天晴爽快地应道。

小天顿时笑成了一朵花，他挣扎着从穆天晴怀里跳下来，跑到别墅里，过了一会儿，拿了几张打印纸回来，递给了穆天晴。

穆天晴接过一看，纸上白纸黑字地将醉酒酗酒的危害一一道来，有理有据，甚至还有几个案例，洋洋洒洒几千字，堪称一篇劝酒檄文。

穆天晴面上一红，偷偷看了眼坐在她对面，一小口一小口喝粥的男人。

用脚趾头想都知道，这文章定是出自霍大老板之手。

清了清嗓子，穆天晴对上小天严肃认真的眼眸，道："小天，妈妈昨晚喝酒很不对，以后不会这样了。小天千万不要学妈妈，小孩子喝酒对身体是很不好的。"

听到穆天晴的承诺，霍熙琛眼底浮现出一抹不易察觉的笑意。

而小天听穆天晴自称"妈妈"，顿时红了眼眶。

"宝贝不哭，妈妈以后会好好照顾你的。我们一起努力，做阳光向上的小太阳，充满了正能量，好不好？"

小天眼里含着眼泪，郑重地点了点头。

三个人吃完饭，穆天晴主动收拾碗筷，端去厨房。

霍熙琛看了眼厨房里忙碌的娇俏人儿，面上重现了笑容，不禁心情舒畅。

穆天晴洗碗，小天就跟在她腿边，走哪儿跟到哪儿，仿佛她的小尾巴。

洗完碗，穆天晴坐在沙发上休息，看向坐在不远处的霍熙琛，"霍先生今天不用上班？"

霍熙琛手里拿着一本书，抬眼，淡淡道："叫我阿琛。刚刚完成了一个大单子，给自己放假几天，稍作休息。"

"哦，这样啊。"穆天晴挠了挠头，突然间不知道该怎么和霍大老板搭话，只好低头继续刷微博上。

昨天，她和《大国医》三位主演的合影被放到了官方微博上，经过一夜的发酵和营销宣传，已经被顶上了热搜。

"哇！我老公最帅！"

"华姐这一身英姿飒爽，都快把我掰弯了。"

"那个黄衣服的小姑娘是谁？很眼生啊。"

"新人吧？听说顶替了周媚做了女二号。"

"那个挨着华姐的女孩儿是谁？好像前几天剧组开机，她们也合影来的。"

看到这一条回复，"是《大国医》的编剧穆天晴，郭导去年大火的《贺门忠烈》也是她做的编剧"，穆天晴心里一阵酸楚。如果她真的被换下来了，那昨天的合影还真是够讽刺的。

这时，霍熙琛好听的声音再次响起，"昨晚，是因为和父亲吵架，所以心情不好？"

穆天晴闻言，脑海中闪过零星的片段，一张小脸垮了下去，"我们已经断绝父女关系了。还有，我可能做不成《大国医》的编剧了。"

霍熙琛挑眉，"为什么？"

穆天晴叹息了一声，"穆轻烟和穆威说我不给她加戏，穆威一气之下决定让郭导换掉我。虽然我的影视版权卖给了郭导，可他完全可以找其他编剧来改编剧本。即便我已经和郭导签了合作的合同，但违约金不过一百万，这点儿钱对于穆威来说不过九牛一毛……"

看着穆天晴黯淡无光的眸子，霍熙琛蹙眉，起身去阳台打了个电话。

这空隙，穆天晴上楼收拾了一下，打算等下去剧组一趟。

她打算找郭永和谈谈，若他顾念情分，或许不会将她换掉……虽然，这种可能性微乎其微，但她总要去试试。

霍熙琛挂断电话，就看到穆天晴从二楼拎着自己的包往下走，她一袭淡蓝色长裙，衬得肤色极白，眉间却隐隐透着担忧。

"阿……阿琛。"冷不丁地如此亲昵地唤霍熙琛，穆天晴还是有些不自在，"我去剧组一趟。"

霍熙琛和小天站在一起，齐齐问道："晚上还回来吗？"

"应该会回来吧。"等确定了郭永和把她给开了，她在剧组待不下去，自然要回家了。

蹲下来，抱住小天亲了一口，穆天晴揉了揉他的短发，"小天下午在家要乖乖的哦。"

"嗯!"小天乖巧地点了点头。

穆天晴的手机这时震动了一下。她从包里掏出手机,见是郭永和打来的电话,顿时紧张起来。

深吸了口气,穆天晴接通电话,"喂,郭导。"

"天晴,今天上午怎么没过来呢?是身体不舒服吗?"郭永和语气和平常一样。

穆天晴顿了顿,犹豫着问道:"郭导,你打电话是打算告诉我……你要另请编剧吗?"

郭永和说:"天晴,你听谁说的?我可没说过要把你换掉。"

穆天晴喜出望外,"真的?"

"呃……"郭永和想了想,实话实说道:"本来昨晚穆董事长找过我,说改剧本比较辛苦,让我帮你找个助手。不过,后来有人给咱们剧组加投了六千万,提出来唯一的条件就是……"

"六千万?"这个时候,竟然有人追加投资了六千万?这么一来,加上蒋氏和穆氏的五千万,还有其他投资商的投资资金,《大国医》就有差不多一点五个亿的投资了,这可是大制作的标准了!

"是啊,有人慧眼识英才,给咱们剧组投了六千万,只提出一个要求——编剧必须是你,穆天晴!"郭永和显然心情不错,电话里就大笑了起来,"天晴啊,你还真是我的幸运星。咱们合作,你总是能带给我惊喜。"

穆天晴心中狂喜,"这么说,你不会把我替换掉了。"

"不会!当然不会。"除非他脑子被驴踢了,放着六千万的投资不要。

挂断电话,穆天晴一张脸笑开了花。

弯腰抱起小天,穆天晴亲热地在他脸上"吧嗒"亲了一口,"小天,你可真是我的幸运星!"

霍熙琛心里涌起一丝醋意,却还是装出什么都不知道的模样,"怎么了?"

"有个特别有眼光的人,投资了《大国医》这部电影六千万,提出让我做编剧。"穆天晴骄傲又自豪地说道，原本布满愁云的脸满溢着笑容。

看着穆天晴眼眸晶亮，意气风发的样子，霍熙琛笑道："那太好了。"

"哈哈！他一定是个特别特别有品位的投资人。等下我去问问郭导那人到底是谁。"说着，穆天晴又在小天脸上亲了一口，挎着包，蹦蹦跳跳地出了门。

小天被亲了两口，幸福得直冒泡泡。

霍熙琛不由得暗暗叹息了一声，为什么好事是他做的，得到亲吻奖励的却是小天。

穆天晴开车去了剧组，下车后，遇到了金兴和纪冉希。

金兴迎面撞见穆天晴，不由得想到昨晚，她喝多了在霍大老板怀里哭了一个多小时，后来是霍大老板抱着她上车，回到了锦园的霍家别墅。目睹自家大老板对待穆天晴是如何的温柔体贴，那简直是捧在手心里，疼到了骨子里。和穆天晴相识多年，知道她是个靠谱的好妹子，配得上他家老板。不过，幸好穆天晴和蒋逸风已经分手了，不然，自家老板岂不是做了插足的第三者？！

看着金兴一脸玩味地看着自己，穆天晴微微蹙眉，难道昨天晚上，她除了喝酒、打游戏，还做了其他不可告人的事？

"老板娘，你来啦！"金兴笑眯眯地打招呼，自觉地改了称呼。

什么老板娘？谁家的老板娘？

穆天晴正要开口问，就见纪冉希顶着两个黑黑的熊猫眼，一副生无可恋的模样。

看着纪冉希厚厚的粉底都难以遮挡的憔悴，穆天晴脱口问："纪冉希，你什么情况？昨晚被谁给折腾成这副模样了？"

纪冉希幽怨地看了穆天晴一眼，"拜托，以后不要再和我玩儿游戏了，也不要再压我了。你这样会害死我的！"

天知道，昨天他被穆天晴压在沙发上，好巧不巧地被赶来的大老板撞见，当时霍熙琛那副要吃人的表情，可是把他的小心肝儿都吓得乱颤，还害他做了一晚上的噩梦，梦到大老板手持圆月弯刀，追杀了他整整一个晚上。

"老板娘，听说你那个不靠谱的老爹要换掉你，另请编剧给穆轻烟加戏？"说到这件事，金兴难得的一脸严肃。

"还好我们小晴晴吉人自有天相，福星一个！"纪冉希眨巴眨巴眼睛，突然把脑袋凑过来，盯着她猛看，"小晴晴，实话实说，大手笔投了六千万的人到底是谁？"

穆天晴一脸坦荡，"我也不知道是谁，所以跑来找郭导问问。对了，你看到郭导了没？"

金兴说："好像在后面道具库里吧。"

穆天晴点点头，"好，那我先去找他。"

语落，穆天晴快步朝道具库走了过去。

道具库在一条走廊的尽头，穆天晴刚走到一半，从女卫生间里走出了一个人。

"穆天晴，你怎么来了？"穆轻烟扬起下巴，双手环胸，踩着高跟鞋一步步走到穆天晴面前，趾高气扬道："爸说了，会让郭导换掉你。怎么，今天来剧组，是想死皮赖脸地让郭导留下你？呵！我劝你还是别做白日梦了！"

穆天晴懒得理她，刚要从穆轻烟身旁走过，就听她喋喋不休道："穆天晴，你是不是以为蒋哥哥曾经喜欢过你？"

脚步顿住，穆天晴侧过身子，淡淡地扫了穆轻烟一眼，"穆轻烟，你已经得到蒋逸风了，如果你想靠一个男人来打击我，我想你错了。因为，我现在对他，毫无眷恋。"

"穆天晴，你不觉得你做人很失败吗？"穆轻烟最看不惯的就是穆天晴这副高高在上的清高模样，讽刺一笑，"你是不是以为当年蒋哥哥跳下泳池救了你，就爱上你了？哈哈哈！穆天晴，你还不知道吧，当初我推你下水，是故意让蒋哥哥看到的。"

听到穆轻烟提及当年她落水的事，穆天晴眼底升腾起一丝怒气。

"后来，蒋哥哥去医院看望你，你是不是以为他对你动心了？哈哈！穆天晴，你还真是个蠢货。那天，蒋哥哥是以为我在医院陪护，才会带着礼物去看你的。甚至到后来，他接近你的目的，就是为了多了解我。哦，对了，你知道蒋哥哥为什么会做你的男朋友吗？"

说到这里，穆轻烟挑眉，笑得花枝乱颤，"蠢货，我告诉你吧，当时我被迫出国，临行前是我告诉蒋哥哥你对他有意，拜托他照顾你的。你是不是觉得很意外？后来，蒋哥哥发现他真正爱的人是我，早就想和你分手了，是我不同意。因为，他以男朋友的身份在你身边停留的时间越长，等我回国将他抢走时，你才会越伤心！"

一字不差地听完了穆轻烟的话，穆天晴惨淡一笑。

穆轻烟说得没错，在这场长达八年的爱情里，她确实是个蠢货。

"穆天晴，就算你鼓动爷爷把我驱逐到国外又如何？爸他还是喜欢我厌恶你。蒋哥哥真正爱的人，也是我！而你穆家大小姐的光环，待我一夜成名后，也会落到我的身上。到时候，你就是个爹不疼、没男人爱的可怜虫，就连给我提鞋都不配！"

看着穆轻烟那张张狂得意的脸，穆天晴发现此时此刻，她的心情竟然十分平静。

或许，是因为她已经放下了蒋逸风；或许，是因为经过昨晚，她对亲情、对穆威再无贪恋。

"穆轻烟，你和你妈妈一样，喜欢鸠占鹊巢。不过，我不是我妈，不会任尔宰割。"穆天晴面色如古井无波，一双漆黑的眸子却亮得惊人，"你想夺的东西，我不屑要，施舍给你就是了。相反，我在乎的东西，你也休想染指！"

语落，穆天晴朝着走廊尽头朗声道："郭导，明人不做暗事，听墙角恐怕不是君子所为吧。"

郭永和搓了搓手，满面通红地从走廊拐角处走出来。没想到，他无意间竟然见识了一场姐妹相斗的精彩大戏。

似笑非笑地看了郭永和一眼，穆天晴唇角弯起，莞尔一笑的模样甚美，"郭导，麻烦你告诉穆小姐，想换掉我，怕是还得砸上六千万。"

"这个……"郭永和尴尬地看向穆轻烟,"轻烟啊,这部剧你目前的表现还是不俗的。不过,《大国医》这本小说在网上很火,很受读者喜爱。所以,人设不该轻易被改动……"

"你们慢慢聊,我还有事,先走了。"懒得听郭永和扯皮,穆天晴转身,给两个人留下一个潇洒的背影。

过了大概十分钟,穆轻烟脸色铁青地和郭永和一同走了出来。

看了眼正在和温华聊天聊得火热的穆天晴,她暗暗咬牙,眼神如同淬了毒一般。

"瞧她那羡慕嫉妒恨的样子!"温华向来看不惯穆轻烟,扭头对穆天晴道:"还以为要被加戏了,你可不知道,她今天一早看到我那副拽炸天的样子。"

穆天晴笑了笑,并不接话。

刚刚她本来想问问郭永和到底是谁出资六千万,没想到半路上遇到了穆轻烟,打乱了她的计划。还是明天找个机会再问吧。

"天晴,你知道是谁加投了六千万吗?"温华试探着问。

穆天晴摇了摇头,"我还没来得及问郭导。"

温华说:"我一早问过郭导了,他一副讳莫如深的样子。估计还得你出马才能撬开他的嘴。不过,那个投资人还真是有眼光。要我说,一部电影的灵魂就在于剧本,编剧真的是很重要的,哪能说换就换。"

"华姐你能这么想就让我很欣慰了。"

这个圈子里,有人大把大把地砸钱投资拍电视剧、拍电影,肯花几百万搞宣传造势,肯花几千万聘请当红明星做男女主角,却唯独不愿花大价钱买剧本、买版权。

大多新人编剧或作家卖一部影视版权也不过几十万或一两百万。相比一部电影动辄一两个亿的制作成本,原作者或编剧拿到的钱,确实不多。

"华姐,好消息好消息!"梁若天拿着手机跑过来,气喘吁吁道:"我得到的小道消息,那个投了六千万的神秘人又提出了新的条件——必须由你来做女一号。"

穆天晴和温华面面相觑。

"华姐，该不会是你们天汇娱乐想要捧你，担心穆轻烟加戏后越过你这个女一号，所以才投资的吧！"穆天晴略一思索，笑着说道。

她越想越觉得有道理。这么算，她还是借了温华的光。

"不会吧……"温华有种中了彩票的幸福感，脸上的笑容藏都藏不住。

梁若天又道："华姐，我觉得天晴说得很有道理。你看，蒋氏和穆氏加在一起投了五千万，这个神秘投资人一下就投了六千万。"

"不会吧。"温华还没从惊喜中回过神来，脸颊红红的，兴奋不已。

"怎么不会！华姐，你该不会有什么事没和我交代吧？"梁若天说着看了穆天晴一眼。

穆天晴知道两个人有私密事要谈，忙找了个借口，识相地离开了。

剧组一天的拍摄结束，众人一同回了酒店。穆天晴给小天打了电话，告诉他今天她不回去了。

早早洗漱完毕，躺在床上思考人生，穆天晴翻来覆去睡不着觉。

想起穆轻烟今天下午和她说的那番话，想起她设下的陷阱和蒋逸风对她本就没有丝毫感情，说没有挫败感是不可能的。

毕竟，她和蒋逸风在一起整整八年，她将少女时代的所有温柔爱恋都给了他。谁知道，到头来，穆轻烟才是蒋逸风心头上的朱砂，而她不过是墙上的蚊子血。

在床上熬到凌晨十二点，穆天晴睡不着，起身，画了个浓妆，偷偷溜出了酒店。

答应过小天不再酗酒，穆天晴就近找了家酒吧，故技重施，又狠狠虐了个想要泡她的已婚渣男。

打完一架，她浑身舒爽畅快，心情也好了许多。穆天晴散步到了河边，席地而坐，看着波光粼粼的湖面，好好梳理了下情绪。待了大概半个小时，她干脆躺了下来，打了个哈欠，蜷缩成一团，睡了过去，压根就没注意到头顶不远处那几个小小的疑似飞鸟的黑影。

漆黑的夜里，一辆黑色的轿车停靠在不远处。车上，淡漠矜傲的男人，目光一直紧盯着手机屏幕。

"哥，你不会让嫂子今晚一直睡在这里吧？"霍熙欢凑过一颗脑袋，见手机屏幕里，穆天晴面色平静，睡得正香。

他哥真的是神了，他从国外买了几架高清高倍数的航拍机今天刚刚到货，他哥就命他统统上缴。

霍熙欢一琢磨，就觉得这事八成和他那尚未被追到手的嫂子有关。于是借着送航拍机的由头，死缠烂打，甚至不惜熬夜充当司机，说什么都要跟过来。

果然，他的预感从来就没错过，他哥竟然拿着他的航拍机，偷偷跟踪嫂子！

啧啧！追妞儿都用上高科技了，还是他哥厉害！

打开车门，修长的双腿落地，霍熙琛放缓了脚步，走到穆天晴身旁。叹息了一声，将毛毯轻轻盖在穆天晴身上，他深深地贪恋地看了熟睡的女孩儿一眼，恋恋不舍却小心翼翼地离开了。

回到车上，霍熙琛直接给纪冉希打了电话，交代了穆天晴所在的位置，让他来接。

挂断电话，又等了差不多半个小时，金兴和纪冉希开车过来。

见两个人下了车，站在穆天晴旁，霍熙琛又是一个电话过去，"别吵醒她，你可以抱她回去。"

纪冉希一听这话，吓得一个激灵。

上次被穆天晴压正巧被霍熙琛看见，现在他如果抱了自家老板娘，会不会第二天就被封杀，外加剁手！

就在纪冉希犹豫不决时，霍熙琛又道："这几天帮忙照顾她，拜托了。"

纪冉希默默地挂断电话，深吸了一口气，视死如归地裹着毯子将穆天晴抱上了车。

"回家。"吩咐了一句，霍熙琛合上双眼，身子向后一靠，眉眼间隐隐透着疲惫。

"哥，你这么大费周章的，到底为什么呀？"霍熙欢一边启动车子一边嘟囔道："就拿今晚来说，你暗中跟踪了嫂子大半宿，为什么不直接去找她安慰她呢？还有，你完全可以告诉嫂子，是你给《大国医》加投了六千万。嫂子现在正处于情感脆弱期，你直接表白，再加上各种猛烈热情的攻势，她肯定会答应和你在一起的。"

"她和你认识交往的那些女孩儿都不一样。"霍熙琛睁开眼，唇角挂着一抹浅笑。

他的女孩儿，有她的骄傲和清高，若是明目张胆地帮她，她肯定不买账。

霍熙欢一副恨铁不成钢的样子，"哥，你是不是没追过妹子，不会撩妹？唉！哥，我教你吧，你这撩妹技能太差劲了，不行！"

"不用。"霍熙琛唇角的笑意更浓，眼神闪烁着笃定，"好好开车，我的事你别插手。"

日子平淡而忙碌地过了一周，剧组的拍摄十分顺利，穆轻烟也老实了许多。因为之前剧本就已经完稿了，穆天晴只需要负责根据拍摄内容将近三天的剧本事先准备好就可以了，所以她的活并不繁重。其实，依照现如今的情况，穆天晴完全可以不用跟组。

这期间，小天不时送来各种贴心的礼物，冰镇的鲜果汁、玫瑰花、手工贺卡，勾得穆天晴归心似箭，只觉每晚一两个小时的视频通话完全不够用。

这天，穆天晴正在剧组和郭永和坐在镜头前，接到了穆枫打来的电话。

穆枫说："天晴，你看下微博，陈敏发的案子，破了！"

穆天晴说："哥，什么情况？这么快就破了？"

穆枫说："天晴，一句两句也解释不清楚，那个跳楼的根本就不是陈敏发。"

闻言，穆天晴心里"咯噔"了一下，忙打开微博，直接去看热搜。

果然，热搜排行榜第二位，赫然挂着"陈敏发金蝉脱壳"。

穆天晴迅速浏览了一下警方的官方微博发布的通告，不由得吃了一惊。

简单来说，就是当着她和穆枫的面跳楼的那个人，并不是陈敏发，而是一个整容成和他九分相似的另一个男子。警方已经通过DNA比对和鉴定，排除了自杀者是陈敏发的可能，也找到了死者的真实身份。

警方的这条微博一经公布，立刻评论转发无数。

"警察蜀黍好厉害，竟然这么快就破案了！突然间好有安全感！"

"是啊是啊，不过这案子关注的人这么多，警方压力很大，所以才这么几天就破案了。"

"陈敏发这个人还挺聪明的，知道给自己找个替身。不过我很想知道，警方到底是怎么发现这个问题的。"

"这些细节，警方应该不会告诉我们这些吃瓜群众吧。"

"不过，还是好想知道吖！警方到底是怎么破案的，有内部人士在吗？"

"恩呢！求内部人士，科普爆料！"

穆天晴浏览了几条点赞最多的评论，心里画了个问号。其实她也很想知道，警方到底是如何发现死者身份另有他人的。

在网上找到了当时在现场的网友发布的未打马赛克的照片，穆天晴冷静地一张张仔细地翻看着。

过了大概十分钟，她脑中灵光一现，忙将一张照片的细节放大，仔细观察死者手腕上的刺青。

她对陈敏发的资料再清楚不过，如果她没记错的话，资料显示陈敏发手臂上的狼头刺青是三年前刺上去的。而图片里，死者的手腕，刺青处有很明显的红肿，隐隐还有血迹，显然是最近才刺上去的。

恐怕警方也是发现了这处蹊跷，才顺藤摸瓜地破了案。

如此一来，穆天晴松了口气，这样的结果令她和穆枫暴露的危险系数降低了许多。不过，一想到陈敏发还尚在人间，穆天晴就忍不住咬紧了牙关——这人，还真是狡猾。她终有一天会将他抓住，还母亲清白！

穆天晴将自己的发现打电话告诉穆枫，刚撂下电话，肩上被人重重地一拍。

穆天晴吓了一跳，扭头，对上纪冉希怨念的小眼神。

"你干吗？吓我一跳。"穆天晴忙将手机收好，有些心虚地嗔怪道。

纪冉希还没下戏，身上穿了件藏青色的长衫，面如冠玉，一张脸帅得一塌糊涂。他瞥了眼穆天晴的手机，挑眉，八卦道："神神秘秘的，躲在这儿给谁打电话呢？"

"我哥啊。"穆天晴回答道。

纪冉希眼底闪过疑惑，奇怪了，难道不应该是和霍大老板吗？

"对了，上次跳楼自杀砸你保姆车的案子破了，你看下微博。"穆天晴心情不是很好，神色阴郁。

察觉到穆天晴不开心，纪冉希一下子紧张起来，哪里还顾得上什么自杀案。他得时刻关注未来老板娘的心情变化，做好她的开心果。于是，纪冉希小心翼翼地开口问道："小晴晴，你看起来很不开心，不会又想大半夜溜出去夜宿河边吧？"

说起这事儿，穆天晴一直很纳闷，她一周前出去散心，本来是睡在河边的，怎么一早起来就跑到纪冉希的总统套房里了。

对上穆天晴狐疑的眼神，纪冉希扶额，再次解释道："那天晚上，我去敲你房门，你不在，我就和兴哥开车出去找你，在河边把你给捡回来的。拜托，穆天晴，你能不能成熟点儿，大半夜的玩儿失踪，还跑到河边去喂蚊子是想闹哪样？"

"我乐意，你管得着？"知道纪冉希和金兴是在关心她，穆天晴不由得心里暖暖的，嘴上却道："我还没问你呢，大半夜的跑来敲我房门干吗，找我谈夜光剧本啊？纪冉希，你小心点儿，千万别让你的粉丝误会我们之间有什么。不然我会被你的粉丝闹到小命不保的！"

"狗咬吕洞宾，不识好人心！我去找你还不是……""受人之托"这四个字，最后还是被纪冉希咽了回去。

"好啦好啦，我知道你们是真心实意地对我好，改天请你和兴哥喝酒撸串。"穆天晴拍了拍胸脯，承诺道。

"喝酒就免了，我可承受不起。"纪冉希犹豫了几秒钟，最终还是八卦了句，"小晴晴，你和我说实话，你到底喜不喜欢我们霍大老板？"

穆天晴愣了一下，险些被自己的口水呛到，"咳咳咳！纪冉希，你怎么会觉得我喜欢霍熙琛？天啊！你脑洞不要太大！我和他根本就不是一个世界的人好吗？"

"霍熙琛虽然是霍氏的创始人，可你好歹也是穆家千金……"说完这句话，纪冉希就后悔了。

"好啦！不说这些不开心的事了。"穆天晴耸了耸肩膀，拿出手机开始给小天发短信，"算起来我好久没见小天了，要不今天晚上回去陪我家宝贝好了……"

你家宝贝是小太子，还是霍大老板？

纪冉希张了张嘴，最后还是没敢问出口，只是探过头去，几乎贴着穆天晴的头看她发消息。

鬼都看得出来，霍大老板对穆天晴有意。当然，他们这些朋友也看得出来穆天晴对霍熙琛似乎只有朋友之谊，对小天都比对他上心。所以，这层窗户纸，他还是别替他家老板捅破为好。

不远处，树下，穆轻烟挽着蒋逸风的胳膊，两个人一副亲密无间的模样。

自从穆天晴当着穆威的面确切地提出了分手，除了蒋夫人那边还做了隐瞒，蒋逸风每天都正大光明地以男朋友的身份来剧组探望穆轻烟。

"蒋哥哥，你看。"穆轻烟朝穆天晴和纪冉希所在的方向努了努嘴，面露关切，柔柔弱弱道："我早就看出来了，姐姐她和纪冉希的关系非常好。"

蒋逸风看到穆天晴和纪冉希有说有笑，看着她脸上洋溢着笑容，这样的穆天晴于他而言有点儿陌生，顿时心里很不是滋味儿。

当初他和穆天晴在一起的时候，她的话并不多，只是很体贴地照顾他的饮食起居，很少在他面前说笑或者抱怨什么。

她留在他身边,就仿佛是一个透明人,温顺可人,却也失了生气。

蒋逸风看着穆天晴伸手去抓纪冉希的耳朵,心里微酸,淡淡道:"纪冉希刚出道时他们就认识了,所以很熟。"

"可是……我听说有个神秘人投资了六千万,就是为了让姐姐当编剧。"穆轻烟咬唇,一副欲言又止的样子,"蒋哥哥,你说……姐姐她是不是认识什么大人物啊?"

大人物?

蒋逸风脑海里浮现出一张冷漠的脸……

难道,是霍熙琛帮了穆天晴?他们到底是什么关系?

"蒋哥哥,有些话我不知道该不该说。"穆轻烟拉住蒋逸风的手,眸光盈盈,眼眶微红,"我知道,我和你在一起姐姐一直气不过,她还是很恨我,不肯改剧本为我加戏。这些,我都不怪她的……毕竟是我爱上你,是我有错在先……可是……蒋哥哥,娱乐圈的水有多深,你应该是很清楚的。没了父亲的照拂,没有穆家千金的头衔,姐姐很容易被潜规则的。若是她为了打压我而招惹了什么不该招惹的人,吃亏了,那可是一辈子的事!如果真的是这样,我一定……一定会很难过……"

说到后来,穆轻烟神情凄楚,潸然泪下。

蒋逸风叹了口气,将穆轻烟轻轻拥在怀里,"轻烟,你总说是你的错,其实你没有错,错在我,是我不该爱着你却留在天晴身边。"

"可是……姐姐若是误入歧途,爸爸和爷爷肯定会很难堪的。现在姐姐那么讨厌我,若是我劝她,她一定不肯听我的……"

"放心,找个机会我去和她谈。"

"蒋哥哥,还是你最懂我……你放心,我是不会吃醋的。"

"小东西,还是你最大度,最贴心。"

另一边,穆天晴低头给小天发了短信:"宝贝,晚上妈妈回去找你,给你做好吃的可乐鸡翅还有红烧排骨。等我呦!爱你!么么哒!"

纪冉希看了这条短信,直呼肉麻,一抬头看到不远处的柳树下,紧紧相拥的穆轻烟和蒋逸风,顿时蹙起眉。

"真是的,大白天的,搞什么!"纪冉希一边拉着穆天晴离开,一边愤愤道:"这几天蒋逸风天天来探班,最看不惯狗男女秀恩爱了,会长针眼的!"

穆天晴倒是一脸的无所谓,她此时此刻心已经飞到了锦园,哪里有心思搭理他们。

看了眼时间,差不多该回去了。穆天晴和郭永和打了招呼,离开了剧组。

到了停车位,拉开车门,穆天晴刚刚坐进去,蒋逸风快步走过来,俯下身子,敲了敲车窗。

车窗落下,穆天晴蹙眉,没给蒋逸风好脸色,"蒋公子找我有事?"

看着穆天晴淡漠疏离的脸,蒋逸风低声道:"天晴,我们可以谈谈吗?"

穆天晴嗤笑一声,"蒋公子觉得,我们之间还有什么好谈的吗?"

"天晴,你别这样。"不习惯向来懂事温柔的女孩儿对他这个态度,蒋逸风心里很不好受。

受不了蒋逸风那副当了渣男还要装情圣的表情,穆天晴冷冷道:"有事快说,我赶时间。"

"天晴,你是不是为了打压轻烟,寻求了其他人的帮助?"蒋逸风扒着车门,盯着穆天晴的眼睛,劝道:"我和你说,霍熙琛这个人很不简单,你不要被他的表象迷惑了。"

不知道蒋逸风为何会提霍熙琛。她问过郭永和了,投资人很神秘,并不方便透露,不过她并不认为会是霍熙琛投资了那六千万。

如果真的是霍熙琛为了挺她砸了钱,他应该告诉她才是。

"穆轻烟和你说的?"穆天晴白了蒋逸风一眼,唇角勾起一抹讽刺的笑,"她是不是和你说,我被潜规则了,才拿来六千万的投资?"

看着蒋逸风那副被说中心事的表情,穆天晴心里微凉,继续道:"蒋逸风,在你眼里,我是为了打压别人而不惜出卖自己来换取别人金钱支持的女人,是吧?呵呵!原以为,我们好歹在一起过,即便你不爱我,也会懂我。如今看来,我的深情,终究是错付了。"

语落,不顾蒋逸风灰败的脸色,穆天晴合上车窗,启动车子,离开了。

蒋逸风愣愣地站在原处,满脑子都是穆天晴略带幽怨的那句"我的深情,终究是错付了"。

他本以为,穆天晴那样清高的女孩儿,对他不过是依赖眷恋。没想到,她会亲口对他说,她对他也曾付出过感情……

突然间,心里空落落的,蒋逸风看着穆天晴离开的方向,在原地呆呆地站了许久。直到穆轻烟寻了来,挽起他的胳膊,他才愣愣地回神。

"蒋哥哥,你怎么了?"察觉到蒋逸风眉宇间的失落,穆轻烟突然有了不好的预感。

"没事。"看向怀中楚楚可人的女孩儿,蒋逸风突然低头,吻上了她的红唇。

"蒋哥哥……"穆轻烟被吻得面色绯红,伸出白皙的手指,在蒋逸风胸前蛊惑地画圈,眼神略带挑逗,"要不要去我那儿?"

蒋逸风顿时像被点了火一般,身体滚烫,揽着穆轻烟迫不及待地上了他的车,开到了一处僻静的小巷里。

过了许久,摇晃的车子才恢复平静。

穆天晴先去买了很多小天喜欢吃的菜,然后回到锦园家里,里里外外地收拾了一番。

家里快一个星期没住人了,最后拖完地,穆天晴累得瘫软在沙发上。

休息了一会儿,她拿出手机,给小天打电话。

另一边,霍熙琛正在公司组织高层开会,他的手机连着投影仪和音响。

"早知道是这样,梦一场……"熟悉的手机铃声响起,霍熙琛听着女孩儿动人而忧郁的歌声,唇角不易察觉地微微弯起。

抬手,示意会议暂停,霍熙琛拿起手机,迫不及待地接听。

"喂,小天?"一个温柔甜美的女声从音响里传来。

尚在会议室里，正襟危坐的众公司高层一听，不由得眼睛一亮。

听闻他们的霍大老板向来不近女色，身边从来没有出现过女人。甚至，他们一度私下里没少八卦，怀疑他们的大老板喜欢的是男人……

霍熙琛冷冷地扫了下面一众八卦脸，将手机从设备上拔下来，起身，去了会议室外接电话。

"是我。"霍熙琛的语气是前所未有的熟稔和柔和，"今天晚上要回家一起吃饭吗？"

穆天晴也想过，这个时间段，接电话的很有可能是霍熙琛，但没想到他的语气会如此温柔，听得她的小心脏猛地剧烈跳动起来。

"嗯……"穆天晴轻了轻嗓子，稳住心神，道："今天剧组那边没事，我提前回来，已经买好了菜。"

霍熙琛闻言心情愉悦，近一周未见，十分想念，忙道："好，我今天公司这边也没什么事，我早点儿下班，带小天去你那里。"

"好。"

霍熙琛又嘱咐道："这一周你在剧组很辛苦，等我回去做菜，你先好好休息。"

穆天晴听了，心里暖暖的，有人关心照顾的感觉，真的很不错。

霍熙琛说："那，我们等会儿见。"

语落，挂断了电话，霍熙琛满面春风地回到会议室，宣布会议暂停，延期到明天上午举行。

而后，他捡起椅背上的西服外套，快步离开。

这完全是"君王不早朝"的节奏。

霍熙琛一走，会议室里顿时炸开了锅。

"二少，这到底是什么情况啊？"一个高管逮住霍熙欢，问道。

"对啊，二少，咱们霍大老板该不会有女朋友了吧！"

"女方什么来路？哪家的千金？一个电话就把工作狂大老板叫走了！"

"可不，到底什么情况啊？二少，你快告诉我们些小道消息。"

被众人围着，嚷嚷着问了半天，霍熙欢挖了挖耳朵，递给他们一个警告的眼神，"我哥的私事，还没轮到我来告诉你们吧。至于嫂子的身份背景，我劝你们也不要去窥视。"

嫂子？

二少竟然叫女方嫂子？

霍大老板这是奔着结婚去的啊！

"总之，以后你们就知道了。"霍熙欢笑得高深莫测，"以后得罪谁也不要得罪我嫂子，我只能提醒你们到这里了。"

语落，霍熙欢起身，飞快地迈动大长腿往外走。他哥这么急着走，八成是回锦园和嫂子约会去了，他也要去。

反正有小天在，又不多他这一个电灯泡，没准还能蹭顿饭吃。

当然，也有可能被他亲哥大把大把地撒狗粮。

霍熙琛坐上车，傅成文在前面开车，他则拿着手机，看穆天晴下午发来的那条短信："宝贝，晚上妈妈回去找你，给你做好吃的可乐鸡翅还有红烧排骨。等我哟！爱你！么么哒！"

因为从中午开始就一直在开会，他并没有看到穆天晴发的短信，从头到尾看了三遍，即便她在短信里并未提及他，霍熙琛心里还是十分欢喜。

傅成文通过后视镜，看到向来冷静高贵的自家老板，此刻归心似箭，仿佛初尝爱情的青涩男孩儿，不禁会心一笑。

车子进了锦园，霍熙琛直接去了穆天晴家，让傅成文去北区接小天过来。

进电梯，上了十二楼，霍熙琛快步走到穆天晴家门外，顿了顿，整理了下衣服，这才抬手，轻轻地敲了敲门。

"稍等，马上来。"里面传来女孩儿熟悉的声音，霍熙琛心里微微一紧。

穆天晴身上系着围裙，从厨房跑出来，一边说话一边开门，"小天，想妈妈了没？"

门打开，穆天晴定睛一看，门外只有霍熙琛而不见小包子，眼底闪过一丝疑惑，却还是热情地招呼道："霍先生，好久不见，先进来吧，小天呢？"

强自将心底的醋意压制下去，霍熙琛的眼眸划过一丝落寞，进了屋子，淡淡道："成文去接了，很快就来。"

"哦，霍先生，你先坐。"茶几上已经摆放了沏好的茶水和果盘，穆天晴招呼道，而后转身往厨房走去。

"天晴，"霍熙琛抓住她纤细的手腕，待她愣愣地回头，他盯着她的眼睛，道："叫我阿琛。"

穆天晴对上霍熙琛炙热的眼眸，心里一烫，不知怎的，面颊也跟着滚烫了起来。

半响，穆天晴找回自己的声音，"好……好的，阿琛。"

霍熙琛满意地笑了笑，眸子如同夜空中璀璨夺目的星辰，令她难以移开目光。

顺势拉过穆天晴的手，霍熙琛摁着她的双肩，让她坐到沙发上，"说好了的，我下厨。你好好休息。"

霍熙琛的语气太过宠溺，脸上满溢着柔情，令穆天晴脸颊愈发滚烫，竟不由自主地点了点头。

霍熙琛笑着解下她身上的粉红色围裙，靠近时，她身上好闻的味道，那股淡淡却悠长的冷香直往他鼻子里钻。勉强稳住心神，霍熙琛生怕就此失态，快步向厨房走去。

呆坐在沙发上，看着男人高大挺拔的身影，看着他动作优雅地挽起衬衫的袖子，步入厨房。仅仅如此，穆天晴就觉得被撩拨到了，忙伸手抚上自己涨红的脸庞。

过了不到两分钟，傅成文把小天送过来，又和上次一样，寻了个理由走了。

不过一星期不见，穆天晴一看到粉粉嫩嫩的小包子就扑了过去。小天也配合地往她怀里钻。

"小天，有没有想妈妈？"

"有！"小包子奶声奶气地回答。

昨天晚上和小天视频时，他的头发还有些长，她顺嘴说了句，"宝贝，你该理发了。"

没想到，今天一看到小天，他头发剪得短短的，整个人显得格外精神，真是让她疼到骨子里去了。

小天手里拿了一个小小的红色礼盒，双手奉上，声音甜糯道："妈妈，小天给你做了新的礼物。"

"小天真乖！"穆天晴接过礼盒，打开，是她上次在霍熙琛书房看到的那个发卡。

上次她看到的是个半成品，现在的发卡上，遍布了细碎的粉色和蓝色钻石，璀璨夺目，光彩四溢。

"小天帮妈妈戴上。"穆天晴蹲下身子，小天踮起脚尖，将十分漂亮的发卡别在了她漆黑的发上。

"小天，好看吗？"穆天晴抱着小天，坐在沙发上，问道。

"好看，妈妈本来就很好看！"小天歪着头，十分认真地说道。

这时，霍熙琛端了一盘可乐鸡翅出来，看到一大一小窝在沙发上，温暖的阳光透过窗子洒落在两个人身上，不由得眸光柔和，心里的某一个角落分外柔软。

大约过了二十分钟，霍熙琛做好了饭菜，招呼穆天晴和小天洗手吃饭。

这时门被敲响，霍熙琛过去开门。

门打开，门外的两个人，一个是穆枫，另一个是一位头发花白、面容严肃的老人。

没想到这个时候霍熙琛会在这里，穆枫愣了一下，忙对穆庆国道："爷爷，这位是霍氏集团的总裁霍熙琛，他是……天晴的好朋友。"

穆庆国将霍熙琛上上下下打量了一番，目光犀利，面色不善。

穆天晴和小天擦干净手，一起走进客厅。

"哥，爷爷？"穆天晴迎了上来，笑得坦荡，"你们怎么来了？"

穆枫道："爷爷听说你和爸闹僵了，还有……你和蒋逸风分手的事。"

本来，穆老爷子这几天打算回帝都，这些事是打算瞒着他的。不知道家里哪个不长眼的下人说漏了嘴，穆老爷子今天下午得知这些糟心事后，穆枫本想让穆天晴回家向穆威认个错，缓和一下父女关系，顺便解释她和蒋逸风分手的原因。可老爷子觉得她这个孙女儿是个性子倔强的人，便主动提出要来锦园劝导她一番。没想到，这一来，就碰上了霍熙琛和小天。

穆庆国皱眉，小天敏感地察觉到大人间的诡异气氛，下意识地拉紧了穆天晴的手，弱弱地呢喃道："妈妈……"

听到小天对穆天晴的称呼，穆庆国脸色大变，盯着他那张稚嫩的小脸猛看。

穆天晴一时间有些无措，不知道该从哪里开始解释。

半响，穆天晴干咳两声，挠了挠后脑勺，一脸的尴尬，怎么突然间有种被捉奸在床的感觉。

相比之下，霍熙琛倒是很淡定，弯腰从鞋柜里取了两双拖鞋递过来，神态自若地将两个人迎了进来。

"随便坐。"霍熙琛神态自若，仿佛这里就是他家一般。

穆庆国看了眼满满一桌子的饭菜，又看了眼霍熙琛身上系的明显不合身的粉色围裙，最后看向穆天晴，强压下复杂的情绪，淡淡道："丫头，这就是你和蒋逸风分手的原因？"

"爷爷，您可能是误会了。"穆天晴忙解释道："前几天，小天发生车祸，我和哥哥正好路过，救下了他。小天因此对我十分依赖，经常来我家玩儿。"

说着，穆天晴抱起小天，对他笑道："小天，这位老爷爷是妈妈的爷爷，你应该叫他太爷爷。"

"太爷爷好，穆叔叔好。"小天虽然有些怕生，但在穆天晴的教导下，还是礼貌地叫了人。

小天怯懦又可人疼的小模样，令穆庆国的脸色稍稍缓和，嗔怪道："就算是这样，你让这孩子叫你妈妈，别人听了会误会的。"

"没关系的，别人怎么看我我决定不了，只要我在乎的人，譬如爷爷您和哥哥懂我，就足够了。"穆天晴说着，低头轻轻揉了揉小天的头发。这孩子生性敏感，若是她的态度不够坚决，肯定会让他受到伤害。

"穆老先生，很抱歉，小天确实给穆小姐添了很多麻烦。"霍熙琛面露愧疚，"穆小姐人很好，我也希望能从其他方面做些表示或者补偿，可都被她拒绝了。"

"爷爷，你看这么多的饭菜，咱们来得早不如来得巧，不如坐下来一边吃一边聊？"说着，穆枫给霍熙琛使了个眼色。

霍熙琛会意，忙去厨房取来了碗筷。

四个大人外加小天一起落座。

"这些菜，都是你做的？"穆庆国吃了口清蒸鱼，问道。

"是的，穆老先生。"霍熙琛的目光看向一旁喂小天吃饭的穆天晴，眼底暗藏着一丝柔情，"小天过来找穆小姐，总不好还让她下厨做饭招待我们。"

"嗯，你的厨艺还不错。"穆庆国对霍熙琛的印象稍稍有了好转。

相比从不下厨做饭，衣食住行都要穆天晴照顾的蒋逸风，显然霍熙琛更疼人，也更适合做丈夫。

得到了穆庆国的夸赞，霍熙琛有了底气，再加上穆枫的帮衬，三个人不时闲聊几句，一顿饭吃下来倒也气氛融洽。

吃完饭，霍熙琛去刷碗，穆天晴则被穆庆国单独叫到了客房。

客房的东北角，穆天晴布置了一个茶台，偶尔会在这边喝茶休息一番。

穆天晴沏了壶龙井茶，和穆庆国面对面落座。

看着对面为自己倒茶的孙女儿，穆庆国四处张望了一番，道："天晴，你还是想开古董铺吗？"

"是的，爷爷。"穆天晴双手奉上茶水，目光坚定道："这也是我母亲生前的遗愿，我必须帮她完成。"

穆庆国闻言，长长叹息了一声。

当年，梁宛如怀孕后，将梁家的产业统统交给了穆威，本想等孩子出生后，自己开一家古董铺。她倒不图财，而是因为鉴赏古玩是她毕生的兴趣爱好，权当是找个消遣的去处。

没想到，梁宛如孕期穆威出轨，后来为了筹备拍卖行，他将她收藏多年的古玩搜刮去参加各种拍卖，导致穆天晴的母亲至死都没有实现这个愿望。

"天晴，你和蒋家那小子的事，你哥哥都告诉我了。"若非如此，穆庆国今天见到霍熙琛和小天，听小天叫穆天晴"妈妈"，肯定不会这么淡定。

"对不起，爷爷，我又让您操心了。"穆天晴低下头，在茶水氤氲的蒸气下，她的面色略显憔悴。

"丫头，说对不起的不应该是你！"穆庆国猛地拍了下桌子，怒道："爷爷眼不瞎耳不聋，心也没被蒙了猪油！"

"爷爷，你别激动！"穆天晴担心穆庆国气坏了身子，忙起身走到他身边，以手拍背，为他顺气。

"傻丫头，爷爷知道是穆轻烟在搞鬼，蒋家那个小子也是个不靠谱的！"穆庆国气得脸色发白，一把拉住穆天晴的手，怒道："丫头，你一句话，如果你还喜欢蒋家那小子，爷爷就让他回到你面前，跪下给你赔礼道歉。至于穆轻烟……哼！原本以为她出国待了十年，不再兴风作浪了，看来我还得把这个祸害给送出去！"

"爷爷，蒋逸风如此待我，欺骗我的感情，若是我还对他有一丝一毫的真心，那我就不是穆天晴了，也不配做您的孙女儿。"穆天晴面色平静，淡淡道："爷爷，我明白您是为我好。可蒋逸风的心不在我这儿，我对他也再无感情，所以，他愿意和谁在一起，已经和我没有关系了。至于穆轻烟，我既然已经和穆威断绝了父女关系，她对我也就起不到任何威胁了。"

"你这丫头！你父亲他……"

"爷爷，您不用劝我了。其实，我妈离世后，我就应该对他死心的。"穆天晴这次真的是被伤透了心。

"唉！"穆庆国知道多说无益，不再相劝，喝了杯茶后，又道："我看霍熙琛这小伙子人还不错，若不是他有个拖油瓶在，倒也可以考虑。"

穆天晴闻言，不禁轻笑出声，"爷爷，您老人家就别乱点鸳鸯谱了。我现在只想好好念书，好好写剧本，不想谈恋爱。"

穆庆国瞪了她一眼，"你都多大了，该处男朋友了！"

穆天晴抱住穆庆国的脖子，撒娇道："爷爷！我在你面前，永远都是长不大的小女孩儿嘛！爷爷，您放心，虽然我不认穆威了，但我还是穆家的子孙，是您的孙女儿。最近C市梅雨天，您还是早点儿回帝都的好，不然您的风湿病又要犯了。"

"好好好！看你这边没事，我就放心了。过几天爷爷就走！"

"好啊，到时候我开车送您去机场。以后我这边稍稍得空，就会飞去帝都看您老人家的。"

客厅里，霍熙琛怀里抱着小天，一大一小的目光一直紧盯着客房的房门。

等了许久也不见穆天晴出来，小天仰起头，看了眼一脸淡定的霍熙琛。

霍熙琛正襟危坐，面无表情地看着房门。于是小天揉了揉鼻子，又扭头看向坐在沙发上，捧着笔记本电脑办公的穆枫。

"穆叔叔。"小天犹豫了一下，开口问道："太爷爷是不是不喜欢小天？"

穆枫闻言将目光从笔记本电脑上移开，笑了笑，安抚道："太爷爷怎么会不喜欢小天呢？你太爷爷是有其他的事要和你天晴阿姨，哦，不对，要和你妈妈商量。"

"可是……"小天眨了眨眼，扁着嘴，神情落寞，"可是，妈妈将来还是会结婚，会有小宝宝。到时候，她就不会再理小天了……"

"确实会这样。"一直沉默不语的霍熙琛突然开口，语气冰冷，"等你的天晴阿姨结婚了，她的丈夫会很介意你的存在，这么一来，她就不会再让你叫她妈妈了。"

没想到霍熙琛会对小天说这样的话，穆枫讶然，面上闪过一丝疑惑。

小天则是眼眶一红，眼眶里蓄积的泪水"啪嗒"一下，掉了下来，紧接着,"哇"的一声,大哭了起来。

"可是,若是你妈妈她嫁给了我,我是不介意的。就算将来我们有了孩子,你依旧可以叫她妈妈,待在她的身边。"

听了这话,小天停止了哭泣,眨巴着一双泪眼,可怜兮兮地看向霍熙琛。

穆枫尴尬地咳了几声,没想到霍熙琛会突然对小天放大招,真是为了追他家妹子,连自己亲生儿子都利用。

不过,不可否认,小天确实是霍熙琛接近穆天晴的神助攻。不然,以他家妹子的心性,绝对不会让霍大老板登堂入室的。

客房的门打开,穆庆国和穆天晴一前一后走了出来。

霍熙琛把小天放在沙发上,起身,去了厨房,很快端来了一份水果拼盘。

"小天宝贝,你这是怎么啦?"穆天晴一下子就发现小天脸上挂着两道泪痕,眼睛、鼻子都红红的,显然刚刚哭过了。

小天摇摇头,不情不愿地看了霍熙琛一眼,将头脸埋在穆天晴的胳膊上,蹭了蹭。

"这是怎么了?"穆天晴也跟着看了霍熙琛一眼。

霍熙琛不接茬,倒了两杯白开水,递给了穆庆国和穆枫。

"小天可能是觉得爷爷不太喜欢他。"穆枫解释了一句。

"怎么会呢?"穆天晴将小天抱在怀里,拍了拍背,哄道:"太爷爷最喜欢小孩子了,尤其是像小天这么乖巧的小孩子。"

"真的?"小天抬起头,怯生生地看了眼穆庆国。

穆庆国对着这么一个敏感可爱的孩子,仿佛看到了小时候的穆天晴,不禁心一软,面上的神色变得慈爱了许多。

小天看向霍熙琛,在他眼神的鼓舞下,从穆天晴怀里跳下来,取了一块切好的火龙果,走到穆庆国面前,"太爷爷,给,吃水果。这是小天最喜欢吃的火龙果。"

穆庆国接过,和蔼地笑了笑,在小天的头顶上揉了揉。

小天顿时笑得仿佛一朵盛开的花儿,蹦跳着回到穆天晴的怀里,抓住她纤细白皙的手指把玩起来。

穆庆国稍坐了一会儿，就和穆枫一起离开了。

霍熙琛一路将两个人送到楼下，回来时，看到小天窝在穆天晴怀里，已经睡得沉了。

霍熙琛放轻了脚步，走近，低语道："我抱他回家，你早点儿休息吧。"

穆天晴摇了摇头，起来抱着小天进了她的卧室。

霍熙琛不方便跟着进去，捡起调了静音被丢在一边的手机，看到有两条未读微信。

微信是霍熙欢发来的。

"哥，我在嫂子家楼下看到穆枫和穆家老爷子了！"

"哥，你和嫂子在楼上呢吧，小天也在吧。我现在不方便进去，只能帮你到这里了！"

霍熙琛刚看完微信，霍熙欢的电话就打了过来，"哥，现在什么情况？嫂子的哥哥和爷爷都走了吧？"

霍熙琛说："刚送走。"

霍熙欢八卦道："啧啧！这么说还留下吃了顿饭。哥，你表现得怎么样，有没有被嫌弃？"

霍熙琛磨牙，冷冷道："我现在很嫌弃你。"

霍熙欢委屈了，"哥，好歹我给你通风报信了好不好？若是没有我，你要是正在和嫂子做少儿不宜的事情，又恰好被⋯⋯"

霍熙琛扶额，他这个弟弟哪里都好，就是想象力太丰富，"收回你那些龌龊的想法，有小天在，我能对天晴做什么？！"

"好嘞！明白了，下次我一定想办法把小天带走，让你做你想做的事！"

"滚！"

霍熙琛从牙缝儿里挤出一个字，见穆天晴从卧室里出来，忙挂断了电话。

"阿琛，你有微信吧？"穆天晴低头摆弄手机，在沙发上坐下来，道:"我加你一下。"

霍熙琛正愁找不到理由加穆天晴的微信,她有如此要求,他自然求之不得。

扫了二维码,加了霍熙琛微信,通过好友后,穆天晴将几张照片给他发了过去。

"刚刚拍的,小天的照片。还有之前拍的照片,都给你发过去了。"

霍熙琛点开微信,一张张照片看了过去。

照片里,大都是小天笑眯眯的样子,有他做手工时的照片,也有他和穆天晴视频聊天时的截图。最近的一张照片是小天躺在一张粉红色的床上,睡得香甜的美照。

将这些照片一一保存,又转发到霍家家族的微信群里。而后,霍熙琛点开穆天晴的朋友圈,迫不及待地一条条看了下去。

只可惜,穆天晴的朋友圈设置了"朋友仅展示最近三天的朋友圈",霍熙琛只能看到她最近发布的两条朋友圈。

昨天:"喝最浓烈的酒,唱最忧伤的歌,写最动人的故事,活最真的自己。"

前天:"万物皆有裂痕,那是渣男进来的地方。"

霍熙琛看到前天的那条朋友圈,忍俊不禁。

穆天晴凑过来扫了眼屏幕,不禁尴尬地咳了咳,"哈哈,让你见笑了。"

霍熙琛淡淡地看着她,眸光温柔,"没有,就是觉得你才思敏捷。"

穆天晴不好意思地摸了摸鼻子,"嘿嘿。"

霍熙琛忍不住伸手去摸她柔顺的长发,柔声道:"你的裂痕,是相信这世上还有爱情。"

穆天晴闻言微愣,随即面上一片动容。

没想到,霍熙琛竟然是最懂她的那个人……

是啊,她的裂痕和软肋,就是在目睹父母婚姻失败后,还相信这世上存在着爱情。所以忍不住去付出、追逐，最终却落得个伤痕累累、一败涂地的下场。

感觉到穆天晴的眸子一点点暗了下去，霍熙琛心里微微一疼，脱口道："下一次，你的运气不会这么差，总会有好男人走进来。"

穆天晴低头，鼻子有些酸，"是吗？可是……阿琛，有时候我自己都觉得我这辈子活得很失败。我不知道我现在所做的努力到底有什么意义，即便是有一天我成了一名优秀的医生或者编剧，那又如何呢？我的欢喜无人分享，我的忧伤无人得知。无论失败跌落谷底，还是成功达到人生巅峰，我都始终是一个人……"

是啊，这些年，她自始至终都是一个人，一个人面对孤独冷寂，一个人面对不知是光明还是黑暗的未来……

霍熙琛双手扶住穆天晴的肩膀，低头盯着她的眼睛，神色极其认真地说道："就算你不相信你自己，总该相信我吧！"

"当然。"

霍熙琛身为霍氏集团创始人，眼光自然比常人高出好几个档次。

穆天晴抬眼，对上那双幽深的眸子，心里微微一动，涌起奇妙的感觉。

"那就好。"霍熙琛弯唇一笑，在穆天晴的发顶上揉了揉，动作亲昵，"你这么优秀，前途一定光明，将来遇到良人，一定会很幸福。"

穆天晴闻言柔柔一笑。这时霍熙琛放在沙发上的手机突然连续地震动起来。

原来，是霍熙琛发了小天的照片到家族群里，短暂的平静后，微信群炸开了锅。

霍仕哲，也就是霍熙琛的老爸："这个就是小天吧？"

霍熙欢："是啊是啊！"

霍仕哲："不愧是我的乖孙，好帅！"

霍熙欢忙发了个萌萌哒的表情。

原本还在潜水的七大姑八大姨，一听照片里的孩子是最近不知哪儿冒出来的神秘万分的霍氏集团小太子，顿时一个个浮出了水面。

"这孩子多大了？长得可真像我们熙琛。"

"可不，和熙琛小时候一样，跟一个模子刻出来的似的。"

"什么时候带出来让我们见见？"

"是啊是啊，孩子叫小天是吧？"

"这照片恐怕不是熙琛拍的吧？"

这句话一发出来，刚刚热闹起来的微信群又安静了下来。

霍氏家族的人都知道霍熙琛这些年一直单身，不近女色，本来他这样的性子冒出来个私生子就很让人匪夷所思了。而且，以他们对他的了解，他根本就不会有给小孩子拍照的闲情逸致。

刚刚霍熙琛发到群里的照片，即便是隔着屏幕，众人都能感受到拍照人对小天的喜爱，照片传递出来的细腻和欢喜的情感，显示出这些照片应该出自女孩子之手。

过了两分钟，微信群有了动静，霍仕哲试探着问："阿琛，你该不会是有交往对象了吧？"

霍熙琛很快回复："快了。"

下一秒，霍仕哲："男的女的？"

霍熙琛黑了脸："女的。"

霍熙欢笑得差点儿岔气，在微信群里发了个喷血的表情。

霍仕哲："交往到什么程度了？赶紧带回来，让我看看。"

霍熙琛："不用。"

霍熙欢趴在床上笑得肚子疼，也很快发了条微信，"爸，哥的事你还是少管。他的眼光你还不相信吗？"

霍仕哲："好吧，我不管，我只想快点儿抱大孙子。"

霍熙琛："有小天。"

霍熙琛发完最后三个字，很快将群消息屏蔽。

雷明这时又发来了一条微信，是一个验厂报告的扫描件。

霍熙琛低头看了一会儿，眼角扫到穆天晴靠着沙发打了个哈欠。他起身，扶着她在沙发上躺下来，"累了就睡会儿，借用一下你的电脑，我还有些事要处理。"

穆天晴的脑子有些沉，指了指她平时码字的小角落，而后合上双眼，感觉到霍熙琛捡起一条毯子帮她盖上，很快就沉沉地睡了去。

见穆天晴呼吸绵长，睡得香甜，霍熙琛唇角不由得弯起，轻手轻脚地去了他觊觎已久的小角落，掀开水晶帘，坐在榻榻米上，他打开了穆天晴粉红色的笔记本电脑。

将验尸报告传到电脑上，仔细看了一遍，霍熙琛拿起手机给雷明发了条微信："需确定死者整容的大概时间范围。"

很快，雷明打来电话，霍熙琛看了眼沙发上熟睡的穆天晴，接了电话，压低声音，道："案子进展得不是挺顺利的吗？"

上次他把陈敏发的所有资料都给了警方，很快雷明就发现死者手腕上的刺青并非资料所述的刺于三年前，最终经过DNA比对，确定死者并非陈敏发本人。

"大哥，你说得轻松！"雷明叹了口气，道："目前的证据显示，死者并非陈敏发本人，但Y-DNA染色体检验显示，死者与陈敏发的Y染色体高度符合。"

闻言，霍熙琛挑眉道："Y染色体是男性单传的染色体，变异较少，家族内高度相似。你们只需沿着这条线索查下去就好了。"

Y型染色体，代表了一个家族的姓氏基因。Y-DNA染色体检验法，无法检测出具体的个人，但是能够找到这个个人所属的家族。因为一个家族里的所有男性，都带有这种相似的Y型染色体。

雷明忙道："理论上确实如此，可是……这个范围太大了。我们采用排除法，并没有找出死者的真实身份。不过，可以确定的是，死者做过整容手术，近期也做过刺青。只是，我们查过C市所有的刺青店，并没有找到相关线索。所以必须确定死者整容的大概时间段，才能顺着这条线索继续追查。"

霍熙琛点点头，"既然这样，我建议你们去找冷老师，寻求他的帮助。"

冷教授，叫作冷炎，是国内颇有名气的法医，参与过很多重案大案,经验丰富。他来参与这个案子,很快就能判断出死者整容的大体时间。

雷明说:"冷教授出马确实可以很快给出整容的确切时间,不过,他可不是那么好请的。"

霍熙琛明白雷明的意思,委婉地拒绝道:"抱歉,我现在的身份不方便参与验尸,但我可以帮你们邀请冷教授来C市协助破案。"

雷明叹了口气,妥协道:"也好,兄弟。这件事就拜托你了!"

放下电话,霍熙琛登入自己的邮箱,给冷教授发了个邮件。而后,他关闭电脑,身子向后一靠,稍作休息。

鼻端是熟悉的冷清幽香,他目光看向沙发上熟睡中的女孩儿,不禁弯起唇角,一颗心变得分外柔软。

穆天晴醒来的时候,小天搬了把小凳子坐在她面前,手里拿着霍熙琛的手机,指尖在屏幕上快速轻点或滑过,一张小脸认真而肃穆。

穆天晴笑弯了眉眼,杵着下巴,看着小包子认真打游戏的小模样,只觉得他这样子,倒是和霍熙琛有九分神似。

"醒了?"男人好听的声音从厨房传来,很快,穆天晴看到霍熙琛端着一壶茶走了过来,"不早了,你早点儿休息,我该带小天回去了。"

小天闻言抬头,飞快地瞪了霍熙琛一眼,低头,继续默默地玩游戏,只是神色颇为沉重。

霍熙琛倒了杯热茶,见穆天晴身上的毯子滑落下来,伸手为她往上拉了拉,"担心现在喝茶叶你晚上睡不着,给你沏的是水果茶。喝一杯,暖暖身子。"

香甜的气息弥散开来,穆天晴接过霍熙琛递过来的茶杯,喝了一口,满口芳醇,从胃里到心里都是暖暖的。

"谢谢。"喝了杯水果茶,穆天晴觉得精神了许多。

小天在霍熙琛的催促下,极不情愿地关掉游戏,又扑到穆天晴怀里磨蹭了好一会儿,才被霍熙琛带走。

送一大一小两枚帅哥出了门,穆天晴洗漱一番,正打算上床睡觉,沉重而急促的敲门声响起。

穆天晴忙走出卧室，以为是霍熙琛或者小天有什么东西落在她家回头来取，一边朝门走去一边道："等下，这就来。"

敲门声停止，门外一片寂静。

穆天晴打开反锁，手覆在把手上正想转动开门，突然间，她有了一种不好的预感。

下意识地，穆天晴清了清嗓子，道："是阿琛吗？"

门外并没有应答，只是敲门声再次响了起来。

穆天晴脊背一僵，即便是隔着一道门，她也察觉到门外人杀气腾腾的眼神和危险的气息。

飞快地将门再次反锁，穆天晴强作镇定，朗声道："门外的是谁？"

"送快递的。"一个陌生的男子的声音传来。

快递？她最近跟组，网上买的东西，邮寄地址写的都是影视城剧组那边。就算她住锦园，网购时也只是写明居住的小区，从来没有写过她的居住单元和门牌号。

穆天晴踮起脚，从门镜向外看去，只见一个戴着鸭舌帽的男子站在门外。

"你等一下，我打电话让物业来一趟。"

锦园是高档小区，即便是快递员也不能随便出入。物业会帮业主暂时保管快递，或者会给业主打电话确认后才会放快递小哥入园。

门外的男子隔着门，清晰地听到穆天晴给物业打了电话，暗骂了一声，转身就往外走。

穆天晴从门镜里看到这一幕，忙将这一情况告诉了物业，并让他们务必把冒充快递员的人拦住。

穆天晴挂断电话，换了套衣服，怀里踹了一把防身的瑞士军用折叠刀，正准备出门时，她的手机亮了一下，很快响了起来。

见是霍熙琛打来的电话，穆天晴接通，快速说道："阿琛，有事吗？"

霍熙琛说:"天晴,你休息了吗?也没什么大事,好像我的钢笔落在沙发上了。"

穆天晴说:"稍等一下,我回来帮你看看。"

霍熙琛敏锐地捕捉到一丝异样,忙道:"这么晚了,你要出门?发生什么事了?"

穆天晴揉了揉额头,一边往玄关走一边实话实说:"刚刚有个冒充送快递的男人来敲我家的门。我已经给物业打过电话了,让他们帮忙把人拦截住。"

霍熙琛一惊,脑子飞快地转动,口上快速道:"你先别出门,我马上到。"

穆天晴已经换好了鞋子,听霍熙琛这么说,又停下了脚步。

"你千万别出去,万一对方使的是调虎离山计呢?你现在很危险!"

霍熙琛这句话瞬间点醒了穆天晴,她下意识地挺直了脊背,心里却一阵发紧。

"乖,等我,我很快就到,两分钟!你别挂电话!"话筒那边,传来轻微的风声,想必是霍熙琛在快速跑动。

默默地换回拖鞋,穆天晴坐到沙发上,感觉浑身的血液似乎凝固了。

这期间,霍熙琛的电话一直没有放下,两个人保持通话,得知穆天晴此刻很安全,他的一颗心依旧提到了嗓子眼儿。

"我已经到楼下了,马上上去。"霍熙琛进了电梯,上了楼,到门外才对着话筒说道:"我在门外了,你过来开门。"

穆天晴闻言,踩着拖鞋跑到门口,通过门镜看了一眼,见门外的霍熙琛穿了一身居家服,满脸汗水,立即打开门,将他迎了进来。

霍熙琛大步跨进来,将穆天晴上上下下打量了一番,脱口道:"你没事吧。"

穆天晴的脸色有些苍白,强撑着挤出一丝笑容,"没事。"

穆天晴挂断电话,将沙发上找到的钢笔给了霍熙琛,两个人坐在沙发上,她将今晚发生的事简单地叙述了一遍。

霍熙琛听了,暗暗松了口气,"幸好你警觉性高。不然,你一个女孩子,会发生什么事还真不好说。"

穆天晴拍了拍胸脯,有些后怕。虽然她有些身手,但明枪易躲,暗箭难防,若是被突然偷袭,很难说她不会受到伤害。

霍熙琛又问:"物业那边回电话了吗?"

穆天晴摇了摇头,"一直没有回复。"

霍熙琛想了想,道:"你想想,最近是不是得罪什么人了。"

穆天晴闻言愣了一下,思考了几秒钟,笑道:"我得罪的人好像不多,穆轻烟算是一个吧。"

当然,陈敏发也是。

想到这里,穆天晴脊背一凉,刚刚门外的那个快递员,手臂上貌似也有一个刺青……

知道穆天晴没有对他说实话,霍熙琛此刻不想过问太多,道:"时间不早了。这样,物业那边我让傅成文去沟通,明天你还要去剧组,今晚你这边不安全,去我家住吧。"

"这样不太好吧!"穆天晴下意识地摇了摇头。

即便有小天在,她跑到霍熙琛家住一晚也不太方便。

"或者,我带着小天过来,陪你住一晚?"霍熙琛知道穆天晴的顾虑,建议道。

这样……貌似也不太好。

她和小天可以住卧室,客卧并没有床,那……霍熙琛就只能睡沙发或者打地铺……

让堂堂的霍氏集团掌舵者屈尊降贵地跑到她家里来睡一晚,她这罪过可大了!

况且,她家现在很不安全,让小天过来住,她根本就不放心。

"还是先去物业那边看看再说吧。"或许,情况没有他们想象的那般严重。

霍熙琛眼底闪过一丝失落,点了点头,和穆天晴一起出了门。

乘坐电梯抵达一楼，两个人并肩而行。快出单元门时，霍熙琛快走几步，他在前穆天晴在后，走了出去。

这时，一道黑影一闪而过，避开了霍熙琛，直逼穆天晴而来。

穆天晴一抬头，一道雪亮的光向她刺来，她忙侧身避让，与此同时霍熙琛猛地转身，飞起一脚，踢在来人的手腕上。

"咣当"一声，一把匕首落到地上。

一击未中，来人并不恋战，退后几步想要撤离。

霍熙琛身形极快地逼近，双手出招快如闪电。

惊讶于霍熙琛敏捷的身手，穆天晴一颗心提到了嗓子眼儿。

眨眼间，两个人过了十几招。很快，那人被霍熙琛逼退在一棵树下，情急之下从怀里掏出一样东西来。

"小心！"穆天晴飞跑，扑到霍熙琛身上，带着他倒地滚动。

几声闷响后，子弹擦着两个人的衣服，射击到地上，带起一阵火花。

这时，不知从何处跳出来两个保镖模样的人，将霍熙琛和穆天晴护在身后。

暗杀者见状转身，飞快地朝着东北方向跑去。

霍熙琛担心还有其他的暗杀者，忙吩咐道："不用追。"

此时，霍熙琛被穆天晴压在身下，她柔软温热的身子紧紧贴着他，严丝合缝。

两个人的姿势太过暧昧，女孩儿急促的温热气息喷薄在他敏感的脖颈间，令霍熙琛不由得喉咙一紧。

咬牙，强忍着喷薄而发的欲念，霍熙琛抱着穆天晴起身，"天晴，你没事吧？"

回答霍熙琛的是一片沉默。

"霍先生，穆小姐她……"一个保镖低声开口。

霍熙琛掌心处一片温热湿黏，他的心猛地一沉！

穆天晴嘤咛一声，身子挨着他，彻底地软了下去。

这一瞬间，霍熙琛只觉天旋地转，一股寒意从脚底升起，浑身的血液瞬间凝固。

车厢里，弥漫着浓郁的血腥气。

霍熙琛怀里抱着简单包扎过伤口的穆天晴，小天则满脸泪水地挨着两个人坐着，一双小手紧紧拉住穆天晴的右手，哭得上气不接下气。

"小天……妈妈没事，没事的。"穆天晴感觉得到，伴随着血液流失，她身体的温度和气力也一点点抽离，却还是拼尽了全身的力气安抚小天，"妈妈只是有些累……很快就能好起来……"

"先不要说话，你不会有事的。"霍熙琛抱着穆天晴的手紧了紧，见她渐渐陷入昏迷，而一旁的小天紧张得咬紧了下唇，又道："回老宅，你放心，她不会有事。"

此刻的霍熙琛浑身是血，面色冷硬，一双眼睛噙着冷意，整个人仿佛冰山来客，冒着丝丝冷气。

遇袭时，穆天晴扑向他，用性命保护他的那一幕，仿佛慢动作般，在霍熙琛的脑海中回放。

前方开车的傅成文通过后视镜看到霍熙琛那副杀人的模样，犹豫了一下还是问道："老板，真的不用送医院或者找医生过来吗？"

霍熙琛沉默了许久，淡淡道："不能去医院。我亲自为她做手术。"

穆天晴这次遇袭在他的意料中，又在他的意料之外。

想必，是陈敏发事后反击，想要置她于死地。所以，这个时候带穆天晴去医院疗伤，一方面会引起警方的介入，这并非穆天晴所愿。另一方面，即便有警方保护，医院也远不如霍家老宅安全。

况且，凭借他的医术，处理穆天晴身上的枪伤是完全没有问题的。

车子很快抵达城郊的帝豪天下，霍家老宅。

他父亲霍仕哲喜欢在外寻花问柳，早就搬出去独自居住了。霍熙琛原本一直住帝豪天下这边，为了接近穆天晴，最近才在锦园买了别墅住下。

霍家老宅的安保系统，是霍熙琛亲自设计、安装、调配的，可谓世界顶级的安保系统。这里也有一间秘密的地下无菌手术室,可以用来为穆天晴做手术。

抱着穆天晴下了车,霍熙琛直接去了地下一层,小天迈动着两条小短腿,紧跟其后。

站在手术室门口,霍熙琛顿住脚步,低头,看向一脸焦急的小天,冷冷道:"你不能进去,会打扰到我做手术。"

小天闻言仰起头,抿紧了嘴唇,一双小拳头攥得很紧。

"等下做完手术,你妈妈需要休息。你可以帮管家爷爷布置你妈妈的卧室。"霍熙琛提出建议。其实,他是担心小天守在这里,会给他造成心理伤害。

毕竟,当年小天的妈妈,也是在进入手术室后,抢救无效离世的。

小天摇摇头,蓄积在眼中的眼泪不受控制地滚落下来。

霍熙琛见状叹息了一声,抽出一只手,飞快地在小天的后颈上拍了一下。

小天脖子一痛,眼前一黑,身子软了下去。

傅成文忙扶住小天的身子,就听霍熙琛道:"带他离开。"

语落,霍熙琛推开手术室的门,将失血昏迷的穆天晴放在了手术台上。

麻醉,取出子弹,消毒,缝合伤口。

霍熙琛在手术室里忙了差不多半个多小时,走出来时,他身上穿了一件白大褂,眉宇间的疲惫和紧张倾泻而出。

手术室外,管家林叔和小女佣甜甜守候在门口,见霍熙琛走出来,甜甜忙拿着一套干净的睡衣走了进去。

甜甜帮穆天晴换了衣服,霍熙琛趁机稍作休息,而后步入手术室,动作轻柔地抱着穆天晴,径直乘电梯去了二楼。

客房里,傅成文正在哄着刚刚清醒过来又哭又闹、对他又打又咬的小天。

看到霍熙琛抱着穆天晴进来,小天蓦地停下了动作。看到处于昏迷状态的穆天晴,他一张小脸"刷"的变得毫无血色。

霍熙琛将穆天晴放到床上，因为她背部受伤，只能让她保持趴着的姿势。

"妈妈！"小天突然扑了过去，见穆天晴毫无反应，突然"哇"的一声哭了出来。

霍熙琛这时才注意到小天的过激反应。小天的一张小脸哭得通红，声嘶力竭，忙解释了一句："小天，她刚刚做了麻醉，等会儿就能醒过来。"

小天看向霍熙琛，小小的身子不停地哆嗦，"妈妈她是不是也走了？也再也不会回来了？"就和他的亲生妈妈一样……

见小天一副失魂落魄的样子，霍熙琛的喉咙仿佛堵了一块棉花，哑着声音解释道："不会的，再过一个小时，她就可以醒过来了。"

小天听了，忙搬了把小椅子过来，坐在穆天晴的床头。

除了偶尔看眼墙上的挂钟，他眼睛一眨不眨地看着床上昏迷不醒的穆天晴。

林管家见状，只好和甜甜退了下去，过了一会儿端了一壶热水进来。

霍熙琛让傅成文回去了，交代他尽快查明袭击者到底什么来路。

一个小时后，穆天晴醒来时，就看到一大一小两个人，坐在她的床头。

"嘶！"刚想起身，背上传来一阵火辣辣的疼痛感，穆天晴眼前一黑，跌回到柔软的床上。

脑子里飞快闪过今晚下楼后遇袭的经过，穆天晴猛地抬眼，向霍熙琛看了过去，"你……你没受伤吧？"

霍熙琛摇了摇头，将小天往前送了送，"小天以为你再也不会醒过来了。"

穆天晴看向小天，见他眼皮红肿，一张小脸儿哭得满布泪痕，此刻正一边哭一边伸手去抓她的手，一抽一抽地哭道："妈妈……妈妈，你不要离开小天。"

"小天，妈妈没事。你看，妈妈这不是醒了吗！"穆天晴忙拉住小天的手,忍着伤痛,安抚道:"小天,妈妈在和别的叔叔做游戏,受伤只是一个意外。"

"真的?"小天抹了把眼泪,扁着嘴问道。

"是的,我只是和其他叔叔做了个游戏,是妈妈自己不小心,摔了一跤,受了点儿轻伤。"穆天晴扯动嘴角,强挤出一丝笑容,"不过妈妈这点儿伤根本就不是问题,休息两天就好了。"

小天踮起脚,爬上床,在穆天晴背上吹了吹,"妈妈,小天给你呼呼,你很快就会好起来了。"

穆天晴心里倏忽间一暖,"嗯,妈妈很快就会好起来了。"

霍熙琛抱着小天去洗了把脸,又给他换了套睡衣,将他放到了穆天晴的床上,道:"小天非要陪你一起睡。"

"好啊。"穆天晴点点头,"小天,今晚你挨着妈妈睡。"

"嗯!"小天小心翼翼地躺在穆天晴身旁,想要靠近又担心会碰到她的伤口。他侧躺着,盯着穆天晴看。

穆天晴趴在床上,侧过头去看向小天。放柔了声音,给他讲了个大灰狼与小红帽的童话故事。

小天一晚上又惊又怕,如今看着穆天晴近在眼前,闻着她身上好闻的熟悉的冷香,听着她轻柔的嗓音响在耳旁,他的眼皮儿越来越沉,很快就睡了过去。

这期间,霍熙琛始终坐在穆天晴的床前,眼睛一直盯着她苍白的面孔,身子紧绷到了极致。

"我抱他走。"见小天睡着了,担心他睡在这里影响到穆天晴休息,霍熙琛低声道。

穆天晴忙道:"不用,他在这边,不碍事的。"

霍熙琛只好作罢。

穆天晴叹了口气,忍着疼痛,道:"麻烦你帮我想着点儿,明天我得给郭导打个电话,请假。"

霍熙琛眸光闪了闪,这个小丫头,都伤成这样了,还放不下剧组那边的事,"我等一下就给金兴打电话,让他帮你想个合适的理由。"

"如此甚好。"还是霍大老板思维缜密,想得周全。

霍熙琛说:"你哥哥和爷爷那边,要知会一声吗?"

穆天晴忙道:"暂时不要告诉爷爷,哥哥那边我明天再给他打电话。"

霍熙琛点头道:"也好,你早些休息。我今晚守在这里,有事随时叫我。"

穆天晴刚想说不用,对上霍熙琛那双关切的眸子,感受到他毫不掩饰的心疼与内疚,她怔了怔。

"下次你不能再这么做了,太危险了。"想起她为他挡枪,霍熙琛心跳都快停止了,他伸手在她微乱的头发上抚了抚,柔声道:"我宁愿……受伤的那个人,是我……"

语落,霍熙琛低下头,在穆天晴微凉的额头上,印上了一个吻。

穆天晴脑子里"轰"的一声,看着霍熙琛那张近距离放大的俊脸,一颗心猛地剧烈跳动起来,血气上涌,脸一下子红到了耳朵根。

霍熙琛摸了摸穆天晴的脸颊,笑着道了句,"晚安。"便起身关灯,只留了一盏晕黄的壁灯。

霍熙琛靠坐在椅子里,面对床的方向,一张脸隐在黑暗里,一双眸子若星空里最亮的星辰。

"睡吧,我守在这里。"

他低沉温和的声音响起,穆天晴心里紧绷的那根弦一松,沉甸甸的眼皮儿合上了,她再次陷入了黑暗之中……

黑暗里,她又回到了穆家别墅。空荡荡的院落里,一个白色的缠绕着绿色蔓藤的秋千,孤零零地飘荡在夜风里,断断续续的歌声传来,那是她妈妈在唱《梦一场》……

下一秒,她落入冰冷的游泳池中,令人窒息的水灌入口鼻,她在水中拼命地挣扎,却在浮上水面的瞬间,眼眸中撞入穆轻烟年幼时狰狞邪恶的脸……

她开着车,拼命地加速,在盘山路上疾驰,转过一个又一个危险的弯度,最终她的手从方向盘上移开,眼睁睁地看着车子载着她,沉落到无穷无尽的黑色谷底……

她费力奔跑，最终来到一个陌生的屋子。她推门而入，发现床上蒋逸风和穆轻烟正上演着最原始的律动。随即眼前一黑再一亮，她又置身于一个教堂里，目睹穆威将身穿洁白婚纱的穆轻烟亲手交给蒋逸风，听着众人对这对新人的祝福和欣羡。

那一刻，她如置身于冰窖之中，疲惫至极，穆天晴脚下一软，瘫坐在地上。

这些年的毫不松懈和努力攀爬造就了她如今的成就，她不停地奔跑，以此来麻痹神经，让她的心似乎不再痛苦。可此时此刻，她只有满心满肺的疲倦和失落，只想就这么睡下去，一睡不醒……

"发烧了。"霍熙琛一直守在穆天晴身边，几乎一晚上都没合眼。

清晨时分，霍熙琛看到穆天晴面色痛苦，柳眉紧蹙，似乎陷入了梦魇之中，不禁心疼不已。

拧了冰毛巾，擦去穆天晴脸上的汗水，霍熙琛取来温度计，让甜甜帮忙，测量了她的体温。

"39度。"霍熙琛本想直接喂穆天晴吃退烧的西药，一想起她现在有可能怀了身孕，便拿起笔，"刷刷刷"地开了药方，让林管家去别墅的药房里取药，又命甜甜去煎药。

想了想，霍熙琛亲自为穆天晴取了一管血，命傅成文送去化验。

药煎好后，霍熙琛正打算喂穆天晴吃药，穆枫风风火火地闯了进来。

他一早就给穆枫打了电话，简单告诉他穆天晴受伤的经过。没想到不过半个小时时间，穆枫就赶了过来。

"失血有点儿多，伤势不是很严重。现在有点儿发烧。"霍熙琛扶起面色泛着病态嫣红的穆天晴，一边喂她喝药，一边解释道。

"穆叔叔，都是小天不好。"小天仰起脸，眼眶红红地看向穆枫，"昨晚小天应该留在妈妈那里，保护她的！"

穆枫本想出言责备，但对上小天自责的样子，又转念想到傅成文给他刚刚发来的锦园物业提供的监控录像，推测行凶者很有可能是陈敏发或者他幕后的黑手,他便将到了嘴边的话咽了下去。

穆天晴无意识地喝下了苦涩的药汁,霍熙琛将她放回到了床上。

那股熟悉的安全感十足的气息令她眷恋,她下意识地伸出手去,抓住了霍熙琛的衣襟,面上浮现出一丝不安。

"霍先生,谢谢你救了舍妹。"穆枫看到这一幕,一时间心情十分复杂,又道:"不过,我希望行凶者交给我来调查。"

穆枫的意思,霍熙琛明白。他是不希望自己动用关系介入或者调查,他有他的顾虑,这或许也是穆天晴的顾虑。

可是,事关穆天晴的安危,而她又是自己心尖儿上的人,自己又怎会袖手旁观?!

"抱歉,这件事我不会答应你。"霍熙琛摇了摇头,毫不掩饰眉宇间的狠戾之气,"不过你放心,我会通过我的方式来调查、报复,并确保她的人身安全。"

穆枫闻言,虽有些担心,但通过这几次的接触,他看得出来霍熙琛对他这个妹子是真心实意的好。

"那就拜托你暂时帮忙照顾天晴了。"穆枫一路走来,见识到霍家老宅的安保系统。此时此刻,或许这里才是穆天晴最好的安身之处。

霍熙琛说:"我的荣幸。"

穆枫待了一上午,等到穆天晴的体温降了下来,他才离开。

小天搬了小凳子和画板坐在床边,默默地画画,不时观察穆天晴的脸色,一副守护者的姿态。

担心穆天晴的伤口发炎,霍熙琛为她的伤口处涂抹了家里常备的药膏,而后拿了本书,默默地坐在床上。

只不过,半天才翻了两页。

黑暗中,穆天晴又开始一个人奋力地奔跑。远处,突然出现了一道曙光,模模糊糊的,她看到一个颀长的身影逆光而立。

"天晴,到我身边来。"熟悉的声音满溢着柔情,充满了蛊惑。

穆天晴犹豫了一下,还是用尽全身的力气跑了过去。

近了,又近了一步。

最终，她看清了那男子的脸——冷漠却矜贵，俊美如斯，不是霍熙琛，还有哪位？

而后，她蓦地一惊，心里涌起一丝陌生的甜蜜欢喜，用力扑到了霍熙琛的怀里。

熟悉的气息将她团团包围，她心里涌起暖意，温热的液体从眼角滚落。

下一秒钟，两个人紧紧拥吻，滚落在柔软的大床上。她微凉的肌肤贴着他滚烫的胸膛，熟悉的快感在她体内积蓄，直至达到顶峰……

而后，她大汗淋漓地伏趴在他身上，周身的黑暗尽数褪去。

明媚的阳光，清新的空气，悦耳的鸟鸣，令她如同置身仙境。

穆天晴缓缓睁开眼，一张俊朗却略显憔悴的面孔映入眼帘，令她恍惚了一下。

"妈妈，你醒啦！"小天的声音传来，紧接着，一张稚嫩的小脸靠了过来。

"小天？"穆天晴的声音嘶哑，嘴巴特别苦，头也有些疼，身上没有一丝力气。

穆天晴抬起头，费力地环顾四周，这是一个以粉色系装饰为主的卧室，显然这儿并不是她的卧室。

"我们现在在霍家老宅。"霍熙琛拿起吸管，插到装有温开水的杯子里，递了过来，"现在是下午五点，你睡了整整一天。"

穆天晴喝了些水，感觉嗓子似乎没有那么难受了。

"昨晚你受伤后，不方便送你去医院，我就带你来这边了。"霍熙琛继续解释，随即又问："感觉怎么样？饿不饿？想吃点儿什么？"

穆天晴还沉浸在刚刚的那个梦中，没想到一醒来就看到了霍熙琛。

有一种被霍熙琛看穿了心思的感觉，穆天晴红着脸，将头埋在枕头里，闷闷道："伤口不是很疼了。没胃口，什么都不想吃。"

"就算没胃口也要吃点儿东西。"霍熙琛看向小天，吩咐道："你去告诉管家爷爷，让他把煲好的粥端过来。"

小天得令，迈动着两条小短腿儿，"噔噔噔"地，很快就跑得没影了。

此刻，卧室里只剩下霍熙琛和穆天晴，她突然觉得心跳加速，整个人都紧张了起来。

"这里是霍家老宅，很安全，你可以安心在这边养伤。郭永和那边，我已经找了个理由，说你要进实验室，帮你请了半个月的假。另外，今天一早你哥哥穆枫来过了，他说……会查出到底是谁攻击了我们。"

看着床上做鸵鸟状的女孩儿，霍熙琛心里又是欢喜又是紧张。

今天中午，傅成文将穆天晴的验血报告传了过来，报告显示，她已经怀有身孕。

算起来，应该是那晚……他和她，一夜缠绵后，有了孩子……

只是，看样子，穆天晴目前还不知道这件事。而且，她似乎也不记得他们在一起的那一夜……

难道，她失忆了？或者，接受了催眠，被刻意抹除了一部分记忆？

听了霍熙琛这番话，穆天晴从枕头里抬起头，看向他，犹豫了一下，道："抱歉，我给你添麻烦了。或许，我知道是谁想要杀我。"

霍熙琛看着穆天晴面容惨白，一双眼睛却迸发出浓浓的恨意和杀气，不由得伸出手去摸了摸她的头发，柔声道："我也知道。陈敏发，对不对？"

穆天晴闻言，眼底飞快地闪过一丝诧异，随即苦笑着点了点头，"昨晚的快递员，我注意到他的手腕上有刺青，而陈敏发的手腕上也有刺青。只需去物业那边调出监控录像，就可以很容易地对比出来。"

霍熙琛看着穆天晴的眼睛，道："可即便如此，你还是不能对警方说袭击你的人、枪伤你的人是陈敏发或者和他有关。否则，这样很容易暴露你的身份。"

穆天晴不由得再次苦笑，"阿琛，你真的是太聪明了。"

"现在别多想，等你伤好了我们再考虑下一步。"

穆天晴犹豫了几秒钟，试探着问道："看来，你已经知道了……我和陈敏发之间的关系……"

霍熙琛淡淡一笑，"这些不是我关心或者想要调查的事。当然，如果你能主动告诉我你的小秘密，我会很开心。"

穆天晴叹了口气，抿了抿唇，犹豫了片刻，将她和陈敏发之间的恩怨、她母亲的冤死通通告诉了霍熙琛。

三天后，穆天晴伤势好转，可以自己下床散步了。

在床上趴了三天，她都觉得自己快要发霉了。好在有曲博士实验室发明的药膏在，她让霍熙琛派人去她家里取换洗衣服时，顺便带了几盒过来。

傍晚时分，穆天晴正在花园里散步，就看到霍熙琛下班后快步走了进来。

"感觉怎么样？"霍熙琛关切地问道，眉宇间有着一丝倦意。

她受伤不能下床的这几天，霍熙琛一直待在家里。今天一早，穆天晴觉得自己的伤口好得差不多了，便撵霍熙琛去公司看看，免得耽误了公事。

穆天晴手里捧着一捧从花园里采摘的月季花，笑道："好多了，曲博士的药膏很好用，已经开始愈合了。"

"你们曲博士的药膏确实不错。"霍熙琛今早检查过穆天晴的伤口，按照他以往的经验，穆天晴的枪伤没有十天左右是不可能愈合的。没想到涂抹了药膏后，仅仅三天时间，她的伤口已经结疤，愈合状况也很好。

霍熙琛和穆天晴一起走向别墅，道："这是个不错的商机，有机会的话，你可以帮忙引荐一下，我想见见曲博士。目前，国内医药行业发展前景我一直十分看好。"

"这个可以考虑。我这就给曲博士打个电话，帮你约个时间。"作为一名科研者，穆天晴自然希望研究出来的药物能够大批量生产并投入使用，造福百姓。

之前，穆威曾经也提出过要开药厂，生产曲博士研究室的药品。

不过，穆家虽然也算得上C市的上流人士，但开设药厂毕竟不是普通的生意，若不是联合蒋氏集团，让蒋逸风点头同意共同投资，单凭穆氏集团，根本就啃不下这块骨头。

不过，若是换成了霍氏集团，霍氏家大业大，这点儿投资对于霍熙琛而言，不过是九牛一毛。再加上她最近和穆威、蒋逸风的关系闹得很僵，深深地觉得蒋逸风这个前男友人品不佳，她父亲穆威也是个不靠谱的。所以，相比较之下，她当然胳膊肘往外拐了。从个人角度而言，她倒是更希望曲博士的实验室能够和霍熙琛这样的人合作。毕竟，制药业涉及百姓的健康和利益，容不得半点掉以轻心。

打完电话，帮霍熙琛约了明天和曲博士见面。两个人一边闲聊一边步行来到别墅的门口。霍熙琛先上前一步，被识别面部及瞳孔扫描后，又将右手的食指摁在一个识别器上。而后，穆天晴照做，大门才缓缓开启。

步入玄关处，两个人又接受了一次红外线扫描，才被放入了客厅。

整栋霍家老宅，算上花园、高尔夫球场和泳池，占地面积极大。不过这里采取了全球最安全牢靠的安保系统，只要没有权限的人进入，立即会启动远红外线无死角扫描系统。锁定入侵者位置后，负责安保的机器人就会立刻做出攻击。待保镖或者主人赶到时，入侵者一般都会被完全制服，即便身负武器的高手也毫无还手之力。

见识过这样的安保措施后，就连见多识广的穆枫也不由得心服口服，放心地让穆天晴住了下来。

晚上，穆天晴、小天和霍熙琛一起吃了饭。而后三个人一起去了霍熙琛的书房，小天在他的小角落里画画，穆天晴则侧卧在沙发上，拿起剧本，随意翻看起来。

将剧本看了一遍，顺便改了几处对话，穆天晴放在一旁的手机响了起来。

是温华打来的电话，现在这个时间已接近晚上九点。温华这个时候打电话找她，肯定是有急事。

穆天晴刚想起来去书房外接电话，霍熙琛看向她，点了点头，她也不再矫情,指尖滑过屏幕后,将手机放在了耳边。

"天晴,你看微博了吗?"温华似乎哭过,鼻音很重,"你这几天没来,穆轻烟越来越过分了。她还颠倒黑白,想把我的名声搞臭!"

穆天晴闻言眉心蹙起,淡淡道:"华姐,你先别激动,告诉我到底发生了什么事。"

听完温华的控诉,穆天晴挂断电话,到微博上看了一眼,脸上浮现出一丝怒意。

果然,不出她所料,穆轻烟是个不安分的主儿,她若是不兴风作浪,那就太不合常理了。

微博上,一个娱乐八卦的博主放出了一段《大国医》剧组内拍摄的视频,正是那天穆轻烟和温华因为化妆间争吵的那一段。不过视频经过剪辑后,对温华很是不利。

"真没想到,温华竟然是这样的人!"

"是啊是啊!我之前一直都很喜欢她的,真人秀节目里,一直都是'没心没肺女汉纸'的人设,没想到现实生活中,人品这么差!"

"竟然欺负小新人,摆娱乐圈前辈的架子,不让女二号用化妆间,真是太过分了!"

"我倒是觉得女二号的扮演者穆轻烟长得很漂亮,不亚于温华。"

"你那是什么眼神啊?明明穆轻烟的长相甩温华好几条街好吗?"

"导演、编剧、制片人也真是,都不管管吗!"

"反正我支持穆轻烟,坚决抵制温华!"

"我也支持穆轻烟,这事若是不给穆轻烟一个说法,以后只会给娱乐圈带来不良风气。"

"对!支持穆轻烟,抵制温华,抵制《大国医》!"

目前,网上一边倒地认为,温华仗着是娱乐圈的前辈、剧组里的女一号,欺负穆轻烟这个小新人,甚至不让她用化妆间,态度十分恶劣。

再加上穆轻烟雇的那一批水军引导舆论走势,对温华的个人形象造成了很大的影响。

温华那边暂时没有做出回应。而穆轻烟却在个人微博上做了最新更新:"做最好的自己,一切阻碍和压力,不过是破茧成蝶前最后的黑暗。"

下面,不出意外,一片赞美支持。

"美女,加油哦!我觉得你长得特别美,早晚会火!"

"说得好,给你手动点赞!"

"温华一定是忌惮你长得比她漂亮。加油,以后你的戏我一定都会关注。"

"明明有才华,还要拼颜值拼演技。Fighting!"

穆天晴刷完微博,立即给金兴去了个电话,"兴哥,之前让你帮忙拍摄的那段视频,可以运作了。不过小心点儿,别被人发现视频是从你这边泄露出去的。不然,穆轻烟又该说是冉希和温华合伙,一起欺负她这个新人了。还有,这视频你过两天再放出去。和华姐那边沟通好,务必在网上声讨声最强烈的时候再放出证据,来个超级大反转!"

"没问题!"金兴爽快地应道,"天晴,我做事你放心就是了,这事绝对会办得漂亮,绝对不会让她们查到我们身上。不过,你这几天去哪儿了,怎么没来剧组?昨天我和冉希去锦园找你,你也不在家。"

"实验室这边有点儿急事,我过几天就会去剧组了。"穆天晴搪塞了几句,又道:"你和冉希最近也要小心些,别中了穆轻烟的暗算。"

"好的,你放心。穆轻烟目前主要针对的是温华,她还没精力对付我们。"

放下电话,穆天晴扶了扶额头。当初她察觉到穆轻烟又要故技重施,在剧组装一朵无辜的"白莲花",就让金兴派人时刻关注她的一举一动,这才拍下了她和温华争执的完整版视频。

相信这段视频放到网上,不仅可以洗清温华身上的脏水,而且能让穆轻烟名誉扫地。要知道,广大网友向来爱憎分明,尤其讨厌算计别人,明面一套背后一套的妖艳贱货。

霍熙琛从书桌后走出来,倒了杯水果茶递到穆天晴手上,"有棘手的事?需要我帮忙吗?"

穆天晴抬眼,看着近在咫尺的俊朗面容,即便依旧是冷清的神色,语气中却有着一丝难以隐藏的关切。

穆天晴心跳加速，忙垂下眼眸，喝了口香甜可口的水果茶，深呼吸，调整好心态，才缓缓开口道："杀鸡焉用牛刀？这点儿小事情我还是可以搞定的。"

"方便和我讲讲吗？"霍熙琛坐在单人沙发上，小天也放下画笔，搬了个小凳子坐在穆天晴的面前。

见这一大一小凑过来，一副聆听者的姿态，穆天晴倒是有些哭笑不得了。

穆天晴只好将穆轻烟占用温华的化妆间，又设计温华与其争吵、放视频到网上试图破坏温华形象的事简单讲了一遍。

"小天，这个故事里的阿姨很坏，你可不能学她哦！"生怕带坏了祖国的花朵儿，穆天晴讲完后，忙嘱咐了一句。

"嗯！"小天点了点头，乖宝宝的模样令穆天晴忍不住伸出手去，摸了摸他头上竖起的一撮呆毛。

天啊！她家宝贝真的是太可爱了！好想抢回家，占为己有！

"你是个编剧，还得操心这些乱七八糟的事？"霍熙琛看着一大一小两个人有爱的互动，眸光愈发柔和。

"没办法啊。我是不想女一号被换掉。若是穆轻烟真的把华姐挤走了，我会很郁闷的。"一想到穆轻烟如果做了女主角，会对她耀武扬威、颐指气使，单单想象那样的情形，穆天晴就难以接受。

"好吧。"霍熙琛看得出来，穆天晴不想过多提及她和穆轻烟之间的恩怨，便换了个话题，"虽然你的伤口恢复得很好，但是这几天还是要按时吃汤药和补品。"

穆天晴点了点头。她拿出手机看了眼备忘录。

再过几天就是爷爷穆庆国的生日。往年她会和穆威、孟亦凡一起飞帝都，在那边为爷爷庆生。所以，她必须尽快将身体调养好。

"阿琛，看不出来你还是个医术高明的大夫呢！"穆天晴也是醒来后才得知，是霍熙琛亲自为她做的手术取出了子弹。事后她也参观过那个地下手术室，再加上最近她吃的中药都是他亲自开的方子，联想到霍熙琛书房里摆放了那么多医学相关的书籍,她不由得对他由衷地钦佩。

"我在国外读书的时候,因为对医学专业感兴趣,经常去医学院蹭课。"霍熙琛简单解释道。

其实,霍熙琛在美国念的是法医专业,读书期间曾帮助FBI成功破了几件重案悬案,名声大噪。

"难怪!"霍熙琛开的药方,穆天晴仔细研究过。即便是她亲自开方子也不过如此。

如此看来,霍大老板不仅是商业奇才,还是个医学高手!

时间过得飞快,转眼间又过了一周。

在霍熙琛的精心照顾下,再加上小天的陪伴,穆天晴的伤势彻底痊愈。

这期间,穆枫传来消息,经过调查,已经确定当晚是陈敏发装扮成了快递员,试图对穆天晴不利。后来的那个行凶者,虽不是陈敏发本人,但估计也是他派来的杀手,和他绝对脱不了关系。

尽管穆枫明确要求霍熙琛不要插手此事,霍熙琛还是让傅成文暗中调查了当晚行凶者的去处。根据小区内和小区外沿途的摄像头,傅成文通过霍氏的关系,从交警大队那边调出了监控录像,最终确定了行凶者接头地点和最终去处。

霍熙琛及时将这一线索告知穆枫,穆枫立即派人追击行凶者及和他的接头人。却不料,当他赶到行凶者暂住的酒店时,行凶者已经中毒身亡,就连接头人也死在了自己的家中。

如此一来,线索再次中断,调查又陷入了僵局。

根据进一步调查,接头人阿山是C市土生土长的一个小混混,平日里偷鸡摸狗,欺男霸女,后因抢劫被逮捕入狱。三个月前,这小子刑满释放,跑到地下赌局去赌博,欠下了二十万的赌债。后来听说他突然拎了二十万现金,一下子就还清了赌债。

穆天晴将穆枫调查的资料仔细看了几遍,太阳穴不由得突突跳动。

"妈妈。"小天在一旁见穆天晴脸色不太好,忙凑过来,用额头贴了贴她的额头,察觉到她的体温正常,才松了口气,"你是哪里不舒服吗?"

穆天晴摇了摇头,脸色微缓,伸手掐了掐小天粉嫩的小脸蛋,"妈妈就是有些累了。小天今天想吃什么,妈妈可以做给你吃。"

"不要。"小天摇摇头,"他说,妈妈的身体还没彻底好,不能让你累到。"

"小天,你太贴心了,就是个小太阳。"被关心、被照顾的感觉真的是太好了,穆天晴窝在沙发上,心里想:若是能一直这样下去,似乎也不错。

今天一早,霍熙琛上班前告诉她,公司下午会召开一个紧急会议,晚上怕是还有应酬,让她和小天一起吃饭,不用等他。

眼看着快下午三点了,穆天晴最近一直窝在霍家老宅,伤势好转后很想出去逛逛。

可霍熙琛和穆枫担心她的安危,一直不肯让她离开老宅半步。本来,获得了自由出入的最高权限,穆天晴完全可以偷偷溜出去玩儿,但小天每天跟在她身边,几乎寸步不离,她又不能拐带着小天一起出逃,便只能每日憋在这豪华的别墅之内,犹如笼中之鸟。

小天坚持不让穆天晴下厨做饭,她只好拿着手机,无聊地发了条微信朋友圈:"若为自由故,两者皆可抛。"

朋友圈刚发布不到一分钟,穆天晴的手机震动了一下,随即响了起来。

看着屏幕上跳跃的"阿琛 小天",穆天晴怔了怔,却还是很快接通了电话。

"阿琛?"穆天晴疑惑地问:"这个时间,你不是在开会吗?"

电话那端静悄悄的,霍熙琛的声音传来,"闷坏了吧?这样,你找林管家,让他给你安排辆车子,你可以带小天出去吃饭逛街。"

穆天晴闻言,惊吓多于惊喜。

这个霍熙琛,不会是她肚子里的蛔虫吧?

霍熙琛此刻正在会议室里,端坐首位,刚刚无意间刷了下穆天晴的朋友圈，便立刻暂停会议，给她打了个电话。

此刻，会议室里的众位高层大气都不敢喘，盯着表情温柔、与刚刚冷漠冰冷的大老板判若两个人的霍熙琛，一双双眼睛里藏满了八卦。

"可是……这样会不会太不安全了？"穆天晴挠了挠后脑勺，过意不去地看了小天一眼，"我自己还好说，小天他……"

"没关系，我让熙欢过去陪你们。"说着，霍熙琛给坐在他不远处的霍熙欢递了个眼神。

霍熙欢正开会开得生不如死，接到命令，心里不禁暗道了一声："嫂子万岁！"而后，他在众高管羡慕嫉妒恨外加八卦满满的表情里，欢快地起身离开了会议室。

穆天晴就是他的福星，她一句话他就可以离场。哦耶！陪他家嫂子和大侄子逛街吃饭去喽！

"好吧。那我在家等二少过来。"

挂断电话，穆天晴将手机一丢，抱起小天，在他脸上狠狠地亲了一口，"小天，妈妈带你出去逛街，买好多好看的衣服穿，好不好？我知道有家私房菜馆，做的松鼠鳜鱼特别好吃，妈妈带你去吃，好不好？"

见穆天晴这么开心，小天也抿嘴笑，点头若小鸡啄米。

穆天晴去了小天的房间，找来找去，发现他的衣服不是白色就是黑色、灰色，呆板得很。最后，她好不容易找到了一套亮蓝色的小西装，勉强还算入眼，招呼着小天换上了这套衣服。

穆天晴回到自己的卧室，拉开衣柜。

入眼的，皆是琳琅满目的各种衣服和配饰，简直是没人性！

套了件和小天的衣服同色系的浅蓝色印着朵朵白色小花的连衣裙，取了一双乳白色的矮跟凉鞋，穆天晴将长发随意披散在肩头，画了个清雅的淡妆，拉着小天的手往楼下走去。

霍熙欢刚进客厅，一抬头就看到穆天晴和小天两道身影出现在楼梯的尽头。

穆天晴面含微笑，一身干净清爽的连衣裙，明眸皓齿，眉目如画，神情宛然。而小天，板着一张和霍熙琛酷似的俊脸，宝石蓝的小西服穿在他身上，颇有几分贵族小公子的味道。两个人穿了同色系的衣服，仔细观察一下，眉宇间竟然有几分神似。

"小天房里的衣服，都是你哥帮忙选的吧？"穆天晴下了楼，对霍熙欢道："颜色都太死板了，等一下我帮小天选几套衣服。小孩子嘛，要穿活泼一点的颜色。"

小天听了，笑得如同一朵花儿。

霍熙欢一边向外走一边道："嫂子，你这是打算大出血的节奏啊？"

"谁是你嫂子？"穆天晴白了霍熙欢一眼，"等一下到了外面，麻烦二少嘴巴严一点儿，乱说话可是会让外人误会我和你哥的关系的。"

"好的好的！都是我不好，我嘴欠儿！"都怪他平时在霍熙琛面前一口一个"嫂子"叫得太顺，才不小心说漏了嘴。

三个人先去了家私房菜馆大吃了一顿，又跑去逛街，疯狂购物了一番。血拼后，穆天晴只觉通体舒泰。

回到霍家老宅，已是深夜。

客厅里灯火通明，霍熙琛拿着一张报纸坐在沙发上，见三个人回来，抬头看向穆天晴。

"回来了？"霍熙琛收起报纸，起身走到穆天晴身旁，看了眼她手上拎着的购物袋，淡淡道："让你破费了。"

"哪有？我是觉得这些衣服都很适合小天，就买了！"

霍熙琛将穆天晴手里的购物袋接过，就听她又道："阿琛，我也给你买了套西服，和小天身上的这套小西服算是亲子装，你要不要试试？"

霍熙琛这才注意到，小天身上穿了一套暗红色的小西服，显得喜庆而活泼。

他的西服向来是黑色或者灰色，这样的颜色，他还从来没有挑战过。

"呃……"穆天晴挠了挠头，有些尴尬道："是不是觉得这个颜色很挑人？可我觉得你身材好，是天生的衣服架子，应该没问题。"

这话听在霍熙琛耳中，自然十分受用。

穆天晴又道："当然，若是觉得不太合适，我明天可以去退掉。"

"应该很合适。"霍熙琛拎起装有西服的购物袋，快步朝楼上走去，"我去试试。天晴，等下甜甜端给你的补汤记得趁热喝。"

一听说又要喝药，穆天晴秀气的眉微微蹙起。

"哥，你去试衣服吧，这边我盯着呢。"霍熙欢朗声道。

说话间，甜甜端来了一碗热气腾腾的汤药。

浓郁的中药气息扑鼻而来，看着黑乎乎的药汁，穆天晴眉心拧成了一个疙瘩。

"穆小姐，大少爷特地准备了这个。"甜甜从口袋里掏出一个纸包，打开，"这是原味斋的杨梅干和蜜枣，大少爷下午让傅先生送过来的。"

穆天晴一听，有原味斋的蜜饯吃，顿时口舌生津。

C市的原味斋是一家专门做蜜饯的百年老字号，每天只生产一百包蜜饯，预定排队的人海了去了，真真儿的是千金难求。

穆天晴屏住呼吸，将苦涩的补汤一口气喝了下去，忙捡起一块蜜枣丢进嘴里，顿时口腔中满溢着甜蜜的味道。

吃了两颗蜜枣，穆天晴又吃了一颗杨梅干。她平日里不喜欢吃酸的东西，可今天一吃竟然觉得分外可口，停不下来。

转眼间吃了一整包的杨梅干，霍熙欢在一边看着都觉得倒牙。穆天晴擦了擦手，突然想起，和霍熙琛那套西服搭配的，还有一条领带。她忙翻了出来，上楼给他送了去。

站在霍熙琛卧室外，穆天晴伸手敲了敲门。没想到房门并没有关，她这么一敲，房门竟然开了。

"阿琛，我给你送领……带……"话说到后面，穆天晴脸上一热。

入眼是一片诱人的肉色，霍熙琛显然刚刚淋浴过，腰间系着一条白色的浴巾，露出壮硕的上半身。晶莹的水滴从他湿漉漉的短发间滚落到蜜色的厚实的胸脯上，泛着蛊惑诱人的光泽……

穆天晴呆愣了足足十几秒钟，蓦地转过身去，脸红到了耳根，背过手将那条领带递过去，"那个……抱歉，我不知道门没关……我是来给你送领带的……"

霍熙琛眼底闪过一丝浅笑，自从穆天晴搬到老宅这边住，他卧室的门就再也没关过……

"谢谢。"接过那条领带，霍熙琛拿着那套暗红色的西装，进了浴室。

穆天晴此时走也不是留也不是，好在她的手机响了起来，便顺势走出卧室去接电话。

打完电话，熟悉的气息从身后逼近，紧接着，穆天晴的右肩被拍了一下。

她转身，便看到霍熙琛穿了她刚刚买的那套暗红色西装，神色略略冷清，一双眸子却温润如玉。

他本就身材颀长，天生一双大长腿，剪裁得体的西装将他宽肩窄臀勾勒得十分完美。暗红色虽略显闷骚，但霍熙琛这盛世美颜，这不食人间烟火的气质，完全压得住这样的颜色。

"好看吗？"看着穆天晴从惊讶到惊喜，再到毫不掩饰的痴迷神情，霍熙琛唇角弯起，低沉的嗓音慵懒而魅惑。

"不错，挺……挺适合你的。"

霍熙琛靠近了些，穆天晴顿时面红耳赤、心跳如雷，只觉被那股熟悉的气息紧紧包围，心里一阵紧张，却又有那么一点点的小期待……

"是吗？"霍熙琛唇畔的笑意更浓，盯着慌张失措的穆天晴看了良久，"下去吧，小天他们该等急了。"

穆天晴心虚地点了点头。她上来这么久，按照霍熙欢的性子，不知道又该怎么八卦她和他哥的关系了。

想到这里，穆天晴面上不知不觉间更加滚烫了。

穆天晴跟在霍熙琛身后，下楼时就是一副脸红到了耳根的模样。

而向来只穿黑白灰色衣服的霍熙琛一出场，便惊艳秒杀了众人。

管家："……"

甜甜："……"

霍熙欢眨着一双八卦的眼睛，"……"

而小天则"噔噔噔"跑到穆天晴身边，一把抱住她的小腿，张开短短的小胳膊，求抱抱。

穆天晴笑着弯腰将小天抱了起来，小天看到霍熙琛身上穿着和自己同色系的衣服，顿时有种他会跟自己争宠的感觉，忙搂住穆天晴的脖子不放，看向霍熙琛的眼神写满了"妈妈是我一个人的"！

"哥，哥！你换个衣服怎么这么久！"霍熙欢围着他亲哥转了几圈，鼻子嗅来嗅去，"嗯。沐浴露的味道。哥，你刚刚洗澡了？"

霍熙琛扭头，丢给二货弟弟一个警告的眼神。

霍熙欢的眼睛黏在满面通红的穆天晴身上，压根没接收到霍熙琛的信号，继续八卦道："然后呢，哥，你和……有没有发生什么少儿不宜的事？"

"霍熙欢！"霍熙琛瞪了他一眼，霍熙欢吓得缩了缩脖子，滚回到沙发上坐好。

"大少爷，这套西装很适合你。"林管家笑眯眯道。

甜甜也跟着附和，"确实很好看！"

穆天晴看了眼霍熙琛，又看了眼怀里如同他翻版的小天，脑海中灵光一现，忙将小天放在地上，"小天，你和爸爸一起合影好吗？"

"他不是我爸爸。"小天低头，一脸的不情愿。

没想到小天会说这样的话，穆天晴尴尬地看了霍熙琛一眼，见他并没有生气，才继续劝道："小天，你看，你和阿琛穿的衣服很像，如果能一起拍照的话，肯定很好看。"

"不要。妈妈可以只给小天一个人拍照吗？"小天抬起头，看到穆天晴面上闪过一丝失落，皱了皱眉头，勉强改变了主意，"好吧，只要妈妈开心，我愿意和他一起合影。"

"今天太晚了。这样，明天早晨起床后，我帮你们照吧。"嗯。早晨阳光足，光线好，还可以在花园、泳池、花房里多拍几张。

霍熙琛自然没意见。

小天也点了头。

穆天晴欢欢喜喜地带着小天上楼睡觉去了。

霍熙欢打了个哈欠，想走，他的别墅就在霍家老宅隔壁。

霍熙琛却道："你先和我来书房一趟。"

见霍熙琛面色严肃，霍熙欢不由得心里"咯噔"一声，麻溜地跟着他哥去了书房。

两个人一进书房，霍熙琛身上顿时散发出冰冷的气息，他将书桌上两部手机丢给霍熙欢，声音冷清，"你就是这么帮我照看小天和天晴的？"

霍熙欢愣了愣，拿起那两部手机，一脸的不知所措。

"这两部手机是我缴获的，有狗仔今晚偷拍了天晴和小天在一起的照片。"霍熙琛缓缓落座，眉宇间满是戾气。

霍熙欢翻看了一遍两部手机里的相册，眼底浮现出一丝怒意，随即道歉道："抱歉，哥，是我失职了。"

"这点儿小事都做不好，以后将霍氏交给你，又让我如何能放心？"他这个弟弟，聪明有余，耐心和细心不足，他有些失望。

霍熙欢心里一阵慌乱，忙道："哥，我错了，以后不会再发生这样的事了。只是，你别再说要将霍氏集团交给我这样的话。霍氏是你一手创立，又是你发扬光大的。我顶多能做你的副手，不可能取代你的位置。"

早些年，霍熙琛带着巨额资产和霍氏集团从海外归来时，也引起过众多势力的觊觎，甚至有人不惜破坏他们兄弟二人的关系，企图让霍氏集团在C市无立足之地。好在他哥手段狠辣、雷厉风行地处置了一批家族内鬼和外部势力，不仅令霍氏一跃成为C市的龙头企业，更是在短短三年内将霍氏发展壮大到只能令他人望其项背的地步。于是，他放心地出国念书，只希望归国后能帮霍熙琛接管娱乐圈相关的产业。

"我很期待你的成长。"霍熙琛脸色微缓，稍显温和地对霍熙欢道："我的志向并不仅在霍氏，若是你强大到可以接管霍氏，我自然会选择退出。"

霍熙欢急了，"哥！我……"

"好了，不说了。时间不早了，你回去休息吧。"

霍熙琛下了逐客令，霍熙欢只好憋屈着一张脸离开。

而后，霍熙琛拿起手机，拨了个电话。

天汇娱乐，公关部。

虽已是深夜，公关部却灯火通明，所有人都在忙碌着，严阵以待的阵势令空气中弥漫着紧张到令人窒息的气息。

公关部主任凌翔此刻已经焦头烂额。前几日，被放出温华打击新人穆轻烟的视频短片，瞬间令温华爽朗大度、没心没肺的女汉子人设崩塌。这几天他们公关部都在做补救工作，但很明显有人雇了水军，恶意引导舆论走势，令他一个头比两个还大。

相比之下，温华那边倒还很淡定，亲自打电话告诉他很快就会有解决的办法。可作为天汇娱乐的公关部负责人，凌翔又怎能不急？

手机铃声响起的时候，凌翔厌恶地抓了抓头发，但一看到屏幕上的"大老板"字样，他顿时一个激灵，差点儿一激动把手机丢出去。

深吸口气，稳住心神，凌翔稳稳地拿住手机，接通电话，恭恭敬敬地说道："霍先生，晚上好。"

霍熙琛的声音一贯的冰冷，"温华的事，现在处理得怎么样了？"

果然，大老板深夜来电，就是询问这事儿的。可见，上面很重视这次的公关危机。

凌翔咳了咳，将目前的事态与霍熙琛说了一遍。

"嗯。"霍熙琛淡淡道："很好，你们现在不要过多介入。听温华的，再等等。到时候，你们负责锦上添花就是了。"

凌翔闻言连连称是，同时不由得深感上面对温华很重视，这是打算力捧她成为天汇娱乐一姐的姿态啊！

霍熙琛挂断了电话，目光冷冷地扫视桌子上的那两部手机，眼底是毫不掩饰的厌恶。

走出书房，霍熙琛回卧室时，遇到迎面走来的穆天晴。

霍熙琛问："小天睡了？"

穆天晴点点头，"可能今天逛了一下午，他有点儿累了。"

霍熙琛定定地看向穆天晴，面色温柔，眸光温润。

气氛一下子变得暧昧起来。

良久，霍熙琛打破平静，柔声道："你也早点儿休息。记得按时喝补汤。"

随即，他侧身从穆天晴身旁走过。

穆天晴回到房中，将自己丢在床上，脑海中满是霍熙琛时而高冷时而魅惑时而温柔的模样。最近，她面对他时，越来越容易脸红心跳。

这……貌似是个不太好的趋势……

可是，为何她心里有那么一丝丝甜蜜的感觉？

于是，这晚，穆天晴在床上翻来覆去，彻底失眠了。

深夜两点，她的手机震动了一下，是穆枫发来的一条微信消息：

"爷爷刚刚做出决定，今年的生日他打算在C市这边过。"

穆天晴怔了怔，发了个"？"过去。

穆枫："后天晚上，爷爷在穆家别墅举办生日宴会，我去接你？"

穆天晴："不用了，后天你还有得忙，我自己过去就好。"

穆枫："好。这都几点了，怎么还不睡？"

穆天晴发了个笑脸过去，"已经睡了一觉了，马上继续。"

穆枫："晚安。"

穆天晴："晚安。"

放下手机，穆天晴愈发难以入眠了。

本来上次和穆威大吵了一架后，他宣布两个人断绝父女关系，她是不打算再回穆家的。

如今，爷爷怕是存了缓和他们父女矛盾的心思，所以这次才决定在C市的穆家老宅举办生日宴会。

届时，大伯一家、爷爷帝都的朋友、战友，肯定也会来到C市。在那样的日子和场合下，她作为穆家子孙是必须到场的。而且哪怕只是表面做做样子，她也要和穆威维持良好的关系。否则，被有心人看了去，丢脸的就只会是爷爷了。

天快亮的时候，穆天晴才眯了一会儿。待她醒来，已经接近中午。

洗漱一番，下楼，准备吃饭。

穆天晴一眼就看到端坐在客厅沙发上，拿着报纸的霍熙琛。他身上穿了昨天她买给她的那套暗红色西服，修长的腿随意交叠，再配上那张禁欲系的冷峻容颜，真真儿令人难以移开眼眸。

今天是周五，工作日。这个时间，霍熙琛应该在上班才是。

"早。"穆天晴打了个招呼，"今天不用去上班？"

"昨晚熬夜，今天起来晚了，干脆给自己放一天假。"霍熙琛抬眼，看向穆天晴，见她眼底两团浓重的青色，面上闪过一丝关切，"昨晚没睡好？"

"嗯。"当老板就是好，可以随时给自己放假。穆天晴揉了揉眼睛，打了个哈欠，"你吃过早饭了没？"

"没有，等你一起吃。"霍熙琛起身，去了厨房。

穆天晴则坐到餐桌前，一副精神不济的模样。

霍熙琛很快端来了丰盛的早餐，摆了满满一整张桌子。

"咦？小天呢？"往常，只要她一起床，小包子就会跟在她屁股后面走来走去，今天倒没看到他的身影。

霍熙琛说："小天在花园里，等你拍照。"

穆天晴挠了挠头，不好意思地笑了笑。她张罗着给霍大老板和小包子拍照，结果她却起晚了，让两个人等她一个。

霍熙琛夹了一个小笼包放到穆天晴面前的小碟子里，柔声道："吃完早餐，我们可以去找他。"

穆天晴忙点头应了一声，埋头快速地吃起了早餐。

两个人用完早餐，一起去了花园。

霍家老宅的花园面积很大，里面种满了品种各异、五颜六色的花儿，穆天晴一进花园，一道小小的身影便冲她飞奔而来。

"妈妈！"小天手里拿着大大的一捧百合花，站到穆天晴的面前，扬起小脸儿，高高举起手，将花束递到她面前。

穆天晴笑得十分开心，"小天，这是送给妈妈的吗？"

小天郑重地点了点头，"嗯！"

穆天晴开心地接过百合花,放在鼻端闻了闻,心底的阴霾瞬间消散。

霍熙琛看着穆天晴柔柔的笑脸,双手插进裤兜,眉眼间全是宠溺,"还要给我们拍照吗?"

为了实现昨晚的承诺,他可是一大早就起床,沐浴更衣,还推掉了今天两个重要的会议,乖乖地等在家。

"当然!"穆天晴看了看俊美非凡的霍熙琛,又看了看可爱的小天,兴奋地拿起手机。

霍熙琛和小天任由穆天晴摆弄,按照她的指示,在不同的场景下,摆出或高冷或可爱的姿势。

霍熙欢来到花园时,就看到霍熙琛拿着一本书坐在花丛中的长椅上,小天则背靠在他的身上,目光澄清地看向蔚蓝色的天空。

穆天晴在一旁,换不同的角度,用手机一直拍个不停,"咔咔"声不绝于耳。

看到这一幕,霍熙欢惊讶得下巴都要掉在地上了。

要知道,他亲哥可是非常非常非常讨厌拍照的。

果然,爱情至上,爱情可以改变一切!

霍熙欢蹦跶着凑了过去,看了眼手机屏幕,称赞道:"我哥好帅,小天也好可爱!天晴,你这照片构图采光都不错,简直是时尚大片的效果啊!"

穆天晴被夸了,美滋滋地蹦跶着道:"模特儿底子好,拍出来的效果必须棒棒的!"

穆天晴的赞美落在霍熙琛耳朵里,十分受用,他眉眼飞扬,慵懒中的性感一时间展露无遗,光芒四射。

穆天晴注意到霍熙琛的微表情,忙继续拍个不停。

霍熙欢见这两个人无言地互动,偶尔还会眉目传情,又被撒了一把狗粮。

拍了足足两个小时,穆天晴手机都快没电了,这才尽兴。

花园中间的小亭子里,石桌上摆满了各色样式精致的小点心,霍熙琛亲自泡了一壶花茶，小天窝在穆天晴怀里看她手机里的照片，不时"咯咯"地笑着。

"尝尝这个。"霍熙琛拿起一块小小的核桃酥，递到穆天晴嘴边。

穆天晴此刻一只手抱着小天，一只手拿着手机，腾不出手来，便张开嘴，咬了一口。

从投喂的那位到被喂养的那位，两个人都神色自然，毫不扭捏，仿佛相处了多年的老夫老妻。

霍熙欢窝在角落里，一边喝茶一边啃核桃酥，眼睁睁地看他哥和未来嫂子秀恩爱，一颗心再次受到了一万点的伤害。

"你也吃。"霍熙琛难得给霍熙欢递了快枣糕，霍熙欢受宠若惊，差点儿泪流满面。

在霍熙琛的注视下，霍熙欢飞快地吃完了枣糕，就听他亲哥问道："是不是很甜腻？"

霍熙欢摇摇头，"还好，挺好吃的。"

下一秒，霍熙琛拿起枣糕，掰了一小块，投喂到穆天晴嘴边，"你尝尝这个，阿欢刚刚吃过，不是特别甜。"

敢情，他成了试吃的小白鼠了！

霍熙欢愣了一下，随即哭晕在桌子上。

"嘤嘤嘤！"哥，不带你这么欺负人的！

转眼间到了下午，穆天晴打算回锦园一趟。

本来想为爷爷挑选一块古玉做贺礼，可古玉虽价格不贵却可遇而不可求，讲究的是缘分。所以，她早早地就准备了其他贺礼，放在了锦园。之前一直很忙，没顾得上定制包装礼盒。爷爷的寿辰在后天，再不抓紧时间定制礼盒就来不及了。

霍熙琛正好在家休息，便提出给她和小天做司机。霍熙欢一听，不想再被这一家三口撒狗粮，卷了各种好吃的小点心后脚底抹油，溜掉了。

坐在副驾驶座上，穆天晴怀里抱着小天。她身旁，霍熙琛开着车。

音响里放着欢快的音乐——
"留下足迹才美丽
因为我刚好遇见你
风吹花落泪如雨
因为不想分离

因为刚好遇见你
留下十年的期许
如果再相遇
我想我会记得你
……"

小天一双漆黑的大眼睛看向窗外一闪而过的景色，眸光灵动。霍熙琛等红灯时，不时看向身旁的母子俩，眼底是毫不掩饰的宠溺。

穆天晴感受着这一切，心情如同这天气一般，阳光灿烂。

不过是去锦园取东西，倒是有些出来旅游度假的感觉了。

回到锦园，自己的小窝，穆天晴简单打扫了一番。而后去次卧，从最里面的博古架上取下了一支通身碧绿的玉箫。

"奶奶生前精通音律，尤其擅长吹箫。"穆天晴简单地解释了一句，用柔软的布将玉箫包好。

穆天晴从古董架上取下了一个青花瓷花瓶。

"天晴，这花瓶看起来就很值钱！"霍熙琛虽然不是行家，却也觉得这花瓶古朴美观，造型别致。

穆天晴将青花瓷花瓶送到霍熙琛手上，道："你先帮我拿着，拿稳了，这花瓶可是无价之宝。"

穆天晴又取下了一个青花釉里红大盘，青花与釉里红相间，盘底绘两只肥硕的鲤鱼游弋在莲池中，动感强烈，形神俱佳。

"这两样应该差不多了。"这两样古董出世，想必会给古玩界带来不小的冲击。

穆天晴又寻了两个为这两样古董量身打造的古朴盒子，将它们小心翼翼地装了进去，"拍卖行即将举办拍卖活动，这两样古董我是打算送去拍卖，顺便造势的。放在锦园不放心，还是一起带回你家比较好。"

霍熙琛点了点头，随即道："你这一屋子的宝贝个个价值连城。我让阿欢专门调几个保镖过来，帮你看管。"

"也好。"穆天晴这次没有拒绝，"那就谢谢你了，阿琛。"

三个人一起离开。出了电梯，为安全起见，霍熙琛抱着小天走在前面。

穆天晴走在霍熙琛身后，看着眼前高大的男人，心里充满了安全感。

三个人刚刚走近车子，不知道从哪儿冒出来两个彪形大汉，身上穿着统一的黑色西装，一副保镖的打扮。

两个人走到穆天晴身前，她眼底闪过一丝精光，摆好了打斗的架势。霍熙琛将小天和古董迅速塞进车里，锁上车门后来到了穆天晴的身边。

"大小姐，您不用紧张，我们并没有恶意。"两个保镖冲穆天晴齐齐鞠躬，态度颇为恭敬，其中一个道："我们是穆董派来的，接您回穆家。"

穆天晴闻言挑眉，嫣红的唇弯起一抹讽刺的弧度，"你回去告诉你们穆董，不用来接我。后天爷爷生日，我一定到场。"

"大小姐，请您不要为难我们。"另一个保镖说道："我们也只是奉命行事。"

"亏你还叫我一声'大小姐'，既然还当我是穆家的小姐，就没必要和我来这一套。"语落，穆天晴给霍熙琛使了个眼色，她绕到车子的另一侧，拉开车门，坐了进去。

这时，穆威从不远处的一棵大树后快步走了出来，打开车门，脸色阴沉，黑如锅底。

"这就是你新找的男人？"穆威一把拉住穆天晴的胳膊，将她拉下车，语气鄙夷道："我派人在锦园埋伏了差不多一个星期，这一星期你都没有回来住过。你一个女孩子与男人未婚同居，还帮男人照顾孩子，还要不要脸了？"

"穆董，你这是在关心我、担心我吗？"穆天晴语气冰冷，心口一阵阵钝痛。

她的父亲派人监视她，当发现她数日未归时，没有打来电话询问一句，而是怀疑她跑去与其他男人厮混……

这，就是她的父亲，呵呵！

"若不是你妹妹告诉我，你还想瞒我多久？我们穆家的脸都要被你丢尽了！"穆威气急败坏道。

又是穆轻烟！难道前几天带小天出去玩儿，被她撞见了？

霍熙琛走到穆天晴身后，看着她隐忍地死死地攥紧了拳头，担心她伤到自己，忙伸手去掰她的手指。

"你看看你看上的男人，小白脸一个，哪里比得上蒋逸风？就连一辆像样的车子都没有！"穆威皱着眉头，看了霍熙琛一眼，不过是仗着一副好皮囊，外加些花言巧语就把他这个傻女儿给骗得团团转。他这个女儿，还真是个不争气的混蛋！

因为今天陪她回锦园，担心暴露身份有危险，霍熙琛特地开了傅成文的家用车过来。这辆车不过二十几万，于是被穆威嫌弃了。

"原来，穆董看男人不是看人品，而是看车。"自己被训斥她能忍就忍了，牵扯到霍熙琛，她就忍不得了。

穆天晴冷嗤一声，朗声道："小白脸怎么了，颜值高长得帅犯法了？况且，我记得穆董当初和我妈结婚时，家里并不富裕，房子、车子都是我妈妈娘家给买的。"

被穆天晴叫"小白脸"，霍熙琛不仅没有生气，反倒十分受用，心里竟还觉得甜滋滋的。

穆威闻言，面上威严鄙夷的神色龟裂，目光狰狞，气得差点儿冒烟了。

穆威当初念的是军校，穆庆国本想让他在部队效力。后来因为一桩贪污案，被罢职了。穆威是被父亲赶出家门，被迫来到C市发展的。

当时的穆威一贫如洗，连套像样的衣服都没有，更别提车子了！

穆天晴的话戳到了穆威的痛处，他扬起手，恶狠狠道："穆天晴，这就是你和我说话的态度？我真是白生养你这个女儿了！"

眼看着穆威的巴掌落下，霍熙琛正要出手阻拦，就见穆天晴伸出两根白玉般的手指，稳稳夹住了穆威的手腕，"穆董，你已经宣布和我断绝父女关系了，所以我现在并不是你的女儿。还有，我希望你断了操持我婚姻大事的念头。从今以后，我的婚姻、事业、生活都不会再受你摆布。"

语落，穆天晴身子向后靠了靠，偎依在霍熙琛的怀里，面上扬起甜美的笑容，"穆董放心，后天爷爷生日我会按时回穆家，届时还得和你对戏。你是老戏骨了，到时还望你多多提携我这个新人。"

这是穆天晴第一次在有外人在的时候，刻意与他亲近，霍熙琛鼻端萦绕着熟悉的冷香，面上的冷硬瞬间软化了下去，一双眸子只能看到怀中的小女人，只觉得她一颦一笑皆是风情。

"你……"穆威气得浑身发抖，一张脸涨成了猪肝色。

穆天晴笑如春风，对霍熙琛道："阿琛，我们回家。"

听到"回家"这两个字，霍熙琛心里一暖，点了点头。

拉开车门，手挡在车门上面，送穆天晴坐上了车，霍熙琛回到驾驶位上，在穆威犀利的目光下，启动了车子。

坐在后座，怀里抱着软萌的小包子，对上他关切的眼神，穆天晴这才松了口气。

"阿琛，抱歉，害你被误会了。"穆天晴低着头，神色落寞。

从后视镜看了穆天晴一眼，霍熙琛唇角含笑，"我的荣幸。"

穆天晴笑了笑，继续道："估计是穆轻烟撞见我和小天、二少一起逛街，回头和穆威说我在外面勾搭男人，他才会找上门来的，一来是让我后天回家，二来是来警告我不要败坏穆家的名声。"

"有一点我不明白，既然你已经和蒋逸风分手了，而且穆威声称和你断绝了父女关系，他为何还要管你的私事呢？"

穆天晴叹了口气，抱着小包子的手不由得紧了紧，小天感受到她身上散发的忧郁气息，忙仰起头伸手去抚平她眉间的褶皱。

被小包子安抚了，穆天晴阴郁的心情稍稍好了一些，继续神情落寞地说道："即便穆威已经不认我这个女儿了，但若是我德行有失，损害的势必是穆家的颜面。而且，穆威他希望我能嫁一个对他生意上有所帮助的男人，譬如之前的蒋逸风。我和蒋逸风没有分手的时候，穆威就多次让我拿着药厂合作办厂的合作案给蒋逸风。穆威想进军医药界，以穆家现在的实力和财力，显然需要蒋家的帮助。这也是我和蒋逸风分手后，穆轻烟和他在一起，穆威并不反对反而赞成的重要原因之一。"

商人重利，大女儿拴不住合作伙伴的心，就换二女儿顶上。她这个血缘上的父亲，压根不会理会穆轻烟插足她和蒋逸风、迫使他们分手会给她带来多么严重的伤害。

"原来如此！"霍熙琛点了点头，瞬间就理解了穆威的想法。

商界联姻、政商联姻，图的不过是一个"利"字。

做父亲做到穆威这份儿上的，上流社会中，也并非少数。

不过，即便他是穆天晴的父亲，自己也绝不允许他欺负自己的女孩儿！

想要和蒋家联合办药厂是吧？

这生意，他抢了！

去市中心古玩城为玉箫量身定制了一个礼盒，约定明天过来取，三个人就回到了霍家老宅。

简单用了晚餐，霍熙琛在书房处理公司事务，穆天晴陪小天在他的小角落里做手工，这已经成了他们的生活日常。

"小天，你可真是心灵手巧！"小天做好了一个蓝色的发卡，为穆天晴别在了头发上。

穆天晴看着镜子，小巧的发卡呈现出心形，上面的钻石璀璨夺目，不禁心花怒放。

"妈妈你最漂亮了！"小天嘴甜地说道。

"谢谢宝贝，你可真是我的小心肝儿！"穆天晴抱起小天，在他脸上亲了一口。

霍熙琛的视线从文件上移开，看着不远处温情互动的一大一小，面上掠过一丝宠溺。

接下来，小天去练素描，穆天晴有点儿累了，喝下了一碗补汤后，窝在沙发里，刷起了微博。

下午的时候，金兴给她发来微信，说已经把视频传给了另一个娱乐八卦的博主，让她等着看好戏。

果然，经过几个小时的发酵，再加上温华暗中购买的水军的扇动，这个博主发布的微博已经转发过万了，《世上最白莲花的妖艳贱货——论穆轻烟如何诽谤一线大腕儿华姐》。

穆天晴点开这条视频，看到下面的评论果然一边倒地为温华说话，顿时心情舒畅。

"我早就说过了，华姐是个光明磊落的女汉子，是不会欺负新人的。"

"这个穆轻烟长得就像一朵不要脸的白莲花，竟敢设计陷害我家华姐！"

"幸好有剧组的人偷拍到了完整版的视频，不然我家华姐可被这个贱人坑惨了！"

"我家华姐是娱乐圈的一股清流，这个穆轻烟才是毒瘤！"

"我听说，这个穆轻烟他爸很厉害，男朋友也是个高富帅。她肯定是仗着自己有背景，欺负我家华姐！"

"呵呵哒！该不会是干爹吧！不管她是谁家千金，都请滚出娱乐圈！"

"对！穆轻烟滚出娱乐圈！"

简单看了一眼几条微博点赞最多的评论，穆天晴截图，给温华发了微信过去。

温华很快打来电话，笑道："天晴妹子，幸好有你在。你可是我的福星。"

穆天晴说："华姐别取笑我，若不是穆轻烟要阴谋诡计，我们也懒得这么做。"

温华说:"听郭导说你明天来剧组。"

穆天晴说:"是啊。"

温华问:"你住锦园吧?我让司机明天去接你。"

"不用了,我自己过去就好。"穆天晴笑着拒绝。

两个人又闲聊了一会儿,这才挂断电话。

穆天晴一抬头,看到霍熙琛走向她,道:"明天我让成文送你去剧组,注意安全。"

穆天晴点了点头,有点困了,不禁打了个哈欠。

霍熙琛伸出手去,在她的发顶揉了揉,声线温柔,"早点儿休息。"

"嗯。"穆天晴点了点头,带小天去洗漱,而后回到了她的卧室。

现在,她的伤口完全愈合了,只是有点儿痒,每天都是甜甜帮她敷药,简单地擦擦身子。

今天,甜甜为她检查了伤口,说是可以洗澡了,所以一回到卧室,穆天晴就迫不及待地放了一浴缸的水,滴入精油,撒了些玫瑰花瓣,准备美美地泡个澡。

脱下衣服,刚要进浴缸,穆天晴听到放在外面床上的手机响了起来,便随便披了件浴袍,走出浴室。

看着屏幕上的那个陌生号码,穆天晴皱了皱眉,最终还是接了电话。

"喂,你好。"电话接通,话筒里却是一片静默。

穆天晴以为是信号不好,便去了阳台,"喂?现在能听到我说话吗?您是哪位?"

"天晴,是我。"熟悉的声音从话筒里传来,穆天晴微微一愣,随即干脆利落地挂断了电话。

"怎么了?"隔壁阳台上,站着一抹颀长的身影。霍熙琛的卧室就在穆天晴的隔壁。他此刻睡不着,站在阳台上抽烟,没想到竟会看到穆天晴身上裹着浴袍出来接电话。

"谁的电话？"霍熙琛见穆天晴脸色不太好，关切地问道。

"没事，一个无聊的人，打错了。"穆天晴裹了裹身上的浴袍，冲霍熙琛勉强笑笑，快步走回卧室。

简单泡了个澡，穆天晴扑倒在床上，只觉身心疲惫。

这么晚了，蒋逸风为什么要给她打电话呢？

这时，穆天晴的手机震动了一下，是一条短信："天晴，明天你可不可以来我家一趟？有些事，我想当着你的面，和我妈解释清楚。"

穆天晴眸光转冷，将手机丢在一边，整个人埋进了被子里。

当初，是她提出的分手，她也和蒋逸风交代过，各自向双方的亲人朋友交代两个人已经分手的事实。

虽然蒋妈妈一直待她如同亲生女儿，是身边少有真心待她好的人，但她既然已经和蒋逸风分手，而蒋逸风又在和穆轻烟交往，短时间内她是不会像以往那样经常去蒋家找蒋妈妈闲话家常了。

前一段日子，蒋妈妈给她打过电话，叫她去家里吃饭。从她的口气中，穆天晴猜测，蒋逸风并没有告诉她两个人已经分手。

可蒋逸风不说，她又怎么好向蒋妈妈开口说这件事，让蒋妈妈为难伤心呢？

现在的情况，爷爷即将举办生日宴会，她和穆轻烟必然同时在场，蒋妈妈也肯定会来。届时，蒋逸风和她分手，又和穆轻烟在一起的事，就再也瞒不住了。因此，蒋逸风才会在这个时候找上她吧。

算了，反正做错事的又不是她，她明天还得去剧组，哪有时间为蒋逸风做的错事擦屁股。

思及此，穆天晴不再纠结，将身子埋在被子里，睡了一个好觉。

第二天一早，霍熙琛说傅成文临时出差去了外地，她被霍熙琛亲自送到了影视城。

好在这边确实距离影视城很近，不过二十分钟的车程。

一进剧组，穆天晴先去了温华的化妆间。

今天上午温华和纪冉希有两场戏要拍，而古装剧里女主角的妆容向来比男主角烦琐，这个时间温华肯定已经到了。

穆天晴一进化妆间，温华的经纪人梁若天便迎了过来，"穆编剧，好久不见。"

温华听到声响也从化妆镜前转身，看到穆天晴，满脸遮挡不住的欣喜。

经过一晚上的发酵，网友得知真相后，一边倒地顶温华，温华的粉丝涨了三十几万。

今早，穆轻烟迫于压力，在微博上发表"道歉声明"："之前上传的视频并非我本人授意，但因最近一直忙于拍戏，没有及时表明态度，导致华姐备受非议，对此我向华姐和广大网友道歉。另外，我虽与华姐接触不多，但华姐在剧组平易近人，对我这个新人也颇为提携照顾。希望大家多关注《大国医》这部电影，不要再纠结于其他小事。"

穆轻烟的"道歉声明"穆天晴一早就看过。她可以将这件事推脱得一干二净，但网友都不是傻子，对她依旧颇有非议。再加上她最后那句"不要再纠结于其他小事"，更是将温华的名誉受损看得太轻，明显道歉不够诚恳真挚。

道歉态度不对，自然引来网友的怼骂，这对刚刚步入娱乐圈的穆轻烟而言，绝非好事。

不过，如此一来，穆轻烟为了挽回名誉，必然会夹起尾巴做人。她和温华、纪冉希等人，想必能清静好一阵子了。

"华姐看起来气色不错。"穆天晴听闻，前几天温华被置于风口浪尖时，有些冲动无脑的粉丝甚至跑到剧组来对她丢鸡蛋。而今看来，温华面色红润，似乎并未受到影响。

"还不是多亏了你，早就留了一手。"温华挽起穆天晴的胳膊，笑道："明天郭导放我一天假，要不要一起出去逛街？"

穆天晴如何不了解温华示好的心思，可惜她明天真的有事，便委婉地拒绝道："华姐，真是抱歉。明天我爷爷过生日，我得回趟穆家。"

温华一听，眼底闪过一丝失望之色。她现在和穆天晴虽然走得近，但天晴爷爷的寿宴她没接到邀请，总不好贸然过去。

身旁的梁若天反应很快，笑道："那真是不巧，还是改天再约吧。"

温华叹了口气，"好吧，改天天晴你有时间，我们再约。"

说话间，纪冉希走了进来，他已经换好了戏服，化好了妆，温华见状忙坐回到化妆镜前。

"小晴晴，好久不见！"纪冉希笑眯眯地打了声招呼，一双眼睛探照灯般将穆天晴上上下下打量了一番，"你可是有点儿胖了啊。瞧瞧，这脸都有些圆了。"

穆天晴瞪了他一眼，没好气道："纪冉希，你还真是哪壶不开提哪壶！"

不用纪冉希提醒，穆天晴也知道，最近被霍熙琛关起来养伤，定时投喂，她确实胖了三斤。原本标准的瓜子脸有些圆了，下巴上也有了点儿肉。

纪冉希挑眉，笑得很暧昧，贴近几分，在穆天晴耳边笑道："小晴晴，你还真是个有口福的。说吧，被我们霍大老板的厨艺征服了没？"

"少来取笑我！"穆天晴没想到纪冉希会知道她最近一直和霍熙琛在一起，转念一想，八成是她老哥告诉给他的。

"好了，不笑话你了。明天穆老爷子过生日，我就不过去了。不过我为他老人家备了一份薄礼，你帮我带上。"说着，纪冉希给他身后的金兴使了个眼色。

金兴从裤兜里掏出了一个红色的木盒，一脸肉痛地递给了穆天晴。

穆天晴没想到纪冉希会给爷爷准备生日礼物，本想拒绝，但一想到两个人是朋友，他和哥哥的关系似乎比和她还要亲近，犹豫了一下，接过了木盒。

接下来，温华和纪冉希拍戏，穆天晴则和郭永和寻了处安静的地方，将之后的剧本从头到尾地捋了一遍。

忙碌完，已是下午。

上午穆轻烟没有戏份，下午两点，她才姗姗来迟。

此时，闻讯而来的记者和粉丝已经在剧组门口聚集，穆轻烟一下车，就被团团围住。

"穆小姐，听闻这次为了诽谤温华小姐，你出资三百万雇佣水军，可有此事？"

"穆小姐，你之前一直在国外，这次回到国内就能接替周媚成为《大国医》的女二号，请问是否有所谓的内幕？"

"穆小姐，听闻这次你父亲为电影投资了三千万，可有此事？"

"你真的是穆氏集团董事长穆威的女儿吗？那你和《大国医》的编剧穆天晴是姐妹关系吗？还有，最近有媒体发现，你和蒋氏集团总裁蒋逸风交往甚密，犹如情侣。他不是穆天晴的男朋友吗？"

穆轻烟听到前面的问题，即便脸色难看，面上仍勉强维持了得体的笑容，只是简单地官方回答，让记者朋友们不要再关注此事，因为她已经在微博的"道歉声明"里解释过了。

可一听到最后那个问题，穆轻烟完美的笑容龟裂，即便鼻梁上挂着墨镜，也难掩眼眸中的阴霾。

媒体记者见状，忙拿起相机，"咔咔咔"声不绝于耳。

而同时，有温华的死忠粉丝冲进来，手里的鸡蛋、菜叶一股脑地朝穆轻烟砸了过来。

危急之时，蒋逸风和保镖赶到。保镖们驱散众人，他则护着穆轻烟快步离开。

晚上，霍家。

穆天晴趴在自己柔软的大床上刷微博。

虽然穆轻烟前一阵子作妖，害得温华名誉受损，好在后来剧情反转，温华打了个漂亮的翻身仗。不过，这么一来，十分利于《大国医》的宣传。现在《大国医》可谓因祸得福，未播先火了。

穆天晴刷了一会儿微博，又刷了一遍朋友圈，翻了个身躺在床上。快要睡着时，她的手机震动了一下。

拿起手机看了一眼，有人给她发了一条微博私信。

穆天晴好奇地点开，发现对方发来的是一张照片。

照片里，一个男子身前的桌子上摆放了一沓沓摆得整整齐齐的人民币，神色颇为激动。

这个人怎么看着有点眼熟？

穆天晴点开发信人，发现是刚刚注册的一个小号。她再次返回，点开那张照片，仔细研究了一番。

这张照片，应该拍摄于一个档次很低的小旅店。显然，男人似乎和什么人刚刚做了一笔交易。

男人背后有一面镜子，刚好能映出屋内的摆设。将镜面放大，仔细看，还可以看到他对面坐了一个女人。

这个女人……

穆天晴猛地从床上坐了起来，将图片再次放大。

那女人穿了一套红色的香奈儿最新款服装，手上戴着一只碧玉的镯子，虽然五官看不清，但从露出来的额头和女人的发型上来看，她分明就是穆轻烟！

脑子里灵光一闪，穆天晴仔细数了数男子桌子上的钱，不多不少，刚好二十万！

起身，穆天晴光着脚跑出了卧室，想也不想地就去找霍熙琛。

敲了敲霍熙琛的卧室门，穆天晴再次发现他的房门未锁，她就这么畅通无阻地走了进去。

霍熙琛此刻已经就寝，听到声响从床上坐了起来。

昏暗的卧室里，男人顶着微乱的短发，上半身赤裸，眼神慵懒地看向了她。

穆天晴此刻满脑子都是那张照片，快步走到床前，一下子跳上了床，将手机递给霍熙琛，"阿琛，你看看这张照片！"

霍熙琛眸光幽深，定定地看了眼面色焦急的穆天晴，接过了她的手机。

"我哥发给我的资料你都看过的，还记得这个男人吗？"穆天晴往霍熙琛身边挪了挪，跪坐在床上，两个人胳膊挨着胳膊，几乎脸贴着脸。她指了指照片里的男子，问道。

熟悉的冷香往鼻子里钻,女孩儿微凉滑腻的手臂贴着他,霍熙琛暗暗吸了口气,目光落在手机屏幕上,"记得,他是和杀手接头的阿山。"

"你再仔细看看这张照片。"穆天晴仿佛发现了新大陆的孩子,迫不及待地将照片放大,指了指镜子里的女人,"刚刚有人用小号给我的微博发了私信,这个女人就是化成灰我都认得,她是穆轻烟!"

霍熙琛闻言不由得错愕,凑近了些,仔细看了看。

大概过了两分钟,霍熙琛道:"我基本上同意你的判断。不过,为了保险起见,也为了拿到证据,这张照片最好找专业的人处理一下。"

"这个我哥最擅长了,我这就给他打电话。"说着,穆天晴起身。

可能是跪坐了太长时间,穆天晴起身时小腿一麻,身子倾斜,靠在了霍熙琛的肩上。

"哎哟,腿有些麻。"穆天晴蹙眉,坐在床上,用拳头捶打小腿。

"是这里吗?"霍熙琛架起穆天晴的一只腿,一双手力道适中地帮她按摩起来。

"对对对。疼,有点儿疼,你轻点儿。"

"哦,好。"霍熙琛放松了力道。

按摩完一只小腿,霍熙琛又抬起了另一只。

不过短短几分钟的时间,他手心里满是汗水。穆天晴的小腿皮肤细滑,摸起来十分滑顺,她身上穿着睡衣,露出嫩藕似的玉臂,即便黑暗中,他依旧能感觉到她那双娇嗔的眸子。这一切的一切,落在霍熙琛眼里,让他身子发烫,一张脸也微微变红。

"好了,不麻了。谢谢你,阿琛。"穆天晴在霍熙琛肩上拍了拍,跳下床,又光着脚跑了出去。

"阿琛,晚安。"听着女孩儿甜腻的声音,霍熙琛不禁失笑。她招惹了他,就这么拍拍屁股走了,而他今晚,注定会是一个不眠之夜。

第二天下午,霍熙琛依旧大手笔地派来了"天汇娱乐"旗下的首席化妆师Luna和造型师Slinda,说是为了感谢前几天她给小天和他买了衣服，礼尚往来，他也想送她一个小惊喜。

Slinda知道穆天晴的喜好，这次特地带来了一套为她量身打造的旗袍。

想必，这就是霍熙琛送给她的小惊喜吧！

一个半小时后，穆天晴看着试衣镜里的自己。

她身上穿了一件浅嫩色的旗袍，上面绽放了大朵大朵的明净雪白的芍药花，雪藕般的手臂半露，脸上画了清雅的淡妆，随意盘起的乌黑长发用一支古玉簪子固定，玉簪顶端镶嵌了一只展翅的玉蝶，颇为古朴灵动。

"带上这个。"Slinda拿起一个碧玉镯子套在穆天晴腕上，衬得半截手臂极为白皙。

穆天晴忍不住伸手去摸簪子顶端的玉蝶，唇角含笑，眉目宛然，盈盈立在那里，身上自有一股子宁静淡然的古典气息。

"真是太美了！"化妆师Luna忍不住赞叹道。

穆天晴的皮肤底子极好，几乎嫩得能掐出水来，是那种不施粉黛的白皙，泛着淡淡的珠光。Luna为穆天晴化妆，几乎不用再做修饰，只需稍加描眉点唇即可。

这样的好苗子不去做明星，还真是可惜了。

打扮妥当，穆天晴肩上披了一条白色的真丝披肩，脚上踩了一双私人订制的白色高跟鞋，走出了霍家的大门。

看着穆天晴婷婷袅袅的背影，Luna和Slinda对视一眼，不由得想起自家大老板安排她们两个过来时所说的话：

"今天给你们一个艰巨的任务，让老板娘成为今晚宴会的焦点。"

穆天晴坐进了车里，霍熙琛亲自做了她的司机。

坐下后，穆天晴才发现，她脚上的鞋子，高跟处银色的花朵枝蔓缠绕，颇有特色。

低头，看着手里的礼盒，穆天晴脊背微僵，她随即扭头看向窗外，一副心事重重的模样。

这一阵子,一直住在霍家,有小天和霍熙琛的陪伴,她过得前所未有的轻松快乐。

而今晚,因为爷爷,她不得不再次回到穆家。或许,是她想多了。今晚,应该会风平浪静地度过吧!穆天晴突然有些心烦,只好放空大脑,让自己看着车外发呆。

"晚上要住穆家吗?"快到目的地了,一直很安静的霍熙琛低声问道。

穆天晴收回空洞的目光,眼眸看向身旁的男人,瞳孔渐渐有了焦距。

霍熙琛眼角瞥到她不开心的模样,腾出右手,去抚摸她微凉的发,"要不要我陪你一起进去?"

穆天晴摇了摇头,叹了口气,低垂着眼眸道:"还是不要了,万一我和他们吵起来,你在场我会很尴尬的。"

霍熙琛眸光泛着宠溺,"你放心,穆威是不会和你吵闹的。这种场合,他巴结攀附权贵还来不及,怎么会做当众为难自己亲生女儿的事呢。"

前一阵子,穆威单方面声明和穆天晴断绝了父女关系。这件事虽然没引起大众的关注,但在C市的上流圈子引起了轩然大波。

听闻穆天晴的母亲梁宛如在得知她父亲穆威出轨后,就将手头穆氏集团百分之三十的股份都移交给了穆天晴,更是将名下的十几套房产和很多古董字画统统留给了穆天晴。

所以,梁宛如死后,穆威即便并不待见他这个大女儿,面子上还是过得去,毕竟穆天晴名下的财产累加起来是一笔不小的财富。若是真的惹怒了她,她将名下百分之三十的股份随便转让给穆氏的任何一位生意对手,都足以给穆氏带来致命的打击。

以霍熙琛对穆威的了解,和穆天晴断绝父女关系绝对是他在极度愤怒之下的意气之举。只待他消了气,即便穆庆国不给他台阶下,他也会想方设法地和穆天晴修复关系。

毕竟,在穆威看来,他们两个人是父女关系,只要他的态度稍微软化，认个错，说几句软话，穆天晴这个重视亲情的女儿肯定会原谅他的。

穆天晴闻言点了点头，"我想多陪陪爷爷，今晚可能会很晚回家。"

听穆天晴的语气，霍熙琛知道她不想在穆家留宿，心里竟十分欢喜，"好，提前告诉我，我来接你。"

穆天晴掐着时间，六点整赶到了穆家。

远远地就看到穆家别墅的门口里三层外三层地停满了豪车，大厅里灯火通明，人影幢幢。

霍熙琛将车子停在别墅的大门外，穆天晴下了车，一阵凉风袭来，她拢了拢肩上的披肩。

别墅门口，孟亦凡正领着下人迎接到来的客人，她一袭藏青色的长裙，不时和前来贺寿的客人打着招呼。

"牛局长，您来了！哎呀，真是蓬荜生辉！"

"李夫人，快请进！您今天这身衣服可真好看！"

"哎哟，这是林家的三小姐吧，几个月不见，你可是又漂亮了呢！"

穆天晴走近了些，孟亦凡一看到她，脸上的笑容僵了僵，随即转过身去，拉起一个贵妇的手，攀谈起来。

对于孟亦凡的反应，穆天晴毫不在意，继续迈着步子往前走。

这时，孟亦凡身边的下人伸出手臂拦住了她的去路，"这位小姐，请出示您的邀请函。"

穆天晴闻言止住脚步，挑眉，看了眼那个下人，觉得眼生，冷冷道："你是新来的？"

"小姐，这里不是你随便就能来的地方。"下人的声音拔高了几分，不客气道："如果没有请柬，请您立即离开！"

孟亦凡见穆天晴被拦在穆家门外，唇角泛起冷笑，干脆转身走了进去。

不远处，几个携伴而来的贵妇听到动静，向穆天晴这边看了过来。

当看到穆天晴这身打扮，再加上她面容姣好气质不俗，那几个人不禁多看了她几眼。

"那个姑娘是哪家的千金，你见过吗？"

"没有呢！不过模样看起来倒是不错。"

"是啊，也不知道是谁家的女儿，我儿子刚刚从加拿大留学回来，还没有女朋友呢。"

"徐夫人，就算你家徐公子打一辈子光棍儿，也不能找她当女朋友啊！"见不得几个相熟的人对穆天晴称赞有加，一个年轻女子拢了拢肩上的卷发，眼神不屑道："她眼界可高了呢，为了能嫁入豪门，拼命地讨好野男人的儿子，人家可是连后妈都愿意当呢。"

说话的女子不是别人，正是穆轻烟的闺蜜，林氏千金林媛媛。前几天，她和穆轻烟逛街时看到穆天晴抱着一个四五岁的小男孩儿，和一个长相英俊的男人有说有笑地一起逛街，便无中生有地编排了许多不利于穆天晴的流言。

那三个贵妇中，徐氏制药集团的徐夫人出身书香门第，是个知书达理之人，向来看不惯任性刁蛮的林媛媛。虽只是远远看了穆天晴一眼，但她对这个姑娘印象很好，有了上前攀谈的兴趣。

于是，徐夫人快步走到穆天晴面前，友好地问道："姑娘，你若是忘记带请柬，我可以带你进去。"

穆天晴闻言，看向徐夫人，见她一脸和善，刚要出言感谢，就听身后传来一个尖利的女声："徐夫人，她不是没带请柬，而是压根就没有被邀请。"

林媛媛也快步走到穆天晴面前，扬起下巴，高傲地看向她，嘲讽道："徐夫人，我刚刚好心提醒你，你倒是不识好人心。怎么，凭你和我们林家的关系，我还会害你不成？我告诉你吧，你看上的这位大家闺秀，可是穆天晴，穆家的大小姐。所以你想想，为什么她爷爷办寿宴，她本人没有请柬，又被一个下人拦在门外？"

林媛媛刻意提高音量，进进出出的宾客下人都停下脚步，向穆天晴这边看了过来。

围观的人越来越多，林媛媛愈发张狂，见穆天晴眉目间一派悠然，她倒是先沉不住气了，"穆天晴，你怎么不说话？怎么，怕我拆穿你假千金真小三的面目？"

"徐夫人，谢谢你的好意。"穆天晴并没有回答林媛媛，也没有和她争吵，只是面带微笑地看向徐夫人，淡淡道："很抱歉，招待不周，让恶犬挡住了家门口，扰了夫人的清静。"

徐夫人闻言不禁轻笑出声，对穆天晴的印象更好了。

林媛媛气得黑了一张脸，"穆天晴，你说谁是狗呢？"

穆天晴看也不看她一眼，抬手抚了抚额前的碎发，还是淡淡道："谁答应，我说的就是谁！"

"你！"林媛媛正想发飙，一抹纤细的身影拨开众人，朗声道："各位客人里面请。爷爷的寿宴马上就要开始了。"

来人正是穆轻烟，她刚刚在角落里看了好一会儿好戏，本想借着林媛媛刁难穆天晴一番，没想到她竟然这么不中用。

"姐姐，你怎么站在外面？爷爷刚刚还找你呢。"穆轻烟装出刚看到穆轻烟的表情，上前去拉她的手，"快进来，我们一起去给爷爷拜寿。"

穆天晴侧身，不着痕迹地避开了穆轻烟的触碰。

此时，穆枫也闻讯而来，冷冷扫了眼刚刚阻拦穆天晴入内的下人，低声吩咐了一句，"去管家那里领两个月的工资，立刻滚蛋。"

那个下人吓得脸色苍白，刚想辩解什么，就被穆枫身后的管家给拉走了。

"哥。"穆天晴脆生生地喊了一句，而后和徐夫人点了点头，跟着他快步走了进去。

"哥，家里的下人好像换了很多。"穆天晴在穆枫耳边低声说道："管家也换掉了？"

穆家原来的梁管家是看着她妈妈长大的，即便梁宛如去世，孟亦凡嫁入穆家做了填房，有梁管家这样的老人儿在，她日子过得尚可。后来，梁管家突发心脏病去世，孟亦凡重新找了一个管家，叫叶文天。穆天晴总觉得，这个叶管家怪怪的，身上有种令人很不舒服的说不出来的感觉。

"新来的管家叫冷语，是自己人。你离开以后，除了夏妈，孟亦凡辞掉了所有对咱们兄妹忠心耿耿的下人。"穆枫淡淡道，眸光微冷，"我也寻了个理由，将叶管家给辞退了。当然，这件事爷爷是知道的。天晴，你昨天交给我的照片我找人做了技术鉴定，可以肯定，那个给阿山送钱的女人，就是穆轻烟。"

穆天晴闻言顿住脚步，一时间眼眸中闪过太多复杂的神色。

陈敏发逃脱之后，使出金蝉脱壳之计找了个替身跳楼。而后，他派人对她进行暗杀，而和杀手接头之人，竟然曾和穆轻烟有过接触。

"难道……"穆轻烟和陈敏发之间，有千丝万缕的联系？

还有，那个给她匿名发照片的人，是谁，有什么目的？

穆枫点了点头，"这里不是说话的地方，晚宴后，我们找个地方详谈。"

穆天晴点了点头，将纪冉希送来的贺礼给了穆枫，"哥，这个是冉希给爷爷的礼物。我不方便直接送给爷爷，还是由你出面比较好。"

她现在单身，若是被爷爷误会，以为纪冉希是想借着给爷爷送生日礼物的机会接近她，就不太好了。

穆枫接过木盒，眼底飞快地闪过一丝复杂的神色。

客厅里已是人满为患，穆威和孟亦凡忙着招呼宾客，穆枫带着穆天晴直接去了二楼的书房。

这次穆庆国举办寿宴，很多帝都的老朋友也飞到C市参加。此时，穆老爷子和一众老友在书房里喝茶聊天，目光不时地向门口处看去。

当看到穆枫走进来时，穆庆国的眸光不由得黯淡了几分，低头去拿书桌上的茶杯。

"爷爷！"熟悉的甜甜的声音响起，穆庆国抬眼，看到穆天晴从穆枫身后闪出，俏生生地站在明亮的吊灯下。

"爷爷，生日快乐，福如东海，寿比南山。"穆天晴笑眯眯地走上前，将礼盒双手奉上，"爷爷，这是我特地为您准备的生日礼物。祝您年年有今日，岁岁有今朝！"

"好好好！"穆庆国乐得合不拢嘴，接过礼盒放在一边，笑道："你人来了就好，还准备什么礼物，又让丫头你破费了！"

穆枫帮穆庆国将礼盒拆开，将里面的玉笛递给穆庆国，道："爷爷，现在天晴可是著名女编剧，吸金能力超强。让她破费是应该的！"

穆庆国没想到穆天晴会送他玉笛作为生日礼物，愣了愣，想起自己去世的老伴儿，不禁红了眼眶，"你这丫头，这礼物算是送到我心坎儿上了。"

穆天晴担心穆庆国太过忧伤，忙拉着他的手，撒娇道："爷爷，这么多长辈，有些我还不认识呢，您该介绍介绍才是。"

穆庆国这才敛去面上的哀伤，将周围的十几个老友一一介绍给穆天晴。

他的这些老朋友，大部分都和他一样，退休在家享受天伦之乐，还有一部分依旧身居高位。有些老朋友，很多子孙辈依旧在帝都军区或者国家机关担任职务，一个个皆出身不凡、小有所成。

这次，穆庆国决定在C市过生日，一来是想要缓和穆天晴和穆威的关系，二来既然穆天晴和蒋逸风分手恢复了单身，他就动了给这丫头介绍个帝都的男朋友的念头。这样将来穆天晴毕业后可以在帝都定居工作。

"丫头，来，再给你介绍两位青年才俊。"将一众长辈介绍完毕后，穆庆国拉着穆天晴的手，笑眯眯地指着两个年轻人道："这位是你刘爷爷家的长孙，刘昊礼。这位是你李爷爷家的小孙子，李孟斐。"

穆天晴脸上挂着得体的笑容，一一和两个人打过招呼。

这时，书房的门被打开，一个中年女子和一个年轻男子一前一后地走了进来。

中年女子一身贵气，一袭酒红色的晚礼服得体大方，看起来比同龄人更年轻一些。年轻男子绅士儒雅，风度翩翩，俊朗的面容上颇有书卷气息。

两个人进来后，孟亦凡紧随其后，人未进来时，笑声已先到，"老爷子，您看是谁来了！"

蒋怡修快步上前，笑眯眯道："爸，您老生日快乐！"

穆立丰也恭恭敬敬地道贺："爷爷，生日快乐。抱歉，飞机延误，我们来晚了。"

来人正是穆庆国的大儿媳蒋怡修和长孙穆立丰。

穆庆国有两子，大儿子穆国栋在帝都军区担任第五军司令，大儿媳蒋怡修在国防部就职，长孙穆立丰则是外交部有史以来最年轻的外交官。

当年，穆威因贪污被开除军籍，这案子就是他大哥穆国栋审理并交代秉公处理的。为此，两兄弟结下了仇怨，老死不相往来。每年也只有在穆庆国过生日时，两家才有走动。

其实，孟亦凡嫁过来之后，抱了攀附高枝的念头，没少给穆威吹枕头风，想要修复和大伯家的关系。后来，穆威为了生意上能受到大哥的照拂，也曾经主动和他联系，两个人关系一度缓和。再后来，穆威仗着自己哥哥是军区司令，没少打着他的旗号招摇撞骗。三年前更是私下里倒卖军资，这下彻底惹怒了他这位疾恶如仇、刚正不阿的大哥，关系一度降到了冰点。

这次，穆国栋忙于军事演习，不能赶来给老爷子贺寿，便派了妻儿过来。

"大嫂，立丰，你们喝茶。"孟亦凡热情地忙前忙后，命下人端来茶水，亲自为蒋怡修和穆立丰倒了两杯。

蒋怡修看了眼送到面前的茶水，冷着一张脸。她走到穆天晴的面前，拉起她的手，上上下下打量着，笑道："天晴，一年不见，又水灵了！我听说你现在单身，那真是太好了。不知道哪家小子有这福气，能得到我们穆家大小姐的青睐。"

穆天晴羞涩地笑了笑，知道蒋怡修是在为她出头，柔声道："伯母，你又在取笑我了。"

刘昊礼自从穆天晴进来之后，目光就一直黏在她的身上，此刻见美人嫣然一笑，顿时魂不守舍。

而他身旁的李孟斐则显得更为得体，只是看向穆天晴的眼神，也有着一丝难以掩饰的欣赏和爱慕。

孟亦凡端着茶杯,进退两难,面上的神色十分尴尬,看向穆天晴的眼神也多了几分怨毒。穆立丰到底是见过世面的,接过她手上的杯子,笑道:"这边我来招呼就好,马上开席了,您去下面忙吧。"

孟亦凡如获大赦,说楼下还有贵宾要招待,忙不迭地退了出去。

穆立丰没想到会在这里看到刘昊礼和李孟斐,这两个人可是帝都有名的四公子之二,如今齐聚C市,恐怕是爷爷和他们长辈的刻意安排。

穆天晴被蒋怡修拉着闲聊,穆立丰则被刘昊礼拉住谈天说地。两个人聊来聊去,刘昊礼的目光时不时地看向穆天晴,和穆立丰谈论的话题也总会绕到穆天晴身上,无非是想从他身上多套些穆天晴的喜好。

穆庆国看到这一幕,心里自然欢喜,在刘昊礼的爷爷刘立志耳边低语道:"我看,你家的昊礼好像挺喜欢我家丫头的。嗯,你这个孙子是我看着长大的,人品相貌都很拔尖,也配得上我家天晴。"

刘立志看向穆天晴,对她也十分满意,笑眯眯道:"我看你家孙女也不错,人长得漂亮,学历也高,而且还是个能写剧本的大才女。老哥,若是天晴嫁入我们刘家,你放心,我们刘家肯定不会亏待她。"

"哈哈!还是看两个孩子的意愿吧,咱们两个老东西就别乱点鸳鸯谱了。"穆庆国嘴上这么说,心里却十分欢喜。

屋里众人聊得热闹,眼看着时间到了晚上六点五十。

书房的门被礼貌地敲了敲,穆轻烟拉开门,和蒋逸风一起走了进来。

"爷爷,生日快乐。"穆轻烟甜甜道。她和蒋逸风快步上前,给他使了个眼色,蒋逸风则将手上捧着的一个檀香木盒递到了穆庆国的面前。

穆轻烟又道:"爷爷,这是我和蒋哥哥一起帮您选的生日礼物,希望您能喜欢。"

穆庆国面色微冷,却还是伸手接过木盒,看也不看,随意地放在一边。

刘立志看了穆轻烟一眼,觉得十分面生,扭头问:"老哥,你什么时候又多了一个孙女？"

刘立志一问出口，其他人也忍不住纷纷询问。

"轻烟是老二家的二女儿，之前一直在国外念书，刚刚回来。"穆庆国不咸不淡地解释了一句，随即变相地下了逐客令，"马上就开席了，你们两个下去忙吧。"

穆轻烟虽不情愿，却还是应了一声，和蒋逸风携手退了出去。

出了书房，穆轻烟停下脚步，眼神阴霾，气得跺了跺脚。

穆轻烟之所以赶着这个时候来书房，就是想和穆庆国一起下楼。只要看到她和蒋逸风，跟着穆家老爷子一起下楼，一来会证实了她穆家二小姐的身份，二来也变相地表明穆庆国同意了她和蒋逸风在一起的事情。

昨天，蒋逸风的母亲蒋夫人竟亲自给穆轻烟打了个电话，告诉她，即便蒋逸风和穆天晴分手，她也不会同意他们两个人在一起。还告诉她，别痴心妄想企图使手段进入蒋家。

蒋夫人给穆轻烟打电话时，蒋逸风就在她身边。挂断电话，她扑到蒋逸风怀里哭得上气不接下气。蒋逸风却只是拍了拍她的肩膀，简单地安慰了她几句。

"蒋哥哥，怎么办，爷爷和你妈妈都不喜欢我。"穆轻烟扁着嘴，一副泫然欲泣的模样。往日里，只要她稍稍装出委屈的表情，蒋逸风就会心疼得不得了。

这次，蒋逸风只是叹了口气，道："轻烟，车到山前必有路。你放心，有我在，我是不会让你受委屈的。"

本来，蒋逸风是想趁着穆庆国生日的机会，哄得老爷子开心后，顺势将他和穆轻烟在一起的事情公之于众。这样，即便母亲和穆老爷子对穆轻烟还是存有偏见，但好歹能先给她一个名分。可见到老爷子这个态度，他便不得不打消了这个念头，只好从长计议。

穆轻烟低垂着头，装出一副无辜的模样，"蒋哥哥，都是我的错，我不该招惹你的。现在姐姐和蒋夫人、爷爷都厌恶我，这都是我该承受的。不过，蒋哥哥，我从来都没有后悔过。和你在一起，这是我这辈子做过的最美好的事。"

蒋逸风闻言，心里微微一疼。

"蒋哥哥，晚宴马上开始了，我们先下去吧。我们的事先缓缓，以后再说。"穆轻烟拉起蒋逸风的手，脸上挂着委曲求全的表情。

蒋逸风心里一软，揽过穆轻烟的肩头，"宝贝，让你受委屈了。不过你放心，这些阻碍都不是问题。只要我心里有你、爱的是你，就足够了。"

语落，蒋逸风和穆轻烟手挽手、肩并肩，神态亲昵地一起下楼。

此时，穆家的用人们跑进跑出，十分忙碌。穆家这次将别墅的院子开辟出来，搭建起台子，做成了自助西餐的草坪聚会。邀请了C市五星级酒店的大厨，两条餐桌上此刻摆满了各式精美的西点。

而穆庆国的那些老朋友，穆枫担心老人家吃不惯西餐，在二楼开辟了一个房间出来，做成临时用餐的包厢，为他们精心准备了中餐。

时间一到，穆威走上了搭建好的舞台，说了一番开场白后，穆庆国拉着穆天晴的手，坚持带着她一起上了舞台。

穆威看到穆天晴，眸光微冷，面上勉强维持着笑容

穆庆国走到话筒前，声音铿锵有力道："感谢大家能参加今晚的宴会，我这个老头子向来是个直脾气，自问做人做事问心无愧，也因此交下了不少过命的朋友。我穆家虽算不上书香门第，却也家世清白，穆家子孙做人做事堂堂正正。如若有穆家子孙心怀不轨，做出违法乱纪之事，我穆老爷子第一个就不放过他！"

谁也没想到在这大喜的日子里，穆庆国竟然会说这番话。穆威顿时白了一张脸，一双眼睛闪着恶毒的光。

穆天晴闻言，亦是若有所思。她看向穆庆国，但见他眉眼间神色憔悴，脸上隐藏着一丝怒气。

难道，她不在的这段日子里，穆家发生了什么事？

穆天晴蹙眉，拿着询问的目光看向穆枫。穆枫也是一脸迷茫，冲她轻轻摇了摇头。

"好了，话说得有些重了。下面，我向大家隆重地介绍一个人。"

穆庆国朝穆天晴招了招手，换上了一脸慈爱的表情，"天晴，你过来。"

穆天晴迈着优雅的步子，面含微笑地朝穆庆国走去。

因着她不喜应酬，很少出现在C市的上流圈子，很少有人见过她。所以，穆天晴一出现，顿时吸引了不少人的眼球。

"这个姑娘是谁啊？"

"不认识，难道是哪家的千金？"

"能得到穆老爷子的青睐，怕不是一般的身份吧。"

"嗯嗯！你看她这身打扮，还有气质，怎么看都是个出身不凡的大家闺秀。"

穆庆国抓住穆天晴的手，见众人目光都在他的宝贝孙女儿身上，不禁笑眯眯道："这是我穆庆国的孙女儿穆天晴，现在在C大医学院念研究生，业余喜欢写作。还望大家看在老头子我的面子上，以后对天晴多加照拂。"

穆庆国话音一落，众人不由得面面相觑。

前一阵子，穆威单方面宣布和他的大女儿穆天晴断绝了父女关系，而今穆老爷子在他的寿宴上又唱了这一出。这对父子，到底在搞什么鬼？

虽然心中疑惑，但今晚的来宾到底是见过大场面的，纷纷恭维道：

"原来是穆家的大小姐，真是百闻不如一见。"

"穆小姐深居简出，向来低调，我们虽然不认得，却也久闻大名。穆老爷子，您这个孙女儿可不简单！"

"可不！C大的高才生，剧本写得也好。沈氏集团前一阵子从《大国医》剧组撤资，现在缓过气来，悔得肠子都青了！"

"听说蒋氏和穆氏强强联合，一共投资了五千万拍摄这部电影，这次穆董怕是要赚得个盆满钵满了！"

"哎呀！穆董真是好福气，竟然生了这么个好女儿！"

"穆大小姐一看就是个有福气的，长相又旺夫，不知谁家公子有这个福分，能娶到这么个摇钱树。"

穆庆国将穆天晴带到台上时，穆轻烟就一脸的怨怼。同样是孙女儿，他对她不理不睬，对穆天晴却分外抬举。相比之下，她的面子又往哪儿搁？！

尤其听了宾客的议论和恭维，穆轻烟狠狠咬住下唇，眼神怨毒地看向台上光芒四射的穆天晴，心里的嫉恨铺天盖地而来——穆家大小姐的荣耀，那些人的赞美，原本都应该是她的！穆天晴这个贱人，性子倔强，还是个死脑筋，除了惹父亲生气外，又为穆家做过什么？！为何爷爷从来都看不到她的努力，她到底哪里不如她？！

"轻烟，看不出来，你姐姐她挺有本事的嘛！"穆轻烟身旁，林媛媛语气泛酸地说道："我看你家，也就你爸是个明白人。你爷爷怕是老糊涂了吧，同样是孙女儿，为何就偏偏抬举穆天晴这个贱人？"

穆轻烟暗暗咬牙，眼眶微红，装出一副委屈的模样，"媛媛，姐姐她确实很优秀，难怪爷爷疼爱她多一些。况且，我多年不在国内，很少在爷爷身边为他老人家尽孝，他和我不亲近，我也没办法。或许，比起姐姐来，我还是不够优秀吧！"

"轻烟，怎么妄自菲薄了？"蒋逸风听到穆轻烟的话，拉起她微凉的手，安抚道："没有必要和穆天晴比，你就是你，是这世上唯一的穆轻烟。你为了拍戏，坚持自己的梦想，肯吃苦，肯努力，性子又是如此的温婉善良，这样的你，比任何人都要优秀。"

穆轻烟面上一红，一脸娇羞，"蒋哥哥，我哪有你说的那么好。"

林媛媛则轻笑出声，调侃地看向两个人，"蒋总，轻烟，你们两个这是在秀恩爱吗？真是撒了我一脸的狗粮！"

"媛媛，"穆轻烟娇嗔地瞪了闺蜜一眼，"你学坏了，也来取笑我。"

穆庆国在台上又说了几句喜庆话，而后便和穆天晴一起下了台。

在台上时，位于高处，穆天晴将蒋逸风和穆轻烟的互动都看在眼里。只是，现在面对这两个人，她已经心平气和了，情绪再无波澜。

毕竟，他们对于她而言，不过是熟悉的陌生人。

穆天晴跟随穆庆国去了二楼的包厢，众人落座后，下人们训练有素地端上了精心准备的菜肴。

席上，穆天晴坐在蒋怡修的身旁，两个人不时低语几句。穆立丰注意到坐在对面的李孟斐目光一直似有似无地向穆天晴这边看过来。

穆立丰唇角含笑，端起酒杯，向对面的李孟斐看了过去。

李孟斐见状，也端起酒杯，和穆立丰遥遥对敬了一杯。

蒋怡修在穆天晴耳边低声道："那个穆轻烟真是太过分了，怎么能把蒋家那小子从你身边抢走！"

穆立丰耳尖，忙道："妈，我觉得离开蒋逸风，天晴她未必就找不到更好的。有合适的青年才俊，我们多替她留意就是了。"

"伯母、堂兄，我现在还在念书，实验室和剧组两边跑，哪有时间和精力谈恋爱啊。"穆天晴羞涩地笑了笑。

"念书、做实验和写剧本，并不影响你处男朋友嘛！"蒋怡修笑道："天晴，今天晚上这桌酒席上，就有两个青年才俊。我看，那个李孟斐就不错。他家世好，性子也沉稳，和你倒是挺般配的。"

穆天晴抚了抚额角，突然有些头疼了，"伯母，我现在真是没心思考虑这些。"

穆立丰见穆天晴似有抵触，忙换了个话题，"天晴，我和妈这次来C市，正好休了年假，打算多停留几天。这几天你有时间吗，带着我们去各处转转？听说C市的海景不错。"

穆天晴点头，"没问题。"

一顿晚餐宾主尽欢，晚饭后，穆天晴主动送蒋怡修和穆立丰回酒店。

上车前，穆天晴想到等下还有事和穆枫商量，担心回去太晚，小天不肯睡觉熬夜等她，便给霍熙琛发了条微信。

发完微信，穆天晴开了穆枫的车，将伯母和堂兄送到了他们下榻的酒店。

穆天晴将两个人送到房间，约好了明天一早九点，穆天晴过来带他们去C市四处转转，而后她驱车离开了酒店。

估摸着穆枫那边应该忙完了，穆天晴给他打了个电话，两个人最终约在他的住处相见。

穆天晴来到穆枫所在的小区,远远地就看到小区门口站了一抹颀长的身影,那人脸上还戴了一个大大的白色口罩。想起穆枫的交代,她忙停下车子,那人拉开车门,钻进来坐在了副驾驶的位置上。

纪冉希摘下口罩,露出一张妖孽的脸,笑嘻嘻道:"小晴晴,有没有想我呀?"

"是我哥让你来接我的?"穆天晴挑眉,伸手去捏纪冉希的耳朵,"你就这么站在小区门口,不怕被偷拍或者被粉丝围追堵截?"

"黑夜是我最好的掩饰!"纪冉希身子往后一靠,一双修长的大长腿往前一伸,打了个哈欠,"况且,我还戴了口罩,别人认不出我来的。"

穆天晴说:"还是小心为妙!万一我接你被人拍到,传出绯闻,就麻烦了。"

纪冉希想:"嗯,是挺麻烦的,若是被霍大老板知道了,还不得扒他一层皮?"

说话间,穆天晴将车子开到了穆枫的别墅,两个人一起下了车。

"最近剧组那边比较忙,你哥的这栋别墅离剧组比较近,我就暂时搬过来小住几天。"纪冉希熟门熟路地掏出钥匙,开门,走了进去。

穆天晴倒没有多想,甩掉高跟鞋,直奔沙发而去。

躺在沙发上,穆天晴昏昏欲睡,虽然她今晚没有过多参与应酬,只是陪爷爷吃了顿饭,可不知怎么了,她就是觉得很累。

纪冉希去厨房烧热水的功夫,穆天晴就睡着了,他只好找来毛毯,为她盖上。

第二天一早,穆天晴起来时纪冉希已经离开了。

穆天晴和穆枫一起用过早餐后,穆枫拿出了几张纸,上面写满了近三年陈敏发的出境记录。和穆轻烟在国外的行踪记录相对比,两个人竟有不少吻合之处。

穆天晴一连看了三遍，脸上的神色愈发凝重。

穆枫冷冷道："我猜想，穆轻烟应该和陈敏发很熟悉，他们两个不仅仅同一时间出现在某一个国家，甚至下榻的酒店都是同一个。"

穆天晴忍不住捏紧了拳头，"或许，他们之前一直有利益上的往来。当初陈敏发诬陷我妈制毒，就是在转移视线，而他才是真正的毒枭。"

"天晴，你别这样。"察觉到穆天晴的愤怒和悲哀，穆枫温暖的手握住了她小小的拳头，安抚道："放心，这件事交给我来处理，真相总有浮出水面的那一天。"

穆天晴深吸了口气，强迫自己冷静下来。

"时间差不多了，你开着我的车，去接伯母吧。"穆枫转移了话题，拿起车钥匙递给穆天晴，"后天就要举办拍卖会了，我这几天会很忙，很难照顾到你们。你陪着伯母和堂兄先四处走走，晚上我请你们去冷氏私房菜吃饭。"

穆天晴点了点头。

穆枫笑着在穆天晴肩上拍了拍，"去吧，后天拍卖会，你们也可以来逛逛。你不是要拍那块古玉吗？今晚我就把你们入场的贵宾券拿过来。"

"好。"想着回锦园换套衣服，穆天晴很快就离开了穆枫的别墅，开了他的车子，前往锦园。

路上，她给郭导打电话请了几天假。伯母和堂兄难得来C市一趟，她打算这几天陪他们在C市转转。穆天晴回到自己家中，看着略显冷清的客厅，不由得怀念起和小天、霍熙琛住在霍家老宅的日子。这段养伤的日子，是母亲去世之后，她最开心的一段时光。

只可惜，她住在霍家老宅是情非得已，早晚还是要搬出来住的。一想到有一天她会离开，不会再与霍熙琛和小天生活在一起，穆天晴心里就有些不是滋味儿。

叹息了一声，穆天晴看了眼时间，她来不及整理烦乱的心绪，换了一套纯白色的运动服，脚上踩了一双白色的运动鞋，背着背包，急匆匆地离开了。

她陪着蒋怡修和穆立丰在C市游玩了一天，又带着他们两个吃了顿海鲜大餐，把他们送回了酒店回到霍家老宅，已是深夜时分。

蹑手蹑脚地回到了自己的房间，洗漱后，穆天晴光着脚走到了阳台，她披散着微湿的长发，身子前倾，双手握住栏杆，顿时冰冷的寒意从掌心传来。

穆轻烟和陈敏发竟然有交集，那么，孟亦凡呢？她是不是也参与其中？

蛛丝马迹在脑海中零星跳跃，不知道站了多久，穆天晴目光黯淡地看向某一处，双腿都有些麻木了。

身后，阳台的门被拉开，熟悉的脚步声传来，紧接着，一件带着体温的外套罩在了穆天晴的肩头。

"阿琛？"扭头，穆天晴看到霍熙琛出现在她身侧。

他依旧穿着一套常见的黑色的居家服，短发湿漉漉地顶在头上，幽深的眸子和她看向同一处，右手握着一瓶啤酒，仰起脖子喝酒的姿态优雅中透着说不出的蛊惑。

"不睡觉，在这边望天？"霍熙琛咽下了喉咙里苦涩的啤酒，眼眸中映着点点星光，在这漆黑的夜色里，熠熠生辉，一旦对视便难以移开。

不知道盯着霍熙琛看了多久，穆天晴艰难地将眼睛移开，苦笑着说道："现在不困。你呢？听林管家说，你这几天要飞法国，怎么不早点儿休息？"

霍熙琛靠近了一步，几乎贴到了穆天晴的胳膊，他与她并肩而站，眸光微冷，冷硬的面孔依旧看不出任何情绪，"推掉了。现在还有更重要的事，我需要留在C市。"

"哦？"穆天晴刚想问出口，担心涉及商业机密，又闭上了嘴。

"既然我们都睡不着，要不要出去逛逛？"霍熙琛左手搭在穆天晴肩上。

突然间的靠近，令她猝不及防。

那张俊美无匹的面孔离她极近,她甚至能看到他长而卷翘的睫毛。呼吸纠缠间,穆天晴的心"扑通扑通"剧烈跳动,脸颊也迅速变得一片滚烫。

霍熙琛低垂眼眸,目光在她微启的红唇上停留许久,最终还是克制住一亲芳泽的冲动,将穆天晴肩上的外套拢了拢,柔声道:"去酒吧,还是……陪你飙车?"

穆天晴闻言,猛地眨了眨眼,差点儿被自己的口水呛到,一边咳嗽一边不着痕迹地退后了一步,和霍熙琛保持安全距离。

"我……我不是产生幻听了吧!"刚刚,大老板说,要陪她去酒吧,还说要陪她飙……飙车?!

"以后,你想去哪里,我随时可以陪你去哪里。"霍熙琛面上的神色极为认真,语气轻柔得不可思议,"你不用担心住在这里不自在,完全可以把这里当成你自己家。就像今天,你可以白天陪亲戚朋友,晚上晚一些回来。就算是你想要出去玩儿,半夜三更回来,我也不会介意,只要你开心就好。"

穆天晴越听心里越不是滋味儿,怎么感觉好像她是一个四处风流、夜不归宿的浪荡女子,而霍熙琛是一个恪守"夫"道、委曲求全的温柔好男人……

"无论你去了哪里,无论你什么时候回来,只需记得,我和小天都在等你回家。"

霍熙琛的话令穆天晴心生温暖的同时,又添了几分愁绪。

如果此时此刻,穆天晴还不知道霍熙琛对她有好感,那她就是个彻头彻尾的大傻瓜了。

这一次,面对曾经被拒绝过两次还对她念念不忘的霍熙琛,穆天晴真是彻底没了办法。

头痛,穆天晴揉揉额角,淡淡道:"阿琛,别这么说,等这阵风头过去,我还是要搬回锦园住的。"

"我知道。"霍熙琛点了点头,并没有死缠烂打,"只是,陈敏发的案子一日不破,我和小天就不放心你一个人搬出去。我想,这也是你哥哥的意思。"

提起陈敏发，穆天晴心里更加堵得慌。

"放心好了，天晴，这次雷明把冷炎请出山了。有他在，这个案子很快就能侦破。"霍熙琛伸出手，安抚地在穆天晴的长发上摸了摸，入手一片冰凉，又道："不早了，如果不想出去玩儿，就早点儿休息吧。明天是不是还要陪你伯母他们？"

穆天晴点头，"明天伯母想要去逛街买衣服。"

霍熙琛和穆天晴一起回到卧室，他看着她迷迷糊糊地爬上了床，俯下身子为她仔细盖好了被子。

黑暗的房间里，穆天晴依旧对上他明亮沉稳的眸子，顿时觉得心安。

"别胡思乱想，凡事都有我在呢。"霍熙琛的唇畔泛起笑意，低头靠近了些，顿时暧昧的气氛在小小的房间里泛滥。

穆天晴呼吸一室，感受到霍熙琛滚烫的呼吸，她身子绷紧，一张脸再次滚烫了起来。

霍熙琛叹了口气，修长的手指再次掖了掖被子，将穆天晴裹得严严实实，"晚安！"我的女孩儿！

听到霍熙琛沉稳的步子渐行渐远，穆天晴突然间轻松了下来，做了几次深呼吸。她捂住胸膛，感受着狂跳的心脏，手足无措，心慌不已……

第二天，穆天晴早早就起来了，打算给小天做一顿爱心早餐。

穿着粉红色的睡衣，穆天晴将长发扎成马尾，露出光洁饱满的额头。

她下楼，一眼就看到坐在沙发上看报纸的霍熙琛。

想起昨晚，穆天晴脸上的表情有些不自然，路过沙发旁时，才道："阿琛，早。"

霍熙琛放下报纸，唇角弯起，露出温润的笑，"早。"

霍熙琛平时很少笑，这张盛世美颜绽放出笑容的时候，格外迷人。穆天晴被晃了一下，半响才稳了稳心神，"我……咳咳！我想给小天做早餐。你怎么也这么早就起来了？"

霍熙琛闻言起身，低头，看着穆天晴的眼睛，十分认真地说道：

"我是有些想你了。"

穆天晴蓦地睁大了双眼。

霍大老板刚刚说……说什么？

想……想她了？！

他们两个不是昨晚才见的吗？

"这几天你有点儿忙，我和小天总是看不到你。"霍熙琛话语中透着一丝委屈。

所以，他今天特地早起，在这边等着她起床。

穆天晴明显被撩到了，心脏跳得分外剧烈。

"那个……"穆天晴深吸了一口气，直奔厨房，"那个，我先做饭。"

看到她落荒而逃的背影，霍熙琛眼底浮现出一抹笑意，他转身，去了楼上。

等穆天晴做好早餐，霍熙琛已经照顾小天梳洗完毕。两个人一起坐在餐桌前，一大一小，穿着同色系、同款式的明黄色睡衣，可爱得不得了！

穆天晴将早餐端上桌，而后坐在两个人对面，看着一大一小如同一个模子刻出来的两个人，大的冷峻，小的呆萌，都帅气逼人，赏心悦目，难怪古人说秀色可餐，她现在还真是心情舒畅，想要大吃一顿。

"咦？"穆天晴这是第一次见霍熙琛穿除了黑色以外的其他颜色的睡衣，"阿琛，你这件睡衣是新买的？"

霍熙琛点点头，"你不是喜欢看我和小天穿亲子装嘛，我让设计师照着小天的睡衣，给我设计了几套。"

穆天晴闻言不禁轻笑出声，还是大老板比较高端，想穿什么衣服直接让设计师过来给他设计。

吃饭的时候，穆枫打来了电话。

穆枫说："天晴，你让我帮忙留意的店铺，我找到了一家。今天你有空没，过来看看？"

穆天晴说："约了伯母逛街。估计要下午有空。"

穆枫说："好，你有空了打我电话，我亲自陪你过去看看。那个店铺位置不错，之前生意一直也很火。老板打算出国定居，这才想将店铺转手。"

"好的，我知道了。哥，下午见。"

穆天晴挂断电话，对上霍熙琛探究的眼神，道："我之前一直想开一家古董店，让哥哥帮我留意店铺，现在有消息了。"

霍熙琛略微沉思了一下，道："你想经商？"

"算是有这个打算吧。"穆天晴对霍熙琛没有任何隐瞒，道："我妈妈祖上都是做古董生意的，后来将家底都交给了穆威，她做了全职太太。妈妈对古董一直都很有研究，她本来就想开一家自己的古董店，不为了赚钱，只想多和这些古物打交道，只可惜……"

只可惜，后来，失败的婚姻牵扯了她太多的精力，令她无心他事。直到死去的那一天，她的这个心愿都没有达成……

看得出，穆天晴又想起了不开心的事，霍熙琛忙转移话题，"我见你锦园那边摆放了很多古董。"

穆天晴从沉思中抽离出来，对上霍熙琛关切的眸子，笑道："是啊，那些都是我业余时间捡漏儿得来的宝贝。可以说，每一件都价值不菲。"

霍熙琛说："后天，华夏拍卖行要举办一年一度的拍卖大会，你打算送青花瓷花瓶和青花釉里红大盘去拍卖？"

穆天晴说："本来我是有这个打算的，但担心被穆威知道我想开古董店的事，所以我……"

霍熙琛打断了穆天晴的话，"你的担心确实很有必要。不过，若是我送古董去你家的拍卖行呢？"

穆天晴闻言，先是疑惑不解，随即眼眸一亮。

对啊！她怎么就没想到呢！

她可以委托其他人，将她的古董送去拍卖。若是卖出个好价钱，也是为她即将开业的古董店造势了不是！

"如果你信得过我的话，你的古董店我也可以做明面上的老板。"霍熙琛补充道："而且，将来你也可以成立自己的拍卖行，这样就不会受到穆威的牵制了。"

霍熙琛的话，每一句都说到了她的心坎儿里，令穆天晴的眼眸越来越亮。

"信得过，我当然信得过你。"穆天晴握住筷子的手紧了紧，心底生出些许期冀，"你说的没错，我确实不想再受到穆威的任何牵制。他能有今天，都是我妈妈的功劳。当初，妈妈在家里做全职太太，却被他苛责一事无成，这口气妈妈咽不下去，我也一直都咽不下去！"

"那就将他手里本该属于你们母女的东西都夺回来。"霍熙琛的声音透着坚定和蛊惑，"天晴，放心，这一天，并不会特别遥远。不过，你现在还在念书，又在写剧本、进剧组。如果你真的信得过我的话，可以把进军古董行业的这单生意授权给我来做。有你那一屋子价值连城的古董，我相信不出两年，我就可以成立一家拍卖公司。"

"我当然信得过你。"

之前，穆天晴介绍了曲博士给霍熙琛，曲博士对他提出的建设新药厂、将研发新药特药批量投入生产的策划案很感兴趣，两个人已达成了初步合作的意向。霍熙琛虽初涉制药业，但他的能力和财力穆天晴皆看在眼里。

霍熙琛说得没错，她现在还是一名学生，精力有限，完全可以将进军古玩业的事情委托给他来做。

穆天晴将自己锦园的钥匙拿了出来，郑重地交到了霍熙琛的手上，"给你。屋子里的古董，你可以随意支配。另外，所有利润我们三七开，我七你三，如何？"

掌心上那枚小小的钥匙上尚带着穆天晴的体温，霍熙琛唇角弯起，看向穆天晴的眼神笃定而温柔，"都听你的。"

反正以后他的都是她的，这个时候没必要和她为了些小事较真。

"天晴，要不要开个个人工作室，负责运营你的小说、剧本？这样你以后就可以专心创作，不用再耗费心力在其他事上了。"霍熙琛又提了一个建议。

穆天晴闻言点了点头，"我其实很早之前就有这个想法了，因为太忙，一直没有深入研究这件事，也没有找到合适的合伙人。"

"这样，这件事你也交给我好了。"霍熙琛道，"阿欢那边有大把的经纪人，调一个经验丰富的过来担任你个人工作室的负责人就好了。嗯，梁峰你觉得如何？"

梁峰是天汇娱乐的头牌经纪人，带出来三个一线明星，在业内很有名气。

"他会同意吗？"若是梁峰能担任她个人工作室的负责人，穆天晴自然求之不得。

"这样好了，抽个时间，我们三个一起坐下来谈谈。"

"也好。我可以给你和梁峰合伙人的身份。"穆天晴承诺道："个人工作室的收入，你们可以分红。"

"好，等拍卖行结束后，我就让阿欢运作这件事。"

拍卖行如期举行，穆天晴委托霍熙琛送拍的两件古董，花瓷花瓶和青花釉里红大盘，各自拍出了八千万和一个亿的天价。

随后，穆天晴以霍熙琛的名义，顺利收购了一家古董旺铺。再接下来，在霍熙琛的授意下，梁峰同意担任穆天晴文化工作室的负责人。

接连忙了几天，穆天晴跑完成立工作室的手续后，便张罗着请霍熙琛吃顿便饭以示感谢。

这天中午，穆天晴直接去了霍氏集团大厦，将霍熙琛约了出来。

"阿琛，你想吃什么？"车上，穆天晴一边系安全带一边问道。

"你安排吧，我客随主便。"霍熙琛迟迟没有启动引擎，侧过脸，眼底含笑地默默地看着穆天晴。

眼前的男人，平日里冷着一张脸就足够迷人了，现在这副放电的表情，着实令人大饱眼福，也令人"眼花缭乱"……

穆天晴只觉被他帅得花了眼，忙眨了眨眼，斟酌着问道："阿琛，怎么了？"难道是她今天出来得急，脸上有什么脏东西没有洗干净？

想着，穆天晴下意识地摸了摸脸。

霍熙琛缓缓收回目光，唇角噙着一丝若有若无的笑意，"没想到，你还是个撩妹高手！"

她？

撩妹高手？！

霍大老板，您老人家有没有搞错！

"前天傅秘书和我说，你能帮他追到他喜欢的女生？"霍熙琛眼眸微微眯起，侧过脸，定定地看向身旁这个令他爱到骨子里去的小女人！

前天傅成文去霍家老宅帮霍熙琛取文件，穆天晴和他闲聊了几句，知道他有个暗恋了三年的女神，便主动帮他出主意追女生。

一听霍熙琛是在想这件事，穆天晴突然松了口气，笑嘻嘻道："呵呵！我好歹也是个作家、编剧，而且身为女生，我当然知道女生的喜好啦！从高中开始，我就帮我们班的男生追女生。高考前，我促成了五对呢！"

"哦？"霍熙琛挑眉，邪魅的表情充满了吸引力，"那你呢？高中时，有男生追求你吗？"

穆天晴闻言，眸光闪躲，低垂下眼眸，尴尬地摇了摇头，"我哪有那么招男生喜欢。"

"怎么没有？"见穆天晴神色黯然，霍熙琛眉心微蹙，脱口道："反正，我很喜欢！"

穆天晴的心猛地跳动了一下，猛地看向霍熙琛，神色复杂。

霍熙琛话说完，自己也愣了一下，而后白皙的面孔泛起了红晕。

车厢里，突然间变得沉静，两个人四目相对，穆天晴感觉到自己的脸颊变得滚烫……

不知道过了多久，穆天晴干咳几声，率先打破了沉寂，"霍大老板，你……你可真是会安慰人！呵呵……"

"你会帮我吗？"霍熙琛定定地看着穆天晴的眼睛，问道。

"嗯？"穆天晴一脸疑惑。

"如果我也暗恋一个女生，不知道怎么做才能追求到她，不知道怎样才能得到她的心，你也会帮我吗？"霍熙琛目光定定地看着穆天晴，对上她那双漆黑如墨的眼眸，甚至在她的眸光里，他能够清晰地看到自己认真的面孔。

穆天晴的心跳得更加剧烈。

霍熙琛口中说的喜欢的、暗恋的女生，是她吗？

如果是……霍熙琛，其实我根本就不用帮你……

因为，就连我自己也不知道从什么时候开始，我已经喜欢上了你……

"天晴？"霍熙琛突然靠得更近了些，炙热的呼吸喷薄在她的脸上。她身上熟悉的冷香萦绕在鼻端，仿佛直钻入他的心里，萦绕纠缠，密密实实地将他的人、他的心，紧紧包围。

"当……当然……"穆天晴下意识地往后躲了躲，心里暗道："霍大老板，你的撩妹技能满格，压根就不用我帮忙，好吗？"

"那就好。"不想逼她太紧，霍熙琛唇角弯起，转过身，发动引擎，淡淡道："今天想去哪儿吃饭？地址告诉我。"

穆天晴此刻大脑一片空白，好半天才回过神来，将地址告诉霍熙琛。而后，一路上，两个人几乎保持沉默，没有再言语。

车子的音响里放着邓丽君的那首《月亮代表我的心》，这种"靡靡之音"向来都不是霍熙琛喜欢的风格。不过这首歌穆天晴一直很喜欢，曾经和霍熙琛说过一次，没想到他竟然记住了。

穆天晴突然间没有那么紧张了，心里涌起一种很复杂的情愫。

听着音乐，看着窗外一闪而过的风景，穆天晴慌乱的心，此刻竟然是前所未有的平静安和。

很快，车子抵达烤鱼店。

这是一家藏在深巷里的小店，霍熙琛的车子开不进去，只能停在巷子口。两个人下了车，一起并肩而行。

小巷距离C大很近，巷子右侧不到两百米就是C大的校门。

"这里离你学校很近。"霍熙琛停下脚步，看着不远处高大的校门。

"嗯。"穆天晴点了点头，"这家店是我本科室友娜娜找到的，我和她都很喜欢吃鱼，下午放学后经常来光顾。知道你什么山珍海味都吃过，所以想带你来吃些接地气的美食。"

"娜娜？"这是霍熙琛第一次听到穆天晴提起这个名字。

"嗯，我的大学同学兼室友，孟娜。她应该算是我最好的朋友了。"穆天晴叹了口气，道："娜娜是个很优秀的女孩子，在医学方面很有天赋，可惜了……"

想到自己昔日的好友，穆天晴不禁感到唏嘘。

"她没有念研究生？"霍熙琛问了一句。

"嗯，娜娜家条件不太好。大学毕业后就直接工作了。"

"如果你朋友成绩很好，完全可以保研，保研应该是可以公费的吧。"

"是的。只是……"涉及小姐妹的隐私，穆天晴叹了口气，道："只是，娜娜后来谈了个男朋友。她男朋友希望能尽快结婚生孩子，所以……就没有继续在学校深造。"

实际上，当初孟娜已经被保研了。她做家教时认识了男朋友李锋，因为意外怀孕，不得不毕业后立即和他领证结婚。

孟娜原本打算生完孩子再考研的，谁料她不小心摔了一跤，流产了。流产后在家休养了一段时间后，迫于生计不得不找份工作，一边工作一边准备考研。

如果顺利的话，今年孟娜考上研究生，她们还可以做一年的同窗。算起来，她们两个也好久没有联系过了，不知道孟娜考研准备得怎么样了。唉！若是孟娜没有结婚就好了，她在学校也能多一个朋友。

察觉出穆天晴的不悦，霍熙琛蹙眉，不解的同时，也没有再追问下去。

眼看着两个人快要走到小巷尽头，一个高大的男生擦肩而过，而后，穆天晴身后传来脚步声，肩膀被人拍了一下。

"你……你是穆学姐吧？"男生的声音很陌生，很响亮。

穆天晴停下脚步，转过身来，看到的是一张陌生而阳光的面孔，"你是？"

没记错的话，这个男生她并不认识。

"真的是你！"男生面对面地将穆天晴仔细打量了一番，脸上浮现出激动的神色，忙伸出手道："穆学姐，您好，我叫温昊，是咱们C大话剧社的社长。你应该不认识我，可我认识学姐你！而且，我是你的忠实粉丝，你的每一本书、每一部电影，我都有看。"

霍熙琛下意识地往前挪了挪，遮住了穆天晴大半个身子。

刚才，温昊拍了穆天晴的肩膀，霍熙琛就很不高兴了。现在看到他一副超级粉丝见到偶像的模样，他心里就更加不爽了。

"温昊，你好。"感觉到霍熙琛的敌意，穆天晴轻轻拉住了他的手，而后礼貌地冲温昊点了点头，"我听说过你的大名，咱们学校的话剧社上学期排练的《勇敢的心》我有看过，很不错，很专业。"

温昊闻言一张脸笑成了花儿，挠了挠后脑勺，羞涩道："穆学姐过誉了。比起你的《贺门忠烈》，我们的剧本差了好几个档次。有机会的话，我想请穆学姐为我们话剧社写个剧本。哦……我知道这么说有些唐突，这样吧，改天我请学姐你喝咖啡，咱们详谈？"

温昊话音刚落，立刻察觉到两道锐利的目光朝他直射了过来。他脊背一凉，炎炎夏日里，竟忍不住打了个冷战。

如果目光有实质的话，霍熙琛恨不得在温昊的身上戳出两个洞来。竟敢当着他的面约他的女孩儿单独见面喝咖啡，当他不存在吗？

"好的。"丝毫没有察觉到霍熙琛的不悦，穆天晴拿出手机，道："我们加个微信，等下你把手机号发给我。"

"那太好了。"没想到穆天晴会主动加他微信好友，温昊惊喜交加。他顾不上霍熙琛杀人的眼神，忙拿出手机，扫了穆天晴的微信二维码。

穆天晴验证通过了温昊的好友，道："我还要请朋友吃饭，咱们稍后联系。"

温昊离开，穆天晴和霍熙琛转身继续向巷子深处走去。

"还说自己没有异性缘，我倒觉得你挺受男生欢迎的。"霍熙琛将双手滑入裤兜，语气中有着淡淡的醋意。

穆天晴脚步缓了缓，侧过头看向身边的男人。他的侧颜俊美如斯，令人难以移开眼眸。

"天晴……"察觉到穆天晴一直在盯着自己看，再加上她半晌没说话，霍熙琛以为她生气了，咳了咳，忙道："抱歉，你是不是觉得我管得太宽了？"

穆天晴闻言抿嘴一笑。

这时一个骑自行车的男生从对面过来。近了些，穆天晴看到自行车后座上坐了一个白裙长发的女生，两个人不知道说了什么，女生咧嘴笑了起来。

年轻的面孔，清脆的笑声，一切都充满了活力与生机。

穆天晴神色恍惚了一下。当初，她和蒋逸风是大学同学，两个人在C大里度过了难忘的四年时光。

那时的蒋逸风，虽贵为蒋氏接班人，却是个有主见的行动派。大学期间，他曾经没有依附任何帮助，凭自己的能力开过一家小型的广告公司。

穆天晴记得，蒋逸风那个时候很拼，每天除了完成学业，就是在外跑业务。为了拉到单子，他曾陪客户喝酒喝到胃出血。

那晚，若不是她不放心，一直在出租屋里等他回来，发现他不对劲，立刻叫了急救车把他送到医院，后果真是不堪设想。

那个出租屋距离这里不远，只隔了一条街。

穆天晴抬眼，向右上方看去，甚至能看到那间出租屋的阳台。那还是蒋逸风大三时搬出了学校寝室，为了方便做生意在校外租的一套两室一厅。

目光移开，穆天晴又想起，蒋逸风胃出血后，不想让蒋妈妈担心，两个人向她隐瞒了他住院的消息。于是，蒋逸风住院的那二十几天，穆天晴每天学校、医院两头跑，晚上就捧着笔记本电脑在医院一边陪蒋逸风一边写剧本。

那段日子，过得很苦，两个人却很快乐。

穆天晴还记得，临出院的那个晚上，蒋逸风抱着她，在她耳边对她说，他将来一定会赚很多很多钱，一定会让她成为这个世界上最幸福的女人！

言犹在耳，只可惜，物是人非。

走到烤鱼店的门口，穆天晴回过神来，看着从里面走出来的神态亲昵的一对小情侣，不禁扯出一抹苦笑。

当初，蒋逸风也曾骑着自行车，载着她在校园的林荫小道、校外的小巷子里穿行；他也曾拉着她的手，陪她一起到这家店里吃烤鱼。她原本以为，在一起就是一辈子。却不知，即便是和她在一起时，蒋逸风的心也不曾在她这里停留过。

莫名地觉得淡淡的忧伤，穆天晴知道，其实她早就已经放下了对蒋逸风的那段感情。只是，有些伤害是刻在心里、深入骨髓的。那种痛也是长而绵延的，只有时间的流逝，才能冲刷洗涤。

进了店铺，霍熙琛和穆天晴找了个靠窗的位置坐了下来。

现在是暑假，再加上错过了中午的饭点，店里的客人并不多。

看到穆天晴突然变得郁郁寡欢，霍熙琛心里也微微泛疼。他知道，突然回到学校附近，而她和蒋逸风曾经是大学同学，他的女孩儿一定是想起了一些往事……

既然爱她，就要接受她的全部，包括她的过往，也包括她的喜怒哀乐。于是，霍熙琛体贴地没有打扰穆天晴，而是朝不远处的女服务员招了招手。

女服务员长相清秀，她拿着一个小本子跑过来，低头问道："请问，您想要什么鱼？我们这里有草鱼、黑鱼，昨天还新进了两条乌江鱼。"

轻柔而熟悉的女声在耳边响起，原本心不在焉的穆天晴微微一愣。

"乌江鱼吧。"霍熙琛道。

女服务员继续问："您想要什么口味的呢？麻辣、微辣还是剁椒？"

霍熙琛说："微辣。"

他话音刚落，穆天晴突然站了起来，她定定地看向那个女服务生，声调中带着惊讶与欣喜，"娜娜？"

女服务员抬眼，对上穆天晴的眼睛，面上闪过一丝欣喜，"天晴，好巧，没想到在这儿见到你。"

"娜娜，你不是在备考吗？怎么出来打工了？"穆天晴上下打量了孟娜一番。两个人上次见面已经是一年前了，孟娜那时候还很瘦，现在倒是显得圆润了许多，气色也很好。看起来，婚后李锋对她应该还不错。

"我和老李最近贷款买了套小户型的房子，就在学校附近。买了房子，压力就有些大了。老李最近经常出差，我周末没什么事就出来打工，赚点儿外快。"孟娜神色毫不扭捏，大大方方地回答道。

语落，孟娜看向霍熙琛。

"你好，我叫霍熙琛，是天晴的朋友。"霍熙琛没想到会在这里见到穆天晴的闺蜜，忙站了起来，伸手和她握了握，"刚刚天晴还和我说起你。真是说曹操曹操就到。"

"是啊，真的好巧！"孟娜笑得坦然，拿起笔在本子上飞快地写着，道："既然是天晴想吃烤鱼，那我就知道你们想点什么了。稍等，我这就让厨房去做准备。"

写好了菜单，孟娜又跑去端来一大扎酸梅汤，放到桌子上。

"娜娜，你也坐。难得遇见，咱们一起吃个饭。"穆天晴坐的是长沙发，她向里面挪了挪，身边多了一个空位。

孟娜笑了笑，道："好啊，不过我现在还是工作时间。等下来了客人我还要干活的，先陪你坐坐。"

孟娜落座后，霍熙琛起身去了卫生间。两个女孩子好久不见，肯定有很多悄悄话要说。

"你的这位霍先生，还真是个心细体贴的男人。"看着霍熙琛的背影，孟娜用胳膊肘碰了碰穆天晴的胳膊，笑道。

"怎么成了'我的那位霍先生'？"穆天晴耳根微微发烫，眼底闪过一丝羞涩，道："我和阿琛只是普通朋友。娜娜，你想多了。"

"是吗？"孟娜笑了笑，问道，"我记得，你家蒋先生可是个醋坛子，你和这么一位帅气儒雅的男人出来吃饭，他知道了恐怕又要和你闹别扭了！"

其实，穆天晴长得漂亮又是个大才女，在大学里一直很受男生欢迎。只因她和蒋逸风是男女朋友关系，两个人家世相当，男才女貌，算得上是C大一对小有名气的情侣，很多对穆天晴心生爱慕的男生只好远观而不敢轻易靠近表白。

蒋逸风这个人什么都好，长得帅，家里条件也不错，就是小心眼儿，喜欢吃醋。孟娜还记得，穆天晴刚上大一的时候，有个爱慕她的男生给她送花，被蒋逸风遇见，两个男生大打出手不说，事后蒋逸夫还和穆天晴大吵了一架。为此，两个人冷战了差不多一个月，险些分手。

"我和蒋逸风已经分手了。"穆天晴淡淡道:"现在我可是自由身!"

说着,穆天晴俏皮地眨了眨眼。

孟娜愣了一下,脱口问道:"真的?不会吧……"

作为穆天晴的室友兼闺蜜,孟娜当然知道她和蒋逸风青梅竹马,两个人相处多年,若不是穆天晴大学毕业后读研深造,两个人可能已经完婚,或许现在连孩子都有了!

"天晴……你不是在和我开玩笑吧!"孟娜疑惑之余却也知道穆天晴是不会拿这种事情开玩笑的。

在孟娜看来,穆天晴和蒋逸风的这段感情里,穆天晴是付出多于回报的一方。她也曾抱不平,甚至劝过穆天晴离开这个男人。可蒋逸风毕竟没有太大的过错,他们都以为他就是这样的性格。孟娜劝过几次无果后,也只能作罢。

"没有,我们确实分手了。"穆天晴叹了口气,右手杵着下巴,眼底的神色古井无波,"娜娜,你还记得吗,你曾经劝过我离开蒋逸风。你说,他对我不够好,是个不值得我为之付出的男人。"

"是啊,我确实这么说过。"孟娜回想起当时的情形,笑道:"但你并没有听我的。"

"现在,我们分手了,我觉得真的是挺好的。"在那段感情里,她付出了太多太多,她的心也是肉长的,也会觉得累、觉得痛。现在,她单身了,反而轻松了许多。或许,这样对她、对蒋逸风都是解脱。

"天晴,这么大的事,你应该告诉我才是。"孟娜伸出手,覆在穆天晴微凉的手背上,脸上浮现出一抹疼惜。这个傻姑娘为蒋逸风付出了那么多,刚分手时她一定很痛苦、很难过吧!

"没事的,娜娜,都过去了。"面对孟娜的关心,穆天晴的眼睛突然有些酸。她唇角扬起,笑道:"我觉得你说得对,蒋逸风确实不值得我为他掏心掏肺,最起码,现在他再也伤害不到我了。"

"天晴,你这么好的女孩子,当然值得更好的良人!你一定会幸福的!"孟娜安慰道:"我觉得,这位霍先生人就不错。看得出来,他对你很有意思。"

穆天晴羞涩地笑了笑,"娜娜,我现在忙着做实验,忙着写剧本,真的没时间再考虑其他的了。你呢,最近怎么样?和你老公相处得还不错吧。"

"嗯。"孟娜回答得很快,"老李他一直都对我挺好的。"

看到孟娜一脸的甜蜜,穆天晴的唇角不由得微微上扬,真心为她感到高兴。

原本她还觉得孟娜放弃学业,直接步入婚姻有些可惜。现在看来,如果遇到心爱的男人,这么做也无可厚非。

看到霍熙琛走了过来,这时店里又来了几位客人,孟娜忙起身,道:"你们吃着,我就不打扰了,先去忙了。"

"娜娜,你现在怀孕了,别累到了。"穆天晴担心地说道。

"放心吧,我没事的。"孟娜扭头对穆天晴粲然一笑,"有时间你来我家做客,我们再好好聊聊。"

穆天晴点头,"好的,我们稍后联系。"

霍熙琛落座,看了眼在店里忙碌的孟娜,他将衬衫的袖子挽起,拿起筷子为穆天晴夹了一筷子鱼肉,道:"你这位闺蜜看起来人不错。"

穆天晴忙点头,道:"娜娜是个自立自强的姑娘。她家里条件一般,大学期间一直勤工俭学赚学费。尽管如此,娜娜的学业还是很优秀,在学校时很受曲教授的重视。本来曲教授是打算让娜娜保研的。若不是她……唉!算了,不说这些了。反正娜娜今年是打算考研的,以她的实力肯定没问题。到时候,我们又可以做同学了。"

看到穆天晴一边吃一边说,小脸上的表情生动活泼,霍熙琛唇角忍不住弯起,为她继续布菜,道:"你也很优秀,也很受曲博士的器重。"

穆天晴闻言淡淡一笑,"谢谢霍大老板夸奖。"

渐渐的,店里客人多起来,点外卖的电话不时响起,外卖小哥也来过几次。直到两个人吃完饭,孟娜一直都在忙。

因霍熙琛时间宝贵,穆天晴和孟娜匆匆打了个招呼,两个人约定明天去孟娜家小聚,而后她便和霍熙琛一起离开了。

第二天一早，穆天晴起早为小天做了爱心早餐——奶油小蛋糕，而后和霍熙琛一起送他去上幼儿园。

车子抵达目的地，霍熙琛和穆天晴下了车，一左一右地牵起了小天的手。

两个人和小包子出现在幼儿园的门口，一家三口的盛世美颜顿时吸引了很多人的目光。

小李老师看到穆天晴，向她走了过来。近了些，她注意到站在小天左手侧的霍熙琛，看清那张俊美无匹的脸，顿时愣住了。

"小李老师，今天我和小天的爸爸一起送他来幼儿园。"穆天晴松开小天的手，笑道："小天就拜托给你照顾了，有事随时给我打电话。"

"啊……"小李老师回过神来，白净的小脸变得绯红，"好……好的。小天妈妈你放心好了，我一定会好好照顾小天的。"

穆天晴笑着点了点头，将小天交给了小李老师，而后和霍熙琛一起转身离开。

"没看出来，我们霍大老板魅力值爆表了！"穆天晴上了车，斜斜地看了霍熙琛一眼，笑道。

只觉得穆天晴话里有话，霍熙琛一头雾水。

"好啦，那个小李老师一看就很年轻，对着你这样的大帅哥犯花痴也正常。"穆天晴低声道，心里突然间有些酸酸的。

霍熙琛看着穆天晴别扭的小模样，突然间好像明白了些什么，笑道："小天的老师姓李？嗯，确实很年轻，也很漂亮……"

穆天晴闻言，瞪了霍熙琛一眼，酸气直往上涌。

"不过，在我眼里，她不及某人。"霍熙琛说着，靠近了些，微热的呼吸喷薄在耳边。穆天晴的脸一下子就红了，下意识地向右偏过头去。

看到穆天晴微红的小脸，霍熙琛轻笑了一声，贴着她耳边轻声道："有你在我身边，其他人怎么可能入了我的眼。"

听了霍熙琛的话，她微微一愣，转过头来，于是，贴上了他的唇……

蓦地睁大了双眼，卷翘的睫毛猛地颤抖了一下，穆天晴清澈的眸子里映着霍熙琛那张放大了的俊脸。

时间仿佛停滞不前，脸颊更加滚烫起来，穆天晴下意识地想要向后躲去。霍熙琛一把揽住她的腰，紧紧地将她抱在了怀里。

原本只是蜻蜓点水的一个吻，却引燃了霍熙琛心底隐藏已久的热情。他左手勾住穆天晴的腰，右手托起她的小脑袋，低下头去，对着她的唇，深深地吻了下去。

她的唇瓣如同樱花般柔软诱人，熟悉的冷香萦绕在鼻端，几乎令他当场失控。

前面的司机阿力原本正在开车，目光不经意地扫了眼后视镜，顿时被两个人深吻的情形惊到了。于是，车子在马路上开出了一个夸张的大"S"路线。

车子晃动，霍熙琛的身子几乎压在了穆天晴的身上，他看着怀中双眼紧闭、一脸娇羞的女孩儿，一颗心分外柔软。

"放……放开我……"穆天晴深吸了口气，只觉自己被霍熙琛的气息团团包围，密不透风下令她有种窒息的错觉。

霍熙琛唇角弯起，伸出手理了理穆天晴微乱的长发，柔声道："今天晚上，有时间吗？"

没想到霍熙琛会这样问，在这样暧昧的情形下，穆天晴不由得想多了，顿时一张脸红到了脖子根儿。

前面的阿力听到这句话，惊得差点儿一脚油门踩到底……

这……这还是他高高在上、冷若冰霜的霍大老板吗？该不会是个冒牌货吧！

"我请你吃饭。"霍熙琛眼底的笑意愈发浓烈。

"啊？"只是吃饭？穆天晴眼底闪过一丝惊讶。只是吃个饭，要不要问得那么……暧昧……

"不然，你以为我想对你做什么？"霍熙琛微微欠起了身子，目光灼灼地盯着穆天晴红透了的小脸儿猛看。

穆天晴窘迫得很，张口结舌道："今晚没事，不过要去接小天。"

"阿欢去就行了。"见快到公司了，霍熙琛坐直了身子，拉起穆天晴的小手，道："今天晚上，我们过二人世界。"

"可是……"虽然知道霍熙琛对她有意，也知道他早晚会捅破这层窗户纸，可事到如今，穆天晴竟有些手足无措，不知该如何拒绝，更不知道该不该顺势接受。

"我有些事想告诉你，关于我，关于小天。"霍熙琛恢复了平日里清冷的神色，握着穆天晴的手有些凉，"你是不是一直很想知道，为什么小天不是我的孩子，却和我长得很像？"

穆天晴讶然地看向霍熙琛，不明白他为何会突然和她说这些。

"天晴，我很确定，你一直是我想要的女孩儿。"霍熙琛侧过头，定定地看向穆天晴，眼底的宠溺溢于言表，"所以，我想让你对我有更多的了解。"

没想到霍熙琛会对她再次表白，穆天晴的心开始剧烈地跳动。

霍熙琛继续柔声道："天晴，你不用考虑太多，只需要考虑是不是喜欢我这个人，是不是想要和我在一起就好。"

霍熙琛话音刚落，车子停了下来，他低头在穆天晴额头上轻轻一吻，"我到公司了。天晴，晚上见，我还有很多话想对你说。"

"嗯。"穆天晴红着脸，点了点头，目送霍熙琛下了车，快步走向了公司的大门。

看着那抹颀长挺拔的背影，穆天晴心里突然涌起一丝甜蜜，直到霍熙琛走了进去，她才迟迟地收回了目光。

车子重新启动，穆天晴始终沉浸在刚刚那个吻和与霍熙琛的那番对话中，直到抵达孟娜所在的小区。

"穆小姐，孟小姐家到了。"阿力的声音将穆天晴从沉思中唤回到现实。

穆天晴抬眼看了阿力一眼，想起刚刚她和霍熙琛拥吻时阿力也在场，顿时后知后觉地涨红了一张脸。

"穆小姐我在附近等您，您出来时可以给我打电话。"阿力倒是一脸的平静。

穆天晴点了点头,而后下了车,掏出手机给孟娜打了电话。

走进小区,穆天晴在孟娜指定的位置上等了几分钟,就看到一个熟悉的身影一路小跑着向她跑了过来。

"慢点儿!"想起孟娜还怀着孩子,穆天晴忙快步走了过去,冲她挥了挥手,道:"你跑这么快,看得我担心死了!小心动了胎气。"

孟娜一脸的笑容,眼里透着欢喜,道:"我家宝宝可乖了,再说了,我哪有那么娇气。老同学大驾光临,我必须亲自迎接。走,去我家坐坐。"

两个人说笑间,很快拐进了一栋高层住宅楼,进了电梯,一起去了十七楼。

出了电梯,孟娜用钥匙开了门,拉着穆天晴一起进了屋子。

这是一间一室一厅的房子,面积五十多平方米,虽然有些小,却被孟娜布置得很温馨,收拾得也很干净。

为穆天晴找出拖鞋,孟娜径直去了厨房,朗声道:"天晴,你先在沙发上坐会儿。"

穆天晴踩着一双新的粉色拖鞋进了客厅,将手上的包包放到沙发上,坐了下来。

"我这里有点儿小,委屈你了。"孟娜端着一个果盘从厨房走过来,笑道:"若不是为了肚子里的孩子,我和老李还会继续租房子。毕竟我现在怀了孕,又打算重新回学校去深造,家里正是用钱的时候。他一个人赚钱养家又要养孩子,确实辛苦。"

穆天晴用牙签叉起一块苹果,放到嘴里,笑着看向孟娜,道:"娜娜,他对你好不好?"

"好啊,老李对我一直都很好。"孟娜笑得弯起了眉眼,一脸的幸福,"虽然老李没有钱,他家里条件也不好,但我不嫌弃他。天晴,我很清楚我想要的是一个全心全意对我好的男人。所以,即便现在我们很穷,买不起大房子,我还是愿意和老李在一起,给他生娃,过一家三口幸福的小日子。"

"嗯,看得出来,你确实很幸福。"听了孟娜的话,穆天晴顿时放了心，由衷地替她感到高兴。

"好了，你就别替我担心了。"孟娜为穆天晴倒了杯温开水，眨了眨眼，笑眯眯问道："昨天在烤鱼店，我不方便问太多。现在，你该告诉我你和那位霍先生到底是什么关系，发展到哪一步了吧？"

"我和他……"如果是昨天，孟娜问穆天晴这个问题，她还能打哈哈说她和霍熙琛只是普通朋友，可经历了刚刚的那个吻……

"呦，脸红了啊！"孟娜捂嘴笑道："该不会被我猜中了，你们正在交往？"

"还没有呢。"穆天晴低垂下一颗小脑袋，摆弄着自己的手指，声音几不可闻，"我还没想好……"

"怎么了？"看到穆天晴一脸的纠结，孟娜收敛了脸上的笑容，正色道："难道，你不喜欢霍先生，心里还牵挂着蒋逸风？"

"当然不是，我怎么还会想着那个人渣！"穆天晴急匆匆地表态道，对上孟娜关切询问的眸子，她咬了咬唇，小声说道："其实，我挺喜欢阿琛的。不过……"

"不过什么呀？"穆天晴向来不是这般温暾的性子，见她这副模样孟娜都快急死了，"该不会是霍先生人品有问题，或者，你觉得你们并不合适？"

"阿琛没问题，有问题的……是我。"说着，穆天晴伸出手指了指自己的鼻尖，"是我不好，我……我想做不婚族……"

孟娜闻言先是一愣，而后心里微微一疼，忍不住伸出手去轻轻握住了穆天晴微凉的手。

这是一个表面倔强内心柔软的女孩儿，在目睹父母失败的婚姻，又经历过一次情殇后，便不敢再轻易地付出感情，甚至不再奢望婚姻，只求一个人孤独终老，以避免再次受到伤害。

"天晴，我知道你为什么会有这样的想法。可是……"对上穆天晴忧伤又迷茫的眸子，孟娜叹了口气，继续道："天晴，你是一个聪明的女孩儿，你笔下曾写过那么多凄美动人的爱情故事。现在，你告诉我你要做不婚族，是变相地告诉我你不再相信爱情了吗？"

穆天晴摇了摇头，一脸的纠结。其实，孟娜劝她的，她都懂。她早就已经放下了对蒋逸风的执念，也接受了霍熙琛的感情。可是……可是，一旦谈及感情，她仿佛再次陷入了泥潭一般，生怕再次堕入黑暗之中，再也等不到重见天日的那一天……

"天晴，勇敢一些。相信你，也相信霍先生。"孟娜双手扶住穆天晴的肩膀，轻轻晃了晃她，柔声道："看得出来。霍先生很在乎你，天晴，作为你的好朋友，我希望你能幸福。"

孟娜每一句话都仿佛敲打在穆天晴的心头上，她那些顾忌和脆弱就这么猝不及防地被她看得通透。抬眼的瞬间，穆天晴的眼泪簌簌落下，眼底却澄清明亮，一张小脸满是笃定的神色。

或许，再勇敢一次，也未尝不可……

和孟娜待在她的小窝里，两个小姐妹闲聊了一个上午。午餐也是两个人共同完成的，而后，穆天晴接到了曲博士的电话。

"娜娜，刚刚是曲老师打来的电话。"穆天晴挂断了曲博士的电话后，对孟娜道："开学后我会和曲老师一起去美国，参加一个学术论坛。"

"真好。"见小姐妹一脸的喜悦，孟娜不禁有些神伤，若是她当年大学毕业继续深造，或许现在她也可以一起去美国了。

"放心好了，我见到曲博士一定会替你多美言几句的。"

"谢谢你，天晴。"孟娜犹豫了一下，从抽屉里拿出一张请柬，递给穆天晴。

"我和老李打算回老家D市补办婚礼，时间定在后天。你若是有时间，可以来参加。"

穆天晴闻言唇角上扬，接过请柬仔仔细细地看了一遍，一口应了下来，"你和老李的婚礼，我当然要到场。不过婚礼定在后天，你怎么现在还在C市？不需要提前回去准备准备？"

孟娜笑道："我和老李是同一个村子的，有我爸妈和公婆在，我俩完全做甩手掌柜了。我们是明天上午的飞机回老家。"

穆天晴点了点头，道："这么看，时间还挺紧张的。这样，我回去收拾下,争取明天和你们一起出发。"

孟娜眼底有着一丝挣扎,"天晴,从C市到我家,其实很折腾的。如果你忙的话……"

穆天晴笑了笑,道:"就算再折腾,你大婚我是必须到场的。"

孟娜点了点头,"好吧,既然你坚持来,我只能说声谢谢好姐妹!"

穆天晴笑道:"娜娜,你什么时候开始和我这么客气了。你我之间,何须言谢?"

话音刚落,穆天晴突然觉得一阵恶心,忙捂了嘴冲进了卫生间。

对着马桶一顿干呕,穆天晴呕得眼泪都流了出来。

这情形,对于孟娜而言最熟悉不过,她现在正是害喜的时候。

"天晴,你没事吧?"孟娜轻轻拍着穆天晴的背,又为她倒了杯白开水漱口。

"可能昨天晚上没睡好,凉到胃了。"穆天晴接过水杯,漱了漱口,又从孟娜手里接过面巾纸,擦了擦嘴。

"你确定你只是胃不舒服?"孟娜用疑惑的眼神将穆天晴打量了一番,觉得她原本的瓜子脸似乎圆润了不少。

"难不成你觉得我是怀孕了?"穆天晴耸了耸肩膀,道:"我若是有这个本事,蒋逸风也不会被别人抢跑了。"

"好吧。"孟娜眼角撇到洗漱台右上方还没拆封的早孕试纸,顺手拿起来。

临出门前,孟娜将早孕试纸塞进穆天晴的包里,低声道:"我倒是希望你没怀孕,不过,你还是偷偷测试一下比较好。以防万一嘛!"

知道孟娜是出于好心,穆天晴虽然心里有些不舒服,却还是点了点头。

随后,两个人出了孟娜家,孟娜一直坚持将穆天晴送出了小区。

回到霍家老宅,穆天晴窝在沙发上写起了个人文化工作室成立后的第一个剧本。不知不觉中,一个下午过去了。待她合上笔记本电脑,外面天色漆黑，已是傍晚时分。

穆天晴揉了揉酸疼的脖子，突然想起来没有去幼儿园接小天，正想给霍熙琛打电话，霍熙欢的电话打了进来。

电话里，霍熙欢说小天被接到他家里去了。

穆天晴正疑惑时，门铃声响起。她挂断了电话，跑去开门。

五个身穿白色厨师服、头戴白色厨师帽的人鱼贯而入。

霍熙琛紧随其后。

"第一次约会，必须有美食有美酒。"语落，霍熙琛像变戏法似的，不知从哪里变出了一大捧火红的玫瑰花，双手奉上，"当然，还必须有玫瑰花。"

两个厨师开始布置餐桌，其他三个人带着食材去了厨房。

穆天晴看着眼前的一幕，呆愣了几秒钟，而后将目光落在面前那一大捧的玫瑰花上，心里顿时涌起了一丝暖意。

接过玫瑰花，穆天晴紧紧抱在怀中，抬眼看向对面神色温柔的男人，柔声道："阿琛，谢谢。"

谢谢你视我如珍似宝。

谢谢你给我这么多的温暖，给了我一段完完整整的爱情。

更谢谢你出现在我的世界里，从此黑暗不再降临，让我有了向往光明、努力和你比肩的勇气！

"你我之间，何须言谢？"霍熙琛伸手拂去穆天晴额角的碎发，柔声道："只要你喜欢，我以后每天都送。"

眼底蒙上了一层泪光，穆天晴深吸一口气，逼退了眼中的泪水，笑道："好香。阿琛，你等我一下，我去楼上换套衣服。"

说着，穆天晴抱着玫瑰花，上了二楼。

站在客厅里，看着穆天晴娇俏的身影，此时的霍熙琛心里忐忑而激动。

回到卧室里，穆天晴从衣橱中翻出了一套浅粉色的连衣裙。这条裙子是她两年前去巴黎旅游的时候买的。只因蒋逸风不喜欢粉色，她便一次都没有穿过。

换上了心爱的裙子，穆天晴将马尾辫解开，用卷棒器简单做了个卷发，而后又画了个淡妆。

对镜贴花黄，折腾了大半个小时，穆天晴对着镜子左看右看，露出了一个满意的笑容。

卧室的门被人拉开，穆天晴慌乱地整理了一下裙摆，转过身看向倚在门口满脸笑意的霍熙琛，"那个……我这就打算下楼了。"

"那好，我去楼下等你？"霍熙琛走了进来，双手搭在穆天晴的肩上，低下头看向眼神慌乱中透着羞赧的穆天晴。

"不用……"穆天晴抬眼，对上霍熙琛含笑的眸子，一时间觉得她这副模样被他取笑了去，顿时羞恼道："既然都上来了，一起下去就好了呀。"

"好！"刻意贴近了些，两个人呼吸相闻，霍熙琛幽深的眸子亮的惊人，盯着她嫣红的唇看了良久，终还是忍住了一亲芳泽的冲动。

霍熙琛手顺势下滑，牵起女孩儿柔滑的小手，拉着她，走出了卧室。

下了楼梯，一楼大厅已不见了众位厨师的身影。餐桌被铺上了洁白的桌布，样式精美的西餐摆放其上，一盏散发着淡淡幽香的心形蜡烛放置在桌子的中间。

客厅的地毯上遍布白色的百合和红色的玫瑰，原本明亮的吊灯被调成了昏黄的颜色，暧昧中带着暖意。

"穆小姐，可以邀请您跳一支舞吗？"霍熙琛伸出手，做了个绅士的邀请动作。

四目相对，他面上温润的神色令她的心微微一动，下意识地将手伸出，递到了他温暖的掌心里。

悠扬的音乐响起，两个人轻轻相拥，在客厅里翩然起舞。她将头脸轻轻靠在他的肩上，美丽的眸子微微眯起，唇角的笑意温柔而甜蜜。

听着霍熙琛稳健的心跳，感受着他掌心的温度，穆天晴的心此刻如同毫无涟漪的湖水，平静而澄清。

"那次在酒吧遇见你，你站在台上唱起了《海阔天空》和《梦一场》。"霍熙琛低沉温和的声音在耳畔轻柔响起，带着几分笑意，"那时的你，是洒脱的，也是令人心疼的。"

穆天晴闻言抬起头，看向霍熙琛。她怎么不记得他们在酒吧见过……他们第一次相见难道不应该是在医院里吗？

"其实，在酒吧里，我就对你一见钟情了，想着，这不就是我一直想找的那个女孩儿吗！"霍熙琛低下头，抵着穆天晴的额头，柔声道："后来，在医院见面，你拒绝了我的追求。再后来，得知你和蒋逸风分手。天晴，我知道，我的机会来了。"

"阿琛……"一曲终了，穆天晴停了下来，伸出右手轻轻抚摸霍熙琛的脸庞，"你有没有想过，或许我这辈子都不会爱上任何人了……"

"没有。"对上穆天晴执拗的眸子，霍熙琛叹了口气，"天晴，你爱不爱我没关系，只要让我陪在你身边，这就足够了。"

"那现在呢？"穆天晴挑眉，唇边噙着一丝揶揄的笑。

霍熙琛失笑，"没办法，人心不足蛇吞象。天晴，我总还是一个俗人。不过你放心，我不逼你和我结婚，只要让我名正言顺地陪在你身边就好。"

"名正言顺？"穆天晴仰起头，退后了几步，面颊微微发烫，"阿琛是在和我讨要名分？"

"嗯。"霍熙琛收敛了脸上的笑容，神色严肃道："天晴，你放心，只是让我做你的男朋友。只要你不愿意结婚，我是不会强迫你的。再说了，我已经有小天了，霍氏已经有了继承人。只要你不愿意，没人逼你和我结婚，让你做霍家的主母。"

"其实，我没想那么多……"穆天晴叹了口气，发现事情到了不得不去面对的时候，她反倒不那么纠结了。

人生在世总多愁，好不容易遇到霍熙琛这样的男人，给她温暖，让她依靠，让她明白了什么才是安全感，更是让她在遭遇背叛和伤害后，还愿意、还有勇气去接受一份感情。

此时此刻，逃避多时的她终于冷静下来，认清了他们之间的感情。一旦确定了她的那个他就是眼前人，她就只想和他在一起。至于以后的波折和苦难，她掐算不出来，也不想多虑。

"那就好。"霍熙琛唇角不受控制地上扬，他一步走到穆天晴的面前，拉起她的右手，掌心里多了一枚钻戒。

不由分说，霍熙琛将戒指戴在了穆天晴的右手上，笑道："这是定情戒指，你戴上了它就再也跑不掉了！"

感受着他掌心的温热，穆天晴心头一暖，将那枚戒指看了又看，眼底满溢着幸福。

低头在那枚戒指上轻轻一吻后，霍熙琛拉着穆天晴来到餐桌前，绅士地替她拉开了椅子，待她落座后，他去了对面的位置坐好。

将穆天晴面前的餐盘拿了过来，霍熙琛亲自为她将牛排切成了小块，而后又将餐盘推了过去。开了一瓶红酒，两个人各自倒了一杯。一顿烛光晚餐吃得倒也浪漫温馨。

车子开往郊区，随着盘山路缓慢地爬行，最后停在了山顶的停车场上。

如果穆天晴没记错的话，这里应该是城南新开发的山区旅游项目，从三年前开始兴建，一直都没有对外开放过。

显然，这里应该是霍熙琛的"地盘"。他将座椅放下，躺着看向漆黑的夜幕，指着点点繁星，笑道："天晴，这里是我的秘密基地。以前心情不好的时候，我就会一个人开车过来，在山顶看星星。"

穆天晴也学着霍熙琛的样子，将座椅放倒，躺在上面，顺势伸出左手，轻轻握住了他的右手。

"这里的夜色很美，星星也很明亮，确实是个好去处。霍大老板，你还真是会选地方。"

"这里的旅游开发项目是霍氏投的标，后来政府做了城市规划，又放弃了这个项目。"霍熙琛扭头，看向躺在身旁的女孩儿，笑道："不过，在我看来，政府的做法是正确的。C市已经够繁华的了，留着一方净土也不错。最起码，以后你可以陪着我在这里看星星。"

穆天晴笑得眉眼弯弯，一张白净的小脸在月光下泛着珍珠般的光泽。

霍熙琛定定地看着巧笑嫣然的女孩儿，忍不住靠近了些，在她额头上蜻蜓点水地吻了一下。

穆天晴蝶翼般的睫毛微微颤抖了一下，低垂着眼帘，遮挡住眼底的羞赧，嫣红的唇微微开启，似邀人采撷。

细细密密的吻落在了她的额头、眼皮儿、鼻子，最后温热的唇落在了她微凉的红唇上。她慌乱地闭上了双眼，男子特有的气息将她紧紧包围。

唇舌纠缠，两个人恨不得吻到地老天荒。良久，就在穆天晴觉得脸颊仿佛着火了似的滚烫、几近窒息时，霍熙琛终于放过了她。

长臂一伸，轻轻将心爱的女孩儿搂在怀里，霍熙琛用自己的鼻尖蹭了蹭她的鼻尖，胸脯震了震，低低的笑声在她耳边响起。

不好意思地将头脸埋在霍熙琛的胸口，穆天晴轻轻咬住被吻得红肿的下唇，一双小手抵在他的胸膛上，一时间向来伶牙俐齿的她竟不知该说什么是好。

"天晴，我有个秘密想要告诉你。"霍熙琛将下巴抵在穆天晴的发顶，叹了口气，道："小天并不是我的孩子，而是我双胞胎哥哥冷启天的儿子。"

穆天晴闻言微微一愣，手抵在霍熙琛的胸膛上，抬起头对上他的眼睛。

霍熙琛眸光深邃，面色恢复了以往的冷硬，淡淡道："当初我爸婚内出轨，我妈一气之下和他离婚。而后，她带着我哥去了美国，而我和阿欢留在了我爸身边。后来我不想再和薄情寡义的父亲生活在一起，便跑去做了特种兵，退伍后又去了美国留学。早些年，我妈和我哥在美国吃了很多苦，也因此对我爸心生怨恨。在美国，我找到我妈和我哥时，我妈已经嫁给了一个黑帮老大，她和我哥一直在做走私军火和制毒藏毒的勾当。我曾经对他们苦苦相劝，只可惜他们不肯听我的。我在美国念的是法医专业，曾经帮助FBI破获过多起要案重案。后来，在一场谋杀案中，凶手在现场留下的毛发经鉴定和我的DNA几乎完全重合。为了自保和破案，我向警方提供线索，认为我哥有重大嫌疑。警方顺藤摸瓜，竟然找到了我哥贩毒的证据。没想到我妈为了保住我哥，竟将所有罪责都揽在自己身上，并在监狱里自杀身亡。从此，冷启天对我、对霍家恨之入骨。唉！这些都是霍家和他之间的恩怨，我们之间……早晚会有一战！"

伸出手，抚上霍熙琛紧蹙的眉心，穆天晴郑重道："无论发生什么，阿琛，我永远都站在你这边。"

霍熙琛唇角弯起，清浅一笑，长臂收紧，再次将穆天晴搂在怀中，"别担心，有我在，一切都会过去的。说起来，小天和你也是有缘分。他的母亲是你大伯的女儿，也就是你堂姐穆嫣然"

"什么？！这怎么可能？"穆天晴闻言大吃一惊。

穆国栋和蒋怡修育有一儿一女，穆立丰是她们的小儿子，大女儿穆嫣然在美国念书，学的是金融专业，穆天晴只在帝都爷爷的寿宴上见过她两次。最近一次听到穆嫣然的消息，是上次在C市爷爷的生日宴上，堂兄穆立丰告诉她穆嫣然打算留在美国继续深造，短时间内不会回国。

说起来，穆天晴和穆轻烟长得一点儿都不像，和穆嫣然长得倒有七八分相似。或许是因为这个原因，蒋怡修夫妻二人一直对她极好，把她当成自己的女儿来维护和宠爱。

"这事说来话长，他们两个……也算是一段孽缘。"霍熙琛叹了口气，而后将他所知道的一些事情告诉给了穆天晴。

穆天晴心中震惊不已。印象里，穆嫣然是个温婉善良的女孩子，她怎么也想象不到穆嫣然会和冷启天这样的人在一起，甚至还为他生下了一个孩子。

"别担心，事情或许没有那么糟糕。"霍熙琛轻轻地握了握穆天晴的手，柔声道："凡事都有我在，定然不会让任何人受到伤害。尤其是小天，他虽然不是我的孩子，但我既受穆嫣然所托，定然会将他视为己出。"

穆天晴点了点头。

"小天的生父冷启天生性残忍多疑，以虐待他们母子为乐。我在调查冷启天时意外发现了小天的存在，接受穆小姐的求援后，原本我打算策划一场车祸，伪造他们母子的死亡现场，趁机带着小天和穆嫣然一起回到国内，开始新的生活。只可惜……穆小姐为了小天能安全离开，竟然假戏真做，真的差一点就……"

"嫣然姐她……"

"穆小姐现在已经恢复了，不过她暂时只能留在冷启天的身边。"

穆天晴闻言紧蹙眉心。

"放心，邪不压正。我会努力将她救出来。不过，在确定能将穆小姐成功解救之前，我只能告诉小天他的妈妈已经不在了。"

"只好如此。"没想到小天的身世如此复杂，难得她和他有母子缘分，只要她穆天晴在一天，定然不会让小天再受到任何伤害。

听着霍熙琛稳健的心跳，感受着他怀抱的温暖，彼此沉默地相拥了良久，穆天晴的眼皮儿开始打架。换了个舒服的姿势，窝在霍熙琛的怀里，很快就有了睡意。

"宝贝儿，困了就睡吧。"霍熙琛找出一条毛毯盖在穆天晴的身上，轻柔的声音令她身心都熨帖了起来，"我会一直在你的身边。明天，待你醒来，必然又是美好的一天……"

第二天，霍熙琛和穆天晴一起乘飞机去D市参加了孟娜的婚礼。

许是从穆枫那里得知穆天晴和霍熙琛确定了男女朋友关系，两个人刚刚回到C市，就受到了穆老爷子的邀请，喊他俩去穆家吃晚饭。

穆天晴和霍熙琛下了飞机，坐上了车，她突然觉得倦意袭来，头一歪，靠着车门，眼皮打架。

"累了吧，先眯一会儿吧。"

霍熙琛的话飘荡在耳边，穆天晴点了点头，模糊地应了一声，迷迷糊糊地睡了过去。

醒来时，两个人已经抵达穆家，穆天晴的身上多了一条毯子。

霍熙琛将车子停靠在别墅外面，看到穆天晴打了个哈欠，忙凑过去在她脸上轻轻吻了一下，"宝贝儿，醒一醒，到了。"

穆天晴睁开眼睛，外面的天色渐暗，她拿出手机看了眼时间，顿时一个激灵，彻底醒了。

她不过是打了个盹儿，竟然睡了一个多小时，现在比约定的时间已经晚了快半个小时了。

这时，穆天晴的手机震动了一下，紧接着穆庆国的电话打了进来。

"爷爷。"穆天晴匆忙间接通了电话,"我们已经到了,马上就进来。"

"嗯,那就好。"穆庆国的声音透着威严,"人都到齐了,就等你们了。"

"好的,爷爷,马上见。"穆天晴挂断了手机,不禁暗暗吐了吐舌头,小声嘟囔道:"最近怎么变成小猪了,随时随地都能睡过去……"

霍熙琛闻言眸光闪了闪,他拿起车里的保温杯,递给穆天晴,道:"该喝药了。"

霍熙琛和曲博士那边已经达成了合作意向。霍氏集团收购了城郊一家濒临破产的中药厂,正式进军制药行业。最近这段时间,他从药厂不时地拿些冲剂给穆天晴喝,说是滋补调理身体的。一连小一个月喝下来,穆天晴确实觉得身体舒泰,气色也好了许多。除了时不时会犯困,好像并没有什么副作用。

接过杯子,穆天晴喝了大半杯的中药冲剂,随即和霍熙琛一起开车进了穆家别墅。

将车子停在院子里,穆天晴挽着霍熙琛的胳膊,一起走了进去。

霍熙琛脸上挂着淡淡的笑容,眸光坚定柔和,临近门前,他将所有事先吩咐准备好的礼品都放到左手上,右手拉起了穆天晴的小手。

穆天晴脸上一烫,却还是任由霍熙琛拉着她,两个人一起步入了客厅。

客厅里,穆庆国端坐在沙发上。几日不见,他头上的白发似乎又多了些。穆枫坐在爷爷身边,目光里含着笑意。

穆威、孟亦凡,甚至穆轻烟也在。她脸上化了浓妆,看向穆天晴的眼神仿佛一把刀子,那神情恨不得将她剥皮削骨。

不知道穆轻烟为何眼神如此恶毒,穆天晴眉心微蹙,脊背爬上了一层寒意。

穆威曾经见过霍熙琛一次,一直以为他是靠穆天晴养的小白脸,自然不会给他好脸色看,只是碍着穆老爷子在场,没有撵人便是了。

"这位便是霍先生吧。怎么拿了这么多东西,家里什么都不缺,您这样真是太客气了!"孟亦凡从椅子上站了起来,率先打破了沉默,满脸笑容地从霍熙琛手上接过大包小包的礼品,"第一次来家里,千万别觉得不自在，就当在自己家里一样。"

霍熙琛礼貌地点了点头，目光越过孟亦凡，看向满脸严肃的穆庆国，朗声打起了招呼："穆老先生。"

穆天晴则挣脱了霍熙琛的手，蹦蹦跳跳地跑到穆庆国身边，挨着他坐在了沙发上，笑眯眯道："爷爷，抱歉，我睡着了，来晚了。"

听自家孙女儿这么一说，穆庆国原本冰冷的目光稍稍缓和，定定地看了霍熙琛一眼，道："就等你们了，过来一起吃饭吧。"

一行人来到餐厅，围着坐了下来。席间穆枫和霍熙琛不时低声交谈，孟亦凡也很给面子地不停给他和穆天晴添饭加菜，气氛倒也融洽。

一顿饭吃完，穆庆国把霍熙琛叫到书房去谈话。穆天晴懒得再和孟亦凡、穆轻烟装亲热，无聊地坐在沙发上拿手机刷微博。

"天晴啊，这位霍先生是做什么的？"孟亦凡端了一杯橙汁过来，看似关心地问道："他今年多大了，你们是怎么认识的？"

穆天晴掀了下眼皮，飞快地看了孟亦凡一眼，将她端来的橙汁接过，顺手放在了茶几上。

因为霍熙琛为人低调，外人只闻其人并不见其貌，所以C市上流人物中没有几个人认得他。相反，因为经营天汇娱乐公司，再加上为人热情、喜欢热闹，霍熙琛的弟弟霍熙欢倒是经常高调地上新闻头条。这次见面，穆天晴和霍熙琛商量过后，并不打算点破他的身份。只是说他家里是霍氏家族的一个分支，他本人在霍氏集团的子公司任职。

"天晴，你认识霍熙琛吗？"见穆天晴并不搭话，孟亦凡不死心地又问了一句，"我听你刚刚叫霍先生阿琛，莫非……他就是传说中的……"

穆天晴闻言眉心微微蹙起，面有不悦，这时她的手机铃声响起，见是郭永和打来的电话，她丢了一句"导演的电话"后，起身去了后院。

"怎么可能是霍熙琛呢？"看着穆天晴离开的背影，穆轻烟眸光泛着冷光，"就凭她？传说中的霍家掌门人怎么可能看得上她这个被人抛弃的烂货！"

"我在C市多年，从来没有见过霍熙琛。"孟亦凡眼底有着一丝疑惑，看向穆轻烟，道："你呢，可曾见过霍先生的真容？"

穆轻烟摇了摇头，道："逸风应该认得吧，改天我问问他就是了。妈，你到底有没有帮我想办法？到底什么时候才能除掉穆天晴这个贱人？蒋家那个老太婆总是向着她，不肯为我和蒋哥哥办订婚宴。只要穆天晴在这世上，我就永远都做不了名正言顺的蒋夫人。"

"你这孩子，总是这么沉不住气！"孟亦凡伸出手指点了点穆轻烟的额头，一副恨铁不成钢的模样，"老爷子在，我们总不能现在就动手。"

"算了，不指望你什么了，我和她的恩怨，我自己解决！"穆轻烟说着，站了起来，循着穆天晴去了后院。

和陈敏发联手两次都没能除掉穆天晴。这一次，她必须亲自出马！

《大国医》即将杀青，郭永和打电话和穆天晴讨论了半个多小时。穆天晴一边接电话，一边在后院随意走动，最后干脆在泳池边休息区的躺椅上，寻了个舒服的姿势，躺了下来。

"好了，郭导，你的意思我明白了。"穆天晴对着话筒轻笑，目光落在泳池的另一边，对上穆轻烟那张怒发冲冠的脸。她眸光微冷，脸上的笑容迅速淡了下去。

两个人通话间，穆轻烟绕了过来，在穆天晴面前站定。

"那就先这样，这几天我抽时间去剧组一趟。咱们见面再详谈。"

"也好。"

挂断了电话，穆天晴从躺椅上坐了起来，淡淡地看着冷着一张脸的穆轻烟，道："你找我？"

"穆天晴，你是不是以为搞定了蒋妈妈，蒋哥哥就会抛弃我，重新回到你身边？"穆轻烟冷笑着，弹了弹做好的大红色的精致指甲，目光中带着一丝嘲讽。

"懒得和你废话。"穆天晴起身，打算离开，却被穆轻烟抓住了胳膊。

"穆天晴，别以为随便找个男人，假装你又有了男朋友，蒋哥哥就会多看你几眼。"穆轻烟冷嗤一声，低声道："你想玩儿欲擒故纵，是吧？"

"不可理喻。"穆天晴甩开穆轻烟，往水池边上走了几步，看向平静澄清的池面，朗声道："穆轻烟，你喜欢的男人你自己守着就是了，何必每天幻想有人和你争男人？哦，你会有危机感，是不是说明你心里根本就没有安全感？难道……蒋逸风又劈腿了？"

"蒋哥哥对我自然情比金坚，这一点不用你来操心！"穆轻烟仰起头，道："而且，蒋妈妈迟早都会同意我和蒋哥哥订婚的。穆天晴，现在你没有任何筹码了！"

穆天晴闻言，但笑不语。

"就算你找了个男朋友又怎么样？"穆轻烟走到穆天晴身边，和她并肩而站，道："我的蒋哥哥比你的霍先生要强一百倍。他可是蒋氏集团的继承人，不是一般的男人可以比肩的。穆天晴，我还是比你强！"

"那好，那就祝你们早日订婚，百年好合。"穆天晴侧过身子，目光落在穆轻烟的小腹上，又道："哦，对了，刚刚吃饭时听孟姨说你怀孕了，还真是双喜临门，祝你早生贵子。"

听到"怀孕"两个字，穆轻烟目光躲闪了一下。她暗暗攥紧了放于身侧的拳头，感觉到小腹传来一阵阵抽痛，她向前走了几步，而后转身背对着泳池，与穆天晴面对面站好。

"穆天晴，你是不是特别恨我？"穆轻烟唇角勾起一抹得意至极的笑容，"我妈妈从你妈妈那里抢走了丈夫，我抢走了你的父爱，又抢走了蒋哥哥。"

穆天晴听到那句"我妈妈从你妈妈那里抢走了丈夫"，顿时面若冰霜，红唇紧抿。

"所以，你恨我妈妈，也恨我。恨不得亲手杀死我和蒋哥哥的孩子。"语落，穆轻烟诡异地一笑，身子突然向后仰了过去。

穆天晴下意识地向前跑了两步，伸出手想去抓穆轻烟的胳膊却落了个空，就这么眼睁睁地看着她直直地坠入了冰冷的泳池。

震惊之余，穆天晴不禁后退了两步，目光下移，意外地看到穆轻烟刚刚站立的地方，草丛中有着一小滩血迹。

一道灵光划过脑际，穆天晴蓦地睁大了双眼。这时，一声怒吼从她身后传了过来：

"穆天晴，你做了什么？！"

紧接着，一道黑影从身后重重地推了穆天晴一把，她身子一个踉跄，穿着高跟鞋的左脚扭了一下，整个人跌倒在了地上。

膝盖处传来一阵刺痛，穆天晴脸色苍白地看着蒋逸风跳进了泳池，看着他将浑身是水的穆轻烟抱了起来，看着那原本清澈的池水染上了淡红的颜色……

抱着穆轻烟上岸，蒋逸风的目光如同两把刀子，一副恨不得将穆天晴剥皮的模样，"穆天晴，你这个恶毒的女人！明明知道轻烟怀了我的孩子，还推她下去！"

感觉到掌心传来温热黏稠的触感，蒋逸风低头看向右手，那鲜红的血更加刺激得他双目血红！

"蒋哥哥……"穆轻烟适时地悠悠转醒，死死地抓住蒋逸风的衣领，凄然道："蒋哥哥，是我自己不小心……不是姐姐推的我……"

"轻烟！"看到怀中的女孩儿面无血色，嘴唇灰白，还在拼命地帮穆天晴撇清关系，蒋逸风心里又是心疼又是愤怒，"轻烟，若是咱们的孩子出了事，我说什么都不会放过她！"

"孩子……我们的孩子……"穆轻烟眼眶里的泪水簌簌滚落，咬唇痛哭道："蒋哥哥，无论如何，一定要救回咱们的孩子！"

蒋逸风点了点头，恨恨地瞪了穆天晴一眼，而后抱着穆轻烟跑着离开了泳池，沿途留下了一串触目惊心的嫣红血迹。

"天啊！"客厅里，看到蒋逸风抱着浑身湿漉漉的穆轻烟突然出现，孟亦凡惊得大叫了一声。

此时，穆庆国、穆枫和霍熙琛从二楼下来。

霍熙琛嗅到了一丝血腥气，眉心微蹙，目光落在穆轻烟身上，随即眼底闪过一丝精光，飞快地下了楼梯，向后院跑了过去。

"爷爷，爸，妈，哥哥……"穆轻烟声细如蚊，委屈地看向孟亦凡，"我的孩子……"

蒋逸风温柔疼惜地看了穆轻烟一眼，在她背上拍了拍，随即看向穆威，冷冷道："穆天晴明明知道轻烟怀了孩子，还将她推下泳池。若是轻烟和孩子有什么闪失，我一定不会放过她！"

"这个逆子！"穆威闻言大喝一声，气得额头青筋暴突，"她怎么下得去手，轻烟可是她妹妹！"

"爸，还是先送轻烟去医院吧。"穆枫眼眸微微眯起，建议道："我这就给胡院长打电话，逸风你直接开车去第一医院。"

"对，先送轻烟丫头去医院，保胎要紧。"穆庆国面色微沉，道："其他的事，稍后再说。"

"我和你一起去！"慌忙间，孟亦凡取了一条干净的毛毯盖在了穆轻烟的身上，哭道："轻烟，你和孩子不会有事的，乖，妈妈一直都在，妈妈陪着你！"

"好了好了，别耽误时间了，我也一起去！"说着，穆威拿起车钥匙，和蒋逸风等人出了门。

转眼间，客厅里只剩下穆庆国和穆枫两个人，两个人对视了一眼，穆庆国随即长叹了一声。

"爷爷……"穆枫低下头，眸光微闪，"无论如何，我都相信天晴，她是不会害人的。"

"唉！家门不幸啊！"穆庆国摇了摇头，满脸的后悔，"轻烟这丫头，是个不省心的。我就不应该让她回国！"

"爷爷！"穆枫见穆庆国脸色灰败，忙伸手去拍他的背，低声道："放心，有我在，总不能让她为所欲为。天晴也不会受任何委屈。"

两个人说话间，霍熙琛抱着穆天晴走进了客厅。

"天晴。"穆庆国上前一步，见穆天晴脸上毫无血色，顿时一阵心疼。

"天晴应该没事，但保险起见，我打算带她去医院检查一下。"低头，看到怀中的女孩儿神色黯然，霍熙琛眉心蹙起，随即道："穆老爷子，我先走一步。"

"我和你一起去。"穆枫从口袋里掏出车钥匙，作势要跟着两个人一起离开。

刚刚三个人在书房详谈了一番，穆庆国和穆枫已经知晓穆天晴怀了霍熙琛孩子的事实。

"不用了，穆少在家陪爷爷就好，稍等我还有事让你帮忙。"霍熙琛眸光微冷，淡淡道："天晴能不能洗白冤屈，还得靠穆少帮忙。"

穆枫闻言愣了愣，随即点了点头，显然听明白了霍熙琛话中的意思。

目送霍熙琛抱着穆天晴离开，穆庆国揉了揉胀痛的额头，语气中带着几分疲惫，"阿枫，你去查查泳池那边，轻烟丫头和你孟姨的卧室……你也去看看……"

想来，穆庆国也听明白了霍熙琛话语中的暗示，穆枫点了点头，掏出手机，径直去了后院。

医院里，病床上。

穆天晴靠坐着，蜷缩起左腿，霍熙琛则搬了张椅子坐在她面前，手里拿着一盒药膏，用棉签蘸了，动作轻柔地涂抹在她膝盖的伤口处。

刚刚在穆家，穆天晴被蒋逸风推倒在地，好在地上是柔软的草坪，只是擦破了膝盖。只是她的皮肤向来白皙，如今青紫了一大片，看起来有些触目惊心。

"咝！"药膏擦在伤口处，火辣辣的一阵灼痛，穆天晴忍不住轻呼了一声。

霍熙琛立即停下了手上的动作，一脸心疼地看向穆天晴，"是不是弄疼你了？"

对上霍熙琛关切的眸子，穆天晴心里一暖，忙摇了摇头，道："刚擦上去的时候有点儿灼热的感觉，现在觉得凉冰冰的，很舒服。"

"那你忍忍。"说着，霍熙琛低下头，继续为穆天晴涂抹药膏，只是动作更加小心轻柔。

"你不问问我，是不是我将穆轻烟推到泳池里？"穆天晴看着霍熙琛的侧脸，低声问道。

"这还用问？"霍熙琛停了手上的动作，目光中带着一丝嗔怪，"你当然不会这么做。是她在诬陷你。不过，我很抱歉。"

"抱歉什么？"听到霍熙琛毫不怀疑地相信自己，穆天晴心里竟然暗暗松了口气，略显苍白的面孔多了几分笑意，"难道是你让穆轻烟诬陷我的？"

霍熙琛摇了摇头，将药膏的盒子盖上，顺手放在一边，而后坐到了穆天晴的身边，揽过她的肩膀，目光看向窗外黑暗的夜色，柔声道："抱歉，你被欺负时，我不在你身边。"

闻言，穆天晴鼻子酸酸的，眼前瞬间蒙上了一层泪光。

没想到，霍熙琛如此懂她、心疼她。

他可以不用询问，就知道她一定是被诬陷的那个。他甚至会因为她受了委屈而自责。她何其有幸，这辈子遇到了这样一个好男人！

"宝贝儿，放心，真相总有水落石出的那一天。"霍熙琛的手在穆天晴的长发上摸了摸，以示安抚。

"嗯。"穆天晴闷闷地点了点头，将头脸埋在霍熙琛的胸膛，听着他稳健的心跳声，似乎心里也没有那么憋屈烦闷了。

其实，就算是穆轻烟刻意栽赃冤枉她，穆天晴也自有应对的法子。她们这对"姐妹"多年来宿怨已久，交锋多次，她自然有办法还自己清白。只是，无端端被人泼了一盆脏水的感觉，真的很郁闷。

霍熙琛放在口袋里的手机震动了一下，他眸底闪过一道极其锐利的光芒，随即柔声对穆天晴道："天晴，你先好好休息，我出去一下。"

语落，霍熙琛快步走出病房，拿出手机看了一眼，而后立即给穆枫打了个电话。

霍熙琛问："那边情况怎么样？"

穆枫说："摄像头坏了，查不到监控录像。"

霍熙琛皱眉，低声道："其他的蛛丝马迹呢？"

"我在草坪上，穆轻烟站立的地方发现了血迹。另外，在她卧室的垃圾桶里，我找到了米非司酮的药盒。"

米非司酮？药流服用的常见药。

霍熙琛冷笑了一声，道："这些都不足以说明什么。想要实锤，还得从那个流掉的胎儿入手。"

穆枫赞同道："确实如此。"

霍熙琛说："接下来就交给我吧。爷爷那边，你多陪陪。老爷子年纪大了,见不得子孙相残,能瞒着就先瞒着吧。"

"嗯,我明白。"

挂断了电话,霍熙琛眼角瞥到一个女护士进了穆天晴的病房,他忙快步跟了过去。

待霍熙琛赶到病房的门口,小护士正好推门而出,笑道:"霍先生,穆小姐的身体没问题,肚子里的孩子也没有事,她的检查报告我直接给她本人了。"

闻言,霍熙琛脸色微变,黑如锅底。女护士对上他那张阎王一样的脸顿时吓了一跳。

无暇他顾,霍熙琛迅速拉开门快步走进了病房。

穆天晴住的是高级病房,开门后霍熙琛步入客厅,右拐飞快地走进了里面的休息室。

看到穆天晴静静地躺在床上,双目紧闭,霍熙琛脚步顿了顿,一颗心几乎提到了嗓子眼儿。

穆天晴秀气的眉皱了起来,她打了个哈欠,睁开眼,看到霍熙琛站在门口,忙坐了起来,道:"阿琛,你回来了?"

霍熙琛忙快步走到病床前,将一个枕头垫在了穆天晴的身后,让她靠得舒服些。

目光落在床头柜上的检查报告袋,霍熙琛伸手拿了起来。

"我刚刚睡得迷迷糊糊的,好像有人进来把什么东西放到柜子上了。"穆天晴揉了揉眼睛,低垂着头,一副睡不醒的模样。黑长的发垂落在脸颊的两侧,遮挡住她大半张脸和眼睛。

霍熙琛将检查报告从档案袋里拿出来,简单看了一遍,暗暗松了口气。

"你没看检查报告吗,天晴?"霍熙琛斟酌了一番,柔声问道。

"没有啊。"穆天晴声音小小的,"护士进来的时候,我在睡觉。哦,对了,阿琛,我没什么事吧?"

霍熙琛将检查报告放回了档案袋,道:"没事。"

"那是不是我现在就可以出院了?"穆天晴仰起头,长发滑落,露出一张毫无血色的面孔,"阿琛,我不想住在医院。小天应该还在家里等咱们回去。"

"好，我这就去给你办出院手续。"霍熙琛伸出手，在穆天晴的发顶上揉了揉，目光里满是宠溺，随即低头在她额头上吻了一下，拿着检查报告袋出了病房。

看着霍熙琛高大挺拔的背影，穆天晴眼里的光芒一点点黯淡下来。外面传来关门声，确定霍熙琛离开，她忙下了床，从随身带着的包包里翻出来一个小小的纸盒。

纸盒上，"早早孕试纸"五个字格外醒目，是上次去孟娜家，孟娜强塞给她的那个。

紧紧地捏住小小的纸盒，穆天晴呆愣了半晌，脚步虚浮地走进了卫生间。

五分钟后，看到试孕棒上那两道刺目的红杠杠，穆天晴蹲坐在马桶上，彻底傻了眼。

其实，刚刚那份检查报告说得很清楚，她已经怀孕两个多月了。本没有必要再拿早孕试纸测试的，根本就是多此一举。可是，穆天晴还是抱了侥幸心理，打算偷偷地试一试。

看来，她是真的怀孕了……

穆天晴此时脑子一片空白，甚至觉得有些不可思议。

她和蒋逸风在一起这么多年，两个人一直没有越雷池半步，她一直都保持着处子身，怎么可能怀孕？！

额角突突地疼，穆天晴起身，来到洗手台处，打开了水龙头，哗哗的流水声令她稍稍冷静了下来。

抬眼，看着镜子里面自己那张灰败的脸，穆天晴忙撩起水拍了拍脸。

冰冷的感觉传来，穆天晴深吸了一口气，拿起一旁的毛巾胡乱擦了把脸。

这时，卫生间的门被敲响，外面传来了霍熙琛的声音，"天晴，你在里面吗？"

"哦，我在，马上就出去了。"穆天晴慌乱地应了一声，而后将反锁的门从里面打开，走了出去。

"洗脸了？"看到穆天晴的发梢湿漉漉的，霍熙琛忙伸手摸了摸她的脸，触手冰冷，眉心不禁蹙起。

"嗯，有点儿困。"穆天晴随便编了个理由，拿起放在床上的包，对霍熙琛道："手续办好了吧，咱们现在就回去吧。"

"嗯。"霍熙琛站在卫生间的门口，目光看向放在洗手台上的药盒。他目力极佳，扫了一眼就看到了盒子上的那五个鲜红的大字。

眸光微闪，霍熙琛关上了卫生间的门，扭头去看穆天晴。见她紧抿着嘴唇，默默地整理床铺，他心里顿时慌乱了起来。

两个人离开医院，坐上了霍熙琛的车，回家的路上，穆天晴一直沉默无言。

第二天，霍熙琛下班回到霍家老宅。

穆天晴窝在沙发上看小说，小天则在厨房榨果汁。

"天晴，你大概什么时候去美国？"

前几天，曲博士给穆天晴打了个电话，打算让她和他一起去美国参加一个学术论坛，大概会在美国停留三天的时间。

"机票曲老师的科研室会负责，估计明天就能确定是坐哪一个航班了。"穆天晴的目光看向厨房，紧紧锁住那个小小的身影。一想到要和小天分开几天，她心里就有些难过。

"那好，等明天确定了是哪班航班，记得告诉我一声。"霍熙琛道："我正好也有单生意要去趟美国。"

"你也要去美国？"

"嗯。如果可以的话，我们可以一起去一起回来。"

霍熙琛温柔的声音响在耳畔，穆天晴抬眼，他眼底温柔的潮水几乎要将她淹没。

这时，小天捧着鲜榨的芒果汁跑了过来，亲自为穆天晴倒了一杯，"妈妈，给！"

穆天晴接过，小口小口地喝着香甜可口的果汁，眉眼弯弯，笑容淡雅。

"不过，小天还是留在C市吧。"霍熙琛看了眼粉嫩嫩的小包子，道："阿欢会留在国内帮我打点公司的事务，顺便照顾小天。"

小天没听到两个人之前的对话，一脸疑惑地望着霍熙琛。

穆天晴将小天抱了起来，让他坐在自己腿上，柔声道："小天，下周妈妈和阿琛要去趟美国，大概三天左右就能回来。"

"你们一起去，把小天一个人丢在这儿？"小天闻言嘟起嘴，一双黑葡萄似的大眼睛怒气冲冲地瞪向霍熙琛，脸上写满了"你是个大坏蛋，不许你一个人独占妈妈"！

"小天，坐飞机去美国大概要十几个小时，我们是担心你太辛苦了！"穆天晴柔声解释道。

霍熙琛则向小天招了招手，"小天，你和我来，我有话要和你说。"

小天将头偏向一边，对霍熙琛不理不睬。

"我有事要和你交代。如果是个男子汉，现在就和我去书房。"语落，霍熙琛起身，留给小天一个冷漠的背影，快步上了二楼。

小天依旧偏着头，狠狠地咬着下唇，最后还是"噔噔噔"小跑地上了二楼。

穆天晴挠了挠头，不知道霍熙琛葫芦里卖的什么药。直到过了一个多小时，马上开饭了，霍熙琛和小天才从二楼下来。

小天眼睛红红的，霍熙琛依旧冷着一张脸。穆天晴不好多问什么，忙张罗着让两个人过来吃晚饭。

吃完了晚饭，小天蔫蔫的，低垂着一颗小脑袋，一副不开心的模样。

穆天晴叹了口气，跑进书房对霍熙琛道："你到底和小天说什么了？"

霍熙琛正在翻看文件，闻言抬头飞快地看了穆天晴一眼后，又低下头去翻阅文件，道："没什么。怎么了？"

"小天一直都不开心，你没看出来吗？"穆天晴语气中带着埋怨，"算了！你忙吧，我带小天出去走走。"

霍熙琛立刻从文件堆里抬起头，道："我陪你们一起出去。"

"不用了，我一个人可以的。"穆天晴指了指霍熙琛桌上堆积成山的文件，"你忙你的吧。"

语落，穆天晴转身欲离开。霍熙琛干脆站了起来，"没事，我陪你们一起去吧，不然我不放心，也没心思处理这些文件。"

穆天晴就知道霍熙琛会这么说，忙道："你等下，我换套衣服再来见你。"

说完，不等霍熙琛回应，穆天晴飞快地跑出了书房。

一刻钟后，穆天晴带着小包子，再次出现在霍熙琛的面前。

她身穿黑色长裤、黑色T恤衫，脚上踩了一双铆钉靴，一头披肩长发变成了利落的短发，脸上画着浓重的金属装，鼻梁上戴着一副大大的黑色镜框，若不是那一双灿若星辰的眸子，就连霍熙琛都很难将她认出来。

"怎么样，我这身打扮，一般人都不会认出我来的。"穆天晴歪着头，笑眯眯道。

小天仰起头，盯着穆天晴的脸看个不停，脱口道："妈妈，你好酷！"

"是吗，宝贝儿？"穆天晴心情大好，蹲下来，摸了摸小天的头顶，"宝贝儿，你可真会说话。"

小天一脸豪气地用手指戳了戳穆天晴的脸，一双眼眸跃跃欲试。

"对了！"盯着小天那张粉嫩嫩的小脸儿看，穆天晴一拍脑门，道："只顾着给自己化妆了。小包子这么萌、这么帅气，也很引人注意的！"

说着，穆天晴起身，拉着小天的手，"宝贝儿，妈妈也给你画个炫酷的金属装，好不好？"

"和妈妈的一样吗？"小天期待地看向穆天晴。

"当然啦！"穆天晴笑道。

"嗯！"小天重重地点头，蹦蹦跳跳地跟着穆天晴去了她的卧室。

一刻钟后，天已经完全黑了，小包子同样炫酷地出现在了霍熙琛的书房里。

他也是一身黑色的衣服，头发喷了发胶做了造型，根根直立，脸颊和眉梢涂了金黑色的金属妆，仿佛来自未来科技的小小机器人！

霍熙欢正好来老宅这边，看到书房里的一大一小，顿时又惊又喜，围着两个人团团转。

"哥，小天和天晴都好帅气！"霍熙欢两眼放光，"她们两个是要干吗去？带上我好不好？"

穆天晴闻言，抱紧了小包子，笑眯眯道："抱歉，我已经答应小天了，今天晚上要带他出去玩儿。今晚，我只属于我家宝贝儿一个人！"

霍熙欢眼睛黯淡了下去，偷偷去看他亲哥的脸色。

果然，霍熙琛抿紧了唇，眼底暗潮涌动。

"我们走啦！"穆天晴转身，撒丫子往外跑，小天趴在她肩头上，冲霍熙琛和霍熙欢扮了个鬼脸。

"哥，你大晚上的喊我过来，不会就只是让我看嫂子和小天撒狗粮吧？"霍熙欢摸了摸后脑勺，问道。

刚才，他在家里泡澡，一个电话被他哥给喊了过来，头发都没来得及吹呢！

看了眼霍熙欢湿漉漉的头发，霍熙琛淡淡道："天晴要一个人带小天出去，你和阿力暗中跟着她们，确保她们的安全。"

霍熙欢得令，转身出门，就听霍熙琛又嘱咐道："记得，暗中保护，不要被天晴和小天发现了。"

"好嘞！你放心就是了，哥！"

目送霍熙欢离开，霍熙琛再次埋首于文件之中。

另一边，穆天晴带着小天离开了霍家老宅。

明亮的路灯下，两个人沿着林荫大道，缓缓而行。

"小天，想玩儿什么？"穆天晴低下头，看向小天问道。

"只要和妈妈在一起，玩儿什么都可以。"

稚嫩的声音响在夜色里，犹如天籁，穆天晴的心软得一塌糊涂。

"宝贝儿，你坐过摩托车吗？"

小天摇摇头。

"那……妈妈带你坐摩托车，好不好？"

小天点点头。

于是，穆天晴拿起手机，给纪冉希打了个电话。

十分钟后，穆天晴和小天走出了别墅区，在大门口远远地看到了纪冉希的保姆车。

穆天晴朝车子挥了挥手,和小天一起跑了过去。

金兴从驾驶位上跳下车,开了后备厢。纪冉希也走下车,和金兴一起将一辆银白色的摩托车从后备厢里抬了出来。

"哇!我的小白!"穆天晴一下子扑到了摩托车上,双手上上下下细细地抚摸着微凉的车身,一脸的激动之色。

自从一年前她飙车险些出了车祸,穆枫就严令禁止她再接触专业跑车和竞赛摩托了。她私下里积攒下来的那几辆跑车都被哥哥没收了,这辆"小白"恰巧被她借给纪冉希拍戏做道具,才得以幸免。

看到穆天晴对这辆摩托车如此痴迷,小天有些不开心地拉了拉她的衣服。

穆天晴这才回过神来,忙蹲下来安抚小包子,"小天,今天妈妈开着'小白'带你去兜风,好不好?"

小包子当然点头答应,一旁的纪冉希和金兴却吓白了一张脸。

"喂!天晴,没有你这么坑人的吧!"纪冉希嚷嚷道。刚才穆天晴给他打电话,说让他把寄存到他那儿的摩托车送过来,打算以后寄存在霍家老宅的车库里,他这才乖乖地二话不说就把摩托车拉了过来。

若是被霍大老板知道是他给穆天晴送来了摩托车,还任由她大半夜地骑摩托车带着霍氏的小太子到处闲逛,他非得被剥皮抽筋不可!

"天都黑透了,你大晚上地骑摩托车,多不安全!"金兴小心翼翼地劝说道。

"对啊,还带着小太子,万一磕了碰了呢!"纪冉希苦口婆心地说道。

"帽子呢,我让你给小天准备的摩托车头盔呢。"

"不行,我不给你。"纪冉希摆了摆手,拒绝道:"你这么折腾,你家霍大老板知道吗?"

晕!

穆天晴瞪了纪冉希一眼,霍大老板啥时候成了她家的了!

二话不说,穆天晴将纪冉希挤到一边,快速拉开车门,冲上了保姆车。果然,在后座上,看到了一大一小两个头盔。

大的头盔是粉红色的，小的是银白色的，穆天晴捡起来护在怀中，跳下了保姆车。

为自己和小天戴好了头盔，穆天晴吹了个口哨，将小天安置在摩托车的后座上，她坐了上来，用两根带子将小包子和自己捆绑在一起后，在金兴和纪冉希的"哀号"中，缓缓启动了摩托车。

以往，穆天晴飙起车来，速度快如闪电。可今天她带着小包子，便只将速度控制在二三十迈。晚风袭来，吹乱了她的长发，脸上有些痒痒的。她身后，小包子紧贴着她，一双软乎乎的小手紧紧搂在她的腰上，她甚至可以想象得到小包子将戴着头盔的小脑袋贴在她背上、唇角含笑的模样。

顿时，她心里暖暖的，有一种幸福的感觉满溢了出来。

纪冉希和金兴哪里敢就此离开，开着保姆车不远不近地跟着。

"冉希，我们要不要给霍大老板打个电话？"金兴开车，看了坐在副驾驶座上的纪冉希一眼，一脸的冷汗。

若是被霍大老板知道，是他和纪冉希给穆天晴送来了摩托车，他们俩肯定是死定了！

"你没看到，天晴和小太子是从霍大老板家里出来的吗？"纪冉希摸了摸下巴，冷静下来后，智商终于上线，"我猜，霍大老板应该知道天晴带小太子出来玩儿。"

"就算是知道，也不一定能猜到天晴会带小太子骑摩托车吧！"金兴拍了拍胸口，吓得脸都白了。

"也有道理……"纪冉希正犹豫时，眼角撇到后视镜，发现有一辆黑色的奥迪车跟在他们车后。

咦？这车牌号……

纪冉希眼底闪过一丝疑惑，拿起手机，刚要打电话，霍熙欢的电话就打了进来。

"纪冉希，你可把我害苦了！"车里面，霍熙欢捏着手机，哭丧着个脸。

刚才他匆匆开车出了小区，看到穆天晴和小天坐上了摩托车，又看到了纪冉希和金兴两个人，就紧跟在他们的保姆车后。

"二少，我们也很无辜！"纪冉希哭笑不得，将穆天晴给他打电话让他送摩托车过来的事简单和霍熙欢说了一遍。

"现在怎么办，二少？"好歹有霍熙欢在，纪冉希也算找到了主心骨。

"还能怎么办，咱们就这么跟着吧……"霍熙欢叹了口气，正在想要不要和他亲哥汇报，如果汇报了会不会被亲哥臭骂一顿，就看到穆天晴将车子停靠在了路边。

眼见着穆天晴停了下来，金兴忙将车子靠边停下，他们后面的霍熙欢也跟着停了车。

穆天晴察觉到纪冉希和霍熙欢都在跟着她和小天，无奈之下，她解开带子跳下摩托车，开始征询小包子的意见，"小天，我们要不要去河边坐坐？"

"好呀！"小天这边，自然是穆天晴说什么是什么喽！

"小天，要不要吃烧烤？我亲自动手哦，可好吃了呢！"穆天晴柔声问道。

"好呀！"因为心情不好，晚上本来就吃得少，现在有消夜吃，小天猛地点了点头。

穆天晴笑了笑，看到纪冉希下了保姆车，霍熙欢也紧随其后，两个人一起向她走来。

"和你们谈个条件！"穆天晴笑眯眯地看向两个人。

金兴锁好车子也跑了过来，三个人一起瞪向穆天晴，脸上写着"姑奶奶，你可别再出什么幺蛾子了"。

"我和小天打算去河边烧烤，你们……"穆天晴话刚说了一半，就被打断了。

纪冉希说："带我带我！"

金兴说："我也去我也去！"

霍熙欢也跟着起哄，"嫂子做的肯定好吃，算我一个！"

穆天晴扶额，"你们来呢，我不反对，不过要答应我一个条件。"

纪冉希忙说："别说一个，就是十个我都答应！"

一年前他曾经吃过一次穆天晴烤的烤串,好吃的连他姓什么都忘了!

金兴也跟着点头。霍熙欢虽然没吃过穆天晴做的烧烤,但见纪冉希和金兴垂涎欲滴的样子,就知道跟着蹭饭准没错!

"冉希,我等一下把要买的东西发给你,你和兴哥负责采购。"穆天晴拿起手机,开始编辑微信,很快就列了一个长长的单子给纪冉希发了过去。

纪冉希得令,和金兴很快就开车离去了。

"我呢,我有什么任务?"但霍熙欢讨好地问。

穆天晴看了霍熙欢一眼,伸出手,"车钥匙给我。"

虽然不知道穆天晴要车钥匙做什么,但霍熙欢还是乖乖地将钥匙递到了她手上。

穆天晴将车钥匙往兜里一揣,带着小包子重新坐上摩托车,安置妥当后,疾驰离去。

"喂!"霍熙欢一下子慌乱了,对着两个人的背影大喊,"你们两个要去哪儿?"

"两个小时后,城西河岸见!"夜色里,穆天晴两个转弯就不见了踪影,霍熙欢急得直跳脚。

还好还好,他还有B计划。

霍熙欢拿起手机,给暗中安插的保镖阿力去了电话,而后又给傅成文打电话,让他送来备用的车钥匙。

另一边,疾驶了几分钟后,感觉彻底摆脱了霍熙欢等人,穆天晴再次放缓了车速。明亮的路灯下,她沿着河边的小路,哼着小曲儿,缓缓而行。

背后,暖乎乎的小包子依恋地贴着她,偶尔摆动着两条小腿,眼眸比天空中的星辰还要明亮。

"宝贝儿,是不是感觉超级开心?"穆天晴笑着问道。

小天"嗯"了一声,搂在她腰上的手紧了紧。

"宝贝儿,要不要再快一些?"

小天用头盔磕了磕穆天晴的背。

穆天晴伸手在小天的手背上拍了拍，察觉到他紧紧地抱住了自己的腰身，她这才猛地加速，仿佛离弦之箭一般冲了出去！

拐了两个弯，穆天晴的速度越来越快，就听耳边响起霍熙琛熟悉的轻柔声音：

"注意安全。"

穆天晴唇角弯了弯，下意识地摸了摸耳朵。

"放心，一切都在掌控中。"霍熙琛坐在雷明这个刑警大队长的办公室里，目光紧紧盯着大屏幕上的影像，温柔又笃定地说道。

"好。"穆天晴轻柔地应了一声，下意识地看了眼手腕上新买的一块手表，渐渐地放缓了车速，带着小天绕着环城河转了一圈。

两小时后，穆天晴慢悠悠地开着摩托车，载着兴奋的小包子，出现在城西河岸。

城西河岸这边，政府部门特地开辟了三千米的特色烧烤区域，供市民野炊休闲使用。此时已是深夜，结伴烧烤的人们已经开始收拾东西，将帐篷折叠收好，按照规定收拾地面上的垃圾。停靠在路边的车子陆续离开，很快附近就只剩下三三两两的路人。

"嫂子！"霍熙欢一听到摩托车声，就飞奔而来。

穆天晴解开带子跳下车，将小包子抱起，轻轻地放到地上，而后她摘下头盔，一头乌黑的长发倾泻下来。

炫酷的妆容，清冷的眼神，身上散发出来的迷人气息，令霍熙欢眼前一亮。

哎呀，他家嫂子真帅气！

"准备得怎么样了？"穆天晴拉起小包子的手，快步向纪冉希走过去。

纪冉希和金兴已经买了切好的牛肉、羊肉，金兴挥舞着手中的竹签子，美滋滋道：

"天晴，你可算来了！我们已经把准备工作做好了，我负责穿串，冉希负责烤串，你这个大厨只需要把腌制的调料配好就行了。"

穆天晴笑了笑，让霍熙欢和小天去支帐篷，她先将肉腌制上，将买来的孜然、芝麻、辣椒面等调料按照她摸索出的比例调配好，又将等一下要用到的蘸酱料调配完毕。

等她这边忙完，金兴已经手脚麻利地串好了香菜干豆腐卷和金针菇干豆腐卷，纪冉希将火炭升起，趁着温度不高，两个人又串了些香肠，一起放到了火上烤。

几个人分工后，各司其职。穆天晴帮着金兴穿串，小天和霍熙欢搭好帐篷后，两个人先是玩闹了一番，后来也跑过来帮忙。

眼看着时间到了夜里十一点，街上静悄悄的不见人影。

没过多久，烤肉的香味儿一点点蔓延开来，勾得人食指大动。串好了所有的肉串，还有鸡心、鸡胗、鸡脆骨，穆天晴将第一批烤好的肉串放到盘子里，招呼小天进帐篷一起来吃。

凉风习习，帐篷周围点了蚊香，棚顶挂了一盏小灯。明亮的灯光下，穆天晴和小天坐在帐篷里的小桌子旁，不时地抬头对视一眼，尽情地享受美味。

帐篷外，纪冉希和金兴为了争夺一串烤鸡心你追我赶，渐渐跑远，不见了踪影。霍熙欢喝了几罐啤酒后，脑子晕晕沉沉的，靠着一棵树，闭上了双眼。

周围一下子变得静悄悄的，只有火炭偶尔发出噼啪声。

穆天晴眼底闪过一丝暗芒，将手腕上的手表摘下，放到了桌子上。

"小天，还想吃什么，我帮你去取。"穆天晴起身，钻出了帐篷。

"羊肉串。"小天坐在原处，正埋头啃着一串羊肉串，扬起油腻腻的小脸，奶声奶气道。

穆天晴取了几串烤好的羊肉串，放到温火上翻动，视线不着痕迹地四处张望了一番，她黑色T恤衫左上方的位置，一枚小熊胸针在路灯下散发着柔和的光泽。

"注意你一点钟的位置。"耳朵里传来霍熙琛的声音，穆天晴眉心几不可察地蹙了蹙。

"妈妈！"这时，小天突然钻出了帐篷，摸着肚子小声道："我要上厕所！"

"一点钟方向，草丛里，有个微型摄像头。"耳朵里，这次传来的是穆枫的声音。

穆天晴唇角弯了弯，拉起小天，走向那片草丛，"小天，在这边就好。"

雷明的办公室里，从大屏幕里看到这一幕，雷明和穆枫都忍不住轻笑出声。

"这个天晴！"穆枫笑了笑，目光看向一旁坐在电脑前的霍熙琛。

此刻，霍熙琛的手指飞快地在键盘上敲打，他面前的电脑屏幕上一串串代码不停地闪动。与此同时，连接着电脑的手机上，一个搜索全球地址的软件飞快地运作，很快就锁定了精确的经纬度。

经纬度出来后，雷明立刻与驻美大使馆联系，美国警方随时准备行动。

同为黑客身份的穆枫，看到霍熙琛这一系列专业的操作也不禁在心里为他喝彩。霍熙琛的眼眸透着一抹犀利的光，一阵飞快地敲打键盘后，唇角弯起，勾出一抹势在必得的笑容。

另一边，美国，拉斯维加斯。

偌大的别墅里，灯火通明，精致的长桌上摆满了法式美食。

穆嫣然坐在椅子上，捏住刀叉的指尖泛白，惊恐的眸子看向对面长相俊美却于她而言无异于恶魔的男人。

冷启天动作优雅地切着牛排，三分熟的牛排还带着血腥气，他把带着血丝的牛肉放进嘴里，看着穆嫣然的眸子仿佛淬了毒的针。她感觉到一股凉意爬上脊背，神经紧绷到了极点。

两个月前，她被冷启天绑架到了这栋别墅，那时她便已经心如死灰。

她明白，五年前那一夜酒后失身，不幸怀上了他的孩子，从此，她就成了他逃脱不了的猎物。

将刀叉放回到盘子里，穆嫣然深吸了一口气，刚要说话，冷启天用刀叉了一块牛肉，递到了她的嘴边。

穆嫣然犹豫了几秒钟，最终在冷启天冰冷的眸光下，屈辱地张开了嘴，将带着血腥味儿的牛肉带入口中，胡乱地咀嚼了几下，忍着恶心，咽了下去。

"冷先生,我觉得我们真的没有必要这样。"身子轻轻颤抖,穆嫣然勉强维持着面上的镇定,淡淡道:"一年前的那场车祸,我们的孩子已经没了。我知道,我不该诈死骗你,可是我真的……"

"不仅你没死,小天也没有死。"冷启天唇角弯起一抹笑容,但那笑意并未抵达眼底。他自顾自地倒了一杯红酒,轻轻晃动,嫣红的液体在明亮的灯光下格外醒目。

穆嫣然如遭雷击,对上冷启天唇畔的冷笑,全身的力气瞬间抽离,瘫坐在了椅子上。

冷启天依旧是那副风轻云淡的模样,可相处了长达五年时间,穆嫣然知道,此刻看似平静的他已经处于暴怒的边缘。

"你以为找到霍熙琛为你撑腰,制造了一场车祸来骗我,演一场金蝉脱壳的戏,就能重获自由和新生?"冷启天起身,缓缓走到穆嫣然面前,冰冷的手指勾起她的下巴,眼眸微微眯起,身上散发的危险气息令她窒息,"穆嫣然,你该不会是看到霍熙琛,爱上他了吧?毕竟……他和我长了一张一模一样的脸。"

说着,冷启天摸了摸自己的脸,脸上挂着笑意,眼底的阴霾犹如来自十八层地狱的魔鬼,"你若是不喜欢他,为什么会把小天托付给她?呵呵!原本我还以为你是个没心没肺的女人,原来……只是我入不了你的眼!"

"冷启天,你想太多了!我这样的人,被你玷污了,比泥土里的尘埃还要肮脏,怎么配得上霍先生!他那么好,当然值得更好的女孩子相伴一生!"穆嫣然冷嗤一声,突然想起了什么,她猛地站了起来,晶莹的泪水积聚在眼眶里,久久不肯落下,声音颤抖着道:"你……你把小天怎么样了?"

当初,她无意间发现自己怀了身孕,本来想要偷偷打掉。没想到冷启天找到了她,将她囚禁起来,直到她为他生下孩子。生下小天后,她渴望自由,提出带着小天离开,被冷启天拒绝了。而后,她曾经企图带着小天偷偷溜走,却被他的手下找到带了回来。

那次,穆嫣然被冷启天打了个半死,折磨得在病床上躺了整整三个月。

本来穆嫣然为了小天，认命了，决定就这样留在冷启天的身边。没想到，这个变态是个天生的恶魔，以折磨她和小天为乐！在小天两岁那一年，被他的亲生父亲从楼上推下来，摔断了胳膊，还换上了抑郁症和轻微的自闭症。

小天患上心理隐疾成为压倒穆嫣然的最后一棵稻草，那时的她绝望得甚至想过带着小天一起去死。就在那时，霍熙琛出现了。他和冷启天长得一模一样，气质也是相似的冰冷，但他有一双温暖的眸子，他的出现仿佛黑暗中投射而来的一米阳光，为她带来了最后的希望。

"小天？"冷启天双手环胸，对上穆嫣然的眸子，一字一句道："那个小杂种，我已经将他杀了。"

穆嫣然闻言蓦地睁大了泛红的双眼，脸上的血色瞬间抽离，泪水一滴滴滚落。她紧紧地咬住下唇，贝齿染上了嫣红的颜色。

当初，霍熙琛提出伪造车祸诈死的计谋，穆嫣然答应了。不过，到了最后关键时刻，为了瞒过生性多疑的冷启天，她并没有和小天一起离开，而是留了下来。后来，她在车祸中受了重伤，"死"在了急救室里。其实，重伤的她被霍熙琛暗暗救了下来，偷偷送到一个偏僻的庄园养伤，隐姓埋名地活了下来。

只可惜，小天那时已经被霍熙琛设法带回了C市，而一年后她伤势好转，本想在霍熙琛的帮助下偷渡回国，和小天母子团结，却被冷启天发现了行踪，导致她不得不开始了东躲西藏的逃命生涯，滞留在了美国。

两个月前，终究逃不过被桎梏的命运，穆嫣然再次被冷启天抓住。这一次，她心如死灰……

"为什么现在才告诉我？"穆嫣然痛不欲生，这两个月来她一直在追问小天的下落，而冷启天从来没有回答过她。

原本，她还抱有一丝希望，毕竟……虎毒不食子。

"因为你今天晚上必须得死！"看着穆嫣然痛哭流涕，冷启天轻笑出声，脸上挂着玩味的表情，"这样也好，黄泉路上，你和那个小杂种也算有个照应！"

"冷启天，我和你拼了！"穆嫣然绝望到了极点，眼角瞥到桌子上的餐刀，她一把抓起，朝冷启天扑了过去。

冷启天并不躲避，直到刀子逼近面门，他猛地抬脚，重重地踹在了穆嫣然的胸口。

"啊！"穆嫣然被踢得几乎飞了出去，脊背撞在墙上，眼前一黑，差点儿昏过去。

冷启天缓缓走到她的面前，抬手拿起遥控器，点了一下，一个巨大的液晶屏幕缓缓落下，几乎占据了对面的一整面墙壁。

屏幕亮起，画面里传来了一个熟悉的声音：

"小天一直都不开心，你没看出来吗？"穆天晴语气中带着埋怨，"算了！你忙吧，我带小天出去走走。"

霍熙琛立刻从文件堆里抬起头，道："我陪你们一起出去。"

"不用了，我一个人可以的。"穆天晴指了指霍熙琛桌上堆积成山的文件，"你忙你的吧。"

语落，穆天晴转身欲离开。霍熙琛干脆站了起来，"没事，我陪你们一起去吧。不然我不放心也没心思处理这些文件。"

穆天晴说："你等一下，我换套衣服再来见你。"

画面一暗，亮起时，转换到另一个场景。

"小天，还想吃什么，我帮你去取。"穆天晴起身，钻出了帐篷。

"羊肉串。"小天坐在原处，正埋头啃着一串羊肉串，扬起油腻腻的小脸，奶声奶气道。

穆天晴取了几串烤好的羊肉串，放到温火上翻动。

"妈妈！"小天突然钻出了帐篷，摸着肚子，小声道："妈妈，我要上厕所！"

小天他没有死？

和小天在一起的，被他叫作妈妈的是……是穆天晴，她的堂妹？

穆嫣然原本如同死灰的面孔燃起一丝希望，空洞麻木的眸子再次落下泪来。

"冷启天，你到底想干什么？"穆嫣然扶着墙，强撑着站了起来，狠狠地抹了把脸上的泪水。

"霍熙琛自称自己别墅的安保系统天衣无缝，可还不是被我设计的病毒入侵了？他，小天，还有那个女人的一举一动，我都了如指掌！"冷启天眸底涌起得意之色，看着画面中穆天晴和小天亲近的姿态，他倒是多了一丝兴趣。

这个女人，和他接触过的其他女人都不一样，倒是挺有意思的！

"小天他也是你的孩子！我求求你，不要再伤害他了！"穆嫣然捂着胸口，呼吸间都是疼痛，得知小天尚在人间她有喜有忧，不断哀求道："只要你放过小天，我答应你我不离开美国，我永远都留在你的身边！"

"真的？"冷启天将目光停留在穆嫣然身上，饶有兴致地问道。

"我已经听了你的话，在美国定居，绿卡也在申请中。这些，你都知道的。"穆嫣然深吸了口气，勉强维持冷静，"冷启天，折腾了这么多年，你不过是想让我心甘情愿地待在你的身边。我听你的，只要你放过小天，不再插手他的生活，我什么都答应你！"

"女人，别以为我非你不可！以我的身份，有的是女人任由我招之即来挥之即去！"冷启天走近，双手搭在穆嫣然的肩上，眸光比北极的风还要锐利。

"我知道了……"穆嫣然垂下眼眸，一张俏脸毫无生气。

当年，她在医院做义工时认识的那个善良阳光的大男孩儿，在一场手术后，不仅失去了他们之间所有的甜蜜的回忆，还性情大变到判若两个人的地步。而她对他的感情，也在这些年的互相折磨中，几乎消耗殆尽……

"算你有自知之明！"冷启天靠近了些，手指勾起穆嫣然的下巴，低头，欲吻上她的唇，"记住，你是我的，永远都是我的！"

霸道的宣示后，唇舌间的掠夺和纠缠令穆嫣然几近窒息，她苍白的面孔涌上病态的嫣红，一颗心也仿佛沉入了湖底，冰冷而麻木。

这时，大厅里突然响起了尖利的警报声，冷启天蹙眉，扭头看向大屏幕。

只见大屏幕暗了下去，再亮起来时，偌大的屏幕上，出现了霍熙琛那张淡然的面孔。

"冷启天，你真的以为可以监控我和我身边最重要的人吗？"屏幕里，霍熙琛薄唇轻启，眉目间是平淡而笃定的神色，"原本，我们可以相安无事，只可惜，你触碰了我的底线！"

"霍熙琛，你还真没让我失望！"冷启天仰起头，大笑了几声，面上的神色极度张狂，"难得遇到你这样的对手，我倒是愿意和你玩玩儿！"

原来的霍熙琛是没有软肋的霍氏集团当家人，而今，他身边有小天，还有他心爱的女人，他就不再是没有弱点、无所不能的霍熙琛了。

"我知道你在想什么。"霍熙琛眸光中闪过一丝暗芒，面上满溢着杀气，"不过，在你想要伤害小天和天晴之前，还是先自保为好！"

冷启天的眼底涌起怒意，他捡起遥控器，狠狠地砸向大屏幕，而后一把抓住穆嫣然的手腕，拖着她向外面走去。

"准备直升机，立刻离开这里！"

十分钟后，在别墅被警方包围前，冷启天和穆嫣然坐着私人飞机离开。

盘旋在夜空中，冷启天一只手揽住穆嫣然纤细的腰身，另一只手捡起一个遥控器，唇角的笑意泛着寒意。

"霍熙琛以为这样就能抓住我，还真是痴心妄想！"抓起穆嫣然冰冷的手，冷启天带着她轻轻摁了一下按钮。

"轰"的一声，下面别墅里深埋的炸药被引燃，巨大的声响和热浪将埋藏在这里的所有机密文件和他停留过的痕迹完全毁灭。

穆嫣然的身子抖了抖，眸子里都是深深的惧怕。

"宝贝，我们去小岛上待几天。"冷启天搂紧了穆嫣然，在她唇角轻轻吻了一下，"那里只有我们两个人，绝对安全。"

穆嫣然闻言，双眼蒙上了一层泪光，认命地闭上了双眼。

C市，警局。

霍熙琛快步走出警局，深深地看了眼身旁好友，淡淡道："我能帮你的，只有这么多了！"

雷明搓搓手，笑道："若是没有你这个黑客高手相助，我怎么能这么快就找到冷启天的老巢？这个冷启天可是国际通缉的大毒枭，若是能抓住他，阿琛，你功不可没！"

"哪有这么容易。"霍熙琛面色十分平静，"相信我，这次就算我们事先做好了部署，也没有那么容易抓住冷启天。而且，我有预感，这次美国警方出动，很有可能一无所获。"

"不会吧！"雷明闻言脸上的喜悦一扫而空，"阿琛，你不要长他人志气，美国警方也不是吃素的。"

"关键是我们的敌人太强大。"霍熙琛走到自己的车子前，开了车门坐了进去，"我只负责定位冷启天的老巢，其他的事我就不管了。"

雷明点了点头，"也好。忙了一晚上，早点儿回去休息。后续的收尾工作交给我们来做。"

"不了，我还得去接天晴和小天。"语落，霍熙琛启动车子，飞快地驶入了宽敞的马路。

今晚原本就是霍熙琛发现冷启天安放在家里的偷拍设备后，和穆天晴合伙筹划的一场戏。穆天晴和小天是主演，纪冉希、金兴和霍熙欢则是助演，为的就是找到冷启天安在霍家和穆天晴身上的跟踪器，进而通过植入病毒的方式，反侦察到冷启天接收信号的位置，也就是他的老巢。

城西河边。

"我现在开车过去接你和小天，在河边等我。"霍熙琛的声音再次在耳边响起，穆天晴看着眼前依旧火热的炭火，眼底浮现出一抹柔情。

"好，我们给你留了肉串，等你来吃。"

十分钟后，低调的黑色迈巴赫停靠在不远处，一抹颀长的身影从车上下来，迈着稳健的步子，一步步向众人走来。

霍熙欢说："哥，你可算来了！"

纪冉希和金兴忙站起来，齐声道："老板！"

穆天晴坐在炭火前的小凳子上，翻烤着肉串，小天搬了个小凳子挨着她坐得笔直。

霍熙琛快步走到穆天晴面前，她仰起头，眉目含笑，"要不要吃点儿消夜？"

说着，穆天晴递了两串羊肉串过来。

霍熙琛眼底的温柔几乎要满溢出来了，他伸手接过肉串后，蹲了下来，张开双臂揽过穆天晴和小天，笑道："今晚，你们辛苦了。"

小天一直都被蒙在鼓里，他是这一行动中唯一不知情的那一个。此刻听了霍熙琛的话，他皱了皱眉头，心里想：我和妈妈在一起，才不觉得辛苦呢！

霍熙欢为霍熙琛搬了一个小凳子，放在了穆天晴的左边。霍熙琛坐了下来，学着穆天晴的样子，烤起了肉串和香肠。

在暖黄色炭火的映照下，三个人紧紧依偎，气氛温馨而和谐，一家三口的既视感看得其他三个人有种无意间被强行喂了一嘴狗粮的感觉。

小天吃了一串烤肠，而后一个人跑到草坪里捉蛐蛐。

霍熙琛将烤好的肉串和香肠留了两串，其他的都递给了霍熙欢。他和穆天晴一人吃了一串肉串后，紧紧偎依在一起，目光看向不远处一个人玩儿得欢脱的小天。

金兴等人很有眼力见地默默扫视一番，而后默默地开车离开。

穆天晴托起下巴，看向捉住了一只蛐蛐笑得前仰后合的小天，笑眯眯道："小天似乎很喜欢这里，下次烧烤可以考虑还在这边。"

"好啊，听你的。"霍熙琛揽过穆天晴的肩膀，偏过头去在她发顶上吻了一下，顿时清冽的冷香萦绕在鼻端。

"等你生下我们的孩子，他可以和小天一起长大。到时候两个小家伙在一起玩耍，天晴，想想这样的情景我就满怀期待。"

完全没想到霍熙琛会在这个时候提这件事，穆天晴一下子愣住了，脊背挺直僵硬，一时间大脑一片空白。

良久，穆天晴深吸了一口气，定定地看向霍熙琛。

如果她没记错的话，他……刚刚说的是……我们的孩子……

要么是霍熙琛早就知道了她怀了别的男人的孩子，却大度地接受了她和肚子里的孩子，并会将她生下来的这个孩子视为己出。

要么,就是哪里出了问题,她失去了某一段记忆,而她肚子里的孩子不是别人的,就是霍熙琛的。而且,若是如此,霍熙琛应该是早就知情,那么他接近她、追求她的一系列行为也便能说得通了。

"天晴,你真的忘记了吗?"伸出手,轻轻抚摸穆天晴苍白冰冷的脸颊,霍熙琛心里一阵纠结。

算算日子,穆天晴怀孕已经快三个月了。上次在医院她无意间看到了体检报告,也自己偷偷用了验孕棒。毫无异议,她已经知道了自己怀孕的事实。可是,这个小丫头就是这么沉得住气,从那以后,一直没有和他提这件事。

可是,霍熙琛挺不住了。穆天晴是个心事极重的女孩儿,他担心她以为他会嫌弃她肚子里的孩子,会选择离开他。所以,挑了这个时候,他不得不对她坦白。

"哪晚?"穆天晴暗暗攥紧了双手,听霍熙琛的语气,难道她肚子里的孩子……真的是他的?!

"《贺门忠烈》庆功宴那一晚。"霍熙琛长臂一伸,将穆天晴轻轻拥入怀中,用只能两个人听到的声音说道:"那晚你被人陷害喝了加了料的红酒,而我也被灌醉了……"

穆天晴双手下意识地抵在霍熙琛的胸膛上,脑海中浮现出零星的片段,一时间心乱不已,头痛欲裂。

察觉到怀中女孩儿的不安,霍熙琛的双臂加大了力度,将她紧紧地搂在怀中,"天晴,对不起。无论如何,那晚是我混账,是我夺走了你的清白,伤害了你,甚至逼得你去做催眠洗掉那晚的记忆。对不起,真的对不起。我能做些什么才能补偿你……"

"所以,那晚之后,你调查到了我的身份,这才故意接近我、追求我?"

真是怕什么就来什么,霍熙琛叹了口气,柔声道:"天晴,我承认那一晚后我一直在找你。可在酒吧第一次遇到你,你又救下了小天,那时候我就对你动心了,即便你那时还没有和蒋逸风分手。"

"阿琛,我现在心里有点儿乱。"穆天晴眼睛有些酸,她仰头与霍熙琛直视,声音几不可闻。

突然间她怀孕了，怀的还是霍熙琛的孩子，穆天晴除了震惊，更多的是难以接受。

"妈妈！"小天远远地看到霍熙琛紧紧地拥着穆天晴，早就有些吃醋了，他逮到了一只花蝴蝶，便向她跑了过来。

"漂亮的花蝴蝶，送给妈妈。"小天伸出一只胖乎乎的小手，食指和中指间夹了一只颜色鲜艳的蝴蝶。

见穆天晴愣愣地看向自己，小天眉头皱了皱，小声问了一句："妈妈，你怎么了？"

对上小天关切的眼神，本来打算今晚回锦园，暂时搬离霍家老宅几天的穆天晴心里一软，柔声道："没事，妈妈觉得有些累了。咱们回家吧。"

闻言，霍熙琛不禁暗暗松了口气，悬着的心终于落了地。小天不谙世事地笑着扑进了穆天晴的怀抱，"好啊，回家。妈妈和我一起玩儿拼图游戏。"

三个人一起回了霍家老宅，一进屋穆天晴就钻进了小天的卧室。娘儿俩洗漱完毕后，趴在床上玩儿起了拼图游戏。

平日里，两个人玩儿到九十点钟，霍熙琛就会跑过来催促小天早点儿睡觉。今晚的霍熙琛似乎格外宽容，直到十一点多，小天实在熬不住睡了过去，他也没有过来打扰。

简单收拾了下床上的拼图，穆天晴为小天盖好了被子，慢悠悠地走出了小天的卧室，一副心事重重的模样向自己的卧室走了过去。

房间里漆黑一片，穆天晴打开灯，明亮的灯光充斥了房间里的每个角落。

于是，穆天晴呆愣当场，只因在她的床上出现了一个她熟悉得不能再熟悉的男人。

"阿……阿琛？"

霍熙琛从床上坐了起来，一双眼睛亮的惊人，"回来了？"

慵懒低沉的三个字仿佛敲在穆天晴的心上，她默默地点了点头。

"熬夜对孩子不好。"霍熙琛掀开被子下了床，用热水冲了一包中药粉剂，"当然，我是说对小天和你肚子里的孩子，都不好。"

穆天晴尴尬地笑了笑，一声不吭地接过杯子往嘴边送去。

"小心，烫！"霍熙琛一把夺过杯子，叹了口气，伸手在穆天晴发顶揉了揉，道，"就这么心不在焉？"

穆天晴被说中了心事，脸色微红地挨着床边坐了下来，"抱歉，我今晚……"

"天晴，虽然我们的开始有些偶然，甚至没那么美好，不过请你相信我，我对你一直都是真心的。我也想和你，只想和你在一起，一辈子。"

揽过穆天晴的肩膀，霍熙琛又道："我知道你一时间难以接受，没关系，我可以等。我们还有一辈子的时间来挥霍，只要你让我待在你身边，我有信心让你接受我、爱上我。"

闻言，穆天晴鼻子一酸，原本恍惚酸涩的一颗心仿佛被什么填满了。

阿琛，你不必忐忑不安。其实，在很久以前，我就已经爱上你了。

"乖，别想太多，喝完药就早点儿睡吧。"霍熙琛将杯子递到穆天晴的手上，见她喝完了药，低头在她额头上轻轻吻了一下，"不要胡思乱想。"

穆天晴心里一阵暖流淌过，她羞涩地点了点头，起身去了浴室洗漱。

洗漱完毕，回到卧室，穆天晴意外地再次看到霍熙琛出现在了她的床上。

"时间不早了，过来睡。"

霍熙琛掀开了被子，拍了拍身边的位置。

"啊？"穆天晴低呼了一声。霍熙琛什么意思？让她和他同床共枕？！

"没别的意思，仅仅是陪你一起睡。"

说话间，霍熙琛下了床，拉起穆天晴的手，拥着她上了床。

从背后轻轻拥住穆天晴的腰身，低沉性感的声音从她头顶传来，直抵灵魂，"乖，早点儿睡。我一直都陪着你。"

原本身子还僵硬的穆天晴听了这句话，莫名放松了许多，很快就陷入了沉睡之中。

黑夜里，霍熙琛毫无睡意。他眼眸微微眯起，感受着怀中女孩儿熟悉的体香和清浅的呼吸，一时间只觉得拥有了整个世界。

第二天一早，穆天晴醒来时，霍熙琛已经不在她身旁了。

一夜好眠，穆天晴洗漱后直接去找小天。

"妈妈。"小天刚刚洗完脸，看到穆天晴进了他的房间，甜甜地喊了一声。

"小天。"穆天晴蹲了下来，直视小天的眼睛，十分认真地说道："如果有一天妈妈怀了小天的弟弟或者妹妹，你觉得怎么样？"

没想到穆天晴会问这样的问题，小天歪着头，想了想，神色纠结地问道："那妈妈你还会喜欢小天，和小天在一起吗？"

"当然，小天永远都是妈妈的小宝贝。这一点永远都不会变。"

"那妈妈如果怀了小弟弟或者小妹妹，小天一定会很开心的。以后小天就不是一个人了，如果你和他很忙，就有小弟弟、小妹妹陪着小天了。小天也会做一个合格的好哥哥，照顾好弟弟、妹妹。"

脑海中浮现出软萌萌的弟弟和妹妹，小天开心地咧嘴笑了。

"放心，弟弟会有，妹妹也会有。"霍熙琛的声音从穆天晴身后传来。

穆天晴脸上一红，转身瞪了倚在门口的霍熙琛一眼。

"早饭准备好了，下来吃饭吧。"霍熙琛清浅一笑，转身快步离开。

接下来的几天，霍熙琛和穆天晴同枕而眠，习惯了之后，穆天晴倒也乐在其中。

日子就这么平淡而温馨地过了下去。转眼间，一个月后，《大国医》顺利杀青。

剧组杀青这天，穆天晴来探班后，被霍熙琛开车接走了。

"听华姐说，穆轻烟和蒋逸风今天上午分手了。"穆天晴一上车就盯着霍熙琛看，问道："是不是你搞的鬼？"

"是。"霍熙琛似笑非笑地伏在方向盘上，淡淡道："若不是看在她参演《大国医》，临时换人损失太大，我早就将那份亲子鉴定给蒋逸风送过去了。"

"什么亲子鉴定？"穆天晴挑眉。

"穆轻烟肚子里的孩子并不是蒋逸风的。"霍熙琛简单地解释道:"这是蒋逸风的私事,我本不该插手。怎奈,她既然敢招惹我家的心肝宝贝,我又怎么会轻易放过她?"

闻言,穆天晴不禁莞尔。

听闻蒋逸风和穆轻烟这周末就要订婚了,霍熙琛这时候揭露真相为她出气,还真是颇费心思了。

为穆天晴系好了安全带,霍熙琛叹了口气,"不过,我这里有个坏消息。冷启天顺利逃离了美国,至今下落不明。"

穆天晴眉心微蹙,道:"冷启天是大毒枭,自然不会轻易落网。"

霍熙琛眼里流露出赞赏的神情,"我和你是同样的想法。不过,即便抓不到冷启天,端了他的老巢也能让他安生一段时间。如此,我们就可以全力以赴地解决一直藏在暗处的陈敏发了。"

自从得知穆轻烟曾经私下里和陈敏发接触过,霍熙琛和穆枫就一直在暗中调查,甚至顺藤摸瓜地找到了穆家前任管家叶文天。根据傅成文派去调查叶文天的手下来报,或许收网就在这几天了。

霍熙琛启动了车子,穆天晴则陷入了沉思之中。即便是找到了陈敏发和穆轻烟通过叶文天彼此联系的证据,以陈敏发的狡猾程度,还是很难立刻找到他。而只要一天找不到陈敏发,她妈妈的冤情就一天不能得到申诉。

霍熙琛驱车回到霍家老宅,两个人刚下车,就被人拦住了去路。

来人是个中年男子,衣衫破烂,身上有多处伤痕,几乎成了一个血人。

"大小姐,救我!"男子一开口,穆天晴认出他便是穆枫和霍熙琛近日苦苦寻找的叶文天。

穆天晴面色冷峻,和霍熙琛对视了一眼,心中暗道:真是踏破铁鞋无觅处,得来全不费工夫。

当晚,霍熙琛和穆天晴将叶文天送到雷明那里投案自首。根据他的供词,警方很快顺藤摸瓜地找到了隐匿已久的陈敏发。

事情进展得颇为顺利。在众人意料之外的是,抓捕陈敏发时,他竟正和穆轻烟、孟亦凡母女一起吸毒滥交,场面颇为不堪。

穆天晴顺势提起诉讼,要求重审当年毒枭案,还她母亲清白。案件重审期间，穆天晴的父亲穆威深受打击，尤其在得知穆轻烟并非他的女儿，而是孟亦凡和前夫的遗腹子后，更是怒火攻心，住进了医院。

两个月后，法院开庭的前一天，穆枫找到穆天晴，"天晴，爸怕是熬不过今晚了，你去看看他吧。"

穆天晴此时小腹隆起，神色淡然。根据目前警方提供的和霍熙琛搜集来的资料显示，孟亦凡才是C市隐藏已久的大毒枭，她为了掩人耳目、霸占穆夫人的位置，使用手段迷惑穆威嫁入了穆家，而后和陈敏发里应外合掏空穆氏，将犯罪嫌疑转移到穆天晴的生母身上。为了死无对证，他们两个甚至联手，通过注射过量毒品谋杀了她的母亲。

"天晴，这也是爷爷的意思。"穆枫叹息了一声，"爷爷他白发人送黑发人，已是痛不欲生。爸现在只有唯一的请求，就是死之前想见你一面。"

"爷爷他怎么说？"穆天晴缓缓闭上双眼，一时间身心俱疲。

"爷爷他说……让你自己选择，听从你自己的心。"目睹了穆天晴这些年的委屈和隐忍，穆枫不忍过多地劝说。

"还是别去了。"霍熙琛揽过穆天晴的肩头，对穆枫道："这是我的意思。毕竟天晴怀有身孕，受不得刺激。"

穆枫闻言点了点头，长叹了一声，离开了霍家。

"谢谢。"穆枫走后，穆天晴握住了霍熙琛的手，由衷地道了声谢。

母亲的惨死纵然是孟亦凡和陈敏发作的恶，那穆威呢，身为丈夫和父亲，他引狼入室，害得她家破人亡，就没有责任了吗？

抱歉，她穆天晴是个人，是个有血有肉的人，母亲的死已然成了她和穆威之间的死结，她永远都不会原谅他这个不合格的父亲！

"纵然有人追究，也是我不让你见他。"霍熙琛笑了笑，反手紧紧握住穆天晴的手，道："这个恶名，让我来担。"

穆天晴心里一暖，投入霍熙琛的怀中。

"明天，就可以有个了断了。"霍熙琛轻柔地抚摸穆天晴微凉的长发，细密的吻落在她的脸上，"别怕，无论发生什么，我都在你身边。"

第二天，法院开庭审理此案。

陈敏发和孟亦凡对罪行供认不讳，甚至牵扯出境外供货商是被美国警方全球通缉的大毒枭冷启天。法院一审判决陈敏发、孟亦凡、穆轻烟三人死刑。

走出法院，霍熙琛驱车载着穆天晴直接去了城郊墓园。

下了车，穆天晴手捧一束洁白淡雅的百合花，缓缓走到母亲梁宛如的墓前。

"妈妈，我终于还你清白了。"扶着腰，在霍熙琛的搀扶下，穆天晴将百合花轻轻放到了墓碑前。

看向墓碑上照片里笑颜如花的清雅女子，穆天晴鼻子一酸，多年来的不甘、愤恨与委屈，化作眼泪，夺眶而出。

怀中的小人儿哭得身子微微颤抖，霍熙琛心里一疼，扶住她的肩膀，柔声道："妈妈，您放心，天晴以后由我接管。我会好好照顾她，对她好，一辈子不离不弃。"

霍熙琛的话令穆天晴十分动容，她抬起一双泪眼，紧紧地抓住了他的手，无语凝噎。

"好了，不哭了。"轻轻擦去穆天晴脸上的泪水，霍熙琛从西服口袋里掏出了一个信封，"今天早晨，法院外，穆枫把这个交给我。是穆威临死前立的遗嘱，他将名下所有财产和穆氏股份都给了你。"

穆天晴接过信封，凝视良久，将它放在了那束百合花之下，心中默念了一句：妈妈，地下相遇，他会向你忏悔。届时，是否原谅他，由你的心便是了。

陪着穆天晴在墓园中待了许久，天上飘起细雨，霍熙琛这才劝穆天晴离开。

两个人回到车上，霍熙琛右手轻轻握住穆天晴冰冷的左手，她左手食指上戴着他送给她的那枚定情戒指。

左手摸向西服裤兜里的那个红色的小盒子，霍熙琛犹豫再三，将它掏了出来，打开。璀璨的钻石光芒瞬间照亮了穆天晴的眼眸。

"天晴，我可以吗？"取出戒指，霍熙琛定定地看向穆天晴，眸光火热而忐忑。

对上那双熟悉的眸子,感受到霍熙琛的真挚与憧憬,穆天晴稍做犹豫,轻轻地点了点头。

未来的路还长远,或许满布荆棘,但只要有眼前的男人相伴在身边,每一天都将安稳而美好。

况且……穆天晴的右手覆在隆起的小腹上,她还有小天和肚子里的孩子。

将定情戒指摘下,霍熙琛立即将订婚戒指套在了穆天晴的左手中指上,他低下头在她的手背上轻轻一吻,柔声道:"这是订婚戒指。等你生完孩子,我再向你求婚。"

穆天晴点了点头,被泪水洗涤过的眸子清澈晶亮。

回家的路上,霍熙琛左手掌控方向盘,右手一直拉着穆天晴的左手。她看着两只紧紧相握的手,心中微暖,不由得拿出手机拍了张照片,随即将照片发到了朋友圈:

"余生,请多关照。"

等红灯的间隙,霍熙琛腾出左手翻了翻微信朋友圈,看到穆天晴发的那条朋友圈,立即在下面回复道:"初次相爱,请多关照。"

两个人对视一眼,万般深情融于一笑之中。

余生,有你,有阳光。

如此,甚好!